Emily Bähr

IRON EMPIRE
Erwählt vom Licht der Wälder

EMILY BÄHR

IRON EMPIRE

ERWÄHLT VOM LICHT DER WÄLDER

cbt

Wir reduzieren und vermeiden die Emissionen, die an
unseren Produkten entstehen fortlaufend und gleichen
die verbliebenen Emissionen über ein Klimaschutzprojekt aus.
Weitere Informationen zu dem Projekt:
www.ClimatePartner.com/14044-1912-1001

FSC www.fsc.org MIX Papier | Fördert gute Waldnutzung FSC® C014496

Penguin Random House Verlagsgruppe FSC® N001967

2. Auflage 2023
Erstmals als cbt Taschenbuch Dezember 2023

Umschlaggestaltung: Emily Bähr
Umschlagmotive: Shutterstock / kaisorn;
Turbosquid by Shutterstock (deckorator4, Morecano, 4045)
FK · Herstellung: AJ
Satz und Druck: GGP Media GmbH, Pößneck
ISBN 978-3-570-31568-2
Printed in Germany

www.cbj-verlag.de

Für Kathrin,
die Träume wahr werden lässt.

Liebe*r Leser*in,

bitte beachte, dass dieses Buch bestimmte Themen behandelt, die ungewollte Reaktionen auslösen können. Deshalb findest du auf Seite 414 eine Content Note, in der diese Aspekte aufgelistet werden.

Hinweis: Diese enthält Spoiler für die gesamte Geschichte, daher entscheide für dich selbst, ob du sie lesen möchtest.

Wir wünschen dir viel Spaß beim Lesen!
Emily und das cbt-Team

I

KAE

Die Bäume schrien, als das Feuer an ihren Blättern leckte und sie ihrer Farbe beraubte. Grün wurde zu Rot, dann zu Schwarz. Ascheflocken fielen wie Schnee vom Himmel, bestäubten das dichte Unterholz, die aus dem Boden ragenden Wurzeln, meine Haut, während ich die schwelenden Überreste dessen anstarrte, was einst unser Dorf gewesen war.

Mein Fluchtinstinkt trieb mich zur Eile an, aber meine Füße waren wie im Boden verwurzelt, als wäre ich selbst einer der uralten Bäume, die mich umgaben. Ich bewegte mich nicht von der Stelle, obwohl die Hitze längst auf meinem Gesicht brannte. Obwohl Qatou rastlos auf meiner Schulter umhersprang und seine weichen Fühler nach meiner Wange ausstreckte.

Das Bild der Zerstörung ließ mich nicht los. Es hielt mich gefangen und brach mein Herz entzwei. Was passierte gerade? Wieso war ich hier? Und wo waren die anderen?

Ein lautes Fiepen an meinem Ohr brachte mich schließlich zur Vernunft. Mühevoll gelang es mir, den Blick von meiner verlorenen Heimat loszureißen, doch wohin schaute man, wenn um einen herum nichts als Zerstörung wartete?

Ich nahm Qatou in die Hand, strich ihm einmal kurz mit dem Daumen über das weiche weiße Fell, bevor ich ihn in meine gewobene Tasche krabbeln ließ.

Und jetzt?, fragte ich mich, während die seltsame Taubheit von mir abließ und den Platz für ein anderes Gefühl freigab: Panik. Nackte Panik.

Binnen eines Wimpernschlags nahm ich alles in mich auf. Das Feuer breitete sich rasend schnell aus, hielt jetzt, nachdem es mein Zuhause dem Erdboden gleichgemacht hatte, direkt auf mich zu.

Ohne weiter nachzudenken, rannte ich los. Weg vom Dorf. Weg von den Flammen. Dabei hätte ich genauso gut mit der Zeit selbst um die Wette laufen können. Das Inferno war inzwischen so gewaltig geworden, dass es mir mit jedem Moment schwerer fiel, eine Schneise zu finden, die sich das Feuer nicht schon längst geholt hatte.

Nach wie vor regnete es Asche, doch darunter mischte sich nun auch etwas anderes. Federn, Fell, die winzigen Körper der Tiere, die in den Baumkronen ihre Nester bauten. Ich spürte, wie Qatou in meiner Tasche zitterte, und musste selbst die Tränen wegblinzeln, weil der Anblick mich noch viel stärker traf als der des zerstörten Dorfes.

Der Wald starb. Mit ihm Tausende unschuldige Seelen. Und ich war mittendrin und konnte doch nur hilflos dabei zusehen, wie die Flammen alles verzehrten, bis auch mein letzter Ausweg vernichtet war.

Hitze fraß sich durch meine Kleidung. Schweiß mischte sich unter die Tränen, die mir inzwischen ungehemmt übers Gesicht liefen. Qatou fiepte leise. Und irgendwo in meinem Hinterkopf fragte eine verzweifelte Stimme, wie das alles hatte passieren können.

Als ich die Augen aufschlug, meinte ich noch immer verbrannte Erde auf meiner Zunge zu schmecken. Es dauerte eine Weile, bis ich realisierte, dass alles nur ein Albtraum gewesen war. Orientierungslos blinzelte ich in das schummrig-blaue Licht meiner Höhle.

Ich konnte nicht einschätzen, wie spät es war – das hatte ich im Gegensatz zu den anderen nie gekonnt –, aber so müde wie ich mich fühlte, kam es mir vor, als wäre kaum ein Augenblick vergangen, seit ich mich hingelegt hatte. Und doch ließen sich die Bilder in meinem Kopf nicht abschütteln. Alles war so real gewesen vom Knacken brechender Äste bis zum schneidenden Geruch des Feuers. Ich erschauderte.

»Qatou?« Nicht einmal meine Stimme klang nach mir, als ich besorgt nach ihm rief.

Über meinem Kopf regte sich etwas. Ich hörte das aufgeregte Flattern winziger Flügel, bevor er auf meiner Brust landete. Weiche Pfötchen berührten mein Kinn, Fühler kitzelten meine Lippen und entlockten mir ein erleichtertes Lächeln. Qatou war hier. Wohlbehalten. Und ich zu Hause in meiner engen Baumhöhle – das Feuer nichts als eine finstere Traumerscheinung.

Nach unserer kurzen Begrüßung begann Qatou zu schnurren, während ich die Erinnerungen an die Nacht beiseitezuschieben versuchte. Nur ließ mich das mulmige Gefühl nicht los. Ob ich mit dem Seher darüber sprechen sollte? Normalerweise ermahnte er uns, nicht zu viel in Träume hineinzuinterpretieren. Aber das eben hatte sich so … echt angefühlt. Als wäre ich selbst dort gewesen. Möglicherweise hatte es doch etwas zu bedeuten. Eine Warnung, die der Wald mir geschickt hatte.

Entschlossen stand ich auf, wodurch Qatou fast von meiner Hängematte fiel. Ich ignorierte sein empörtes Fiepen, streckte mich einmal ausgiebig und band meine langen schwarzen Haare neu zusammen, denen man ansah, wie unruhig ich geschlafen hatte. Von draußen drangen die Geräusche des Dorfes zu mir herein, raschelnde Blätter, Kinderstimmen, das Hämmern der Nerborin, deren Werkstatt nur einen Baum entfernt lag.

Ich trat nach draußen und atmete erleichtert die frische, kühle Luft ein. Der schmale Holzsteg unter meinen Füßen, der sich spiralförmig um den Baum wand, fühlte sich angenehm vertraut an. Überrascht stellte ich fest, dass es schon helllichter Tag war. Der durch das dichte Blätterdach fallende Sonnenschein tauchte das Dorf in sanftes grünes Licht. Alles war so, wie es sein sollte. Die schier endlos hohen Bäume mit den zahlreichen Höhlen darin unangetastet. Ebenso die Brücken, Rampen und Rutschen, die sie mit ihren Ästen scheinbar willkürlich formten. Selbst der Tau, der in winzigen Wasserfällen von den riesigen Blättern in die Tiefe stürzte. Lichtstrahlen verfingen sich darin, ließen das Wasser funkeln wie Millionen Diamanten. Ich legte den Kopf zurück, um ein paar Tropfen, die direkt neben mir niedergingen, mit meinem Mund aufzufangen, und wusch mir den Schweiß aus dem Gesicht.

Auf einen leisen Pfiff flatterte Qatou auf meine ausgestreckte Hand und tat es mir gleich. Eine Angewohnheit, die er sich zugelegt hatte, seit er beschlossen hatte, mir nicht mehr von der Seite zu weichen.

Liebevoll beobachtete ich ihn dabei, wie er zwei seiner sechs Pfötchen mit Wasser benetzte, um sich damit erst seine langen Ohren, dann das dichte weiße Fell und zum Schluss die schmetterlingsartigen Flügel auf dem Rücken zu waschen.

Als er sich hübsch genug fühlte, um den Tag zu beginnen, schüttelte er sich und flatterte davon. Doch wenn ich eines über Qatou wusste, dann, dass er sich nie allzu weit von mir entfernte. Ich sah ihm nach, wie er in den Baumkronen verschwand, um nach Beeren oder Pilzen zu suchen, bevor ich mich selbst auf den Weg machte.

Während ich durchs Dorf spazierte, wurde mir klar, dass ich nicht so lange geschlafen hatte, wie zunächst vermutet. Die Sonne stand zwar bereits hoch am Himmel, doch das Getümmel war übersichtlich. Einige Kinder waren schon auf den Beinen, spielten allerdings nur. Ihr Unterricht bei den Houran hatte noch nicht begonnen.

Eine Gruppe Komen versammelte sich vor der Gemeinschaftshöhle, um gleich im umliegenden Wald Früchte für unser Essen zu sammeln. Obwohl sie ein Stück von mir entfernt standen, musste ich mich nicht einmal anstrengen, um ihre mürrischen Mienen zu bemerken. Jeden Tag schliefen sie weniger, um das Dorf noch ein bisschen früher zu verlassen, um sich noch weiter in den Wald hinauszuwagen. Denn ihre Erträge fielen immer geringer aus. Vorsichtig reckte ich den Hals, bis ich Dhan unter ihnen entdeckte. Ich lächelte leicht, wollte ihm zuwinken, doch er wirkte angespannt und war ganz vertieft in die Ansprache seines Ausbilders.

Obwohl die frische Luft mir guttat, überprüfte ich jeden Winkel des Waldes zweimal. War das ein Funke oder doch nur ein Glühwürmchen? Roch es nach Rauch oder bildete ich es mir ein? Die Bilder aus meinem Traum saßen mir immer noch tief in den Knochen, doch mit jedem Stück, das ich zurücklegte, wurde mein Verstand klarer.

Ich wählte einen Weg zum Heiligen Baum, auf dem mir nur wenige andere Menschen begegnen würden. Mir stand nicht der Sinn nach einem Gespräch – vor allem nicht heute. So folgte ich dem spiralförmigen Weg, der sich um den Baum wand, aufwärts, bis ich einen langen Ast erreichte, der wie eine Brücke zum nächsten ragte.

Das Labyrinth aus verschlungenen Baumpfaden im Dorf konnte selbst für Menschen, die ihr ganzes Leben hier verbracht hatten, eine Herausforderung darstellen, denn die Dagun veränderten den Aufbau regelmäßig, um ihn den Bedürfnissen der Bewohner anzupassen. Mehrmals musste ich umkehren, weil ein Ast ins Nichts ragte, dabei hätte ich schwören können, dass er vor einigen Tagen noch in eine andere Richtung gezeigt hatte. Aber letzten Endes erreichte ich mein Ziel.

Am südlichen Zipfel des Dorfes lag ein See, in dessen Oberfläche sich die Baumkronen so klar spiegelten, dass es mir manchmal so erschien, als würde ich mich an der Grenze zwischen zwei Welten bewegen. Einzelne aus dem Wasser ragende Steine bildeten einen Pfad, dem ich nun zur Insel in der Mitte des Sees folgte.

Der Heilige Baum war eine Versammlungs- und Gebetsstätte für alle Bewohner des Dorfes, doch jedes Mal, wenn ich auf dem Weg dorthin von Stein zu Stein hüpfte und die leuchtenden Fische unter der Wasseroberfläche mich neugierig betrachteten, kam ich mir wie ein Eindringling vor. Als würde ich etwas Verbotenes tun.

Gänsehaut bildete sich auf meinen Armen, als ich die Insel betrat, auf der ein einziger, gigantischer Baum wuchs, dessen Äste die gesamte Umgebung überspannten. Die Höhlen in seinem Inneren waren nicht von uns erschaffen worden, denn es war untersagt, den *Heiligen Baum, Ulun Purlutai*, mithilfe von Magie zu verformen. Stattdessen fanden hier die Geschöpfe des Waldes ein Zuhause. Mogus, wie Qatou einer war, aber auch Vögel, Nagetiere und die Telai, schneckenartige Kreaturen, die nachts aus ihren Schlupfwinkeln in der Baumrinde krochen und in bunten Farben leuchteten. Das Einzige, was überhaupt auf die Anwesenheit von Menschen hindeutete, war eine aus dem Boden ragende Wurzel, in deren Schutz sich ein einzelner Stein befand. Auf ihm saß der Mann, den ich suchte. Seher Khar – der Qo'aivyn.

Beklommen blieb ich in einigem Abstand vor ihm stehen und fragte mich, ob es wirklich so eine kluge Idee gewesen war, hierherzukommen. Plötzlich erschien es mir albern, den Qo'aivyn mit meinem Anliegen zu belästigen, und ich fühlte mich wie ein kleines Kind, das seine Eltern nachts wegen eines schlechten Traums aus dem Bett holte. Doch ehe ich es mir anders überlegen konnte, hatte Seher Khar mich entdeckt.

»Tritt heran.«

Ich schluckte schwer und verschränkte die Hände vor meinem Körper, um das Zittern darin zu verbergen. Mit vorsichtigen Schritten ging ich auf den Stein zu. Er war nicht sonderlich hoch, leicht zu erklimmen, doch es reichte, um den Größenunterschied zwischen dem Qo'aivyn und mir zu betonen und mich zusätzlich einzuschüchtern. Der Schatten der Baumwurzel hüllte den Boden um mich herum in Dunkelheit, während ein einzelner Lichtstrahl genau so durch eine Lücke brach, dass er den Seher in strahlendes, warmes Licht tauchte.

Wie immer, wenn ich ihn sah, überraschte mich sein Alter. In meiner Vorstellung war der Seher so alt wie der Wald selbst, doch der Mann, der vor mir saß, hatte kaum dreißig Sommer erlebt. Seine Haut war blass wie meine eigene und auf seiner Stirn entdeckte ich feine Fältchen, die sich vertieften, als ich mich vorsichtig räusperte. Er verlagerte sein Gewicht nach vorn, wobei der Stoff seiner weißen Robe leise raschelte, und musterte mich.

»Kaeliah.«

Es verblüffte mich, dass Seher Khar meinen Namen kannte. Schließlich lebten allein im Dorf fast zweitausend Menschen – unzählige weitere Mitglieder unseres Volkes waren in anderen Gebieten der Wispernden Wälder verstreut.

»Qo'aivyn«, erwiderte ich und verbeugte mich leicht. »Ist es gerade ungünstig?«

Ich zwang mich, die Nervosität abzuschütteln, um nicht wie ein kleines Kind zu wirken. Selbstbewusst reckte ich das Kinn. Wenn der Seher meinen Albtraum nicht weiter besorgniserregend fand, würde er mir das schon sagen.

Er schüttelte den Kopf und lehnte sich wieder zurück, die Hände locker auf seinen überkreuzten Beinen. »Wie kann ich dir helfen?«

»Ich brauche deinen Rat«, begann ich, wobei ich unschlüssig von einem Bein aufs andere trat. Bisher hatte ich noch nie die Hilfe des Sehers gesucht und wusste nicht so recht, was von mir erwartet wurde. Sollte ich mich hinsetzen, knien oder weiter hier herumstehen? »Ich hatte einen … Traum.«

»Einen Traum?« Allein die Art, wie er missbilligend die Brauen zusammenzog, ließ mich mein Handeln sofort bereuen. Aber nun gab es kein Zurück.

»Qo'aivyn. Ich weiß, du hast vor Kurzem erst darüber gesprochen, dass Träume normalerweise nichts zu bedeuten haben.«

»Das habe ich«, fiel er mir ins Wort.

»Dieser Traum hat sich nur so … *anders* angefühlt. Der Wald hat gebrannt und ich war mittendrin, alles war so echt. Es kam mir mehr wie eine Vision oder etwas in der Art vor.«

»Kaeliah.« Er hatte den Kopf in den Nacken gelegt und tauchte sein Gesicht in die Sonnenstrahlen, als würden sie ihm Worte zuflüstern. »Was weißt du über den Wald?«

Ich seufzte. »*Gourbolun* ist ein lebendiges Wesen«, wiederholte ich das Wissen, das mir von Kindesbeinen an beigebracht worden war. »Er besitzt ein eigenes Bewusstsein, kann fühlen wie wir Menschen auch.«

»Und er kommuniziert einzig und allein mit dem Qo'aivyn.« Der Seher strich mit den Fingern über die Oberschenkel, bevor er von dem Stein glitt. Beinahe lautlos kam er neben mir auf dem Boden auf und war mit einem Mal sogar kleiner als ich. Väterlich legte er die Hand auf meine Schulter. »Kaeliah. So etwas wie *Visionen* gibt es nicht. In unseren Träumen verarbeiten wir oft unsere eigenen Gedanken und Gefühle, was in der Vergangenheit hin und wieder zu der Auslegung geführt hat, es gäbe Menschen, die in die Zukunft sehen können.«

»Ich weiß.«

»Bist du vielleicht unruhig oder verängstigt? Bereitet dir etwas Sorgen? Die Zeremonie heute Nacht?«

Unwillkürlich fiel mein Blick auf die Halskette, die der Seher trug. An einem opulenten Band aus Gold baumelte ein schlanker weißer Edelstein, der die Länge meines Zeigefingers besaß und von innen heraus zu glühen schien. Ein Qo'ai, ein Kristall aus dem Harz des Heiligen Baumes, der jedem Menschen meines Volkes nach seinem achtzehnten Sommer übergeben wurde, um aus ihm ein vollwertiges Mitglied der Gesellschaft zu machen.

Energisch schüttelte ich den Kopf. »Ich bin aufgeregt, ja, aber ich vertraue darauf, dass Gourboluns Entscheidung mich in eine gute Zukunft führen wird«, antwortete ich und meinte meine Worte auch genau so. Ich war nicht nervös oder gar ängstlich wegen der Zeremonie, sondern vielmehr erwartungsvoll.

»Sehr gut.« Der Seher nahm die Hand von meiner Schulter. »Dann sehe ich dich heute Abend.«

Er ließ mir keine Zeit, Widerworte einzulegen, geschweige denn mich angemessen zu verabschieden. Meine überrumpelte Verbeugung sah er schon gar nicht mehr, da er sich längst abgewandt hatte und in Richtung des Pfads schlenderte, der am Ufer der kleinen Insel entlangführte. Als hätte unser Gespräch gar nicht stattgefunden. Als hätte mein Albtraum keinerlei Bedeutung – was vermutlich der Wahrheit entsprach, obwohl mein Bauchgefühl mir etwas anderes weismachen wollte.

Überfordert blieb ich unter der Wurzel stehen, ohne eine Ahnung, was ich mit dem Rest des Tages anfangen sollte. Andere Jugendliche in meinem Alter verbrachten ihren letzten Tag als »Kinder« mit ihren Eltern, legten Schmuck und schöne Kleider an oder bereiteten sich mental auf die Zeremonie vor, die buchstäblich ihr Leben veränderte. Aber ich? Ich hatte niemanden, der mir Gesellschaft leisten würde. Nur Qatou, der mit einer Beere zwischen den Pfoten auf meiner Schulter landete und seine Zähne in das pinkfarbene Fruchtfleisch schlug.

II

KAE

In den Wispernden Wäldern waren die Nächte mit der Magie getränkt. Daher war es kein Wunder, dass die meisten Dorfbewohner es vorzogen, bis lange nach der Dämmerung wach zu bleiben. Statt durch Blätter gefiltertes Sonnenlicht war es dann der Wald selbst, der die Welt erhellte. Die Telai, die aus ihren Verstecken krochen und in allen Farben des Regenbogens schimmerten, Spinnennetze, die aussahen, als wären sie aus glühender Seide gesponnen, und die vielen, vielen anderen Kreaturen, deren Fell, Schuppen oder Federn leuchteten wie die Sterne. Man erzählte sich, dass die Tiere des Waldes aus Licht geschaffen waren, und in Nächten wie heute glaubte ich sogar daran.

Obwohl ich den ganzen Tag wenig zu tun gehabt, mich nur am Fluss gewaschen und frische Kleidung angelegt hatte, zögerte ich meinen Aufbruch zum Heiligen Baum bis zum letzten Moment hinaus. Immer wieder zupfte ich den weichen schwarzen Stoff des geliehenen Gewandes zurecht, das sich wie ein Fremdkörper auf meiner Haut anfühlte. Zusammen mit den Bändern in meinen Haaren und den vielen Ketten und Gürteln, die mein Körpergewicht vermutlich verdoppelten, erweckte ich zwar den Anschein, als wäre ich Teil der Zeremonie, aber es fühlte sich nicht so an. Ich vermisste meine kurze Kleidung, in der ich mich frei bewegen und den Wind auf meinen Gliedern spüren konnte. Stattdessen steckte ich in diesem Kokon aus Stoff fest. Einen Vorteil hatte der jedoch …

Ich unterdrückte ein Kichern, als Qatou es sich auf Höhe meiner Brust bequem machte. Durch die Gürtel um meine Taille bildete die Seide eine Art Tasche, in der der Mogu selbst während der Zeremonie nicht von meiner Seite weichen musste.

»Kae?«

Ich runzelte die Stirn, als jemand meinen Namen rief, und bevor ich die Stimme zuordnen konnte, stand Dhan auch schon in meinem Zimmer. Das schiefe Lächeln auf seinem Gesicht wirkte vorsichtig, fast so als fürchtete er, ich könnte ihm den Kopf abbeißen.

»Solltest du nicht mit den anderen bei *Ulun Purlutai* sein?«, fragte ich.

»Sollte ich.« Seine Mundwinkel hoben sich noch ein Stück mehr und ein schelmisches Funkeln erhellte seine braunen Augen. »Aber ich wollte sichergehen, dass du keine kalten Füße bekommst.«

»Meinst du das ernst?« Ich überbrückte die winzige Distanz zwischen uns und blickte ihn herausfordernd an. »Wieso denken alle, dass ich Angst vor der Zeremonie habe?«

»Weil es ein großes Ereignis ist, das über deine ganze Zukunft bestimmt? Du behauptest doch nicht etwa, dass du nicht zumindest ein kleines bisschen nervös bist?«

Ich musterte Dhan. Angefangen bei seinen zerzausten braunen Haaren, über sein feines Gesicht, die vollen Lippen und seine Wangen, auf denen der Hauch eines Bartschattens lag, bis hinab zu seiner Kette. Seinen grünen Qo'ai hatte er vor drei Monden erhalten. Jetzt war er einer der Komen, die die Plantagen am Rand des Dorfes betrieben und den Wald auf der Suche nach Nahrungsmitteln durchstreiften. Seit der Zeremonie hatte ich ihn nur von Weitem zu Gesicht bekommen. Er kam mir älter vor. Erwachsener. Ernster.

»Wieso bist du hier?«, überging ich seine Frage und erntete ein Schulterzucken.

»Ich dachte …« Er starrte an die niedrige Decke. »Ich dachte nur, dass du dich vielleicht wohler fühlst, wenn du nicht allein bei der Zeremonie erscheinen musst.«

Ich schluckte, um das Unwohlsein loszuwerden, das sich augenblicklich in meiner Brust zusammenbraute. Es war üblich, dass Kinder von ihrer ganzen Familie zur Feier gebracht wurden – eine Art Übergabe, die die Brücke ins Erwachsenenalter symbolisierte. Aber ohne Mutter, Vater, Großeltern oder sonstige Verwandtschaft gab es niemanden, der mich zum Heiligen Baum hätte begleiten können.

»Ist das denn erlaubt?«, fragte ich mit belegter Stimme und Dhan lächelte. Zärtlich strich er mir eine lose Haarsträhne hinters Ohr.

»Denkst du, das interessiert mich?«

Seine Worte brachten mein Herz kurz zum Stolpern, woraufhin ich ihn leicht überfordert in eine Umarmung zog. Dhan und ich waren von Kindesbeinen an befreundet, doch anders als alle anderen war er nie von meiner Seite gewichen. Und das bis heute.

»Du zitterst«, stellte er fest.

»Das bin nicht ich.« Schnell rückte ich wieder von ihm ab, während Qatou knurrend aus meinem Kleid kletterte.

»Hast du etwa vor, den kleinen Waldgeist mitzunehmen?«

»Nicht, dass er mir eine andere Wahl lässt.« Zärtlich streichelte ich ihm über den Rücken, worauf er sich beruhigte und sich wieder in seine Stoffhöhle verkroch. Wie gesagt – ich hatte keine Wahl. Wie auch bei der Zeremonie. Oder der Tatsache, dass ich es vorgezogen hätte, mich allein auf den Weg zu machen. Denn obwohl ich Dhans Geste schätzte, wäre es mir lieber gewesen, den Abend einfach hinter mich zu bringen, ohne dass die Leute darüber tuschelten, wieso ich *nicht* allein auftauchte.

»Hast du deinen Kranz?«, fragte Dhan.

»Ja.« Ich ging zu der Stelle, wo die Wand meiner Höhle eine Knolle formte, die ich als Tisch nutzte. Dort hatte ich die letzten

Wochen damit zugebracht, meinen Juge-Kranz zu formen und zu perfektionieren. Unmittelbar nach unserer Geburt wurde am Rande des Dorfes ein Juge-Strauch gepflanzt, der mit uns wuchs, bis wir alt genug für die Zeremonie waren. Wie auch alle anderen, die gleich mit mir ihren Qo'ai erhalten würden, hatte ich die Zweige vor Kurzem beschnitten und daraus einen Kranz geformt. Die grünen herzförmigen Blätter raschelten, als ich ihn hochnahm.

»Dann sollten wir los.«

Wieder kam mir der Gedanke, dass ich eigentlich lieber allein losgegangen wäre, doch statt etwas zu sagen, versuchte ich ein Lächeln aufzusetzen. Es war schon spät, und wenn eines in diesem Dorf noch skandalöser war, als allein mit einer Person aus einer anderen Familie bei einem Fest aufzutauchen, dann die Unverschämtheit, unpünktlich zum wichtigsten Tag seines Lebens zu erscheinen.

»Hast du eigentlich einen Wunsch, in welche Zunft dich *Ulun Purlutai* schicken soll?«

»Nein.« Dhans ausgestreckte Hand ignorierend hüpfte ich von einer Wurzel und ging zielstrebig weiter in Richtung Dorfrand. Inzwischen war ich doch nervös, aber nicht wegen der Zeremonie, sondern weil mir klar wurde, dass ich viel zu lange getrödelt hatte. »Hattest du einen?«

»Ich wollte zu den Dagun – aber ich kann mich nicht über die Komen beschweren.«

Die Farbe Gelb stand für die Dagun, eine kleine, dennoch hoch angesehene Zunft, die mithilfe von Lichtmagie das Wachstum der Bäume beeinflussen konnte.

Ich fragte mich, ob mein Schicksal wohl bei ihnen auf mich wartete oder ob der Heilige Baum eine andere der insgesamt sieben

Zünfte für mich vorsah. Mit den Händen war ich nicht sonderlich geschickt, wie ich beim Stecken meines Kranzes gemerkt hatte, also machte er hoffentlich keine Quturtan aus mir, die Stoffe und Kleidung für das Dorf herstellte. Vielleicht eine Takoutan? Menschen, die dem Seher bei seinen Aufgaben halfen und sich um die hilfsbedürftigen Mitglieder der Gesellschaft kümmerten? Allerdings konnte ich nach der Begegnung am Morgen gut darauf verzichten, näher mit dem Qo'aivyn zu tun zu haben.

Die Fische im See erstrahlten in der Nacht besonders stark und erhellten mit ihrem warmen Schein die Bäume in der Umgebung, während das Wasser wirkte, als bestünde es aus flüssigem Feuer. Von der Insel drang bereits Stimmengewirr zu uns herüber und ich beeilte mich, den Steinpfad zu überqueren.

Auf der anderen Seite erwarteten mich Seher Khar und die anderen Jugendlichen samt ihren Familien, die mich missbilligend musterten. Ich starrte ausdruckslos zurück und zuckte kurz zusammen, als Dhan mir die Hand auf die Schulter legte. Er meinte es gut, doch seine Anwesenheit machte die angespannte Stimmung nicht erträglicher.

Keiner sprach ein Wort, als der Seher uns bedeutete, ihm zu folgen. Er führte uns zu der riesigen Wurzel, unter der er am Morgen meditiert hatte und nun das gesamte Dorf versammelt war. Tuschelnd knieten sie auf dem Boden, alle bei ihren Zünften, in neugieriger Erwartung auf den Beginn der Zeremonie.

Seher Khar führte uns direkt an die Stelle, wo die gigantische Wurzel im Boden versank, und bedeutete uns, dort zu warten. Er selbst schloss die Hand um den weißen Bernstein an seinem Hals und summte eine mir fremde Melodie.

Wie auf ein unsichtbares Zeichen erklang der Schlag einer Trommel. Der wortlose Gesang des Qo'aivyn wurde lauter und nun setzte auch der Rest des Volkes mit ein. Stimmen mischten sich unter den Rhythmus, wurden zu einer eigentümlichen Melodie, die mich an das Brummen eines riesigen Insektenschwarms erinnerte. Gänsehaut bildete sich auf meinen Armen und Dhan verstärkte den Griff um meine Schulter. Doch seine Anspannung war nichts im Vergleich zu der nackten Angst, die ich auf den Gesichtern der anderen Jugendlichen erkannte.

Statt sie anzusehen, wandte ich meinen Blick zu den Bewohnern des Dorfs, die sich im Takt der Melodie hin- und herwiegten. Sie alle trugen ihre Kristalle deutlich zur Schau, sodass sie zu einem riesigen Regenbogen verschwammen, der in dieser Neumondnacht heller erstrahlte als all die anderen Lichter zusammen.

Hinter ihnen am Stamm hatten die Gurangin bereits das Festmahl zubereitet, das nach der Zeremonie verspeist werden würde. Ein fruchtiger Duft wehte zu mir herüber, doch ich kam nicht umhin festzustellen, dass die Auswahl kleiner war als sonst bei feierlichen Anlässen. Die vielen Körbe und Töpfe waren teilweise nicht einmal bis zur Hälfte gefüllt. Ein Anblick, der mir einen Schauer den Rücken hinablaufen ließ.

Was auch immer der Heilige Baum für mich vorgesehen hatte, ich hoffte, dass ich in meiner neuen Rolle dabei helfen konnte, die Krise zu überwinden.

»Sureene.«

Das Mädchen, das mir am nächsten stand, zuckte erschrocken zurück, als der Seher ihren Namen aufrief. Ihre Eltern mussten sie förmlich in seine Richtung schieben, doch die letzten drei Schritte hatte Sureene allein zu gehen. Ihre Familie nickte ihr wohlwollend zu, bevor sie sich abwandte und zu den anderen Menschen ihrer Zunft setzte, um in den Gesang miteinzustimmen.

Sureene war beim Seher angelangt, der ein paar Worte mit ihr wechselte, die ich aus der Distanz nicht verstand. Sie nickte und ging in die Knie, um ihren Kranz an die Wurzel des heiligen Baumes zu legen, ein Gebet auf den Lippen. Einige Momente verstrichen, ehe sie sich wieder aufrichtete, wobei ihre Augen im bunten Licht glasig wirkten. Nun reichte Seher Khar ihr ein Messer, wieder ein Nicken. Dann holte sie aus und stach die Klinge in die Wurzel des Heiligen Baumes.

Unter der Rinde strahlte ein grellweißes Licht, das sich in winzigen Tropfen in die Hand des Mädchens ergoss. Kurz kam mir der wirre Gedanke, dass sie sich daran verbrennen müsste, doch entgegen ihrer bisherigen Furcht zuckte sie jetzt nicht einmal mit den Wimpern.

Sobald der letzte Tropfen des Baumharzes in ihrer Hand gelandet war, schloss Sureene ihre Finger um das Material und wartete. Ein paar Takte der Musik verstrichen, bis Seher Khar ihr bedeutete, dass es an der Zeit war. Sie öffnete ihre Finger, und der Bernstein, der sich darin gebildet hatte, leuchtete in strahlendem Orange.

»Gurangin!«, verkündete der Qo'aivyn.

Ich meinte Freudentränen auf Sureenes Gesicht zu erkennen, als sie sich in den Reihen ihrer neuen Zunft niederließ, direkt an der Seite ihrer Eltern, wo sie fortan dafür sorgen würde, dass unser Volk stets warme Speisen hatte.

Anschließend rief der Seher den Nächsten zu sich. Soqe, der ebenfalls zu den Gurangin gehören sollte. Dann Jeruli, die der Heilige Baum zu den Takoutan schickte, und Areen, der sich mit einem blauen Stein in der Hand zu den Houran, den Lehrern und Geschichtsschreibern, setzte.

Natürlich kam ausgerechnet ich als Letzte an die Reihe, aber das hatte ich wohl verdient, nachdem ich die anderen hatte warten lassen. Auf halber Strecke zum Seher ließ Dhan von mir ab. Beinahe kraftlos glitt seine Hand von meinem Rücken und ich sah aus dem Augenwinkel, wie er sich bei den anderen Komen niederließ. Ab hier war ich auf mich allein gestellt. Ich reckte das Kinn noch ein Stück, um kein ebenso verängstigtes Bild wie die anderen abzugeben. Qatou an meiner Brust zitterte jedoch mit jedem Schritt mehr, als wüsste er, dass gleich etwas Wichtiges geschehen würde.

Als ich den Qo'aivyn erreichte, starrte dieser mich nur wortlos an. Anscheinend hatte er entschieden, dass ich genug gesehen hatte, um zu wissen, was ich zu tun hatte. Ich atmete tief ein und kniete mich auf den Boden, um meinen Kranz zu den anderen zu legen, wobei mir auffiel, wie viel kleiner er im Vergleich war. Mein Herz zog sich unangenehm zusammen. Eigentlich wurde der Juge-Strauch bei der Geburt gepflanzt, doch anders als die anderen war ich nicht im Dorf geboren worden. Die Komen hatten mich im Wald gefunden, als ich bereits ein paar Sommer alt gewesen war. An das, was davor war, erinnerte ich mich nicht. Und die meiste Zeit fragte ich mich auch nicht, wer meine Eltern waren, oder was passiert war. Außer jetzt, wo ich meinen kleinen Kranz neben den anderen sah.

Ich schloss die Augen und murmelte mein Gebet, um den Schmerz in meiner Brust zu verdrängen. Danach richtete ich mich auf, nahm dem Qo'aivyn das Messer ab und wandte mich der mächtigen Wurzel zu, in deren Schatten ich mir wie ein winziges Insekt vorkam. Ich entdeckte zahlreiche Kratzer in der Rinde von den Tausenden vor mir, die diese Zeremonie bestritten hatten. Und wie auch sie würde ich meinen Platz in der Gesellschaft finden. Meine Herkunft spielte keine Rolle.

Entschlossen stach ich das Messer in die Rinde des Baumes. Wie bei den anderen öffnete sich eine kleine Mulde, aus der nach kurzer Zeit weiß schillerndes Harz tropfte. Unbeholfen formte ich mit der Hand eine Schale, um das kostbare Material aufzufangen, und legte meine Finger darum, sobald der Strom versiegte.

Dann wartete ich.

Ich hatte keine Ahnung, ob ich etwas Besonderes sehen oder spüren sollte, während sich der Bernstein formte. Ein Kribbeln in meiner Brust? Eine Vision meiner Zukunft? Obwohl – diese gab es laut dem Qo'aivyn ja nicht. Aber vielleicht etwas anderes, das diesen Moment außergewöhnlich machte.

Aber da war nichts. Ich war einfach nur ich. Und ich blieb auch ich, als der Seher mir endlich das Zeichen gab, mich dem Volk zuzuwenden und meine Hand zu öffnen. Tief durchatmend kam ich seiner Aufforderung nach und hätte meinen Qo'ai vor Überraschung beinahe fallen gelassen.

Er war nicht grün wie der meines Freundes Dhan. Oder orange, blau oder violett wie bei den Jugendlichen zuvor. Auch nicht gelb. Oder rot. Oder magentafarben. Sondern weiß. Weiß wie die Farbe des Harzes, bevor es sich verfestigte. Weiß wie der Qo'ai, den Seher Khar besaß.

Der Gesang und die Trommeln verebbten, noch ehe der Qo'aivyn meine Bestimmung verkündete. Ein Wimpernschlag, in dem der gesamte Wald den Atem anzuhalten schien. Ich spürte Überraschung, Verwirrung, aber vor allem Panik, als ich den Blick hob und dem Seher in die Augen schaute. Der kalte Zorn darin traf mich wie ein Blitzschlag, riss mir den Boden unter den Füßen weg und ließ mich gleichzeitig wünschen, ich hätte das Weite gesucht, statt zur Zeremonie zu erscheinen.

Der Erste, der die Stimme erhob, war auch nicht der Seher. Oder ich. Sondern ein alter Mann, der in der vordersten Reihe saß.

»Qo'aivon!«, verkündete er ehrfürchtig, bevor er die Hände erst in die Höhe streckte und sich anschließend verbeugte. Als hätte es nur einen Auslöser gebraucht, taten die anderen es ihm gleich. Eine Kettenreaktion, die wie eine Welle durch mein Volk ging. Einige riefen meinen Namen. Andere »Qo'aivon«. Sehersanwärterin. Und meinten damit mich. Ausgerechnet. Das Waisenmädchen, das niemals irgendwo dazuzugehören schien.

Unbändiger Stolz ließ meine Brust anschwellen, ein Lächeln meine Mundwinkel nach oben wandern. Heute Morgen war ich als niemand aufgewacht, aber jetzt war ich Kaeliah, Qo'aivon der Eijn. Und zum ersten Mal in meinem Leben hatte ich das Gefühl, wirklich ein Teil meines Volkes zu sein.

III

HUNTER

Vier Wochen später

Als Prinz eines mächtigen Imperiums wurde man auf viele Dinge vorbereitet. Auf Ansprachen und Bälle. Banketts und diplomatische Besuche. Darauf, in der Öffentlichkeit jederzeit sein Gesicht zu wahren. Aber niemals auf die zerstörerische Gewalt des Verlusts eines geliebten Menschen.

Als Dr. Hemsworth endlich aus dem Krankenzimmer trat, hatte sich die Kälte längst in meine Glieder gefressen. Seit Stunden saß ich hier auf dem Korridor, wie es sich für einen Prinzen eigentlich nicht gehörte. Aber was hätte ich sonst tun sollen?

Der hagere Arzt, der meiner Familie schon seit Ewigkeiten diente, entdeckte mich und schüttelte nur still den Kopf, bevor er sich empfahl. Ich sah ihm nicht hinterher. Stattdessen erhob ich mich von meinem Platz auf dem Boden und näherte mich dem Raum. Dabei hätte ich so viel lieber das Weite gesucht.

Auf das, was ich dort drinnen vorfinden würde, hatte mich niemand vorbereitet, aber ich schluckte meine Angst herunter, weil ich meine Pflicht kannte. Und weil ich meine Mutter jetzt unmöglich allein lassen konnte.

Vorsichtig schob ich die Tür des Zimmers auf, das im Vergleich zum Rest des Palastes ungewohnt zweckmäßig eingerichtet war.

Laken, Wände, Vorhänge – alles in Weiß. Selbst der Fußboden kam mir blasser vor.

Meine Mutter saß am Fußende des langen Bettes, das einen Großteil des hohen Raumes einnahm. Sie hatte das Gesicht in den Händen vergraben und ihr sonst so fein frisiertes braunes Haar hatte sich aus dem Dutt gelöst, während Schluchzer ihren zierlichen Körper erzittern ließen.

Mit aller Kraft zwang ich mich dazu, meinen Blick nicht auf ihr verharren zu lassen. Mir stattdessen die reglose Gestalt im Bett anzusehen. Meinen Bruder, dessen sonnengeküsste Haut auf einmal ganz fahl war, passend zum Rest des Raumes. Seine Miene wirkte friedlich. Der Arzt hatte vermutlich ein spezielles Mittel verwendet, um die bläulichen Lider zu schließen und seine blutunterlaufenen Augen darunter zu verstecken. Nur an Alexanders Lippen haftete noch ein verräterischer Hauch Rot.

Ich hatte im Leben schon viele Menschen gesehen, die den Sporen erlegen waren, doch nicht einmal in meinen schlimmsten Albträumen hatte ich daran gedacht, dass dieses Schicksal meinen Bruder ereilen könnte.

Ich drehte den Kopf zur Seite, weil ich seinen Anblick nicht länger ertrug, und bemühte mich, meine brodelnden Gefühle im Zaum zu halten. Angespannt biss ich die Zähne zusammen, während ich mich auf den freien Stuhl neben meiner Mutter setzte. Sie weinen zu sehen, hinterließ eine seltsame Beklommenheit in meiner Brust. Die mächtigste Frau der Welt schien auf einmal winzig klein.

Hilflos legte ich ihr eine Hand auf den Rücken, was sie erschrocken zusammenfahren ließ. Wie ertappt richtete sie sich auf und wischte die Tränen ab, doch ihr Gesicht war völlig verquollen.

»Wann bist du reingekommen?«

»Gerade eben.«

Sie nickte. »Dein Bruder …« Ihre sonst so feste Stimme klang fragil, zart wie frisch gefallene Schneekristalle.

»Ich weiß.«

Ich widerstand dem Impuls, erneut hinzusehen. Es war schon zu viel gewesen, ihn halb erstickt in der Orangerie zu finden, wo er immer hingegangen war, um den Kopf freizubekommen und frische Luft zu schnappen. *Frisch* – oder wie man es sonst nennen wollte in einem Land, in dem ein bloßer Spaziergang im Garten tödlich enden konnte.

Seit ich Alexander dort entdeckt hatte, war ein ganzer Tag vergangen. Zuerst hatte der Arzt ihm gute Überlebenschancen eingeräumt, doch über Nacht hatte sich sein Zustand drastisch verschlechtert. Und jetzt, kurz nach Sonnenaufgang, hatten die toxischen Sporen, die er eingeatmet hatte, seine Lunge vollständig zersetzt. Alexander Louis Athgolan, Kronprinz und zukünftiger Kaiser des Eisernen Imperiums, dahingerafft von demselben Gift, das sein Volk schon seit Jahrzehnten wie die Fliegen sterben ließ.

Neben mir räusperte sich meine Mutter und nahm eine aufrechte Haltung an. Ich sah förmlich, wie sie die liebende Mutter in sich hastig begrub, um stattdessen die Herrscherin heraufzubeschwören.

»Hunter.« Jetzt verwendete sie die ruhige Stimme, die sie für unliebsame Besprechungen reserviert hatte. »Wir müssen über deine Zukunft sprechen.«

Ich blinzelte verwirrt, konnte nur mit Mühe verhindern, dass mir der Mund offen stand. »Meine Zukunft?«

»Deine Zukunft.«

»Ist das dein verdammter Ernst?« Da waren sie, die Emotionen, die ich bis eben noch sorgsam unter Verschluss gehalten hatte. »Du willst *jetzt* über meine Zukunft sprechen?«

»Es ist nicht nur deine, sondern die des ganzen Landes.«

Ich schoss in die Höhe. »Und das Scheiß-Land kann nicht mal fünf Minuten warten, bis sein Kronprinz kalt ist?«

»Hunter!«

»Was? Was erwartest du von mir? Dass ich mich mit dir hinsetze und so tue, als wäre ich er, damit das Volk bloß nicht merkt, dass die kaiserliche Dynastie so etwas wie Gefühle besitzt?«

Meine Mutter starrte mich ungerührt an, ein Ausdruck in ihrem Blick, der mich trotz des sommerlichen Wetters Kälte spüren ließ. »Ich möchte, dass du dich mit dem Gedanken vertraut machst, deinen rechtmäßigen Platz einzunehmen.«

»Du willst mich auf dem Thron sehen?« Ein bitteres Lachen kam mir über die Lippen. »Hörst du dir eigentlich selbst zu?«

»Ich will mit dir über die Möglichkeit sprechen.«

»Hier und jetzt?«

»Denkst du, unsere Feinde warten, bis wir uns von diesem Verlust erholt haben?«

Nein, wollte ich antworten, weil meine Mutter das erwartete. Aber stattdessen zischte ich nur: »Keine Ahnung. Vielleicht wüsste ich mehr über diese ominösen ›Feinde‹, wenn du mich nicht mein ganzes Leben lang aus sämtlichen Staatsangelegenheiten rausgehalten hättest.«

Meine Mutter sackte zusammen. Der Vorwurf hatte gesessen. Sie wusste genauso gut wie ich, dass dieses Dilemma hätte vermieden werden können, sodass sie nicht am Totenbett meines Bruders das Schicksal eines ganzen Reiches auf meine Schultern legen musste.

Ich schnaubte verächtlich. Ich und Kaiser. Als ob. Jeder andere Mensch wäre weitaus besser für den Thron geeignet als ich. Aber meine Mutter wollte mich. *Dass ich nicht lache.*

»Scheiße«, knurrte ich. »War es das dann? Oder willst du mich auch gleich noch vereidigen?«

Ihre Lippen bildeten einen schmalen Strich, ein deutliches Zeichen dafür, dass diese Diskussion lange nicht beendet war. Für sie zumindest. Für mich dagegen …

Ich wartete ihre Antwort gar nicht mehr ab, sondern stürmte aus dem Zimmer. Ich musste von hier verschwinden. Bloß weg von diesem Raum, weg von dem Schrecken der letzten Stunden und weg von dieser Zukunft, die nicht meine eigene war.

Eine ganze Weile rannte ich ziellos im Palast umher. Die Anlage war so weitläufig, dass die scheinbar endlos langen Korridore an den meisten Tagen reichten, um meine schwelenden Gefühle in einem Dauerlauf zu ersticken. Heute nicht. Mir kamen ganze Heerscharen an Angestellten, Soldaten und Boten entgegen – allen genügte mein bloßer Anblick, um zu wissen, was passiert war. Betreten wichen sie vor mir zurück und sahen zu Boden. Hin und wieder hörte ich Beileidsbekundungen, die das Feuer in meinem Inneren nur von Neuem entfachten.

Irgendwann erreichte ich das äußerste Ende des Ostflügels. Von hier aus führte ein gläserner Tunnel durch die Gärten, die seit Jahren keine mehr waren. Dort wurde mir klar, was ich tun musste. Entschlossen öffnete ich die unscheinbare Pforte, die in die Passage führte, und sofort blendete mich strahlendes Licht.

Offenbar hatte das Wetter nicht verstanden, was passiert war, denn die Sonne verhieß einen idyllischen Sommertag. Einer, der zum Entspannen, Spazierengehen und Reiten einlud – Dinge, die im Eisernen Imperium niemand mehr tat.

Einen Augenblick hielt ich inne und schaute hinaus. Der Himmel war klar und blau. So unscheinbar. Nur wenn man genau hinsah, erkannte man in der Luft und auf dem Boden winzige weiße Partikel, feiner als jede Schneeflocke, die in der sanften Brise tanzten und nachts leuchteten wie Glühwürmchen. Dabei waren sie weder das eine noch das andere. Sondern weitaus komplexer. Tödlicher.

Sporen.

Eine weitere Welle der Wut bäumte sich in meinem Inneren auf. Dieses Mal nicht auf meine Mutter, sondern auf diese kaputte Welt, die wir bewohnten. Eine Welt, die Menschen wie meinen Bruder viel zu früh aus dem Leben riss.

Ich schluckte, schüttelte den Kopf und rannte weiter. Schneller dieses Mal, obwohl meine Beine nach dem Lauf durch den Palast protestierten. Was einst der Garten gewesen war, zog an mir vorbei. Statuen, Säulen, Springbrunnen, überwucherte Pfade, die die Natur längst zurückerobert hatte. Von meiner Mutter wusste ich, dass mein Ururgroßvater nach dem Ausbruch der Sporen alles darangesetzt hatte, die Anlage zu erhalten, doch mittlerweile war uns bewusst, dass wir den Kampf gegen den Wald nicht gewinnen konnten. Selbst Gasmasken schützten nur eine kurze Zeit vor den Sporen, bevor diese sich wie Säure durch die Filter fraßen. Wie ein eigenständiger Organismus, der es auf alle Lebewesen abgesehen hatte.

Am Ende des gläsernen Tunnels erreichte ich mein eigentliches Ziel: Den Flugplatz, auf dem bei feierlichen Anlässen die Gäste des kaiserlichen Hofes landeten. In einem abgetrennten Bereich des Hangars lag meine Pilotenausrüstung. Dort erwartete mich bereits Nyota.

Sie quittierte mein Erscheinen mit einem Schnauben und stellte sich mir in den Weg. In dem opulenten schwarzen Kleid, das mit ihrer Haut zu verschmelzen schien, wirkte sie einschüchternd, vor allem wenn sie wie jetzt die Arme vor der Brust verschränkte und mich von Kopf bis Fuß musterte.

»Was wird das hier, Hunter?«

Ich wich ihrem Blick aus und betrachtete stattdessen den goldenen Anhänger an ihrem Halsband. Ein Sperling, das Wappentier des Fürstentums Zazwa. Ihrer Heimat.

»Lass mich durch.«

»Ich glaube nicht, dass du in deinem Zustand in ein Cockpit steigen solltest.«

Nun sah ich ihr doch in die Augen. An anderen Tagen hätte mich das bedrohliche Funkeln darin erschrocken zurückweichen lassen – aber nicht heute.

»Nyota«, zischte ich.

»Ja?«

»Wieso bist du hier?«

»Wegen dir. Weil ich dich kenne und geahnt habe, dass es nur eine Frage der Zeit ist, bis du irgendwas Leichtsinniges unternimmst.«

Beinahe hätte ich gelacht. Sie kannte mich echt zu gut. Auch wenn es mich überraschte, wie schnell die Nachricht sich herumgesprochen hatte. »Alexander hat es nicht geschafft«, sprach ich aus, was wir beide bereits wussten. Ich hatte keine Ahnung, was ich sonst sagen sollte.

»Ich weiß. Es tut mir leid.« Nyotas Lippen bildeten einen schmalen Strich, als wäre sie genauso verblüfft, die Nachricht aus meinem Mund zu hören, wie ich. Davon abgesehen, verriet ihre Miene jedoch nichts. Obwohl sie hier im Palast meine engste Vertraute war, wusste ich nicht, wie nahe sie Alexander stand. *Gestanden hatte.*

»Also, Hunter«, begann sie nach einer kurzen Pause scharf, »zurück in den Palast mit dir.«

»Du bist nicht meine Mutter.« Und auch nur knapp ein Jahr älter als ich, sodass sie mir schon zweimal nicht zu sagen hatte, was ich tun oder lassen sollte.

Ich schob mich an ihr vorbei und begann damit, meinen Spind nach meiner Ausrüstung zu durchwühlen. Normalerweise trug ich zum Fliegen einfachere Kleidung, die nicht »Seine Kaiserliche Hoheit« schrie, aber für heute würde die Uniform, die ich bereits anhatte, genügen. Ich schnappte mir Fliegerbrille, Lederhandschuhe und meine Maske, bevor ich mich zur Tür wandte, die in den Hauptbereich des Hangars führte.

Nyota stand noch immer wie festgewachsen an Ort und Stelle und beobachtete jeden meiner Schritte genau. Ihr war vermutlich klar, dass sie mich nicht aufhalten konnte, egal wie viele vernünftigen Gründe sie auch aufführte.

»Ich komme klar«, versicherte ich ihr.

»Etwas Glaubwürdiges fällt dir nicht ein?«

Ich zuckte mit den Schultern, legte meine Handschuhe an und anschließend die Maske. Mir fehlte die Kraft, mit Nyota zu streiten. »Ich bin bis zum Abendessen zurück.«

Erst, als die Schwerkraft mich aus ihren Klauen entließ und ich das bekannte Prickeln in meinen Fußsohlen spürte, konnte ich wieder klar denken. In rasender Geschwindigkeit ließ ich die Erde hinter mir, den Flughafen, den kaiserlichen Palast und schon bald auch die Hauptstadt Eleyburgh.

Der Motor meiner kleinen Maschine dröhnte laut, und das Vibrieren des Steuers unter meinen Händen fühlte sich so vertraut an, dass ich allmählich zur Ruhe kam. Immer wieder huschte mein Blick auf die Höhenanzeige meiner Instrumente, während ich im Kopf die Meter zählte, wie ein Sterbender die Sekunden, die ihm verbleiben.

Als ich die letzten Ausläufer der Stadt hinter mich gebracht hatte, erreichte die Nadel die magische Grenze von 1500. Zur Sicherheit ließ ich sie noch ein Stück weiter klettern, dann endlich nahm ich die Maske ab und atmete zum ersten Mal seit Ewigkeiten wieder frische Luft. Das schneidende Gefühl in meiner Nase trieb mir Tränen in die Augen, doch statt sofort wieder zu verschwinden, blieben sie dort. Und das für eine ganze Weile.

Mein Bruder war tot. Worte, die erst jetzt in der Klarheit des

Himmels ihre volle Wirkung entfalteten. Und wenn es nach meiner Mutter ging, sollte ich an seiner Stelle den Thron besteigen.

Sogar jetzt, wo ich dieser Bürde fürs Erste entkommen war, verkrampfte sich mein Körper allein bei dem Gedanken daran. Auf einmal hatte selbst das Fliegen nicht dieselbe betäubende Wirkung wie sonst, und die Versuchung, einfach nicht zurückzukehren, wuchs mit jedem Meter, der mich mehr vom Palast trennte.

Schon bald hatte ich den Fluss überquert, der ein Stück südwestlich der Stadt eine Kurve schlug. Hinter ihm lagen nur ein paar vereinzelte Dörfer, kaum mehr als eine Ansammlung Häuser, die von hier oben wie Spielzeuge wirkten. Gleichzeitig wurde das Terrain hügeliger. Die Straßen schmaler. Die Felder kleiner. Bis ich schließlich die Ausläufer der *Wispernden Wälder* erreichte.

Im Flug überquerte ich mehrere Forstanlagen, riesige Camps, die Holz und Bernstein aus den Wäldern förderten. Routiniert wich ich einer Rauchsäule aus und dachte nach. Normalerweise kehrte ich an dieser Stelle um oder schlug eine andere Richtung ein, die entlang der Waldgrenze führte, aber beides würde mich eher früher als später zurück zum Palast führen. Und den wollte ich für ein paar Stunden nicht zu Gesicht bekommen – ebenso wie den Rest des Landes.

Entschlossen lockerte ich meinen Griff ums Steuer und ließ der Maschine freien Lauf, überquerte die verbotene Grenze. Nach und nach passte ich meine Höhe an, denn je dichter der Wald wurde, desto gigantischer wuchsen die Bäume darin und behielten selbst aus der Vogelperspektive ihre einschüchternde Wirkung. Tatsächlich nahm diese sogar zu, je weiter sich das Meer aus Grün unter mir erstreckte. Aber gerade war das alles, was ich sehen wollte. Grün, so weit das Auge reichte.

Unter mir zogen die Kilometer vorbei. Berge erhoben sich. Riesige Felssäulen ragten aus dem Wald empor und kamen mir so nahe, dass ich ihre Gipfel beinahe berühren konnte. Sie alle ließ ich hinter mir, bis ich sämtliches Zeitgefühl verlor. Dann ging wie aus dem Nichts ein Ruck durch mein Flugzeug.

Das Rattern der Überziehwarnanlage warf mich aus meiner Trance, machte meine Wahrnehmung binnen eines Wimpernschlags messerscharf. Vor mir tanzten die Nadeln der Instrumente auf und ab, gleichzeitig hatte ich das Gefühl, zehn Stockwerke tief zu fallen. Ich verstärkte meinen Griff ums Steuer und erhöhte hastig den Schub, um den drohenden Strömungsabriss zu verhindern.

Was passierte hier?

Auf einmal riss eine Turbulenz an meinem Flugzeug und warf es zur Seite, sodass ich kurzzeitig vergaß, wo oben oder unten war. Mit aller Kraft versuchte ich die Kontrolle zurückzuerlangen und umzukehren, aber das heftige Schütteln wollte nicht aufhören. Meine Maschine, eine halbe Tonne Stahl, war nichts als eine Feder im Wind. Und während ich noch verzweifelt daran arbeitete, uns auf Kurs zu bringen, fiel mein Blick auf die Instrumententafel. Die Höhenanzeige, die mit jedem weiteren Rucken nach unten sackte. Panisch versuchte ich, mir die Maske wieder aufzusetzen – auf Kosten meiner Manövrierfähigkeit. Eine unsichtbare Kraft zerrte an den Flügeln und ein lautes Krachen ertönte, dessen Ursprung ich nicht zuordnen konnte.

»Mayday, Mayday.« Ich hämmerte mit der flachen Hand auf den Funksender, aus dem nicht einmal ein Störgeräusch drang. »Mayday, Mayday. Hier spricht Hotel Alpha 21, Position …«

Ein erneuter Ruck ging durch mein Flugzeug, der mir die Luft aus der Lunge presste und jedes weitere Wort ersterben ließ. Vor mir kippte der Horizont und mein Sinkflug wurde immer schneller. Ich rüttelte am Steuer, aber nichts passierte. Nicht einmal das hydraulische Heckruder reagierte mehr auf mich. Die Turbulenzen hatten aus meiner Lenkung Geschichte gemacht, und ich konnte nur hilflos dabei zusehen, wie die Bäume immer näher kamen.

Mir blieben nur zwei Möglichkeiten:

Entweder ich akzeptierte mein Schicksal, schloss die Augen und nutzte die letzten Sekunden, um mich von meinem Leben zu verabschieden, bis die Wucht des Aufpralls diesem ein Ende setzte.

Oder ich betätigte den roten Knopf an der Seite des Armaturenbretts, der einen Mechanismus auslöste und mich mitsamt Sitz und Fallschirm aus dem Cockpit schleuderte. Für den Bruchteil einer Chance, den Absturz selbst unbeschadet zu überstehen – nur um dann den Toxinen der Wispernden Wälder zu erliegen.

Na, welchen Tod wählst du?, hörte ich ausgerechnet jetzt Alexanders neckische Stimme in meinem Kopf.

Dann lehnte ich mich vor und schlug mit der Faust auf den Knopf.

IV

KAE

Schon zum dritten Mal an diesem Tag hatte Seher Khar mich ins Dorf geschickt, um Besorgungen zu erledigen, während er bei *Ulun Purlutai* zurückgeblieben war, um auf dem Stein darunter zu meditieren. Eine Weile lang hatte ich ihm geglaubt, dass er diese Dinge, vor allem Wurzeln, Beeren und Kräuter, wirklich brauchte und die Botengänge mich Demut lehren sollten. Doch fast einen Mondzyklus nach meiner Ernennung zur Qo'aivon war sogar mir klar geworden, dass die Realität anders aussah. Und aus dem Stolz über meine Berufung war schnell Enttäuschung geworden.

Wo ich auch hinging, begannen die Menschen hinter meinem Rücken zu tuscheln. Sie waren davon überzeugt, dass die frühzeitige Wahl eines neuen Sehers ein Vorbote für einen großen Umbruch war, doch bisher schien diese Veränderung nur mich zu betreffen. Statt für die anderen unsichtbar zu sein, spürte ich ihre Blicke zu jeder Zeit auf mir. Manchmal wachte ich sogar in der Furcht auf, jemand könnte meine Höhle betreten haben. Aber während ihre Absichten wenigstens freundlich oder zumindest respektvoll waren, machte Seher Khar keinen Hehl daraus, dass er meine Berufung nicht billigte. Was vermutlich der Grund war, wieso er versuchte, mich so lange wie möglich von der Insel im See fernzuhalten.

Und ich? Mir blieb nichts anderes übrig, als mich in meine neue

Rolle zu fügen. Und die sah nun einmal vor, dass mein Vorgänger mir in den ersten Monden alles über das Amt beibrachte. Auch wenn sich dieser Unterricht hauptsächlich darauf konzentrierte, wie ich einen Krug voll Quqe vom Dorf zum Heiligen Baum transportierte, ohne einen Tropfen des stinkenden Gesöffs zu verschütten.

Mit einem unterdrückten Seufzen stellte ich das Gefäß vor dem Stein unter der riesigen Wurzel ab, unter der unsere Kränze mittlerweile fast völlig verwelkt waren, und trat einen Schritt zurück, damit mir der Geruch von verfaulten Früchten und Alkohol nicht länger in die Nase stieg. Ich hatte nie verstanden, wieso die Älteren so einen großen Wert auf das Gebräu legten, aber gerade lernte ich, das Zeug richtig zu hassen.

»Ich habe dir den Quqe gebracht«, machte ich mich bemerkbar, nachdem Seher Khar scheinbar keine Notiz von mir genommen hatte.

Gemächlich hob er die Lider, hielt den Kopf aber weiterhin in den Nacken gelegt, ohne mich eines Blickes zu würdigen. »Sehr gut.«

»Ich könnte mich zu dir setzen und mit dir meditieren.« Noch immer hatte ich die Hoffnung nicht aufgegeben, doch er schüttelte den Kopf, bevor ich den Satz überhaupt beendet hatte.

»Du bist noch nicht so weit.«

Eine ganze Weile hatte ich auf seine Einschätzung vertraut. Hatte akzeptiert, dass alles, was er mich tun ließ, einem höheren Ziel folgte, aber seit ich vor wenigen Tagen ein Gespräch zweier Takoutan mitangehört hatte, glaubte ich ihm kein Wort mehr.

Was tut sie da? Sollten nicht wir die rechte Hand des Qo'aivyn sein?

Vielleicht eine Strafe. Er wird sie sicher nicht ohne Grund ständig ins Dorf schicken. Ich habe gehört, dass sie … Mehr hatte ich nicht ertragen können.

Unschlüssig malte ich mit den Sandalen Kreise in die Erde. Es war früher Nachmittag und außer uns beiden war niemand auf dieser Seite des Heiligen Baums unterwegs. Hoffnungsvoll fragte ich: »Gibt es sonst etwas, das ich tun kann?«

»Bring den Krug hinab in die Halle. Dann kannst du dir etwas zum Mittagessen holen.«

Wütend ballte ich die Hände zu Fäusten und musste gegen die Widerworte ankämpfen, die einfach aus meinem Mund sprudeln wollten. Am liebsten hätte ich geschrien, doch stattdessen tat ich, was der Seher von mir verlangte, und brachte den Quqe in den Gebetsraum unter dem Heiligen Baum. Der Auftrag war schnell erledigt, und als ich wieder nach draußen trat, fühlte ich mich niedergeschlagener denn je.

Wie selbstverständlich landete Qatou auf meiner Schulter, doch sogar sein weiches Fell, das er an meinen Hals schmiegte, schaffte es nicht, meine Laune zu heben. Frustriert biss ich die Zähne zusammen. Mir stand nicht der Sinn nach der Enge meiner Höhle – oder schlimmer: den Blicken der anderen, die sich im Gemeinschaftshaus ihr Mittagessen holten. Nein. Vielleicht würde mir ein Spaziergang guttun, mich möglicherweise sogar auf neue Gedanken bringen. Am Ende könnte er sogar zu der Erkenntnis führen, dass meine missliche Lage eben doch ihren Grund hatte.

Normalerweise ging ich nicht weiter als bis zu den Plantagen am Rand des Dorfes, wo die Komen einige Pilze und Gewächse angepflanzt hatten, die selbst im Schatten der riesigen Bäume gediehen. Heute endete mein Weg hier allerdings nicht, sondern führte mich tiefer in den ungezähmten Teil des Waldes hinein. Ein nicht ganz ungefährliches Unterfangen, denn jenseits der Grenze lauerten Tiere, die weitaus bedrohlicher waren als die Mogus oder Telai.

Aber der Wald machte mir keine Angst. Ich war unter dem dichten Blätterdach aufgewachsen, wusste, wie ich mich zurechtfand und lautlos über Stock und Stein bewegte, um nicht die Aufmerksamkeit eines Raubtiers auf mich zu ziehen, das gerade auf Beutezug war.

Mit jedem Schritt, den ich mich vom Dorf entfernte, wurde das Terrain unwegsamer und die Geräusche des Waldes lauter. Zwitschernde Vögel, rauschende Bäche, knackende Äste – ich genoss es, so tief in die Natur einzutauchen, vor allem weil keine Menschenseele außer mir unterwegs war. Keine Blicke, seien sie nun verängstigt, neugierig oder gar verurteilend, lagen auf mir. Ich spürte, wie die Anspannung von mir abfiel, wie sich meine Wirbelsäule streckte, weil ich viel zu lange versucht hatte, mich so klein wie möglich zu machen.

Qatou erhob sich von meiner Schulter und flatterte aufgeregt umher. Er schien ebenso dankbar für diesen Ausflug wie ich. Wie ein Irrlicht schwebte er von einer Wurzel zur nächsten, sprang auf dem Schirm eines Baumpilzes herum und jagte einer Motte hinterher. Ich beneidete ihn um diese Unbekümmertheit und wünschte mir in diesem Moment, ich wäre ebenfalls ein Geschöpf des Waldes.

Ohne auf den Weg zu achten, tauchte ich tiefer ins Dickicht ein. Dabei sollte ich besser nicht zu lange fortbleiben, schließlich bestand stets die Möglichkeit, dass Seher Khar mich brauchte … Beinahe hätte ich über meinen eigenen Gedanken gelacht, da erregte plötzlich ein Geräusch meine Aufmerksamkeit.

Es war eine Art Brummen, das aus weiter Ferne zu mir durchdrang. Ein völlig neuer Klang, den ich nie zuvor gehört hatte und der nun immer lauter wurde. Er kam von irgendwo über mir.

Jeder andere hätte vermutlich kehrtgemacht oder sich versteckt, aber ich war zu neugierig, um auf die Stimme der Vernunft zu hören. Ich stieß einen leisen Pfiff aus, um Qatou auf mich aufmerksam zu machen, doch der war nach wie vor damit beschäftigt, seinem neuen Mottenfreund hinterherzujagen. Also begann ich den beschwerlichen Aufstieg in das Dach des Waldes allein.

Anders als die Bäume im Dorf waren diese hier nicht von der Magie der Dagun beeinflusst worden. Es gab keinen Steg, der nach oben führte, weshalb ich mich ganz auf meine Kletterfähigkeiten verlassen musste. Glücklicherweise bot die tief zerfurchte Rinde des Baumes genügend Halt, sodass ich schnell vorankam. Währenddessen schwoll der Lärm weiter an. Irgendwann erreichte ich die Krone und folgte einem Ast, der kaum breiter als meine Füße war, das letzte Stück hinauf. Dann, als ich an einem der riesigen Blätter ankam und der freie blaue Himmel schon zum Greifen nah war, rauschte etwas über meinen Kopf hinweg. Erschrocken fuhr ich zusammen, kletterte weiter, bis ich den höchsten Punkt des Baumes erreicht hatte. Hier war das Brummen mit Abstand am lautesten.

Ich kniff die Augen zusammen, um besser erkennen zu können, woher das Geräusch kam. Der Himmel war klar, doch im Süden, nicht allzu weit von mir entfernt, entdeckte ich ein Tier. Eine Art Vogel, der mir völlig unbekannt war, und dessen silbernes Gefieder in der hochstehenden Sonne funkelte. Ich blinzelte überrascht. Nein, kein Gefieder. Metall.

Verwirrt beobachtete ich das *Ding*, studierte, wie es in der Luft schwebte, ohne mit den Flügeln zu schlagen. Dabei schien es Mühe zu haben, sich in der Luft zu halten, als würde eine heftige Böe an ihm rütteln. Nur wehte hier oben kein Wind.

Auf einmal ertönte ein Krachen, das mir durch Mark und Bein ging, und der Nicht-Vogel begann, in einer scharfen Drehung abwärtszutrudeln. Ich strengte meine Augen noch mehr an und meinte zu erkennen, wie sich eine weitere kleinere Gestalt daraus löste, die Ähnlichkeit mit einem Menschen hatte. Doch schienen dieser plötzlich Fäden aus dem Rücken zu wachsen, aus denen sich perlweiße Schwingen entfalteten.

Alles passierte so schnell, dass ich kaum verarbeiten konnte, was ich sah. Da verschwanden beide schon in den Blättern. Ein Knall ertönte. Dann erstarb das Brummen und die Welt hüllte sich in Schweigen, als hätten sogar die Vögel den Atem angehalten. Ein paar Wimpernschläge lang verharrte ich in meiner Position, bevor ich mich hastig an den Abstieg machte.

Die Absturzstelle zu finden, war nicht schwer, auch wenn ich mich dabei weiter vom Dorf entfernte. Mir war bewusst, dass ich den anderen, vor allem aber dem Qo'aivyn Bescheid geben sollte, statt mich auf eigene Faust auf den Weg dorthin zu begeben. Dann wiederum war ich die Nachfolgerin des Sehers und durchaus in der Lage, eigene Entscheidungen zu treffen, weshalb ich mich sputete, um als Erste dort zu sein. Sicherlich hatten auch andere den Lärm gehört.

Sowie ich die Stelle erreichte, kamen mir die Tränen. Das seltsame Ding, das vom Himmel gefallen war, hatte nicht nur einen der Bäume schwer beschädigt, es hatte sich auch eine Lache aus Flüssigkeit auf dem Boden darunter gebildet, die lichterloh brannte. Sofort setzte mein Herz ein paar Schläge aus, und ich fühlte mich einen Atemzug lang in meinen Albtraum zurückversetzt. Was, wenn es doch eine Vision gewesen war, die mich vor diesem Moment warnen wollte?

Qatou landete schnuppernd auf meiner Schulter. Seine Gelassenheit ließ mich schnell realisieren, dass die Szene wenig mit meinem Traum gemein hatte. Das Feuer erstreckte sich nur über eine kleine Fläche und verlor auf dem feuchten Boden rasch an Energie. Es hätte schon eine weitaus größere Kraft gebraucht, um die uralten Bäume in Brand zu stecken.

Ich seufzte erleichtert, obwohl das Ausmaß der Zerstörung kaum Raum für Beruhigung ließ. Das metallische Ding war direkt in die Baumkronen gestürzt, hatte Äste, Blätter und Zweige mit sich in die Tiefe gerissen. Überall verteilt lag gesplittertes Holz, aber auch andere Teile, die ich genauer untersuchte. Ich trat näher an ein größeres, flaches Stück heran und klopfte mit dem Fingerknöchel dagegen. *Metall, kein Zweifel.*

Aber was sollte das sein? Die symmetrische Form und die saubere Verarbeitung deuteten darauf hin, dass es von Menschen geschaffen worden war. Doch keiner aus meinem Volk besaß die Fähigkeit, etwas Derartiges zu fertigen. Auf einem der Teile war eine Zeichnung. Ein Rechteck bestehend aus drei Streifen in Schwarz, Weiß und Violett. In der Mitte prangte eine goldene Blume, eine Archima. Plötzlich erinnerte ich mich wieder an die Gestalt, die aus dem Wrack gefallen war, und begann damit, die unmittelbare Umgebung abzusuchen.

Es war Qatou, der meine Aufmerksamkeit auf ein gigantisches Tuch lenkte, das sich in einer der Baumkronen in der Nähe der Absturzstelle verheddert hatte. Aus ihm ragten dicke Seile, an deren Ende eine Art Stuhl baumelte. Verwirrt musterte ich die Konstruktion, bis ein Stöhnen mich von dem Mann, der darunter lag, Notiz nehmen ließ.

Ohne auch nur an Vorsicht zu denken, eilte ich zu ihm und hockte mich neben ihn auf den Boden. Mein Herz schlug mir bis zum Hals. Es war wirklich ein Mensch gewesen, der in dem metallischen Ding gesessen hatte und durch den Himmel geflogen war. Jetzt lag er vor mir und schien kaum bei Bewusstsein zu sein.

Instinktiv hielt ich Ausschau nach Verletzungen, doch wie durch ein Wunder schien er bis auf einige Schürfwunden und Kratzer unversehrt. Vorsichtig nahm ich seinen Kopf und bettete ihn auf meinen Schoß, während ich mit der Hand seinen Schopf abtastete. Kein Blut. Aber möglicherweise hatte er sich bei seinem Fall trotzdem gestoßen und eine Gehirnerschütterung zugezogen. Immerhin atmete er, was eine Erleichterung war. Mir lagen Tausende Fragen auf der Zunge, die ich ihm am liebsten sofort gestellt hätte, doch zuerst musste ich dafür sorgen, dass er sie auch beantworten konnte.

Während Qatou auf seiner Brust landete und die bizarre, eng geschnittene schwarze Kleidung des Mannes beschnupperte, betrachtete ich ihn genauer. Er wirkte jung, kaum älter als ich. Seine Haut war brauner als meine und seine Haare hatten einen eigentümlichen Farbton, den ich so noch nie gesehen hatte. Er erinnerte mich an Gold, wenn auch trüber und etwas dunkler. Sein Gesicht war oval, mit einem markanten Kinn, vollen Lippen und breiten, fast schwarzen Brauen, deren Konturen ich vorsichtig mit meinen Fingerspitzen nachzeichnete. Wer immer er war, er sah nicht wie ein typischer Eijn aus. Selbst sein Duft kam mir fremd vor, erinnerte mich nur vage an eines der Kräuter in der Höhle des Qo'aivyn.

Der Seher … Mir war klar, dass ich es nicht auf alle Ewigkeit hinauszögern konnte, ins Dorf zurückzukehren und die anderen zu informieren. Schließlich wartete dort nicht nur meine Pflicht auf mich, sondern auch jemand mit mehr medizinischem Wissen als ich, der sicherstellen konnte, dass dem Fremden nichts Ernsteres zugestoßen war.

Nur, wie sollte ich ihn ins Dorf bringen? Es war ein weiter, beschwerlicher Weg, selbst ohne Last. Ich würde ihn niemals so weit tragen können. Doch ihn hier schutzlos liegen zu lassen, während ich Hilfe holte, konnte ich ebenso wenig verantworten.

Ich war ganz in meine Überlegungen versunken, dass ich nicht bemerkte, wie der Mann die Augen aufschlug und die Hand nach meinem Gesicht ausstreckte. Die Berührung riss mich aus den Gedanken, aber trotz meiner Überraschung zuckte ich nicht einmal mit der Wimper, als seine kühlen Fingerspitzen auf meine Haut trafen. Stattdessen sah ich nur das strahlende Blau seiner Augen, das mich an die Kristalle der Houran erinnerte. Als hätte er den Himmel selbst darin eingefangen.

Mir stockte der Atem, während ich zuließ, dass er nun seinerseits die Konturen meines Gesichts ertastete. Unglaube stand in seinem Blick geschrieben und ich sah, wie er lautlos Worte mit den Lippen formte.

Du bist in Sicherheit, erwiderte ich ebenso still, und er nickte. Seine Hand wanderte weiter zu meinen Haaren, aus denen er eine einzelne Strähne löste und zwischen seinen Fingern zwirbelte. Fasziniert betrachtete er sie, als wäre ihm meine Haarfarbe ebenso fremd wie mir seine. Dann endlich schien er die Kraft gefunden zu haben, etwas zu sagen.

»Bin ich tot?«

Augenblicklich wallte Panik in mir auf und ich schrak zurück. Es war nicht die Frage, die mir solche Angst einjagte, sondern die Worte selbst. Worte einer fremden Sprache, die wir Eijn von Kindesbeinen an beigebracht bekamen. Die Sprache der *Aldan*, der Menschen jenseits des Waldes. Der Menschen, die vor Hunderten von Sommern beinahe der Untergang meines Volkes gewesen wären.

Und nun lag einer von ihnen direkt vor mir.

V

HUNTER

Während ich noch immer nicht wusste, ob ich mich in einem Traum befand oder längst tot war, tauchten bereits andere Menschen auf und mir blieb keine Zeit, der fremden Frau irgendwelche Fragen zu stellen. Sie wechselten Worte in einer Sprache, die ich nicht kannte, und trugen schlichte Kleidung aus buntem Stoff, die ich keinem der Fürstentümer zuordnen konnte. Immer wieder warfen sie mir verstohlene, feindselige Blicke zu.

Mir brummte der Schädel, als hätte mir jemand mit einem Brett eins übergezogen, und ich hatte Schwierigkeiten, die Lider offen zu halten. Jedes Mal, wenn ich blinzelte, veränderte sich die Szene vor mir. Erst dichtes Grün. Dann zog die Rinde eines dicken Baumstammes an mir vorbei. Dann wieder das Gesicht der Frau. Dann Schwärze. Lange, gefühllose Schwärze.

Als ich erneut die Augen aufschlug, fühlte ich mich fitter, obwohl jeder Muskel in meinem Körper ächzte. Wenn sich so der Tod anfühlte, war er eine echte Enttäuschung.

Starr blickte ich nach oben und versuchte, das, was ich dort sah, einzuordnen. Holz. Dunkles Holz, dessen intensiver Duft mir direkt in die Nase stieg. Darunter mischten sich andere Gerüche, ein wilder Mix aus Kräutern, Rauch und Gemüsesuppe. Zu realistisch für einen Traum.

Mühsam richtete ich mich auf, um mich besser umsehen zu können. Ich schien in einer Art Baumhöhle zu sein, denn auf allen Seiten war ich von Rinde umgeben. Und für einen Augenblick, in dem mein Kopf hinterherhinkte, kam mir der Gedanke, ich sei von riesigen Eulen entführt worden. Doch so absurd diese Möglichkeit auch klang, eine bessere Erklärung, wieso ich hier war, wollte mir nicht einfallen. Es ergab keinen Sinn, dass ich noch lebte. Ich erinnerte mich in aller Deutlichkeit an den Absturz. Den Wind, der so lange an meiner Maschine gezerrt hatte, bis ich die Kontrolle verloren hatte. Und den Wald. Kilometerweit nichts als Bäume. Und ich war mitten in sie hineingestürzt.

Wie war es möglich, dass ich atmete, ohne dass die Luft meine Lunge zersetzte?

Aus dem Augenwinkel nahm ich wahr, wie sich eine Gestalt durch eine schmale Öffnung in den Raum schob. Derart überfordert mit der Situation war ich nicht einmal überrascht plötzlich in Gesellschaft zu sein. Meinem Gegenüber schien es allerdings anders zu gehen.

»Du bist wach«, stieß die junge Frau, die mich nach meinem Absturz gefunden hatte, atemlos aus. Sie setzte sofort eine neutrale Miene auf, die aber nicht darüber hinwegtäuschte, dass sie beinahe die mitgebrachte Schale fallen gelassen hätte. Dampf stieg aus dem hölzernen Gefäß auf, der Duft nach Suppe wurde intensiver.

Als ich nickte, knackte mein steifer Nacken. »Wo bin ich?«

Sie antwortete nicht direkt, sondern kam erst näher und ließ sich im Schneidersitz auf den erdigen Boden neben meinem provisorischen Schlaflager aus Blättern nieder. Wortlos stellte sie die Schale vor mich, doch obwohl mein Magen knurrte, rührte ich mich nicht.

»Du bist im *Ulun Purlutai*«, erklärte sie schließlich mit kühler Stimme.

»Im was?«

Für einen Moment zog sie die Brauen zusammen. Dichte dunkle Brauen, die ihren sonst weichen Gesichtszügen etwas Ernstes, Kämpferisches verliehen.

In Gedanken versuchte ich ihr Aussehen dem zuzuordnen, was in den einzelnen Fürstentümern als typisch galt. Ihre flache Nase und die schmalen Augen passten am ehesten zu den Menschen in Obu-Kur oder Endhu, ihr kühlweißer Teint dagegen überhaupt nicht. Oder die glatten nachtschwarzen Haare. Ebenso wenig ihre Kleidung, eine Kombination aus einer weiten, luftigen Hose und einem westenartigen Oberteil, das an der Taille mit einem weißen Band zusammengehalten wurde.

Mit dem stolz gereckten Kinn und den elegant im Schoß verschränkten Händen wirkte sie fast schon kaiserlich. Mehr zumindest als ich.

»Im Heiligen Baum«, führte sie weiter aus. Doch diese Information half nicht, die hunderttausend Fragmente in meinem Kopf zu einem sinnvollen Bild zusammenzufügen. »Du bist heute Mittag mit deiner … *Maschine* abgestürzt. Ich habe dich im Wald gefunden und hierher gebracht.«

Sie stolperte über das Wort »Maschine«, als würde sie es zum ersten Mal benutzen. Generell hörte ich einen leichten Akzent aus ihrer Stimme heraus, auch wenn sie meine Sprache perfekt zu beherrschen schien.

»Wieso bin ich noch am Leben?«

Die Fremde zuckte mit den Schultern. »Du hattest Glück. Die Bäume müssen deinen Sturz abgefangen haben.«

Das erklärte aber nicht, warum ich nicht schon längst erstickt war …

»Und wer bist du?«

Auf meine Frage hin straffte sie kaum merklich die Schultern. »Mein Name ist Kaeliah. Ich bin die Qo'aivon der Eijn.«

Gesundheit. Obwohl ich kein bisschen verstanden hatte, nickte ich, denn selbst ich realisierte, dass sie jemand Wichtiges war. Vielleicht war sie so eine Art Prinzessin in dieser … *Zivilisation*? Ich wagte es kaum, das Wort überhaupt zu denken. Es fühlte sich falsch an. Widersprach allem, woran ich glaubte. Die Wispernden Wälder waren vergiftet, waren der Ursprung der tödlichen Sporen, die mein ganzes Land dahinrafften. Niemand konnte darin überleben.

Dabei saß der Beweis, dass es Menschen in den Wispernden Wäldern gab, direkt vor mir. *Kaeliah.* Ihr Name klang so fremd, wie dieser Ort sich anfühlte, und sie starrte mich erwartungsvoll an.

»Hunter«, beinahe stolperte ich über meinen eigenen Namen. »Pr- … Aus dem Eisernen Imperium.«

Lässig streckte ich ihr die Hand hin, die Kaeliah verwirrt betrachtete. Anscheinend gehörte das Händeschütteln hier nicht zur Begrüßung. Ehe ich sie peinlich berührt wegziehen konnte, kroch eine winzige Kreatur aus Kaeliahs Dekolleté, sprang auf ihr Knie und begann, an mir zu schnuppern.

Ein feiner Luftzug streifte meine Fingerkuppen. Und fast, aber nur fast, hätte ich geschrien, als ich das Ding genauer unter die Lupe nahm. Das Tier war kaum größer als meine Handfläche und erinnerte auf den ersten Blick an eine Katze – jedoch hatte es nicht vier, sondern sechs Beine und schmetterlingsartige Flügel, die aus seinem Rücken wuchsen. Es besaß fluffiges weißes Fell, spitze luchsartige Ohren und einen puscheligen Schwanz, der fast genau so groß wie der Rest des Körpers war. Die riesigen Augen waren strahlend blau und wie bei einem Insekt pupillenlos.

Da hatte ich die Bestätigung: Ich war tot.

»Das ist Qatou. Er ist ein Mogu«, sagte Kaeliah, als ob das irgendeine Erklärung liefern würde.

Aha. Qatou. Mogu. Kaeliah. Wald. Ulun Wasauchimmer. Allmählich kroch Panik durch meine Adern, ließ mich unterdrückt nach Luft schnappen. Verkrampft zog ich die Hand zurück und stützte mein Kinn darauf, um das Zittern zu unterdrücken.

»Macht er dir Angst?«

»Nein«, antwortete ich eine Spur zu schnell.

»Mache *ich* dir Angst?« Ihre Mundwinkel zuckten nach oben. Sie musste ahnen, dass sie richtiglag, aber ich hatte nicht einmal das Bedürfnis, mich zu rechtfertigen.

»Das alles hier macht mir Angst. Ich verstehe einfach nicht … wie?« Ich rang so sehr mit den Worten, dass ich nicht mehr herausbekam. »Wie« schien mir die einzig sinnvolle Option. Aber natürlich konnte Kaeliah so unmöglich verstehen, was ich sagen wollte.

Bevor ich dazu kam, die Frage weiter auszuführen oder gar meine rasenden Gedanken zu ordnen, betrat eine weitere Person den Raum. Mir gegenüber richtete sich Kaeliah hektisch auf und Qatou, der bis eben auf ihrem Bein gesessen hatte, war im Saum ihres Oberteils verschwunden. Nur ein fahles, kaum erkennbares Glühen unter dem schwarzen Stoff deutete überhaupt auf seine Anwesenheit hin.

»Qo'aivyn Khar«, sagte Kaeliah, ehe sie ein paar unverständliche Worte in ihrer Sprache murmelte.

»Ist er wach?«

Siehst du das nicht selbst?!, wollte ich zynisch antworten, da er mich längst ohne Scheu musterte und bewusst in die Sprache des Imperiums gewechselt war.

»Ja.« Kaum merklich reckte Kae das Kinn und erinnerte mich dabei an einen frischen Rekruten im Militär, der seinem Hauptmann gegenüberstand.

»Und wer bist du?«

Pure Missgunst loderte in seinen schmalen braunen Augen. Tiefe Falten gruben sich in seine Stirn, die ihn zusammen mit dem kahl geschorenen Kopf älter wirken ließen, als er vermutlich war.

Er war kleiner als Kaeliah und trug eine Art weiße Tunika, wobei seine Arme, sein Hals und selbst seine nackten Fußgelenke über und über mit Schmuck behangen waren, an dem winzige, bunt leuchtende Kristalle angebracht waren. *Feuerbernstein.*

»Mein Name ist Hunter«, stellte ich mich vor.

»Danach habe ich nicht gefragt.«

Die Temperatur im Raum schien um zehn Grad zu sinken und ein Schauer jagte über meinen Rücken. Allein Khars Körperhaltung machte deutlich, dass ich hier nicht willkommen war.

»Ich komme aus dem Eisernen Imperium«, erklärte ich stattdessen, wobei ich versuchte, meiner Stimme einen festen Klang zu verleihen. Meinen Titel verschwieg ich bewusst. Nicht nur, weil ich nicht sicher war, in welche Gefahr mich das möglicherweise brachte, sondern auch, weil mir die Wahrheit nicht gefiel.

Kronprinz, allein bei dem Gedanken wurde mir übel. War das meine Strafe dafür, dass ich mir heute Morgen noch gewünscht hatte, jemand anders zu sein?

»Und was willst du hier?«

Meinte er das ernst? Sicher war mein Absturz im ganzen Wald zu hören gewesen. Kurz erhaschte ich einen Blick auf Kaeliah, die den Mann ebenfalls ungläubig anschaute, dann sagte ich: »Nichts. Ich war mit meinem Flugzeug über den Wäldern unterwegs, bin in starke Turbulenzen geraten und abgestürzt.«

»Und die Wahrheit?«

»Genau das. Eine Böe hat mich erwischt.«

»Ich kann mich nicht erinnern, dass es heute gestürmt hat. Oder überhaupt windig war.«

Mühsam unterdrückte ich ein Schnauben, auch wenn ich ihm nicht widersprechen konnte. Das Wetter war geradezu idyllisch gewesen. Nicht eine Wolke am Himmel. »Ich war in fast dreitausend Metern Höhe unterwegs. Dort ist der Wind immer etwas unberechenbarer.«

Eine Weile lang lieferten der Seher und ich uns ein stilles Blickduell, ohne dass ich auch nur mit der Wimper zuckte. Das hier mochte vielleicht nicht meine Welt sein, aber die Regeln schienen mir die gleichen wie im Imperium. Mich abzuwenden, käme womöglich einem Geständnis gleich. Am Ende schüttelte Khar missbilligend den Kopf.

»Wir werden uns bei der Versammlung mit deinem Fall beschäftigen«, stellte er klar, ehe er auf dem Absatz kehrtmachte und begleitet vom Klimpern seines Schmucks die Höhle verließ.

Neben mir entspannte sich Kaeliah, und auch ihr gruseliger Begleiter reckte wieder den Kopf aus ihrem Oberteil.

»Netter Kerl«, versuchte ich einen lahmen Witz, der nicht einmal die Spur eines Lächelns erntete. »Er scheint mich zu mögen.«

Kaeliah blinzelte irritiert, während sie unschlüssig im Raum stehen blieb. Ich dagegen widmete mich endlich meiner Mahlzeit, denn Essen hatte mich schon durch so manch stressige Zeit gebracht. Obwohl das hier kein Vergleich zu meinen Abschlussprüfungen war … Ein herzhaft-intensiver Duft stieg mir in die Nase, doch die hellgrüne Flüssigkeit wirkte alles andere als vertrauenerweckend.

»Ist die vergiftet?«, fragte ich halb scherzhaft, halb ernst, weil ich die Stille im Raum nicht länger ertrug.

»Denkst du, ich mache mir die Mühe, dich den ganzen Weg hierherzuschleppen, nur um dich zu vergiften? Es gibt leichtere Möglichkeiten, dich loszuwerden.«

»Wie beruhigend.«

Zögerlich setzte ich die Schale an meinen Mund und wusste nicht so recht, was ich von der inzwischen lauwarmen Brühe halten sollte. Am ehesten erinnerte sie mich an Karotten, aber genauso gut hätte ich behaupten können, Pfefferminz schmeckte wie Vanille. Lecker, jedoch anders als alles, was ich in meinem Leben je gegessen hatte.

»Das ist eine Suppe aus der Rinde des Jarchu-Baumes«, informierte mich Kaeliah. »Sie hilft dir, wieder zu Kräften zu kommen.«

Über den Rand der Schale hinweg sah ich zu ihr auf. Obwohl sie im Vergleich zu Khar der Inbegriff an Freundlichkeit war, kam sie mir distanziert vor. Vielleicht auch ein bisschen beklommen. Aber wer wäre das in dieser Situation nicht? Vermutlich hatte sie bisher noch nie jemanden wie mich zu Gesicht bekommen.

Abwesend spielte sie mit dem Anhänger ihrer Kette. Ein weiterer Feuerbernstein, dessen schiere Größe selbst die reichsten Fürsten des Landes in Ohnmacht versetzt hätte – doch noch ungewöhnlicher als die Größe war sein fahles Leuchten. Das Material aus dem Harz der Bäume der Wispernden Wälder trat in allen Farben des Regenbogens auf. Rot und Orange galten als gewöhnlich, Blau und insbesondere Violett dagegen waren äußerst selten. Weiß war das Harz eigentlich nur, wenn es noch flüssig war, und es juckte mich in den Fingern, Kaeliah zu fragen, wie sie an einen solchen Bernstein gekommen war. Oder danach, wie verdammt noch mal Menschen in den Wispernden Wäldern überlebten, ohne den giftigen Pilzsporen zum Opfer zu fallen, die das gesamte Eiserne Imperium grausam dahinrafften.

Erst musste ich meine Prioritäten jedoch anders setzen. Überleben stand an vorderster Stelle. Gefolgt von meiner Rückkehr an den Hof. »Was ist das für eine Versammlung, von der er gesprochen hat?«

Kaeliah ließ von ihrem Kristall ab und strich stattdessen Qatou, der auf ihrer Schulter herumkrabbelte, über das schwach leuchtende Fell. Wären da nicht die sechs Beine, hätte ich ihn beinahe niedlich gefunden.

»Ein Treffen der Kaluy, der Abgesandten aller Zünfte«, erklärte sie. »Vertretende des Volkes, wenn du so willst, die über dein Erscheinen und dein Schicksal beraten.«

»Ihr werdet mich doch nicht etwa den wilden Tieren zum Fraß vorwerfen?!«

»Möglich.« Beinahe hätte ich mich an der Suppe verschluckt. »Aber sei unbesorgt. Es verstößt gegen unser Gesetz, einem anderen Lebewesen Leid zuzufügen. Die Kaluy werden diskutieren, ob sie dir vertrauen können, aber am Ende werden sie dich gehen lassen.«

»Du bist dir da ja ziemlich sicher.«

Sie zuckte mit den Schultern und vergrub die Hände in den Taschen ihrer weiten, kurzen Hose – eine Aufmachung, die am Palast für einen Skandal gesorgt hätte, hier in den Wäldern dagegen sicher praktischer war. »Es wird eine Abstimmung geben. Und die meisten folgen bedingungslos dem Vorschlag des Sehers.«

Ich dachte an den glatzköpfigen Mann und sah mich augenblicklich den Rest meines Lebens in dieser Baumhöhle verbringen. »Nicht gerade rosige Aussichten.«

»Ich helfe dir.«

Die Selbstverständlichkeit ihrer Worte ließ mich stutzen. Natürlich würde ich mich nicht darüber beschweren, dass mich wenigstens eine Person hier wohlwollend behandelte, aber ihr schon beinahe sorgloser Optimismus verunsicherte mich. »Wieso?«

»Qatou vertraut dir – sonst würde er sich gar nicht erst blicken lassen.«

Verblüfft starrte ich die Katzen-Motte auf ihrer Schulter an, erinnerte mich daran, wie sie sofort das Weite gesucht hatte, als Khar hier aufgetaucht war. Dennoch kam mir das naiv vor. »Ist das der einzige Grund?«

»Es ist der einzige, den ich brauche.«

VI

KAE

Mir war klar, dass es ein Spiel mit dem Feuer war, mich für den Fremden einzusetzen, ohne wirklich zu wissen, wer er war. Einerseits trieb mich mein Gerechtigkeitssinn dazu, so zu handeln. Ich verstand nicht, wieso Seher Khar Hunter wie einen Angeklagten behandelte, nachdem dieser nur durch Glück einen Absturz aus großer Höhe überlebt hatte. Andererseits verspürte ich auch ein Gefühl des Trotzes. Das Bedürfnis den Qo'aivyn daran zu erinnern, dass solche Entscheidungen nicht länger in seiner Hand lagen.

Und dann war da noch etwas anderes. Eine unscheinbare innere Stimme, die mir zuflüsterte, ihm zu helfen und darauf zu vertrauen, dass er keine bösen Absichten hegte. Qatou schien sie ebenfalls zu hören, denn selbst vor Dhan hatte er sich lange Zeit versteckt.

Nachdenklich lehnte ich an der Wand, während die Kaluy die Halle vorbereiteten. Die größte Höhle unter dem Heiligen Baum diente uns als Gebets- und Versammlungsraum, aber gerade waren nur ich, Seher Khar und die Abgesandten der Zünfte hier. Arban, der oberste Diener des Heiligen Baumes und Vertreter der Takoutan, verteilte Kissen halbkreisförmig auf dem Boden und ein weiteres in der Mitte. Unterdessen nutzte Yesan die Magie ihres orangefarbenen Qo'ai dazu, die Rauchschalen zu entzünden. Ich beobachtete fasziniert, wie der Stein zu glühen begann, bevor sich auch schon ein winziger Funken aus ihm löste, der die Mischung aus getrockneten Kräutern entzündete. Kurze Zeit später erfüllte ihr süßer Duft den Saal.

Ich fragte mich, ob ich diese Art von Magie eines Tages auch beherrschen würde oder ob sie nur den Gurangin vorbehalten war. Als Qo'aivon war ich schließlich das verbindende Element zwischen den Zünften. Dann wiederum hatte ich keine Ahnung, was mir diese Magie nutzen sollte. Ich seufzte und wünschte mir, ich könnte Seher Khar nach der Antwort fragen, doch der überwachte das Geschehen so grimmig, dass ich kaum wagte, ihn überhaupt anzusehen.

Sobald alles fertig war, ließen wir uns auf unseren Plätzen nieder, während einer der Takoutan den Fremden zur Versammlung holte. Neugierig beobachtete ich Hunter, während er die Halle betrat und zur Mitte des Saals ging. Die Kaluy hatten sich im Halbkreis darum niedergelassen und wurden still, als sie ihn entdeckten.

Er wirkte wesentlich wacher als vorhin und gleichzeitig seltsam gelassen mit dem Grinsen und den in den Jackentaschen vergrabenen Händen. Während er in die Mitte des Raumes trat, ließ er immer wieder den Blick schweifen, um jedes winzige Detail genauestens aufzusaugen.

»Setz dich«, wies Seher Khar ihn an, nachdem Hunter unschlüssig in der Mitte des Raumes stehen geblieben war und fasziniert den riesigen weißen Qo'ai angestarrt hatte, der wie ein Stalaktit von der Decke hing. Die einzige, schummrige Lichtquelle im weitläufigen Versammlungsraum, der sich allmählich mit Rauch füllte.

Zögernd kam Hunter der Aufforderung nach, wobei es ihm die eng anliegende schwarze Kleidung schwer machte, eine bequeme Position zu finden. Die Jacke mit den feinen Silberornamenten und die lange, gerade Hose schienen wie aus einer anderen Welt – und furchtbar unpraktisch.

»Wie lautet dein Name, Fremder?« Wie es Tradition war, durfte die Vertreterin der größten Zunft, der Gurangin, die erste Frage stellen. Yesan, die in Orange gekleidet war, war das älteste Mitglied der Kaluy, was sich deutlich an ihren weißen, zu einem Zopf geflochtenen Haaren erkennen ließ.

Mit einem Mal schlug mir das Herz bis zum Hals. Dies war meine erste offizielle Amtsangelegenheit und ich atmete die gleiche Luft wie die Menschen, die teilweise schon länger die Geschicke unseres Volkes bestimmten, als ich am Leben war.

»Mein Name ist Hunter«, beantwortete dieser mit fester Stimme Yesans Frage. An seiner Stelle wäre ich es leid, immer wieder dieselben Informationen wiederholen zu müssen.

»Wie bist du hierher gekommen?« Dondan, der Abgesandte der Komen übernahm das Wort. Es war ungewohnt, die Kaluy die Sprache der Aldan sprechen zu hören, auch wenn sie uns allen seit frühester Kindheit beigebracht wurde.

»Ich war in meinem Flugzeug unterwegs. Über dem Wald bin ich in Turbulenzen geraten und abgestürzt.«

Flugzeug, da war es wieder, dieses Wort, das mir nie jemand beigebracht hatte. Vermutlich nannte man so die Maschine, die ich fälschlicherweise für einen Vogel gehalten hatte.

»Was willst du hier?« Diese Frage kam von den Quturtan und ließ Hunter überrascht blinzeln.

»Nichts … Ich meine, ich hab es mir nicht ausgesucht, abzustürzen, und würde am liebsten gleich wieder verschwinden. Lebendig, wenn möglich.«

Ich versteckte mein Schmunzeln hinter meiner Hand.

»Wieso bist du hier?« Jetzt war Orin an der Reihe, Abgesandte der Nerborin.

»Deckt sich das nicht mit den Fragen davor?« Nun war die Ungeduld deutlich aus Hunters Stimme herauszuhören. »Ich bin hier, weil ich abgestürzt bin. Bis vorhin wusste ich nicht einmal, dass in diesem Wald andere Menschen leben.«

Getuschel machte sich unter den Anwesenden breit, für das die

Kaluy zurück in unsere Sprache wechselten. Ich hörte Empörung, Überraschung, aber auch aufrichtige Neugier heraus, nur Seher Khar beteiligte sich nicht an dem Austausch und wirkte so, als würde er dem Fremden nach wie vor kein Wort glauben.

»Was würdest du tun, wenn wir dich gehen lassen?«, stellte Sukh, der Sprecher der Houran die nächste Frage.

Daraufhin zuckte Hunter mit den Schultern. »Was wohl? Versuchen, mich irgendwie zurück nach Hause durchzuschlagen, und hoffen, dass mich der Wald nicht vorher umbringt.« Kurz herrschte Schweigen. »Darf ich eine Frage stellen?«

Eins musste ich ihm lassen, Mut hatte er. Die Anwesenden tauschten irritierte Blicke, bevor sie sich reihum an Seher Khar wandten, um sein Urteil abzuwarten. Ehe dieser zu einer Erwiderung ansetzen konnte, kam ich ihm zuvor.

»Sprich.«

Während der Rest der Kaluy meine Antwort akzeptierte, spürte ich, wie der Qo'aivyn neben mir um Fassung rang. Zwar hatte ich ihm nicht direkt widersprochen, jedoch in Anwesenheit aller seine Autorität untergraben.

»Wieso seid ihr hier?«, fragte Hunter. »Ich meine, wie kann euer Volk hier im Wald überleben? Und wie kommt es, dass wir nichts über euch wissen, ihr aber anscheinend einiges über uns.«

»Weil wir Geschichte nicht einfach in Vergessenheit geraten lassen«, antwortete Yesan, als wäre sie selbst ein Teil davon. »Weil wir aus unseren Fehlern lernen, anstatt sie zu ignorieren.«

»Das heißt, es bestand einmal Kontakt zwischen dem Imperium und euch?«

»Du hattest deine Frage«, warf Seher Khar ein. »Und wenn du glaubst, dass wir dir deine Naivität auch nur ansatzweise abnehmen, bist du äußerst töricht.«

»Denkt ihr, ich spiele euch etwas vor? Dass ich absichtlich mein Flugzeug in einen Baum jage, um von euch gefunden zu werden?

Warum sollte ich das tun? Was könntet ihr haben, das für das Eiserne Imperium von Bedeutung ist?«

Kurz herrschte Stille, in der sich Gänsehaut auf meinen nackten Armen ausbreitete. Anders als Hunter kannte ich die Geschichten aus alter Zeit, in der die Eijn und sein Volk zusammen existiert hatten. Ich wusste, was passiert war, und vor allem wusste ich, was das Eiserne Imperium wollte.

Unwillkürlich fiel mein Blick auf den Qo'ai, den ich wie alle anderen an einer Kette um den Hals trug. Das weiße Licht darin glühte schwach, doch mir war klar, dass der Stein mehr war als ein Schmuckstück – sowohl für mich als auch für Hunters Volk. Qo'ai bedeutete Macht, Energie, aber für die Eijn vor allem eines: Schmerz.

»Ich denke, wir haben genug gehört«, zischte Seher Khar. »Und sollten eine Entscheidung treffen, was mit dem Fremden passiert. Wir können ihn entweder ziehen lassen und in die Wälder schicken – oder ihn weiter in unserer Obhut behalten, bis wir Gewissheit haben, dass wir ihm vertrauen können.«

Etwas, das, wenn es nach ihm ginge, sicher bis ans Ende aller Tage dauern würde.

»Wer stimmt dafür, ihn freizulassen?«

Vier der Anwesenden, Gurangin, Nerborin, Quturtan und Dagun hoben die Hand.

»Wer stimmt dafür, ihn hierzubehalten?«

Die verbliebenen drei Zünfte und Seher Khar meldeten sich. Auf den ersten Blick war es ein Unentschieden, wenn der Qo'aivyn nicht im Falle eines Gleichstands zwei Stimmen hätte.

Vielleicht ist es besser so, dachte ich, *sicherer.*

Vermutlich sahen die anderen etwas, das mir entging, oder hatten mit ihrer Lebenserfahrung weitaus mehr Gründe, Hunter zu misstrauen.

»Dann ist es also …«

»Mit Verlaub, Khar«, fiel Yesan ihm ins Wort. »Aber liegt das Abstimmungsrecht selbst vor Abschluss ihrer Ausbildung nicht bei der Qo'aivon?«

Einen Moment lang schien der ganze Raum den Atem anzuhalten und alle Blicke richteten sich auf mich. Mein Herz setzte einige Schläge aus und ich hatte das Gefühl, mich an Ort und Stelle übergeben zu müssen.

Hatte ich Hunter gegenüber nicht vorhin noch groß getönt, dass ich ihm helfen würde? Jetzt lag sein Schicksal in meiner Hand und die schiere Last der Verantwortung war im Begriff, mich zu zermalmen. Dabei blieb mir nicht einmal Zeit, mir über das Für und Wider den Kopf zu zerbrechen, denn je länger ich zögerte, desto schwächer ließ es mich wirken.

»Das ist richtig. Danke, Yesan«, erwiderte ich, wobei ich an meinen eigenen Worten zu ersticken drohte. »Lasst uns also noch einmal abstimmen. Wer stimmt dafür, ihn freizulassen?«

Dieselben vier Personen meldeten sich, während ich zögerte. Mein Instinkt sagte mir, dass ich es tun sollte. Mein Verstand, dass es sicherer wäre, dagegenzustimmen und den Fremden zumindest für eine Weile hierzubehalten. Die Unentschlossenheit riss mich schier entzwei und brachte meine Hände zum Zittern. Kalter Schweiß rann mir den Nacken herunter, während ich versuchte nachzudenken, obwohl ich keinen klaren Gedanken fassen konnte. Am Ende ging meine Hand wie von allein nach oben.

Erleichterung zeichnete sich auf Hunters Gesicht ab, wohingegen ich mich fühlte, als hätte ich soeben das Schicksal der Welt besiegelt. Mein Puls rauschte in meinen Ohren.

»Du hast die *Qo'aivon* gehört«, Seher Khar spuckte das Wort geradezu aus. »Verschwinde von hier.«

»Was? Halt! Ich weiß gar nicht, wie ich hier wieder wegkomme.« Augenblicklich gefror mir das Blut in den Adern.

»Das liegt nicht mehr in unserer Hand.«

Als wäre die Sache damit erledigt, richteten die anderen sich unbeteiligt auf – selbst die, die mit mir für Hunters Freilassung gestimmt hatten. Sollte es das gewesen sein?

»Ihr könnt mich doch nicht einfach … Genauso gut könnt ihr mich auch gleich umbringen!«

Dunkelheit verschleierte die Augen des Sehers, der die Hände zu Fäusten ballte. Ob bewusst oder nicht, hatte Hunter ihm eben das einzige Argument geliefert, das Khar nicht einfach abschmettern konnte. Unsere Gesetze verboten es, anderen Lebewesen Leid zuzufügen. Und unseren Besucher verletzt und ohne Verpflegung in den Wald zu schicken, käme einem Todesurteil gleich.

»Du kannst die Nacht hierbleiben.« Meine Stimme klang, als gehörte sie einer anderen. »Nimm dir, was du an Vorräten brauchst.«

Vom Rest der Kaluy erntete ich zustimmendes Gemurmel, und für einen kurzen, winzigen Moment fühlte ich mich tatsächlich weise und gütig, obwohl ich seine Überlebenschancen im Wald nur geringfügig erhöhte. Der Marsch zur Waldgrenze allein dauerte etwa sieben Tage, und jenseits des Dorfes hausten Wesen, denen selbst die erfahrensten Komen nicht begegnen wollten.

Hunter nickte und blieb auf seinem Platz sitzen, während alle anderen den Nachhauseweg antraten. Für sie war die Angelegenheit geklärt, wohingegen in meinem Inneren ein Sturm tobte, der vermutlich kein Vergleich zu dem war, der mir drohte, sobald ich erst mit Seher Khar allein war.

»Wartet!« Hunter war aufgesprungen und ließ die anderen ein weiteres Mal innehalten. »Ich habe nicht gelogen. Ich hatte keine Ahnung, dass im Wald Menschen leben. Niemand aus meinem Land weiß das.«

»Dann ist dein Volk vielleicht noch törichter als du«, zischte Sukh.

»Möglich … Aber vielleicht, vielleicht können wir voneinander lernen. Ich bin ein Teil des Hofstaats, wenn ihr mich begleitet, dann …«

»Dann was?!«, fuhr Khar ihm hasserfüllt ins Wort. »Dann liefern wir deinen Leuten nur noch mehr Möglichkeiten, ihre Gier zu stillen, indem sie zerstören, was ihnen nicht gehört. Glaub mir, Junge, wenn ich dir sage, dass es nichts gibt, was wir von deinesgleichen lernen können.«

»Da hast du wohl recht.« Erstaunt starrte ich Hunter an. »Ich weiß nicht, was damals passiert ist, aber die Zeiten haben sich geändert. Wir Me… *Aldan* haben uns verändert und können möglicherweise etwas von euch lernen. Ihr müsst uns nur eine Chance geben.«

Das darauffolgende Schweigen nutzte ich, um all meinen Mut zusammenzunehmen. »Vielleicht hat er recht.«

Die anderen betrachteten mich, und in ihren Augen erkannte ich alles von Anerkennung über Wut, Stolz und Hoffnung bis hin zu blanker Angst. Mir kam der Gedanke, dass das hier das Ereignis sein könnte, auf das wir gewartet hatten. Die Ernennung eines neuen Qo'aivyn galt als Zeichen des Umbruchs – der Beginn einer neuen Zeit. Vielleicht war es kein Zufall, dass Hunter abgestürzt war, sondern eine *Chance*.

Ich presste die Lippen zusammen und schaute endlich auch in Seher Khars Gesicht, das vor Wut ganz verzerrt war. An seiner Mimik erkannte ich den Kampf in seinem Inneren, seinen Zorn, seinen Stolz, der mit jedem Moment weiter zu nichts zerfiel. Und dann eine Idee.

»Ein guter Einwand, Qo'aivon, vielleicht hat er das.« Instinktiv wollte ich vor Khar und seiner ungewohnt sanften Stimme zurückweichen, rührte mich jedoch kein bisschen. »Die Vergangenheit lässt sich nicht ungeschehen machen, aber sie sollte uns nicht daran hindern, furchtlos in unsere Zukunft zu schreiten.«

Ich nickte zustimmend, während ich gleichzeitig den Atem anhielt.

»Jemand sollte den jungen Mann begleiten. Nicht nur, um ihn

sicher durch die Wälder zu leiten, sondern auch als Botschafterin unseres Volkes am Hof der Aldan. Wer weiß, vielleicht schenken sie ihr und unseren Problemen wirklich Gehör.«

Wann war aus dieser Person eine Frau geworden? Ich ahnte, worauf er hinauswollte, und stieß schockiert Luft aus. »*Ich* soll ins Eiserne Imperium reisen?«

»Wer sonst?« Seher Khar legte mir väterlich die Hand auf die Schulter und ich erschauderte unter der Berührung. »Wer wäre besser dafür geeignet, unser Volk zu vertreten, als die Qo'aivon?«

Ich wagte es nicht, meinen Blick von ihm abzuwenden. Doch auch so ahnte ich, dass die Kaluy ihm zustimmten.

»Aber ich …«

»Liebe Kaeliah, es gibt nichts mehr, was ich dir beibringen kann. In der kurzen Zeit, die du das Amt bereits bekleidest, hast du dich in jeglicher Hinsicht als würdig erwiesen. Jetzt liegt es an dir, die Welt mit eigenen Augen zu erkunden und von ihr zu lernen. Diese Reise ist nicht nur eine Chance, sondern auch eine große Ehre.«

Ich sah ihn an, dann die Kaluy und realisierte mit niederschmetternder Gewissheit, dass mir keine Gegenargumente einfielen. Dass ich selbst mir dieses Loch gegraben hatte, in das Seher Khar mich nun mit voller Gewalt schubste.

Gern hätte ich ihm ins Gesicht gespien, dass er mir überhaupt nichts beigebracht hatte. Dass ich nach all der Zeit nicht einmal ansatzweise verstand, was es bedeutete, eine Seherin zu sein. Doch meine Kehle war wie zugeschnürt.

Er nannte es Ehre, aber unter unseren ausdruckslosen Mienen wussten wir beide, was diese Reise wirklich bedeutete: Mich ins Eiserne Imperium zu schicken, war keine Ehre, sondern ein geschickter Zug, um mich ein für alle Mal loszuwerden. Sie war ein Todesurteil.

VII

HUNTER

»Sehr wohl, Qo'aivyn«, Kaeliahs Stimme verlor sich im Echo der hohen Decke und in ihren eiligen Schritten. Sie gab mir nicht einmal Zeit, ihr für ihren Einsatz zu danken, da war sie bereits aus dem Saal verschwunden.

Ich blieb allein mit dem Rat der Eijn zurück. Mit acht Menschen, die mich bestenfalls tolerierten und schlimmstenfalls den Sporen ausliefern wollten. In meinem Leben hatte ich mich schon in so manch schwierige Lage gebracht. Eine Schlägerei mit den falschen Leuten in Tarhos, sechs Monate Putzdienst, weil ich mich mit meinem Ausbilder angelegt hatte, eine Odyssee in der Wandelwüste, aber nichts davon reichte auch nur annähernd an diesen Schlamassel heran. Falls alles doch nur ein Traum war, wäre nun ein guter Zeitpunkt gewesen, endlich aufzuwachen. *Schön wär's.*

Unschlüssig richtete ich mich auf und versuchte, mit einem Räuspern auf mich aufmerksam zu machen. Die meisten Mitglieder des Rats wandten sich ebenfalls zum Gehen und schenkten mir keine Beachtung, während drei – ich nannte sie Grün, Gelb und Orange nach den Farben ihrer Kleidung und ihrer Kristalle – sich aufgeregt austauschen. Dabei musste ich nicht einmal ihre Sprache verstehen, um zu wissen, worum es ging: Kaeliah. Und ihren Einsatz, der mir buchstäblich den Hintern gerettet hatte.

Lediglich Seher Khar stand abseits der Menge und musterte

mich überraschend selbstzufrieden. Sicher war er erleichtert, mich so schnell und ohne schlechtes Gewissen los zu sein, doch da war noch etwas anderes. Etwas, das ich mir nicht erklären konnte.

Obwohl mein Instinkt mich davor warnte, mein Glück überzustrapazieren, setzte ich mein diplomatischstes Lächeln auf und machte einige Schritte auf ihn zu.

»Was willst du noch hier?«

Sofort geriet ich ins Stocken und nahm aus dem Augenwinkel wahr, wie sich der Rest des Konzils davonmachte, als wären sie auf der Flucht vor einem nahenden Sturm.

»Ich … dachte nur, Dankbarkeit wäre angebracht. Für eure Gastfreundschaft und …«

»War das alles?« Er verschränkte die Arme ruckartig vor der Brust, sodass das Klimpern seines Schmucks die Stille erfüllte.

Ich biss mir auf die Unterlippe und fragte mich, wieso ich dieses Gespräch angefangen hatte. Er hatte während der Verhandlung deutlich gemacht, wie er zu mir stand. Bildete ich mir ernsthaft ein, ihn doch noch überzeugen zu können, dass ich nichts Böses wollte?

»Ja. Danke, dass ihr mir eine Chance gebt.«

»Nicht ich habe mich für deine Freiheit ausgesprochen. Also spar dir deine geheuchelte Freundlichkeit und kehre zu deinem Volk zurück.«

Diese offene Feindseligkeit war mir völlig unbekannt. Vom Hof war ich aufgesetzte Höflichkeit gewohnt – egal unter welchen Umständen. Niemand trug sein Herz auf der Zunge, aber hier … Ich wusste nicht, wie ich damit umgehen sollte.

»Also darf ich mich frei bewegen?«

»Kaeliah wird sich um dich kümmern. Und jetzt verschwinde.«

Er ließ mir keine Zeit für Widerworte, sondern wandte sich ab, um in den Tiefen der Baumhöhle zu verschwinden. Und ich blieb zurück, heillos überfordert und ohne zu wissen, wie es weitergehen würde.

Kaeliah. Ich musste sie finden.

Plötzlich konnte ich gar nicht schnell genug von hier wegkommen. Das schummrige Dunkel der Höhle war nun, da ich auf mich allein gestellt war, beängstigend und das Leuchten des von der Decke hängenden Kristalls verlieh dem Rauch ein geisterhaftes Glühen. Im Vorbeilaufen blieb mein Blick kurz an dem riesigen Feuerbernstein hängen, dessen Energie vermutlich die komplette Hauptstadt ein ganzes Jahrzehnt lang versorgen könnte. Kaum vorzustellen, wie Alexander reagieren würde, wenn ich ihm …

Fast wäre ich gestolpert, als die Erinnerung über mich hereinbrach. Seit meinem Absturz war die Welt so rasant an mir vorbeigezogen, dass mir keine Zeit geblieben war, daran zu denken, wieso ich mich überhaupt ins Flugzeug gesetzt hatte. Doch jetzt war die Mauer, hinter der sich meine Gefühle versteckten, nur noch hauchdünn, einen Wimpernschlag vom Einsturz entfernt. Energisch schob ich die Gedanken beiseite. Es würde eine Zeit geben, an der ich mich mit … diesen Umständen auseinandersetzen würde. Aber nicht hier. Nicht jetzt. Erst überleben. Dann zurück nach Hause. Dann der ganze Rest.

Der Verhandlungsraum war glücklicherweise nicht weit von der Oberfläche entfernt. Am Ausgang der Höhle traf ich drei Ratsmitglieder, die ich nach Kaeliah fragte. Einer deutete mit dem Finger in eine Richtung, in die ich weiterrannte. Sie hatte sicher einen beachtlichen Vorsprung, aber ich musste mit ihr reden. Wo sollte ich schlafen? Wann brachen wir auf? Wer würde mir Vorräte geben? Und vor allem: Wie schafften wir es aus dem Wald, ohne an unserem eigenen Atem zu ersticken?

Ich folgte einem ausgetretenen Weg zum Ufer eines Sees. Aus dem ruhigen Wasser, in dem sich einige Lampen spiegelten, ragten Steine heraus, die einen Pfad zum anderen Ufer bildeten. Auf einem von ihnen entdeckte ich die junge Seherin.

»Kaeliah!«, rief ich ihr hinterher, aber sie hörte mich nicht. Ungerührt sprang sie weiter von Stein zu Stein mit einem Geschick, das mich an eine Katze erinnerte. »Hallo?«

Keine Reaktion.

Ich atmete angespannt aus und starrte auf den Weg, der vor mir lag. Ich sah förmlich vor mir, wie ich ausrutschte und zwischen den Steinen ertrank. Oder mir gleich das Genick brach. Aber was blieb mir schon übrig? Ich war auf dieses Mädchen angewiesen – ob ich nun wollte oder nicht.

»Das kann nicht dein Ernst sein …«, murmelte ich zu mir selbst, ehe ich den ersten Sprung wagte.

Die Distanz zwischen den Felsen war nicht sonderlich groß, doch ihre glitschigen Oberflächen und meine ledernen Stiefel machten es beinahe unmöglich, nicht abzurutschen. Nachdem ich die Balance wiedergefunden hatte, wagte ich dennoch den nächsten Sprung. Dann noch einen. Und noch einen. Mit jedem weiteren gewöhnte sich mein Körper mehr an den Untergrund. Es war nicht leicht, aber gleichzeitig auch überraschend spaßig.

Etwas zuversichtlicher beschleunigte ich mein Tempo und schaffte es sogar, den Abstand zwischen mir und der Seherin zu verringern.

»Kaeliah«, rief ich mittlerweile völlig außer Atem erneut, und dieses Mal wandte sie sich um.

Ich wusste nicht, womit ich gerechnet hatte, aber sicher nicht mit der plötzlichen Feindseligkeit in ihrer Miene oder den angespannten Schultern. Als wäre ich der letzte Mensch, den sie jetzt sehen wollte.

»Warte.«

Ohne eine Antwort wandte sie sich um und sprang zum nächsten Stein. War sie wütend? Was hatte ich verpasst?

»Kaeliah. Verdammt.« Ich fluchte, als ich kurzzeitig den Halt verlor und mich erst im allerletzten Moment wieder fangen konnte. »Jetzt warte doch mal.«

Zu meiner Überraschung blieb sie stehen, nachdem sie das andere Ufer erreicht hatte, und sah mir missbilligend dabei zu, wie ich unbeholfen zu ihr aufschloss. »Hör auf zu schreien«, knurrte sie, als ich sie erreichte. »Du erschreckst die Fische.«

»Die …« Zum ersten Mal sah ich mich wirklich um. Ich war so darauf fokussiert gewesen, sie einzuholen, dass ich meiner Umgebung kaum Beachtung geschenkt hatte, doch jetzt drang alles so schnell zu mir durch, dass mein Verstand nur langsam hinterherkam. Der gigantische Baum, in dessen Höhle ich gerade noch gesessen hatte. Das Blätterdach, Hunderte Meter über mir, und der See, der ihn umgab. Es war Nacht, und was ich zunächst für die Spiegelungen von Lampen gehalten hatte, waren tatsächlich Fische, die unter der Oberfläche leuchteten und Kaeliahs Haut in goldenes Licht tauchten. Dutzende tummelten sich im Wasser, bildeten Wirbel um die Steine wie die Arme einer Galaxie.

Vor Verblüffung wollte ich zurückweichen und stolperte dabei nach hinten, was unweigerlich dazu führte, dass ich den Halt verlor. Meine mühsam aufrechterhaltene Balance bröckelte, ehe ich wie ein Stein ins Wasser fiel. Sofort bohrte sich Kälte in meine Haut, aber immerhin war der See an dieser Stelle so seicht, dass ich mich schnell aufrichten und zum Ufer waten konnte.

Einsame Spitze. Meine liebste Uniform war definitiv nicht mehr zu retten.

Als ich aus dem Wasser kletterte, zuckte Kaeliah nicht einmal mit der Wimper. Kein Mitleid für meine Misere, obwohl die Kälte mich in der durchgeweichten Kleidung frösteln ließ. Ich schüttelte mich wie ein nasser Hund, doch selbst das half kaum. Besser wären ein prasselndes Kaminfeuer und ein kuschliges Bett. Vorzugsweise vorher noch ein heißes Bad, um den Gestank von feuchter Erde und Benzin loszuwerden, der nach dem Absturz noch immer an mir haftete. Nur war ich mir sicher, dass keine dieser Annehmlichkeiten in Reichweite war.

»Warum läufst du mir nach?«

»Hä?« Ich unterbrach meinen notdürftigen Versuch, mich abzutrocknen, und sah Kaeliah an. Abneigung funkelte in ihren braunen Augen und ihre Finger trommelten nervös auf ihrem Schlüsselbein.

»Warum du mir nachläufst.«

»Euer Seher schickt mich«, antwortete ich, unsicher, was ich von dieser plötzlichen Abweisung halten sollte. »Und ich dachte, es wäre sinnvoll, wenn wir uns kennenlernen, bevor wir gemeinsam ins Imperium reisen.«

»Kennenlernen?« Als würde ihn dieser Vorschlag genauso verwirren wie sie, reckte nun auch Qatou den Kopf aus Kaeliahs Tunika, um mich aus seinen Insektenaugen anzustarren. Ich schauderte.

»Ja. Du weißt schon … Uns austauschen, sehen, ob wir Gemeinsamkeiten haben und …«

»Das bezweifele ich.«

Okay?

»Ist … etwas passiert? Habe ich etwas nicht mitbekommen?«

Laut seufzend wandte Kaeliah den Blick ab. »War es das dann?«

»Was? Ich will doch nur mit dir reden.«

Ich verstand nicht, warum sie sich so verhielt. Eben noch hatte sie Kopf und Kragen riskiert, um meine Freiheit auszuhandeln, und jetzt zeigte sie mir die kalte Schulter?

»Dazu werden wir die nächsten Tage genug Zeit haben.« Ohne ein Wort des Abschieds machte sie auf dem Absatz kehrt und lief weiter. Es war offensichtlich, dass sie nicht mit mir reden wollte. Aber welche Wahl hatte ich schon? Sie konnte mich ja nicht einfach mitten im Wald stehen lassen.

»Jetzt warte doch mal«, sagte ich und stolperte ihr hinterher. »Kaeliah. … Liah? Darf ich dich Liah nennen?«

»Nein.«

»Okay, dann eben Kae.« Hastig zog ich an ihr vorbei, um ihr den Weg zu versperren. »Hör zu. Ich habe keine Ahnung, was dich verärgert hat, aber dank dir muss ich mich durch den Wald zurück nach Hause schlagen …«

»Ist das dein Ernst?«, fauchte sie. »Soll ich mich etwa dafür entschuldigen, dass ich mich für deine Freiheit eingesetzt habe?«

»Natürlich nicht. Tut mir leid, das kam falsch rüber. Ich bin dir dankbar, sehr sogar. Ich weiß nur nicht, was ich jetzt machen soll.«

Sie verschränkte die Arme vor der Brust und deutete mit dem Kinn in eine Richtung. »Zum Dorf geht es dort lang. Die meisten dort sprechen deine Sprache.«

»Ja, apropos Sprache …« Ich hatte Fragen. So viele Fragen.

»Ich bin beschäftigt. Und habe meine Pflicht erfüllt. Such dir jemand anderen, der dich herumführt.«

Sie schob sich grob an mir vorbei, während Qatou mich wie eine Katze anfauchte. Hatten sie sich jetzt beide gegen mich verschworen? Aber womit konnte ich sie so verärgert haben? Völlig verwirrt sah ich Kaeliah dabei zu, wie sie zu einem der riesigen Bäume marschierte, dessen Stamm so seltsam verformt war, dass eine gewundene Rampe hinauf in die Krone führte. Wollte sie nicht ins Dorf?

»Warum die Mühe?«, rief ich ihr spöttisch hinterher, woraufhin sie ein letztes Mal innehielt. »Warum setzt du dich für mich ein, wenn dir jetzt auf einmal egal ist, was mit mir passiert?«

Sie reckte das Kinn, und ihre Miene war so ausdruckslos, dass ich nichts daraus lesen konnte. Ob sie mich hasste? Möglich. Aber ich verstand einfach nicht, wieso.

»Wir brechen im Morgengrauen auf.« Ihre Stimme klang gedehnt. Als kostete sie es äußerste Mühe, die Fassung zu wahren. »Die Leute im Dorf werden dir geben, was du brauchst, also sieh zu, dass du genügend Schlaf bekommst.«

Ich war enttäuscht, dabei konnte ich gar nicht genau sagen, wieso. Kae hatte recht. Sie hatte sich für mich eingesetzt. Mehr als ich verdiente, wenn ich den kryptischen Andeutungen zur Vergangenheit unserer Völker glaubte. Und ich war schließlich kein Kind, das an die Hand genommen werden musste, sondern ein wichtiger Vertreter meines Landes. Zumindest redete ich mir das ein, um meine Lage zu beschönigen. Hunter Athgolan, auf diplomatischer Mission in einer verlorenen Zivilisation – das war doch mal eine Schlagzeile für die Presse. Aber obwohl der Gedanke mich einen Moment amüsierte, täuschte er nicht über das Stechen in meinem Magen weg, als Kae oben zwischen den Ästen verschwand.

Nachdem sie außer Sichtweite war, hörte ich Schritte hinter mir. Eine weitere Person, die sich so geschickt über den Steinpfad bewegte, dass die Fische unter der Oberfläche nicht einmal darauf reagierten. Ich erkannte die Frau mit dem orangefarbenen Kristall wieder und wusste nicht, ob ich beeindruckt oder frustriert sein sollte, weil sie sich trotz ihres hohen Alters wesentlich eleganter bewegte, als ich es je könnte. Sie schien einen ähnlichen Gedanken zu haben, denn ein breites Grinsen erhellte ihr Gesicht, als sie mich entdeckte.

»Wir haben ein Badehaus im Dorf«, informierte sie mich und kam neben mir zum Stehen. »Kein Grund, dich in unseren heiligen See zu stürzen.«

Stolz stemmte sie die Hände in die Hüften und drückte ihren Rücken durch. Obwohl sie gut einen Kopf kleiner war als ich, schaffte sie es trotzdem, mich mit ihrem Auftreten einzuschüchtern.

»Das hättet ihr mir vorher sagen sollen«, entgegnete ich lahm.

»Hast du Kaeliah einholen können?«

»Ja, aber sie schien beschäftigt.«

»Hm …«, machte die alte Frau nachdenklich. »Sie braucht sicher nur etwas Zeit, um sich mit der Situation abzufinden.«

»Die Reise ins Imperium? Sie hat ihr doch zugestimmt.«

»Das mag sein, aber dir scheint zu entgehen, was das für sie bedeutet.«

Ich hob verwundert die Brauen. Keine Ahnung, was sie damit meinte, aber bevor ich die Chance hatte, sie danach zu fragen, kam sie mir zuvor.

»Kennst du den Weg ins Dorf?«, fragte sie. Die alte Frau war neben Kae die erste Eijn, die mir mit Freundlichkeit begegnete. Auch hatte sie vorhin für meine Freiheit gestimmt. Hoffentlich änderte sie ihre Meinung nicht so schnell wie die Seherin.

»Ähm …«

»Dann lass uns ein Stück zusammen gehen.«

Über den Vorschlag hätte ich nicht dankbarer sein können, denn ich merkte schnell, dass ich mich allein unweigerlich verlaufen hätte. Der schmale Pfad, der vom Heiligen Baum ins Dorf führte, war im schummrigen Licht kaum sichtbar. Gleichzeitig ließ ich mich viel zu leicht von meiner Umgebung ablenken.

Die Welt, in der ich gelandet war, überstieg meine kühnsten Träume und stellte die Geschichten und Legenden, die ich als Kind über die Wispernden Wälder gehört hatte, allesamt in den Schatten. Von hier unten wirkten die Bäume noch einmal gigantischer als von meinem Flugzeug aus. Höher als die Mauern der Bastion in Eleyburgh. Und an ihnen klebten meterlange Nacktschnecken, die mit ihrem bunten Glühen die Nacht erleuchteten.

Wenn ich mir früher die Wispernden Wälder vorgestellt hatte, dann hatte ich sie mir nie so hell ausgemalt.

Die alte Frau ließ mir Zeit, meine Umgebung in mich aufzunehmen, doch schon bald hielt ich die Stille selbst nicht mehr aus. »Ich bin übrigens Hunter.«

Sie lächelte. »Ich weiß.«

Oh, die Verhandlung. Natürlich.

»Ich bin Yesan, die Vertreterin der Gurangin.«

»Ah …«

»Man hat dir also wirklich nichts über uns beigebracht.«

»Ich fürchte, nein.«

»Typisch Aldan«, schnaubte sie. »Augen im Kopf und weigern sich doch, sie für etwas anderes zu benutzen als den Blick in den Spiegel.«

Mein Stolz befahl mir, mein Land und seine Leute zu verteidigen, aber tief im Inneren musste ich Yesan beipflichten. Viele Menschen im Imperium hatten tatsächlich nur Augen für sich selbst.

»Tut mir leid«, murmelte ich kleinlaut. »Als ich heute Mittag in mein Flugzeug gestiegen bin, hätte ich nicht einmal zu träumen gewagt, hier in den Wäldern auf Leben zu stoßen – geschweige denn auf andere Menschen.«

»Es gibt nicht mehr viele von uns. Einige, aber unser Leben ist nicht leicht.«

Ich nickte.

»Du musst nicht so tun, als würdest du etwas verstehen«, bemerkte Yesan spitz. »Es ist vollkommen in Ordnung, Fragen zu stellen.«

»Das mag ja sein ... Nur weiß ich gar nicht, wo ich anfangen soll.«

»Wie wäre es dann hiermit?«

Als hätte sie nur darauf gewartet, schob sie einige Ranken beiseite, die den Weg versperrten, und offenbarte damit den Eingang zum Dorf. Augenblicklich stockte mir der Atem. Ich hatte keine Ahnung, wo ich zuerst hinsehen sollte.

Hier standen die Bäume weniger dicht zusammen und hatten allesamt eigentümliche Formen. Rampen wanden sich an ihnen nach oben, zahlreiche Höhlen durchzogen die breiten Stämme und über uns erstreckten sich die Äste zu einem Netzwerk, das die einzelnen Strukturen wie Straßen miteinander verband.

»Die Dagun, das sind unsere Baumeister. Mit ihren gelben Qo'ai beeinflussen sie den Wald und verändern täglich ihren Wuchs, um ihn unseren Bedürfnissen anzupassen. Auf diese Art schaffen sie Wohnraum, ohne dass wir Bäume fällen müssen.«

»Aber wie?«, stieß ich atemlos aus.

»Magie.«

Ich sah sie an und versuchte, in ihrem mysteriösen Lächeln irgendein Zeichen dafür zu finden, dass sie mich gerade auf den Arm nahm.

»Magie?«, fragte ich zur Sicherheit nach.

»Was denn sonst?«

Ich verbiss mir einen Kommentar dazu, erinnerte mich, dass Naturphänomene, für die wir keine Antwort hatten, früher oftmals mit Magie umschrieben wurden. Wie die Tatsache, dass Feuerbernstein von innen heraus leuchtete. Wir hatten es für ein übernatürliches Phänomen gehalten, bis wir erkannt hatten, dass es schlicht an der Energie lag, die darin steckte, und dass diese Energie nutzbar war. Vermutlich war das bei den Eijn genauso – sie hatten die Hintergründe eines Phänomens nicht ausreichend erforscht und griffen daher auf den Begriff Magie zurück, um eine Erklärung zu haben. Nichts, wofür ich sie verurteilen sollte.

»Insgesamt gibt es sieben Zünfte«, fuhr Yesan unbeirrt fort. »Die alle für einen anderen Lebensbereich verantwortlich sind. Menschen, die bauen, kochen, sammeln, weben, lehren, Kranke und Bedürftige versorgen oder dem Seher und dem Heiligen Baum dienen.«

»Und Kaeliah … sie ist …?«

»Eine Seherin. *Angehende* Seherin – unsere Qo'aivon, die bald den Posten von Seher Khar übernehmen wird.«

»Und was macht eine Seherin?«

»Sie kommuniziert mit dem Wald, lernt aus ihm zu lesen und seinen Willen zu verstehen und steuert daher die Geschicke unseres Volkes.«

Ich versuchte, mir nicht anmerken zu lassen, wie wenig ich mir unter dieser Erklärung vorstellen konnte. *Mit dem Wald kommunizieren.* Dabei würde es mich nicht einmal überraschen, wenn diese riesigen Bäume plötzlich zu sprechen begannen.

Yesan stellte sich als ausgezeichnete Begleitung heraus. Sie wurde nicht ungeduldig, sobald ich länger irgendwo verweilte, um etwas auf mich wirken zu lassen, und ignorierte die feindseligen Blicke mancher Eijn mit einer stoischen Gelassenheit, als würden sie ihr entgehen.

Unter einem Baum im Zentrum des Dorfes bildeten die Wurzeln eine Art Überdachung für das Gemeinschaftshaus. Ein Ort, wo sich die Menschen versammelten und ihre Mahlzeiten zu sich nahmen. Daneben befanden sich mit Blättern abgedeckte Mulden im Boden, aus denen ein verheißungsvoller Duft aufstieg, der mir das Wasser im Mund zusammenlaufen ließ. Die Gurangin, die hier arbeiteten, trugen wie Yesan auch einen orangen Bernstein und tuschelten aufgeregt miteinander, als sie mir etwas zu essen organisierte. Es gab eine würzige Paste, die in einem zusammengefalteten, geräucherten Blatt serviert wurde. Der perfekte Imbiss, während wir den Rest des Dorfes erkundeten.

Wir kamen an einer Gruppe Kinder vorbei, die im Schneidersitz auf dem Boden saßen und von einem Mann unterrichtet wurden. Wie auch Kae trug er ein weites Oberteil, das von einem Band zusammengehalten wurde, dazu aber einen luftigen dunkelblauen Rock. Als er Yesan und mich entdeckte, weiteten sich seine Augen vor Überraschung, dann jedoch wanderte ein Lächeln auf seine Lippen.

»Dann ist es also wahr!«, begrüßte er mich. »Wir haben tatsächlich Besuch aus dem Imperium.«

»Hunter, das ist Tisima«, stellte Yesan uns vor. »Ein Gelehrter. Er unterrichtet unsere Kinder in der Sprache der Aldan.«

Vorsichtig sah ich an ihm vorbei zu der Gruppe Schüler, die mich alle mit offenen Mündern anstarrten. Wahrscheinlich sähen die Kinder im Eisernen Imperium ähnlich aus, wenn ich plötzlich mit einer Sagengestalt im Unterrichtssaal auftauchen würde. Grinsend winkte ich ihnen zu und versuchte zu verstehen, wieso man sie hier in tiefster Nacht unterrichtete.

»Sicher könnten wir alle hier von deinem Wissen aus erster Hand profitieren, aber dem Geflüster nach ist dein Besuch nur von kurzer Dauer?«

»Ich fürchte, ja«, erklärte ich, obwohl ich mich liebend gern dazugesetzt hätte, um den Lehrer mit meinen eigenen Fragen zu durchlöchern. »Aber ich hoffe, dass sich eine Möglichkeit ergeben wird, unser Wissen auszutauschen.«

»Das hoffe ich ebenso.«

Ich war überrascht, dass offenbar nicht alle die Befürchtungen des Sehers teilten. Dass es sehr wohl auch Eijn gab, die mir einen Vertrauensvorschuss gaben und daran glaubten, dass unsere Reise sich positiv auf ihre Zukunft auswirken würde. Da wir dafür noch einiges zu erledigen hatten, führte Yesan mich weiter. Sie bat die Quturtan um neue Kleidung für mich und wurde nie müde, meine unzähligen Fragen zum Leben im Wald zu beantworten. Nur zwei wollten mir nicht so recht über die Lippen.

Die eine war die Frage nach dem Warum. Warum sprachen die Eijn meine Sprache? Warum hielten sie nach all den Jahren noch immer an der Erinnerung an das Eiserne Imperium fest, sodass sie selbst ihre Kinder davon unterrichteten? Inzwischen war mir klar, dass etwas Furchtbares geschehen sein musste. Und genau deshalb würde ich mich hüten, nachzuhaken. Weil ich Yesan nicht für ihre Freundlichkeit danken wollte, indem ich eine alte Wunde aufriss, die nie richtig verheilt zu sein schien.

Und dann war da noch die andere Frage. Die nach dem Wie. Wie war es möglich, dass die Eijn mitten in den Wispernden Wäldern überlebten. Wieso konnte ich ungeschützt zwischen den Bäumen umherschlendern, ohne dass giftige Sporen meine Lunge verätzten, wie bei Al- …?

Es war genau dieses Rätsel, das mich dazu brachte, dieses unglaubliche Erlebnis mit Vorsicht zu genießen. Zwar machte Yesan auf mich einen vertrauenswürdigen Eindruck, aber irgendetwas passte nicht. Wieso sollten die Sporen, die das ganze Imperium heimsuchten, am Ort ihres Ursprungs nicht zu finden sein? Es ergab keinen Sinn. Es sei denn, die Eijn besaßen etwas, das das Gift davon abhielt, in die Nähe ihres Dorfes zu kommen. Eine Art Schild, der frische Luft hineinließ, aber die Sporen herausfilterte – etwas, das die besten Forschenden des Imperiums schon vor Jahren als unmöglich abgetan hatten.

Ja. Auf den ersten Blick mochte das Volk der Eijn primitiv wirken mit seiner Magie und seinen Bäumen, die angeblich zu ihm sprachen. Aber was, wenn das nur an ihrem Wortschatz lag? Oder wenn sie ihren technologischen Fortschritt bewusst vor mir verbargen?

Denn welchen Grund hatten sie, mir zu vertrauen?

Und andersherum: Wieso sollte ich ihnen vertrauen?

VIII

KAE

Der Wald war so still, dass ich mir einbildete, die Gespräche der Dorfbewohner bis hinauf in die Baumwipfel zu hören. Vermutlich wusste inzwischen jedes Kind, dass Kaeliah, die vor Kurzem erwählte Qo'aivon, ins Eiserne Imperium aufbrechen würde, um – ja wozu überhaupt?

Wenn es nach Seher Khar ging, diente dieser ganze Auftrag nur einem einzigen Zweck: Hunter loszuwerden und mich gleich mit dazu. Zwar hatte er mich zur Botschafterin ernannt, aber ich war nicht so naiv zu glauben, dass es ihm wirklich darum ging. Oder dass er wirklich irgendwelche Hoffnungen in mich oder die Aldan hegte.

Dass der Qo'aivyn ein abgekartetes Spiel spielte, war mir bewusst, wie ich daraus aussteigen sollte, allerdings nicht. Nachdem ich aus dem Baum gestürmt war, hatte ich mit mir gerungen, ob ich Yesan oder jemand anderen darauf ansprechen sollte, aber alles in mir sträubte sich dagegen, Schwäche zu zeigen. Weil ich Khar damit nur einen Beweis für meine Unfähigkeit, das wichtigste Amt unseres Volkes zu bekleiden, liefern würde.

Mir blieb nur die Flucht nach vorn. Mitspielen und hoffen, dass Seher Khar sich irrte. Dass ich tatsächlich das Land der Aldan erreichte. Und dass ich lebend in meine Heimat zurückkehrte.

Nein. Mehr noch: Ich wollte nicht nur eine Figur sein, wollte nicht nur die Karten spielen, die Seher Khar mir zugeteilt hatte. Ich musste selbst etwas tun, das nicht nur ihn, sondern mein ganzes Volk überraschen würde. Ich war jetzt eine Botschafterin und als solche würde ich mich für mein Volk einsetzen. Ich würde mit den Aldan reden und sie dazu bringen, den Wald in Ruhe zu lassen, damit wir Eijn uns nicht mehr um die Zukunft sorgen mussten.

Ich seufzte und starrte hinauf in den klaren Sternenhimmel. Wem machte ich etwas vor? Wen wollte ich davon überzeugen, dass diese Reise etwas anderes war als purer Leichtsinn? Dass ich das Schicksal meiner Welt verändern könnte? Denn wer war ich schon …

Mein liebster Platz zum Nachdenken, der oberste Gipfel des Baums, in dem meine Höhle lag, war seit meiner Ernennung so etwas wie mein zweites Zuhause geworden. Ein Ort, an dem ich mich abreagieren, grübeln und meditieren konnte. Hier lauschte ich dem Wind und den Tieren des Waldes, weil sie scheinbar die Einzigen waren, die mich nicht verurteilten. Doch heute blieb die beruhigende Wirkung dieses Platzes aus. Vielmehr machte er mir bewusst, wie riesig das Land war, wie weit der Weg bis ins Eiserne Imperium und wie gefährlich. Selbst das Funkeln der Sterne schien mir auf einmal bedrohlich.

Qatou fühlte meine Angst. Er hatte sich auf meinem Schoß zusammengerollt und schnurrte leise, während ich ihn kraulte. Normalerweise beruhigte mich das Geräusch – nur nicht jetzt. Wenn es hart auf hart kam, würde ein Mogu mich nicht beschützen können. Ich war auf mich allein gestellt. Vor allem durfte ich nicht leichtsinnig sein und Hunter vertrauen, obwohl mein Instinkt das Gegenteil behauptete. Zwar war ich überzeugt, dass keine Absicht hinter seinem Absturz steckte, aber er war ein Aldan. Ihr Land und ihre Einstellung hatten sich womöglich geändert, doch das machte die Vergangenheit nicht ungeschehen. Unsere Geschichte zeigte, dass man in ihrer Gegenwart vorsichtig sein musste, dass sie sich das Vertrauen anderer Menschen erschlichen, nur um ihnen im passenden Moment einen Dolch in den Rücken zu rammen.

Plötzlich erregte ein Geräusch meine Aufmerksamkeit, das aus den anderen Klängen der Nacht herausstach. Schritte auf Holz, das Quietschen von Sandalen auf den riesigen Blättern des Baumes. Sofort wollte ich Hunter zurechtweisen, weil er mir schon wieder gefolgt war, als ich sah, wer den Lärm veranstaltete. Dhan. Gerade überwand er das letzte Stück, um mich zu erreichen. Eine Astgabelung, die dank der Dagun so breit war, dass alle Kaluy darauf Platz nehmen könnten. Sie war als Aussichtspunkt errichtet worden, doch wegen des beschwerlichen Aufstiegs verirrten sich nur wenige Menschen hierher. Selbst Dhan hatte ich bisher nur ein einziges Mal hier getroffen.

Keuchend setzte er sich neben mich, ließ sich jedoch kaum Zeit, Luft zu holen, da sprudelten die Worte schon aus ihm heraus. »Sag mir, dass die Gerüchte im Dorf nicht wahr sind.«

»Was behaupten sie denn?«

»Dass du zu den Aldan gehst. Als Botschafterin.«

Ich schmunzelte. Hätte ich eben noch fest behauptet, keinen anderen Menschen sehen zu wollen, war ich nun froh über Dhans Anwesenheit. Sie lenkte mich ab.

»Ist das denn so abwegig?«

»Dass du diplomatisch bist, wäre mir neu.« Empört rammte ich meinen Ellenbogen in seine Seite. »Au. Aber darum geht es mir nicht.«

»Sondern?«

»Was im Namen des Waldes ist in dich gefahren?«

Und zack. So schnell, wie sie gekommen war, war die Erleichterung über Dhans Erscheinen verflogen. Dieses Gespräch wollte ich nicht führen. Niemals. Alles in mir krampfte sich schmerzhaft zusammen, als ich realisierte, dass es mir lieber gewesen wäre, er hätte erst von meiner Reise erfahren, nachdem ich längst verschwunden war. Denn egal, wie egoistisch dieser Gedanke auch war, er machte mein Leid erträglicher. Ein Abschied würde die Situation nur endgültiger erscheinen lassen.

»Wann«, fuhr Dhan fort, »wolltest du mir davon erzählen?«

Gar nicht, dachte ich und fokussierte eine Stelle auf seinem Schopf, wo sich das Mondlicht in seinen glatten schwarzen Haaren fing.

»Kaeliah?«

»Es ist eine große Ehre, Dhan, dass Seher Khar mir genug vertraut, um mir diesen Auftrag zu erteilen.«

Die Worte taten weh, so furchtbar weh. Dhan war der letzte Mensch, den ich anlügen wollte, aber ich hatte Angst davor, was passieren würde, wenn er wüsste, was wirklich vor sich ging. Möglicherweise würde er meine Misere einfach akzeptieren, wahrscheinlicher war es jedoch, dass er jemandem davon erzählen würde. Und dann stünde mein Wort gegen das des Qo'aivyns. Das Wort eines Waisenmädchens gegen das des mächtigsten Vertreters meines Volkes.

»Aber wieso? Wieso müssen wir überhaupt mit den Aldan Kontakt herstellen?«

Weil Seher Khar mich hasst.

Unwillkürlich ballte ich die Hände zu Fäusten und schluckte die Wahrheit hinunter, um nicht selbst wieder den Zweifeln zu erliegen. Nein. Es ging hier nicht um mich, sondern um etwas viel Größeres. Als ich wieder sprach, wusste ich nicht, wen ich mehr überzeugen wollte: Dhan oder nicht doch mich selbst?

»Weil uns langsam die Möglichkeiten ausgehen. Denkst du, es fällt niemandem auf, dass die Ernten knapper werden und bei den Komen alle paar Wochen jemand fehlt? Etwas Seltsames geht dort draußen vor sich, und wir wissen beide, dass es etwas mit den Aldan zu tun hat.«

»Und deshalb willst du einfach zu ihnen marschieren und nett fragen, ob sie den Wald bitte in Ruhe lassen können? Du weißt genau, worauf sie aus sind.«

»Und was sollen wir stattdessen tun?«, zischte ich, während ich den letzten Rest an Kontrolle über meine Emotionen verlor. »Weiter dabei zusehen, wie unser Volk schwindet und sich verzweifelt an das letzte bisschen Stolz klammert, das es noch besitzt? Der Wald stirbt, Dhan, und wenn niemand etwas tut, gehen wir mit ihm unter.«

Der Ausdruck in Dhans braunen Augen wurde weicher. Seufzend wandte er sich ab und starrte stattdessen auf das Blätterdach, das uns umgab. Von hier oben sah der Wald friedlich und unversehrt aus, doch der Schein trog. Schon lange verlor er an Kraft. Essbare Pflanzen wurden rarer, die Menschen krank, und ganze Dörfer hatten weiterziehen oder aufgelöst werden müssen, weil sie keine Nahrung mehr gefunden hatten. Es war ein Wunder, dass es uns hier so gut ging. Andere – vor allem die Nomaden unter den Eijn, die ohne festen Wohnsitz die Wälder durchstreiften – hatten weniger Glück.

»Ich traue dem Ganzen einfach nicht«, sagte Dhan schließlich. »Über fünfhundert Sommer lang wollten die Aldan nichts von uns wissen und jetzt taucht urplötzlich einer von ihnen auf – fällt buchstäblich vom Himmel. Kommt dir das nicht auch merkwürdig vor?«

»Vielleicht war es der Wille des Waldes?«

»Meinst du das ernst?«

Ich zuckte mit den Schultern. »Möglich. Hunter hat erzählt, dass eine Böe seine Flugmaschine zum Absturz gebracht hat. Komisch nur, dass es heute so gut wie windstill war. Selbst oben in den Bäumen.«

»Und das glaubst du ihm einfach?«

»Ich habe es gesehen.«

»Es könnte eine Falle sein. Vielleicht wurde er geschickt, um …«

»Um was?«, fiel ich ihm ins Wort. »Hm? Sieh dich doch einmal um. Die Aldan können fliegen. Was können sie schon von uns wollen? Einem einfachen Volk, das in alle Winde verstreut lebt?«

»Wir haben *Ulun Purlutai.*« Zur Verdeutlichung zeigte er auf den Heiligen Baum, der von hier oben deutlich sichtbar war, weil er den umstehenden Wald um das Doppelte überragte. »Die Qo'ai. Unsere Magie. Du kennst die Geschichte, Kaeliah. Du *weißt*, was die Aldan wollen.«

»Ja … Aber selbst wenn sie wirklich nur darauf aus sind, finden wir keine Rettung, indem wir weiter hier herumsitzen und abwarten.«

»Ist deine Prognose für unser Volk wirklich so düster?«

Ich presste die Lippen zusammen. Dann flüsterte ich: »Du weißt, was die Leute sagen … über einen Wechsel unter den Sehenden.«

»Dass man die Qo'aivon keinen Mond später in den sicheren Tod schicken soll?«, schnaubte er.

»Du übertreibst.«

»Nein. Bis zum Waldrand sind es über sechs Tage.«

»Und ich kann mich verteidigen.« Kurz fragte ich mich, wo dieser Optimismus vorhin gewesen war, als ich mich hier oben in Selbstmitleid gesuhlt hatte.

»Auch gegen *ihn*?«

»Auch gegen den Aldan«, knurrte ich.

»Das weißt du doch gar nicht. Außerdem, die Verteidigungsgrundlagen, die wir früher gelernt haben, bringen dir da draußen gar nichts. Das habe ich bei den Komen zur Genüge gelernt.«

Ich wusste, dass er recht hatte. Wusste, dass die Komen immer häufiger beim Sammeln im Wald von einem Tier angegriffen wurden und jemanden verloren. Aber Dhans herablassende Art, mit mir zu sprechen, machte mich wütend.

»Ist das alles, wozu du hergekommen bist?«, spie ich ihm entgegen. »Um mich darüber zu informieren, wie schwach und hilflos ich doch bin? Denkst du allen Ernstes, mir ist nicht klar, was für ein Risiko ich eingehe? Bist du nur hier um …«

»Ich bin hier, um dich aufzuhalten, Kaeliah. Verdammt, ich bin hier, weil ich nicht mitansehen will, wie meine beste Freundin sich für einen Funken Hoffnung auf ein besseres Leben in tödliche Gefahr stürzt.«

Ich stockte und mein Zorn verpuffte. »Dhan …«

»Ich bitte dich, geh nicht.« Er packte mich an den Schultern und zog mich in eine Umarmung, die mir die Luft aus der Lunge presste. So spürte ich, wie sehr er zitterte. »Soll Seher Khar doch selbst sein Leben aufs Spiel setzen.«

»Dhan, bitte.« Ich riss die Augen auf, weigerte mich zu blinzeln, auch wenn sie bereits verräterisch brannten.

»Nein. Ich …«

»Dhan.« Sacht schob ich ihn von mir und sah ihm ins Gesicht, lächelte, obwohl der Kummer darin mir die Kehle zuschnürte. »Ich bin die Qo'aivon. Es ist meine Pflicht, das zu tun, was für den Wald und unser Volk am besten ist.«

»Aber bis in den Tod?«

»Bis in den Tod.« Sein Blick brach mir das Herz, doch ich musste jetzt stark sein, egal wie weh es tat. »Auch wenn ich damit vorzugsweise noch ein paar Sommer warten möchte. Schließlich will ich mitbekommen, wie du dein Erstgeborenes nach mir benennst.«

Endlich ließ ein Grinsen feine Grübchen auf seinen Wangen erscheinen. »Ach komm, du willst mir diese lächerliche Wette doch nicht ewig vorhalten.«

»Bis in den Tod«, scherzte ich.

»Nicht witzig.«

Und dennoch löste sich der Knoten in meiner Brust ein wenig, während ich in Gedanken die Erinnerung heraufbeschwor. Wir waren vierzehn gewesen, als Dhan und ich gewettet hatten, wer es zuerst in die Krone des Heiligen Baumes schaffen würde. Das Erklimmen war nicht nur verboten, es gab auch einen guten Grund, wieso niemand es wagte, an ihm emporzusteigen. *Ulun Purlutai* hatte keine Stufen oder Rampen. Nichts zum Festhalten außer der zerfurchten Rinde. Doch während Dhan an diesem Tag ein für alle Mal realisiert hatte, dass er nicht fürs Klettern geschaffen war, hatte ich nicht aufgehört immer höher zu steigen, bis ich den höchsten Punkt erreicht hatte.

Die Erinnerung an die Aussicht ließ mich noch immer ehrfürchtig werden. Die Bäume, die mir auf einmal winzig erschienen waren, die steilen Berge, die aus dem Wald herausragten, und in der Ferne der Horizont, den man von keinem der anderen Wipfel aus sehen konnte.

Wehmütig schob ich die Erinnerung beiseite und konzentrierte mich wieder auf den Moment. Dhan hatte seine Hand auf meine gelegt und zog sie weg, als ich mich räusperte. »Bis in den Tod«, wiederholte ich zwinkernd. »Und damit der nicht so schnell eintritt, wäre ich dir dankbar, wenn du mir hilfst.«

Dhan seufzte, aber schließlich nickte er. »Na schön. Was brauchst du?«

»Bring mir alles bei, was du bei den Komen über den Wald gelernt hast.«

»Oh!« Er klang, als hätte er mit etwas anderem gerechnet. »Ja, natürlich. Irgendetwas Bestimmtes?«

»Alles.«

»Verstehe. Und bis wann?«

Ich blickte zum Firmament, das sich wie eine tiefschwarze Decke über uns spannte. Die Nacht war nicht mehr jung, und es wäre klug, vor dem Aufbruch zumindest ein wenig zu schlafen. Andererseits konnte das Wissen der Komen den Unterschied zwischen Leben und Tod bedeuten. Jeder Hinweis, was ich im Wald beachten musste, war unendlich viel wert. Also antwortete ich: »Bis zum Morgengrauen.«

IX

HUNTER

Die Grenze zwischen »ungewohnt« und »angsteinflößend« war verschwindend dünn, als ich versuchte in den Schlaf zu finden. Nach einem ganzen Leben im Palast, ohne auch nur ein offenes Fenster, kam mir die Natur lauter vor als die Propeller eines Frachtflugzeugs. Wind, raschelnde Blätter, Grillen, Zikaden und tausend andere Geräusche, die ich nicht einmal zuordnen konnte, mischten sich zu einer Kakofonie, die mich die ganze Nacht wachhielt.

Ohne Schlaf fühlte ich mich bei Tagesanbruch wie eine Leiche. Meine Lider waren bleischwer und mein Rücken schmerzte von meinem Schlafplatz, obwohl ich mich nicht über die Gastfreundschaft der Eijn beschweren sollte.

Nachdem Yesan mir das Dorf gezeigt, mich versorgt und mir neue Kleidung organisiert hatte, hatte sie mir eine Art Höhle gezeigt, in der ich die Nacht verbracht hatte. Ein kleiner Raum im Stamm eines Baumes mit Hängematten aus Netzen, der den wenigen Gästen der Eijn vorbehalten war. Wie eine Eule.

Mit ächzenden Muskeln erhob ich mich aus meiner Hängematte und tastete im Halbdunkel nach der Tasche, die Yesan mir gegeben hatte. Darin befanden sich meine alte Kleidung, etwas Verpflegung und eine Decke für kalte Nächte. Mehr als ich erwartet hatte. Und gleichzeitig weniger, als für die Reise, die vor mir lag, nötig war.

Zwischen mir und dem Eisernen Imperium lagen mehr als hundertfünfzig Kilometer undurchdringlichen Waldes, den mein Volk seit Jahrhunderten nicht betreten hatte, und ich hatte nicht die geringste Ahnung, welche Gefahren dort draußen lauerten. Nur einer war ich mir deutlich bewusst: der Sporen. Ich hatte keinen Plan, wie ich an ihnen vorbeikommen sollte. Das Ganze kam einem Selbstmord gleich, doch Alternativen gab es nicht. Ich musste mich auf meine Militärausbildung verlassen – und auf Kaeliah. Obwohl ich mir inzwischen nicht mehr sicher war, ob sie mich nicht bei nächster Gelegenheit mit einem wilden Tier zurücklassen würde.

Kaeliah … Vermutlich wartete sie schon.

Die Eijn waren Eulen noch ähnlicher als gedacht. Sie lebten nicht nur in Baumhöhlen, sondern blieben auch bis spät in die Nacht wach. So früh am Morgen wirkte das Dorf verwaist. Kein Mensch war zu sehen, als ich aus meiner Höhle trat, die schneidend frische Luft einsaugte und etwas Wasser trank, das von den riesigen Blättern über uns herabtropfte. Wenigstens würde ich nicht verdursten. Was für eine Erleichterung.

Wie erwartet stand Kaeliah bereits am Fuß des Baumes, in dem ich geschlafen hatte, und ballte angespannt die Hände zu Fäusten. Sie hatte ebenfalls eine Tasche dabei und trug wieder ein Oberteil, das mit einem Stoffband um die Taille befestigt war, dazu passende weite Hosen, ein riesiges Halstuch und eine Art Cape aus einem gummiartigen Stoff, auf dem Farnblätter klebten. Auf dem Kopf hatte sie einen breiten, flachen Hut, der aus getrockneten Gräsern geflochten war und hoffentlich den Elementen standhielt. Das Pendant zu meiner geliehenen Kleidung – nur dass ich dazu meine Stiefel trug, während Kaeliah Bastsandalen anhatte.

»Guten Morgen«, begrüßte ich sie und versuchte, unser letztes Gespräch zu verdrängen.

»Hast du alles?«

»Ja.«

»Dann lass uns aufbrechen.«

Sie verschwendete keine Zeit damit, meine Reaktion abzuwarten, sondern marschierte auf der Stelle los. Keine Frage, woher ich gekommen war, oder eine Ankündigung ihres Plans. Nein. Kae lief, als hätte sie es sich zum Ziel gesetzt, noch heute Abend im Palast anzukommen.

Während ich ihr still hinterhertapste, sah ich mich ein letztes Mal im Dorf um. Im Tageslicht wirkte es anders als in der Nacht, wenn auch nicht weniger unwirklich. Die Vorstellung, dass die Eijn seit Jahrhunderten ungestört in den Wäldern lebten, kam mir vor wie ein bizarrer Traum. Einer, der so unwirklich und unbegreiflich war, dass ich insgeheim darauf hoffte, einfach aufzuwachen. Doch das Kratzen des fremden Stoffes auf meiner Haut fühlte sich beängstigend real an.

Als wir am Dorfrand ankamen, wo der schmale Pfad zum Heiligen Baum führte, näherten sich uns von hinten eilige Schritte. Ich erwartete, Yesan zu sehen, doch es war ein mir fremder Mann, der herbeieilte.

Er war einen Kopf größer als ich, hatte schwarze Haare und braune Augen und trug nur eine Hose, sodass ich mit einem Anflug von Neid das Spiel seiner definierten Muskeln beobachtete. Ohne mich zu beachten, ging er auf Kaeliah zu und zog sie in eine innige Umarmung.

»Dhan«, murmelte sie, und zum ersten Mal meinte ich so etwas wie Schmerz aus ihrer Stimme herauszuhören.

Der Mann, er konnte kaum älter sein als sie, flüsterte ihr etwas in der Sprache der Eijn zu. Worte, deren Bedeutung ich, obwohl sie mir fremd waren, spürte. Abschied.

Augenblicklich fühlte ich mich schuldig. Nicht nur, weil ich hier aufgetaucht war und Unruhe gestiftet hatte, sondern auch, weil ich Kaeliah einfach so von ihren Liebsten wegriss. Bisher hatte ich nicht ein einziges Mal darüber nachgedacht, was das mit ihr machte. Ich konnte mir nicht vorstellen, dass sie das Dorf je verlassen hatte.

Die beiden tauschten sanfte Worte aus, dann küsste der Mann sie auf die Stirn und lächelte ihr zu, obwohl Tränen in seinen Augen schimmerten. Am Ende wandte er sich mir zu. Sofort wurde sein Blick hart, Abneigung loderte darin.

»Bring sie heil wieder zurück«, knurrte er in meiner Sprache. »Schwör es mir.«

»Werde ich.« Die Antwort kam wie von allein über meine Lippen, obwohl ich gar nicht so genau wusste, wie ich dieses Versprechen halten sollte. Ich schloss nicht aus, dass wir es bis ins Eiserne Imperium schafften, aber ich konnte mir nicht vorstellen, je wieder zu den Eijn zurückzukehren.

Zufrieden mit meiner Antwort, raunte Dhan ihr noch etwas zu, bevor er sich von ihr löste und in Richtung Dorf davonstapfte. Kaeliah sah ihm einen Moment zu lange nach.

»Dein …« Mir fiel kein passendes Wort ein, um den Satz zu beenden. »Partner?«

»Nein.« Sie wandte sich ab und setzte den Weg fort. Ihre Antwort klang endgültig, aber ich hatte wenig Lust, die Reise schweigend zu verbringen. Ich wollte sie besser kennenlernen.

»Sondern?«

»Mein Freund.«

»Aha?«

Sie schwieg und beschleunigte ihre Schritte, um den Abstand zwischen uns zu vergrößern.

»Bis nach Hause dauert es lange«, informierte ich sie. »Wir sollten lernen, miteinander zu reden.«

»Und zu schweigen.«

»Was? Willst du etwa den ganzen Weg kein Wort mit mir wechseln?«

»Wenn möglich, ja.«

Verdutzt starrte ich sie an. Zwei Sekunden später landete ich hart auf der überwucherten Erde. Ich war so von ihrer kalten Art abgelenkt gewesen, dass ich die aus dem Boden herausragende Wurzel nicht einmal bemerkt hatte.

»Du solltest schauen, wo du hinläufst«, informierte mich Kae hilfreich.

Schnaubend rappelte ich mich auf. »Gibt es einen Grund, wieso du auf einmal so feindselig bist? Ich dachte, du vertraust mir.«

»Dass ich dir vertraue, bedeutet nicht, dass ich mich mehr als nötig mit dir unterhalten möchte.«

Falls möglich, war ihre Laune heute noch schlechter als gestern Nacht. Ich verstand einfach nicht, warum sie mir gegenüber plötzlich so abweisend war. Es war fast so, als wäre während der Verhandlung ein komplett anderer Mensch aus ihr geworden.

»Wird ziemlich langweilig, wenn wir nur still nebeneinanderher laufen.«

»Für dich vielleicht.«

Resigniert wollte ich die Hände in meinen Hosentaschen vergraben, doch da waren keine.

Auf einmal hielt Kaeliah an. Wir hatten den See erreicht. Am gegenüberliegenden Ufer, auf Seite des Heiligen Baums, stand der Seher, als hätte er auf uns gewartet. Doch er machte keine Anstalten, den Steinpfad zu überwinden, um zu uns zu kommen.

»Will er sich nicht verabschieden?«

Kaeliah starrte nur wortlos zu ihm hinüber, hob nicht einmal die Hand, als könnten sie über Blicke kommunizieren. Schließlich lächelte Seher Khar, ehe er sich abwandte und in Richtung des Heiligen Baumes verschwand. Und Kaeliah? Kaeliah blieb zurück, als hätte sie einen Geist gesehen.

Mein Leben lang hatte ich mich danach gesehnt, draußen spazieren zu gehen, frische Luft zu atmen und Tiere in freier Wildbahn zu sehen. Doch jetzt, wo ich die Möglichkeit dazu hatte, hasste ich es mit jedem Schritt ein bisschen mehr.

Kaum eines der Wesen, denen wir im Wald begegneten, erkannte ich wieder, und ich war mir ziemlich sicher, dass die wenigsten davon mir wohlgesonnen waren. Die Luft war warm und schwül, überladen mit Tausenden Aromen, die mir in kürzester Zeit Kopfschmerzen bereiteten. Und der Spaziergang war in Wirklichkeit ein Gewaltmarsch über Stock und Stein, der mir alles abverlangte.

Ich hatte die Militärakademie mit Bravour bestanden. Hauptsächlich weil ich in Politikwissenschaften von Nyota abgeschrieben hatte – aber zumindest im praktischen Teil hatte mir niemand das Wasser reichen können. Ich hatte mit einer Gasmaske das halbe Imperium durchquert, hatte den höchsten Gipfel im Fürstentum Colastine bezwungen und war an den tiefsten Grund des Ikatafu-Sees getaucht. Aber all diese Herausforderungen fühlten sich wie ein Kinderspiel an verglichen mit den Wispernden Wäldern.

Der Boden war entweder morastig oder so überwuchert, dass wir einen anderen Weg einschlagen mussten. Ich stolperte, rutschte und kletterte – kletterte so viel wie in meinem ganzen Leben nicht. An Wurzeln empor, die aus der Erde herausragten, höher als manche Häuser in der Stadt, über Felsen und umgestürzte Bäume, die länger waren als die Häuserblocks in der Hauptstadt.

Kaeliah hielt ihr Schweigegelübde, auch wenn ich ihr ansah, dass die Reise sie ebenfalls mitnahm. Sie kletterte in regelmäßigen Abständen an den Bäumen empor, um sich einen besseren Überblick zu verschaffen, doch die Ergebnisse mussten ernüchternd sein, weil sie mir selbst diese verschwieg. Vermutlich hatten wir bis zum Nachmittag keine zwei Kilometer zwischen uns und den Heiligen Baum gebracht.

»Weißt du überhaupt, in welche Richtung wir gehen müssen?«, fragte ich irgendwann. Die Sonne stand schon tief am Himmel und tauchte das Unterholz in schauriges Halbdunkel.

»Weißt du es denn?« Zu meiner Überraschung blieb sie stehen, um mich mit einem herausfordernden Blick zu bemessen, der eine willkommene Abwechslung zu der sonstigen Gleichgültigkeit bildete.

»Nach Nordosten, oder?«

Zumindest wäre das logisch, weil ich aus dieser Richtung gekommen war.

»Nicht ganz«, erklärte sie. »Nordosten wäre der kürzeste Weg zum Waldrand, aber auch der beschwerlichste, weil er uns ins Hochgebirge führen würde. Das Wetter ist dort unberechenbar. Daher gehen wir nach Osten, auch wenn wir von dort aus vielleicht noch ein Stück bis zu deinem Dorf reisen müssen.«

»Stadt«, warf ich ein. »Ich komme aus Eleyburgh.«

Kae runzelte die Stirn.

»Das ist wie ein Dorf, nur größer – viel größer.«

»Verstehe.«

»Du kommst nicht viel herum, oder?« Ich biss mir auf die Lippe, kam mir unfassbar taktlos vor, diese Offensichtlichkeit derart anzusprechen. Dabei wollte ich wirklich gern *alles* über sie erfahren. Das Rätsel um Kaeliahs Person, ihre Launen und ihr … *Haustier* lösen.

Soeben war Qatou von einem Nickerchen aufgewacht und steckte vorwitzig den Kopf aus ihrer Tasche. Sein Schnurren bereitete mir Gänsehaut. Ein weiteres Tier wie ihn hatte ich hier bisher noch nicht gesehen, dafür aber schillernde Vögel, Spinnen von der Größe eines Hundes und affenähnliche Wesen mit weißem Fell. Diese Welt war wie ein Fiebertraum.

»Nein«, antwortete Kaeliah nach kurzer Pause. »Die meisten von uns verlassen so gut wie nie das Dorf. Es gibt andere Eijn, die als Nomaden durch den Wald ziehen, aber ich habe noch keinen von ihnen getroffen.«

»Macht es dir da keine Angst, einfach mit einem Fremden in ein völlig fremdes Land zu reisen?«

Für einen Augenblick zuckte ihr rechter Mundwinkel. »Ich habe gesehen, wie du dich im Wald fortbewegst, Hunter. Du machst mir keine Angst.«

Und dann, als wäre ihr wieder eingefallen, dass sie mich eigentlich hasste, wurde ihre Miene kalt, während ihr Blick nach oben zum Blätterdach wanderte.

»Wir sollten hier rasten.«

»Hier?« Keine Ahnung, was sie dazu veranlasste, zu glauben, dies wäre ein guter Ort dafür. Wir standen auf einer riesigen Wurzel mitten auf dem Präsentierteller für mögliche Raubtiere.

»Kannst du klettern?« Sie deutete nach oben in die Baumkrone.

»Ohne Seile? Vergiss es.«

»Dann schlafen wir auf dem Boden.«

»Ist das nicht gefährlich?«

»Hast du eine bessere Idee? Wäre es dir lieber, ich schlafe allein in den Bäumen als mit dir hier unten? Zu zweit sind wir als Ziel für Raubtiere weniger attraktiv als allein.«

Ein Schauer lief mir über den Rücken, als sie *Raubtiere* sagte. Wenn im Wald Wesen wie Qatou als harmlose Haustiere galten, dann wollte ich gar nicht wissen, wie gefährlichere Tiere aussahen.

»Wird unser Lagerfeuer sie nicht vertreiben?«

Kaeliahs Augen weiteten sich vor Schock.

»Okay, verstehe. Kein Feuer. Ich dachte nur, weil es langsam kälter wird und …«

»Der Mantel wird dich schützen.«

Damit war das Thema für sie beendet. Ohne mir eine Chance zu geben, etwas zu erwidern, kletterte sie von der Wurzel herunter und begann in ihrem Schatten nach einem geeigneten Schlafplatz zu suchen.

Unschlüssig blieb ich stehen und ließ meinen Blick über unsere Umgebung schweifen. Dieser Ort war vermutlich so gut wie jeder andere, aber das bedeutete lange nicht, dass mir wohl bei dem Gedanken war, hier unser Lager aufzuschlagen. Die Bäume standen dichter als im Dorf, sodass die Dunkelheit mit rasender Geschwindigkeit aus dem Boden kroch, und mein Zeitgefühl hatte sich schon vor Stunden verabschiedet. Ich wusste nicht, ob es erst später Nachmittag oder längst Abend war – nur, dass ich dringend Schlaf brauchte.

Die Wanderung war kräftezehrend gewesen – selbst wenn man außer Acht ließ, wie wenig ich die letzte Nacht geschlafen hatte. Und der Gedanke, dass ich vor nicht einmal zwei Tagen noch in meinem weichen Bett im Palast aufgewacht war, fühlte sich unwirklich an. Als lägen zwischen vorgestern und heute ganze Jahrzehnte. Aber langsam sickerte die Wirklichkeit zu mir durch. Diese Welt war zu mächtig, zu komplex, als dass ich sie auf einen Traum schieben könnte. Und alles, was seit meinem letzten Abend zu Hause passiert war, war real. Diese Reise. Die Eijn. Kaeliah.

Alexander.

Mein Herz zog sich schmerzhaft zusammen. Auf einmal kam mir diese Herausforderung gerade recht. Denn so überwältigend sie auch war, sie würde die Dämonen, die in mir lauerten, in Schach halten. Mich beschäftigen, bis ich vor den Toren des Hofes stand und der Realität nicht länger ausweichen konnte.

Eine Berührung an der Schulter ließ mich erschrocken zusammenzucken. Als ich den Kopf drehte, erkannte ich Qatou, der eines seiner sechs Pfötchen an meine Wange legte und mit seinen mottenartigen Fühlern über meine Haut tastete, als spürte er den Sturm in meinem Inneren. Die Berührung war sanft, kitzelte und löste eine eigenartige Mischung aus Beruhigung und Grusel in mir aus. Wieso wollte er ausgerechnet jetzt wieder mein Freund sein?

Seit ich hier gelandet war, waren viele Dinge geschehen, mit denen ich nie gerechnet hatte, aber seltsamerweise war »von einer Katzenmotte abgetastet werden« weit oben auf der Liste des Unerwarteten.

»Sind wir wieder Freunde?«, murmelte ich, als er mit seiner rauen Zunge über meinen Kiefer leckte.

Ein Schnurren.

»Kannst du vielleicht bei deiner Herrin ein gutes Wort für mich einlegen?«

Qatou stoppte und starrte mich aus seinen riesigen blauen Augen an. Wieder war ich hin- und hergerissen, ob ich ihn niedlich oder angsteinflößend finden sollte. Dann plötzlich, als hätte er meine Worte verstanden, erhob er sich und flatterte davon.

Seufzend starrte ich ihm hinterher und kam zu dem Schluss, dass es keinen Sinn hatte, länger hier herumzustehen. Die Sonne erreichte den Waldboden nicht mehr und das wenige verbliebene Licht kam von den riesigen Schnecken, die an den Bäumen emporkrochen. Eine davon, eine rote, hinterließ gar nicht weit von mir eine glänzende Schleimspur auf einem Stamm.

Zu Hause würde mir das niemand glauben.

Nachdem ich es auf den Boden geschafft hatte, entdeckte ich Kaeliah in einer Senke nahe der Wurzel, wo ein paar Farne zumindest ein wenig Sichtschutz boten. Unschlüssig sah sie sich um, als wüsste sie nicht, wie sie jetzt weitermachen sollte.

»Wolltest du nicht schlafen gehen?«, bohrte ich nach.

»Ja.«

»Okay?«

Sie schnaubte nur und nahm ihren Mantel von den Schultern, legte ihn als provisorische Matratze auf den Boden, bevor sie in ihrer Tasche nach der Decke kramte.

»Willst du dich etwa so hinlegen?«, hakte ich nach.

»Was? Erst zweifelst du an meiner Orientierung und jetzt an meiner Fähigkeit, mich hinzulegen?«

Ich verdrehte die Augen. »Nein. Ich bezweifele gar nichts. Ich glaube nur, dass du die Nacht so nur unerträglicher machst, als sie ohnehin schon sein wird.«

Wortlos förderte Kaeliah ihre Decke zutage, zu stolz, mich auch nur anzusehen.

Ohne auf sie zu achten, machte ich mich daran, meinen eigenen Schlafplatz aufzubauen, und erklärte: »Zuerst musst du eine Stelle finden, wo der Boden weich genug ist. Wir haben Glück, auch wenn feuchte Erde ziemlich nervig sein kann. Danach legst du fest, wo du dich hinlegen willst, und schaust, ob irgendwelche Äste oder Wurzeln im Weg sind. Hier.«

Ich trat vor sie und zeichnete mit dem Fuß Linien in den Grund, um ihren Schlafplatz zu markieren, und ignorierte dabei ihr genervtes Stöhnen.

»Anschließend trittst du die Erde fest und versuchst zwei Kuhlen zu machen, wo deine Hüfte und deine Schultern sein werden – also etwa hier … und hier. Im Idealfall hast du in der Wildnis etwas dabei, das du als Schaufel benutzen kannst, aber in der Not tun es auch deine Füße.«

Neben mir erstarben die genervten Geräusche, doch ich traute mich nicht, aufzuschauen, aus der irrationalen Angst, die plötzliche Stille könnte auf einen Mordversuch meiner Begleiterin hindeuten, weil ich ihr etwas erklärte, was sie längst wusste.

»Sobald du zufrieden bist, siehst du dich um, ob du etwas findest, das dich gegen Kälte und Feuchtigkeit schützt – der Mantel war da ein guter Ansatz. Aber zusätzlich solltest du dir Blätter zu Hilfe nehmen wie diesen Farn, damit wirklich dein ganzer Körper auf etwas liegt.«

Ich riss ein Blatt ab, das in etwa die Länge meines Körpers hatte, und hielt es triumphierend in die Luft.

»*Arumjin*«, murmelte Kaeliah.

»Hm?«

»Arumjin«, wiederholte sie. »So heißt die Pflanze.«

»Ach so.«

»Sie ist giftig.«

»Was?!« Panisch ließ ich das Blatt los und rieb meine Hand an meiner Hose ab. Dieser verdammte Wald und seine sch–

Kaeliahs Kichern ließ mich innehalten. Hatte sie eben einen Scherz gemacht? Missmutig starrte ich sie an. »Äußerst amüsant. Ich sollte dich einfach im Dreck schlafen lassen.«

Aber entgegen meiner Drohung machte ich weiter. Legte erst den Farn – oder Arumjin – und dann ihren Mantel so zurecht, dass sie eine Art Bett bildeten.

»So. Bitteschön. Du kannst mir morgen früh danken.«

Keine Reaktion. Stattdessen schlüpfte sie nur aus ihren Sandalen und legte sich hin – der Inbegriff an Dankbarkeit und Wohlwollen. Ernsthaft. Wieso machte ich mir überhaupt die Mühe?

Nachdem Kaeliah sich zugedeckt hatte, begann ich damit, mein eigenes Lager zwei Schritte von ihrem entfernt herzurichten. Näher wäre vermutlich besser, aber es kostete mich schon genug Überwindung, nicht gleich am anderen Ende des Waldes zu schlafen. Ich hatte für heute echt genug von ihr.

Als ich fertig war und mich ebenfalls zugedeckt hatte, war es fast stockfinster. Dies war nicht meine erste Nacht unter freiem Himmel, aber definitiv die erste in einem merkwürdigen Wald, ohne Feuer und ohne eine Waffe, nach der ich im Notfall greifen konnte. Mein Herz raste allein bei dem Gedanken an das, was in der Dunkelheit lauerte, und die feuchte, kalte Luft tat ihr Übriges für meine Laune.

»Woher weißt du das alles?«, durchschnitt Kaeliahs Stimme plötzlich die Nacht.

»Hm?«

»Das mit dem Schlaflager. Ich dachte, du warst noch nie im Wald.«

»Ach so …« Ich wälzte mich auf den Rücken und starrte hinauf in den Himmel. Dort zwischen den riesigen Blättern entdeckte ich einen letzten Rest Sonnenlicht und bereits die ersten Sterne. Der einzige bekannte Anblick in dieser völlig fremden Welt. »Ich war auf einer Militärschule. Familientradition. Und eh …« Wie erklärte ich das verständlich? »Dort hatten wir auch spezielle Übungen zum Überleben in der Natur. Am Ende wurden wir darin getestet. Wir sind mit nichts als unseren Rucksäcken quer durch das ganze Land marschiert, ohne Vorräte. Von Eleyburgh in der Nähe des Waldes bis zum östlichsten Zipfel dauert es fast vier Monate. Wir durften in keinem Dorf Halt machen, mussten unsere Nahrung selbst beschaffen und innerhalb der vorgegebenen Zeit am Ziel ankommen.«

Die Erinnerung an diese Prüfung brachte immer einen bittersüßen Geschmack mit sich. All die Tränen, der Frust, die Anstrengung waren auf einmal wieder präsent, aber auch die Freude, die ich gespürt hatte, als Nyota und ich zum ersten Mal die raue Oberfläche des Stillen Meeres erblickt hatten.

»Und … wieso?«

Die Frage ließ mich stutzen. Militärdienst war eine solche Selbstverständlichkeit für mich, dass es seltsam entwaffnend war, über seinen Sinn nachzudenken – vor allem wenn man aus einem Reich kam, das seit einem Jahrtausend unter einem Banner vereint war.

»Für den Notfall, schätze ich. Falls einmal etwas Schlimmes im Land passiert und wir uns nicht mehr aufeinander verlassen können …« Oder falls der Funke an Unzufriedenheit im Imperium ein Feuer entfachte, die Verzweiflung überhandnahm und die Gesellschaft kollabierte … Ich schüttelte den Kopf bei dem Gedanken.

»Verstehe.«

Sagte sie das nur, weil sie mit meiner Welt genauso wenig anfangen konnte wie ich mit ihrer? Oder verstand sie es wirklich und wusste wesentlich mehr über das Eiserne Imperium, als mir bewusst war? Ich hatte sie immer noch nicht danach gefragt. Nach dem Grund, warum sie meine Sprache gelernt hatte und wieso manche Eijn so feindselig auf meine Ankunft reagiert hatten.

Nach der Vergangenheit.

Aber bevor ich sie fragen konnte, musste ich sie erst einmal dazu bringen, offen mit mir zu reden. An erster Stelle darüber, was ihr auf der Seele lastete. Denn eines war mir inzwischen klar geworden: Kaeliah verbarg ihre wahren Gefühle vor mir. Verbarg, was wirklich in ihrem Inneren vorging.

Sie hatte ein Geheimnis.

Und was es auch war, ich musste es herausfinden, um endlich all die Antworten zu bekommen, die ich suchte.

X

KAE

Ich wollte ihn nicht hassen, aber es fiel mir so verdammt leicht. Es war so einfach, ihm die Schuld an der Situation zu geben, schließlich wäre ich gar nicht erst in dieser Lage, wenn Hunter nicht hier gelandet wäre. Ich wäre zu Hause in meiner Höhle, Qatou säße schnurrend auf meiner Brust und das Einzige, was mir auflauerte, wäre ein weiterer ereignisloser Tag im Dienst des Sehers. Stattdessen befand ich mich hier, buchstäblich am Boden, während jeder Muskel in meinem Körper ächzte, als wäre ich nicht erst einen Tag, sondern ganze Monde lang unterwegs.

Ich schlief tief und traumlos, fühlte mich am nächsten Morgen jedoch kein Stück erholter. Als hätte die Müdigkeit es sich zur Aufgabe gemacht, bis zu meiner Rückkehr nicht von meiner Seite zu weichen. Sofern es diese überhaupt geben würde …

Zu meiner Überraschung war Hunter schon wach. Er saß mit verschränkten Beinen auf seinem provisorischen Nachtlager und knabberte an ein paar getrockneten Beeren. Als ich mich aufrichtete, hob er verdutzt die Brauen.

»Sag nicht, du konntest bei dem Lärm schlafen.«

Ich blinzelte verwirrt und sah mich um. Wieder herrschte Zwielicht – es war also kaum Morgen. Wie lange war er schon auf den Beinen?

»Lärm?«, fragte ich nach.

»Machst du Witze?« Hunter machte eine allumfassende Geste und es dauerte ein wenig, bis ich verstand, was er meinte. Da war das Tropfen von Wasser, das Rauschen des Windes in den Blättern, das Zwitschern von Vögeln und irgendwo das Hämmern eines Tul, der sich mit dem Schnabel ein Nest in einem Baumstamm grub. Mit Lärm meinte er die Geräusche des Waldes, die ich kaum wahrnahm, solange ich mich nicht darauf konzentrierte.

Unschlüssig zuckte ich mit den Schultern und griff nach meiner Tasche, um ebenfalls etwas zu essen. Meine Vorräte waren kläglich – sie würden mich heute und bestenfalls noch morgen früh über die Runden bringen, bevor wir uns im Wald umsehen mussten. Zum Glück hatte ich im Unterricht früher aufgepasst und wusste deshalb welche Pflanzen essbar waren oder von welchen ich besser die Finger lassen sollte. Während ich ein paar Nüsse mit Qatou teilte, spürte ich Hunters Blick überdeutlich auf mir, hörte die Worte förmlich, die ihm bislang unausgesprochen auf der Zunge lagen. Seine ganze Präsenz verunsicherte mich so sehr, dass ich einen bissigen Kommentar nur mit Mühe zurückhalten konnte.

Er hatte meine Abneigung nicht verdient. Es war nicht seine Schuld.

Mein Kopf hatte das verstanden, aber mein Herz, das sich allein bei dem Gedanken an mein weit entferntes Zuhause schmerzhaft zusammenzog, wollte die Wahrheit nicht akzeptieren. Die Wahrheit, dass ich ab sofort auf ihn angewiesen war. Nicht nur hier im Wald, bei all den Gefahren, die hier lauerten, sondern auch später, sollten wir es wirklich ins Eiserne Imperium schaffen.

Nach dem kargen Frühstück war es Zeit für die Weiterreise. Dhan hatte gesagt, es dauere sechs Tage in Richtung der aufgehenden

Sonne, falls wir gut durchkamen. Wir hatten erst eine Etappe zurückgelegt und schon jetzt schmerzten meine Füße, als ich zurück in die Bastsandalen schlüpfte. Zu Hause lief ich normalerweise barfuß herum, doch hier draußen konnte ich mir das nicht erlauben. Nur ein falscher Schritt und ich könnte ausrutschen, mich verletzten oder noch schlimmer ein giftiges Reptil aufschrecken. Das Unterholz war zu unberechenbar.

»Ist alles in Ordnung?«

Ich sah Hunter an. Die aufrichtige Besorgnis in seinem Blick war entwaffnend. »Ja, wieso?«

»Du bist so still. Also ich meine, das bist du oft, versteh mich nicht falsch, aber … du wirkst abwesend.«

Während er mit den Füßen die Überreste seines Schlaflagers zerstörte, legte er sich den Jabun über die Schultern. Der Mantel aus den Fasern des Ssok-Baumes und Farnblättern war normalerweise den Komen zum Sammeln vorbehalten, weil die Herstellung mehrere Mondzyklen dauerte. Es war ein komplexer Prozess, den nur die besten Quturtan beherrschten, aber am Ende erhielt man einen einzigartigen Stoff, der Feuchtigkeit zwar hinaus- aber nicht hereinließ. Darüber wurde eine Schicht aus Farnblättern gewebt, die vor Hitze und Kälte schützten. Dass Hunter und ich jeweils einen Jabun für die Reise bekommen hatten, war eine großzügige Geste, die mich immer noch überraschte, und meine Stimmung verbesserte sich bei dem Gedanken, dass offenbar nicht alle meine Mission für so hoffnungslos hielten wie Seher Khar.

»Müde«, beantwortete ich seine Frage etwas verzögert. »Du musst den Mantel zumachen.«

Zweifelnd zog Hunter die Brauen nach unten. »Damit ich noch mehr darin eingehe?«

»Damit du vor dem Wetter geschützt bist.«

»Bist du dir sicher?«, bohrte er nach, obwohl er längst meiner Aufforderung nachkam.

Einen Augenblick beobachtete ich wortlos, wie er daran scheiterte, die versteckten Knöpfe und Riemen unter der äußeren Schicht Stoff auszumachen. Dann bewegte sich mein Körper von allein.

Ich konnte nicht sagen, was genau mich dazu brachte – schließlich hätte ich ihm auch einfach erklären können, wie er den Mantel zumachen musste. Ein wenig fühlte es sich an, als würde ich ihm meine Hilfe schulden, nachdem er mir eine halbwegs bequeme Nacht beschert hatte. Zumindest redete ich mir das ein, als ich vor ihm stehen blieb und ihm mit einem Mal so nah war, dass ich die feinen dunklen Sprenkel in seinen Augen entdeckte. Und die leichten Bartstoppeln auf seinem Kinn.

»Der Stoff ist wasserabweisend. Die verschiedenen Lagen und Blätter helfen gegen die Hitze. Wenn du den Mantel offen lässt, dringt Feuchtigkeit an deinen Körper. Dadurch kannst du deine Körpertemperatur nicht mehr so gut regeln«, erklärte ich, um mich von seiner plötzlichen Nähe abzulenken. »So.«

Als ich den Kopf hob, umspielte ein mysteriöses Lächeln Hunters Lippen. Eines, das den Kloß in meinem Hals anschwellen ließ, sodass ich kein Wort mehr herausbrachte.

»Danke.«

Ich nickte und trat erst einen, dann zwei Schritte zurück, bis der Abstand groß genug war, dass ich endlich wieder das Gefühl hatte, frei atmen zu können.

»Wir sollten los.«

Im Gegensatz zum Vortag hatte ich heute das Gefühl, gut voranzukommen. Wir durchquerten ein Waldstück, in dem die Bäume weniger dicht standen, sodass sich zwischen den herausragenden Wurzeln einzelne halbwegs ebene Pfade formten. Gleichzeitig war das Blätterdach dünner, sodass immer wieder Sonnenstrahlen auf meine Haut trafen und mich mit ihrer Wärme zum Lächeln brachten.

Unterwegs machten wir zweimal Rast und fanden sogar einige Beeren, um unsere Vorräte aufzustocken. Im ersten Moment war ich unsicher, ob ich sie nicht mit einer anderen giftigen Sorte verwechselte, aber die Tatsache, dass sogar Qatou sie fraß, beruhigte mich.

Gegen Nachmittag veränderte sich der Wald um uns herum. Statt der hohen Bäume, die auch im Dorf wuchsen und mich unweigerlich an zu Hause erinnerten, traten nun vermehrt Gewächse auf, die ich noch nie gesehen hatte. Sie waren nicht so hoch, ihre Blätter kleiner und ihre Stämme nicht gerade, sondern seltsam verdreht. Sie standen so dicht, dass die Telai selbst am Tag an ihrer Rinde hafteten und sanftes Licht spendeten. Gleichzeitig wurde der Boden weicher. Zunächst kaum merklich tauchten einzelne Schlammpfützen auf, denen wir einfach auswichen, doch schon bald wurde der Untergrund so morastig, dass man darin einsank, wenn man nur einen Augenblick zu lange darauf verweilte.

»Kae?« Es war das erste Mal, das Hunter mich direkt mit meinem Namen ansprach. Allgemein war er nicht sonderlich still, fluchte andauernd, versuchte mich in ein Gespräch zu verwickeln oder gab einen Schmerzenslaut von sich, wenn ihn mal wieder ein Ast berührt hatte, aber jetzt lag etwas in seiner Stimme, das mich innehalten ließ.

Vorsichtig machte ich einen Sprung auf eine schmale Wurzel, dann wandte ich mich zu ihm um. »Ja?«

Obwohl er Schuhe trug, die seine ganzen Füße umschlossen, schien er mehr mit dem Terrain zu kämpfen als ich. »Bist du sicher, dass wir auf dem richtigen Weg sind?«

Ich nickte nur knapp, denn wirklich sicher war ich mir nicht. Wir waren Richtung Osten gelaufen, ja. Aber Dhan hatte nichts von einem Moor erwähnt, als er mir die Route erklärt hatte. Nur

Wald … Andererseits hatte er sich nie weiter als einen Tagesmarsch vom Dorf entfernt und kannte den Großteil des Landes selbst nur aus Erzählungen der Komen.

»Gibt es vielleicht eine Alternative? Ich meine …« Hunter deutete auf seine Füße, die bis über die Knöchel im Morast steckten. »Hier kommen wir wohl kaum voran.«

»Hast du einen besseren Vorschlag?«, zischte ich schärfer als beabsichtigt.

Er kämpfte sich das letzte Stück zu mir durch und kam dann auf der Wurzel neben mir zum Stehen. »Nein.«

»Wir müssen nach Osten. Und Osten liegt in dieser Richtung.«

»Ja, aber … vielleicht können wir woanders hin ausweichen? Es wäre zwar ein Umweg, aber wir sind nicht schneller, wenn wir uns durch das Moor kämpfen.«

Ich biss mir auf die Unterlippe und dachte nach. Es war schon eine Weile her, seit wir das letzte Mal festen Boden unter den Füßen gehabt hatten. Eine Strecke, die wir zurücklaufen müssten, um danach auf gut Glück einen Weg um das Moor herum zu finden. Wir könnten ganze Tage verlieren.

Unschlüssig starrte ich zu dem Baum neben uns, an dessen Rinde eine riesige, blau glühende Telai klebte. Ich überlegte hochzuklettern, um mich umzusehen, doch die Bäume waren hier so niedrig, dass mir das kaum einen Überblick verschaffen würde. Noch dazu wurde es langsam dunkel.

»Kae?«

Ich schüttelte den Kopf. »Wir gehen weiter.«

Entschlossen machte ich mich wieder auf den Weg, balancierte erst über die Wurzel und sprang von ihr auf einen Stein, der aus dem Morast ragte.

»Und was ist mit Rasten? Wo willst du hier ein Lager aufschlagen?«

»Wir finden etwas. Und jetzt komm.«

Auf keinen Fall würde ich zugeben, dass unsere Lage auch mir Sorge bereitete. Nicht mehr lange und es würde Nacht werden. Nebel kroch bereits aus dem feuchten Untergrund und wickelte sich um meine Füße. Sobald die Sonne untergegangen war, blieben uns als Lichtquelle nur die Tiere des Waldes, doch weder die Telai noch Qatou würden ausreichen, um uns den Weg zu leuchten.

Missmutig starrte ich auf den Qo'ai, der um meinen Hals baumelte. Wäre Seher Khar doch nur seiner Pflicht nachgekommen und hätte mir beigebracht, wie man das Licht der Steine nutzte. Wie man es seinem Willen beugte, um selbst die dunkelste Nacht zu erhellen. Aber ohne Magie blieben mir nur meine Füße und die Hoffnung, dass wir rechtzeitig einen Platz zum Rasten fanden.

Schon bald wurde aus Schlamm und Morast Wasser. Erst kleine Pfützen, dann ein ganzer See, der sich vor uns erstreckte und nur vereinzelt von Bäumen und herausragenden Wurzeln durchzogen war. Obwohl ich wusste, dass wir spätestens jetzt umkehren oder uns zumindest einen Plan überlegen sollten, trieb ich uns weiter an. Trotz der nahenden Dunkelheit. Trotz der völlig neuen Geräusche um uns herum, die meinen Herzschlag beschleunigten. Wir mussten weitergehen. Es gab keinen anderen Weg.

»Kae?«

Ich setzte meinen Weg fort, ohne zu antworten. Sprang von einer Wurzel auf ein riesiges Lotusblatt im Wasser, von dort auf das nächste und dann auf einen Stein. Wenn ich mich nur darauf konzentrierte und alles andere um mich herum ausblendete, konnte ich so tun, als wäre ich nicht mitten im Wald, sondern zu Hause auf dem Weg zum heiligen Baum.

»Kae!«

»Was?« Endlich blieb ich stehen und hätte beinahe die Balance verloren. Die riesigen Blätter des Min-Lotus waren zwar groß genug, um mich wie ein Floß im Wasser zu tragen, doch nur ein falscher Tritt und ich würde im Moor landen.

»Ich kann nicht mehr.« Hunter befand sich ein gutes Stück hinter mir und keuchte schwer, als er auf das nächste Blatt sprang. Ungeschickt landete er an dessen Rand, woraufhin es einknickte. Ein lautes Platschen ertönte. »Scheiße.«

Ich wusste nicht, ob ich bei seinem Anblick lachen oder besorgt sein sollte, denn das Wasser reichte ihm bis an die Oberschenkel.

»Können wir anhalten?«

»Nein.«

»Bitte.«

»Nein.«

»Verdammt, Kae.« Ohne sich wieder auf den trockenen Pfad zu begeben, watete er auf mich zu. »Es ist fast dunkel. Schon seit Stunden laufen wir durch dieses Moor und es nimmt einfach kein Ende. Lass uns hier rasten. Von mir aus auf einem der Blätter oder da oben in den Bäumen.«

Zögernd ballte ich die Hände zu Fäusten. Ich wusste, dass ich zu weit gegangen war, doch mir war auch klar, dass es keinen ungeeigneteren Ort für eine Rast gab.

»Ich bin nicht im Wald aufgewachsen«, fuhr Hunter fort. »Ich kann sprinten und an einer Steilwand hochklettern, aber für so was hier ist mein Körper einfach nicht gemacht.«

Ich seufzte. »Schön. Und wo willst du rasten? Du kannst dich ja nicht mal auf den Lotusblättern halten.«

»Dafür«, erwiderte er jetzt grinsend, »hättest du auf freier Ebene keine Chance gegen mich.«

»Ach ja?«

»Mhm.«

Es erstaunte mich, woher er die Kraft fand, zu scherzen. Selbst jetzt, wo er völlig durchnässt im Moor stand und zu mir aufblickte, als würde er mich gleichermaßen verabscheuen und mir bis ans Ende der Welt folgen wollen.

»Willst du nicht aus dem Wasser?«, fragte ich ein Lächeln unterdrückend.

»Wieso? Ist doch ganz schön hier. Willst du nicht …«

»Hunter, was …«

Er machte Anstalten, das Blatt, auf dem ich stand, mit den Händen herunterzudrücken. Nicht genug, um mich zu Fall zu bringen, trotzdem wich ich ein Stück zurück, um seinem Vorhaben zu entkommen. So passierte mir derselbe Fehler wie ihm. Ich spürte noch, wie der wackelige Boden unter mir nachgab, dann landete ich ebenso im Moor.

Augenblicklich schoss mir die Kälte in die Knochen, während sich meine Kleidung und die Sandalen mit Wasser vollsaugten. Und Hunter lachte einfach.

»Was sollte das?!«, zischte ich ihn an, während ich meine Schuhe auszog, um sie im weichen Schlamm nicht zu verlieren.

»Ich hab doch gar nichts gemacht.«

»Du hast mich runtergeworfen.«

»Nein«, verbesserte er mich. »Ich habe so getan, als würde ich dich runterwerfen. Zu Fall gebracht hast du dich selbst.«

Schnaubend spritzte ich ihm einen Schwall Wasser entgegen, bevor ich auf den nächstbesten Baum zu watete. Seine Wurzeln würden uns nicht genug Platz für ein Lager bieten, aber es würde reichen, um mich hinzusetzen und meine Kleidung auszuwringen.

Kaum war ich aus dem Wasser gestiegen, flatterte Qatou auf mich zu, der gerade von der Futtersuche zurückkehrte. Er schwirrte dreimal um meinen Kopf, bevor er auf meiner Schulter landete.

»Na, wieder da?«, flüsterte ich ihm zu und hob die Hand, um seinen Rücken zu kraulen, doch etwas ließ mich innehalten. Er zitterte kaum merklich, und wenn ich mich ganz still verhielt, hörte ich ihn leise knurren.

»Hey Kae.«

Ich achtete nicht auf Hunter, sondern spitzte aufmerksam die

Ohren, während ich die Umgebung sondierte. *Was hast du gesehen, Qatou?*

Wie so oft wünschte ich, er könnte sprechen, um mir zu sagen, was ihm solche Angst eingejagt hatte. Die Chancen standen gut, dass es nur ein größerer Vogel gewesen war, aber was wenn …

»Bist du mir böse? Komm schon, ich hab doch nur …«

»Pscht!«, zischte ich Hunter an und legte die Hand vor den Mund. Er stoppte mitten in der Bewegung.

Während ich in die Nacht hineinlauschte, verkroch sich Qatou im Kragen meines Mantels. Sein Zittern an meinem Nacken jagte mir einen Schauer über den Rücken. Ich hörte Vögel zwitschern, Insekten surren, das Schlagen von Flügeln in der Ferne – nichts davon kam mir ungewöhnlich vor. Konzentriert ließ ich meinen Blick schweifen. Der Tag war vorbei und die Telai brachten mit ihrem Licht den immer dichter werdenden Nebel zum Glühen. Grüne und blaue Schwaden zogen wie Rauch über die spiegelglatte Oberfläche des Moors. Da sah ich es: In einiger Entfernung, gerade nah genug, dass der Dunst es nicht verschluckte, bewegte sich etwas.

Ohne die Gestalt aus den Augen zu lassen, half ich Hunter aus dem Wasser, der realisiert zu haben schien, dass etwas nicht stimmte. Mit einem Nicken deutete ich in die Richtung des Schattens. Mein Atem stockte, als ich dessen Form erkannte.

Batul.

»Ein Bär?«, raunte Hunter mir zu.

Ich schüttelte den Kopf. Ich hatte von Bären gehört, wusste, dass sie hoch oben in den Bergen lebten, aber nicht hier unten in der Ebene. Batul waren ihnen nicht unähnlich, allerdings größer und ihre Körper länger, beinahe schlangenartig, weshalb sie sich sowohl im Wasser als auch auf dem Land rasend schnell fortbewegen konnten.

Vorsichtig ging ich in die Knie, um mich klein zu machen, während ich das Tier weiter beobachtete. Noch schien es uns nicht gesehen zu haben, doch ich war mir sicher, dass es uns längst gewittert haben musste. Menschen verirrten sich nie hierher – wir fielen auf.

Hunter kauerte sich dicht neben mich, wobei sein Arm meinen streifte. Er war immer noch völlig außer Atem, doch er bemühte sich, keinen Ton von sich zu geben.

Während wir da hockten und Batul seinen gewaltigen Kopf hob, ging ich die Optionen durch. Im Moor hatten wir keine Chance, vor ihm zu fliehen, dafür war er zu schnell. Unsere einzige Möglichkeit war es, auf einen Baum zu klettern. Nur konnte Hunter nicht gut klettern und die meisten Bäume hier waren zu gedrungen, als dass sie uns ernsthaft hätten schützen könnten. Alle bis auf einen.

Zaghaft stupste ich meinen Begleiter in die Seite und deutete auf einen Baum, der in einiger Entfernung aus dem Moor ragte. Er war nicht perfekt, aber der Stamm weniger verdreht als bei seinen Artgenossen, wodurch er zwar schwerer zu besteigen war, aber ein gutes Stück über die Wasseroberfläche hinausragte. Ein Plan – wenn auch kein besonders guter.

Als ich mit dem Finger nach oben zeigte, um Hunter zu bedeuten, dass wir in die Krone klettern mussten, schüttelte dieser vehement den Kopf.

Ich nickte. Deutete erst auf den Baum, dann auf …

Mein Herz setzte einen Schlag aus. Batul war nicht mehr am selben Ort. Der Schatten im Nebel war verschwunden. Nicht einen Augenblick wiegte ich mich in Sicherheit. Zu hoffen, dass wir unbemerkt davongekommen waren, wäre leichtsinnig.

Stattdessen schloss ich die Augen, horchte erneut.

Das Krähen eines Vogels.

Das Surren winziger Insektenflügel.

Das leise Geräusch von Wellen, die gegen das Ufer brandeten. Etwas bewegte sich im Wasser. Und uns blieb keine Zeit, herauszufinden, ob es auf uns zukam.

»Lauf.«

Als hätte er nur auf diesen Befehl gewartet, schoss Hunter in die Höhe.

»Wohin?«

»Zum …«

Ein Brüllen schnitt mir das Wort ab. Ohne Zweifel: Batul hatte uns entdeckt.

Ohne meinen Satz zu beenden, packte ich Hunters Hand und zerrte ihn hinter mir her über die Baumwurzel. An ihrem Ende sprangen wir direkt ins Moor. Der weiche Untergrund und das Wasser machten das Laufen schwierig, doch hier gab es keine Blätter oder Steine, über die wir uns einen Weg bahnen konnten. Wir mussten einfach hoffen. Hoffen, dass Batul noch weit genug entfernt war.

Erneut ertönte ein Brüllen, dieses Mal so nah, dass ich das Geräusch bis auf die Knochen spürte. Aber ich wagte nicht, mich umzudrehen, sondern legte all meine Kraft in meine Beine, während ich Hunter mit mir zog.

Nach einem Stück kletterten wir auf einen umgestürzten Baumstamm. Ich ließ meinem Begleiter den Vortritt und schaute hastig über meine Schulter.

Nur: Da war nichts. Eben hätte ich schwören können, dass Batul uns dicht auf den Fersen war, aber nun … Ein lautes Krachen ertönte. Holz splitterte und ich fiel erneut, doch dieses Mal war Hunter da. Er packte mich am Arm und zerrte mich mit sich.

Kopflos lief ich ihm hinterher und erhaschte nur einen schnellen Blick auf das, was hinter mir lag. Dort, wo ich eben noch gestanden hatte, klaffte ein Loch im Baumstamm. Und aus diesem erhob sich Batul. Ich sah kurzes, glänzendes Fell, stechend gelbe Augen und Zähne, die im Licht der Telai strahlten.

»Kae!«

Erst der Klang meines Namens brachte meine Aufmerksamkeit

zurück. Panisch rannten Hunter und ich in Richtung unseres Ziels, während Batul immer weiter zu uns aufschloss.

Wie sollten wir es nur schaffen?

Wie sollten wir rechtzeitig die Baumkrone erreichen, bevor er uns erwischte?

Auf dem Weg schnappte Hunter sich einen Ast, der aus dem Moor herausragte. Er war gerade, aber nicht stabil genug, als dass man ihn als Waffe hätte bezeichnen können. Er würde uns nicht gegen Batul helfen, und gleichzeitig war mir der Gedanke, das Tier zu verletzen, vollkommen zuwider. Selbst jetzt, wo es um Leben und Tod ging, hallten die Gesetze der Eijn wie eine Warnung durch mein Innerstes.

Wir durften keinem Wesen Leid zufügen. Auch dann nicht, wenn es im Begriff war, uns aufzufressen.

Als wir den Baum erreichten, schob Hunter mich vor.

»Geh du zuerst.«

»Aber ...«

»Los.«

Ich kletterte voraus, während Hunter sich vor dem Baumstamm positionierte und dabei den Ast wie einen Speer von sich streckte. War das sein Ernst? Glaubte er wirklich, er hätte eine Chance?

Vor ihm tauchte Batul aus dem Wasser und richtete sich zu seiner vollen Größe auf. Er war nicht ganz ausgewachsen, doch auf den Hinterbeinen reichte er trotzdem bis an die untersten Zweige des Baumes heran. Ich musste höher klettern, viel höher. Aber Hunter! Wie würde er hinaufkommen?

Mutig setzte er einen Fuß voran und begann, mit seiner provisorischen Waffe in die Luft zu stechen. Dabei brüllte er, als wollte er Batul einschüchtern. Und für einen Moment gelang ihm das sogar.

Das Tier wich vor dem Speer zurück, rutschte langsam wieder ins Wasser, bis es so aussah, als hätte Hunter diesen Kampf gewonnen. Vermutlich war Batul es nicht gewohnt, dass seine Beute ihm Widerstand leistete. Doch dann schien er zu erkennen, wer die besseren Waffen besaß. Mit einem Knurren hob er seine gewaltige Tatze und schlug Hunter den Ast aus der Hand. Ein Schrei verließ dessen Kehle.

Mir war klar, dass ich etwas tun musste. Ihm entweder helfen, oder mich selbst in Sicherheit bringen. Wenn ich weiter hier auf halber Höhe verharrte, würde Batul uns beide erwischen.

Ich kniff die Augen zusammen, zog einmal scharf Luft ein, dann ließ ich mich fallen. Einen Moment später landete ich im weichen Morast und baute mich schützend vor meinem Begleiter auf, während das Tier weiter auf uns zukroch. Meine Angst erreichte einen Höhepunkt, als ich es so direkt vor mir sah und alle Details in mich aufnehmen konnte. Vor allem die Zähne. Riesige weiße Hauer, die aus seinem Maul ragten.

Was hatte ich mir nur dabei gedacht? Wie hatte ich ernsthaft glauben können, es auch nur in die Nähe des Eisernen Imperiums zu schaffen? Ich konnte ja noch nicht einmal zwei Tage im Wald überleben.

In diesem Moment kroch Qatou aus seinem Versteck. Waghalsig erhob er sich in die Lüfte und schwirrte direkt auf Batul zu. Sofort schlug dieser mit den Pranken nach ihm, doch mein Freund war zu klein und zu flink, um sich erwischen zu lassen. Wie ein lästiges Insekt flog er Kreise um den Kopf des Raubtiers und lenkte es ab, aber mir war klar, dass das nicht lange funktionieren würde.

Eilig wandte ich mich zu Hunter um und entdeckte Blut, das seinen Arm hinabrann. »Später«, stieß er zwischen zusammengebissenen Zähnen hervor.

Ich nickte und verschränkte meine Hände, um ihm beim Klettern zu helfen. Er stieg darauf, bevor er den anderen Fuß in einer Furche in der Rinde versenkte.

»Und jetzt den Ast dort«, rief ich ihm zu, wobei mein Blick panisch zu Batul glitt, der allmählich genug von Qatous Spielchen hatte. »Und dann setzt du deinen Fuß auf die Astgabel. Richtig.«

Mit meiner Hilfe gelang es Hunter, den Baum hinaufzuklettern, obwohl er unter der Anstrengung keuchte. Eine Welle der Erleichterung durchflutete mich; er würde es schaffen.

Als er gerade weit genug oben war, dass ich ihm folgen konnte, erschütterte ein erneutes Brüllen die Nacht. Batul hatte Qatous Ablenkungsmanöver durchschaut und schnappte nun mit den Zähnen nach dem Mogu.

»Weg mit dir«, rief ich meinem Freund zu, welcher dem Befehl sofort nachkam und zu Hunter in die Baumkrone flüchtete.

Nur einen Augenblick später lag die Aufmerksamkeit des Raubtiers wieder auf mir. Mir blieb keine Zeit, mich umzudrehen und auf den Baum zu klettern. Ich wäre zu langsam. Er würde seine Zähne in meine Beine schlagen und mich herunterzerren.

Also wich ich vorsichtig zurück, bis ich mit dem Rücken gegen den Stamm stieß. Vor mir richtete sich Batul wieder zu seiner vollen Größe auf. Er knurrte so laut, dass ich es in meinen Eingeweiden spürte, und stapfte unbeirrt auf mich zu. Wie aus weiter Ferne drang Hunters Stimme zu mir hindurch, doch ich konnte die Worte nicht ausmachen, war zu gebannt von dem, was gleich passieren würde. Zu sehr darauf gefasst, jetzt und hier zu sterben.

Plötzlich veränderte sich etwas.

Brennende Hitze stieg in meiner Brust auf, als würde ein Feuer darin wüten. Aber es kam nicht von innen, sondern von außen. Mein Qo'ai hatte wie aus dem Nichts zu leuchten begonnen. So hell, dass ich sein Strahlen sogar durch meinen Mantel sah. Hastig nahm ich ihn heraus, obwohl die Berührung mir fast die Finger verbrannte.

Sein Licht war grell, strahlender als tausend Sonnen, und zerschnitt die Nacht wie eine Klinge. Für einen Moment war alles in gleißende Helligkeit gehüllt. Kein Schatten war mehr zu sehen. Dann stieß Batul ein Brüllen aus und wich blinzelnd zurück.

Entschlossener nahm ich die Kette von meinem Hals, um sie wie einen Talisman vor mich zu halten, obwohl die Hitze schmerzhaft auf meiner Haut prickelte. Ich trat nach vorn. Einen Schritt nach dem anderen, während Batul sich in das Moor zurückzog. Er wartete nicht darauf, dass ich ihm den Rücken zukehrte, um zurückzuschlagen, sondern tauchte unter die Oberfläche, bis nur noch sein gewaltiger Rumpf wie eine Insel daraus hervorragte. Dann machte er kehrt und schwamm eilig davon.

Mit jedem Stück, das er sich entfernte, ließ das Licht in meinem Qo'ai nach. Ich spürte Müdigkeit und einen stechenden Kopfschmerz, aber noch war ich nicht sicher. Taumelnd drehte ich mich um und kletterte mit letzter Kraft den Baum hinauf. Ich spürte Äste, die in mein Gesicht schnitten, Qatous weiche Fühler an meinem Hals, Hunters Hand an meiner Wange.

Dann verlor ich das Bewusstsein.

XI

HUNTER

Mein Oberarm brannte, als würde sich Säure durch meinen Knochen ätzen. Obwohl mein Körper mit Adrenalin vollgepumpt war, war der Schmerz immerzu präsent, bei jeder Bewegung, bei jedem Atemzug. Aber das musste warten. Zuerst musste ich Kae helfen und dann beten, dass sie diese Bestie wirklich in die Flucht geschlagen hatte.

Ächzend zog ich meine Begleiterin zu mir nach oben in die Baumkrone, wo die Äste dicht genug waren, dass selbst jemand mit meinem Geschick sich problemlos darauf halten konnte. Mit Mühe brachte ich uns in eine Position, in der Kaes Rücken an meiner Brust lehnte und ich sie sicher festhalten konnte.

Dann erst erlaubte ich mir, aufzuatmen.

Die Gefahr war gebannt – fürs Erste –, obwohl ich nicht überrascht gewesen wäre, wenn uns als Nächstes ein riesiger Raubvogel einfach vom Ast gepflückt und seinen Küken zum Fraß vorgeworfen hätte. Diesem verfluchten Wald würde ich das zutrauen. Kein Wunder, dass mein Volk nie einen Fuß zwischen die Bäume setzte. Alles hier wartete doch nur darauf, mir den Garaus zu machen. Wenn ich heute nicht als Beute irgendeines Bären-Otters endete, dann waren es morgen Schlingpflanzen oder giftige Beeren, durch die ich starb. Ich wollte hier weg. Ich hatte verdammt noch mal genug von diesem Ort.

Verzweifelt vergrub ich das Gesicht in meiner Hand und unterdrückte nur mit Mühe einen Schrei, auch wenn ich mich danach sehnte, meinen Emotionen freien Lauf zu lassen. Aber nicht hier. Wer wusste schon, was sonst noch in diesem Wald lauerte.

Stattdessen untersuchte ich Kae. Sie atmete noch, doch was immer sie da in ihrem Bernstein freigesetzt hatte, es hatte sie ganz schön umgehauen. Zu Hause verwendeten wir die Energie aus dem Harz der Bäume, um unsere Motoren anzutreiben oder Elektrizität zu generieren, aber die Eijn mussten ihren eigenen Weg gefunden haben, diese Kraft zu nutzen. Vielleicht konnten sie deshalb im Wald überleben? Vielleicht nutzten sie die Steine, um die Sporen von ihren Siedlungen fernzuhalten?

Nachdenklich betrachtete ich Kaeliah. Ihr Gesicht war friedlich, was sicher daran lag, dass ich in ihren Träumen nicht auftauchte. Anders als ich schien sie zumindest äußerlich unverletzt. Ich entdeckte keine Wunden, nicht mal einen Kratzer, also war sie vermutlich nur erschöpft. Oder sie hatte sich den Kopf angestoßen, als sie die Energie des Bernsteins freigesetzt hatte. Ja, so musste es gewesen sein …

Ich biss mir auf die Lippen. Das alles war mir nicht geheuer. Ich wusste, was ich gesehen hatte, wusste, dass es eine wissenschaftliche Erklärung für den grellen Lichtblitz und die Hitze gab, nur … Wenn wir die Steine nutzen wollten, mussten wir sie dafür zerstören. Sie erst zu feinem Staub zermahlen, welchen wir anschließend mithilfe von Druck entzündeten. Es war ein komplexer und technisch herausfordernder Prozess. Aber Kae hatte einfach so – Nein. Es musste eine Erklärung geben. Die Eijn mussten etwas haben, das uns anderen verborgen blieb. Einen Prozess oder eine Technologie, mit der sie die Steine nutzbar machten. Etwas, worauf mein Volk nicht gekommen war oder wofür uns die Ressourcen fehlten.

Etwas, das Kae mir verschwieg.

Erneut betrachtete ich sie. Qatou war herbeigeflattert und hatte sich auf ihrer Brust eingerollt. Sein Schnurren übertönte sogar das Surren der Insekten, die sich, seit wir dieses Moor betreten hatten, auf mich stürzten, als hätten sie sich zu einem Festmahl verabredet.

Womöglich würde ich an einer Infektion sterben …

Missmutig starrte ich auf die zahlreichen Stiche an meinen nackten Armen, bevor ich die Wunde, die der Bär mir verpasst hatte, genauer inspizierte. Sie war nicht sonderlich tief, doch der Schmerz und ihr Anblick ließen mir dennoch flau im Magen werden. Zusammen mit dieser Höhe …

Scheiße.

Wo in meinem Leben war ich falsch abgebogen, um hier zu landen?

Du kennst die Antwort, beantwortete ich mir die Frage in der nächsten Sekunde selbst. *Du weißt genau, wieso du dich in dieser Lage befindest.* Aber daran wollte ich jetzt nicht denken. Ebenso wenig an die Hunderten von Arten, auf die ich in den nächsten Tagen sterben könnte. Pessimismus half mir nicht weiter – das hatte ich während der Militärausbildung gelernt. Stattdessen musste ich einen Schritt nach dem anderen machen. Meine Probleme erkennen und Lösungen dafür finden.

Eine Wunde am Arm? – Mit Wasser auswaschen und mit einem Stück Stoff von meiner Hose provisorisch verbinden.

Umzingelt von wilden Bestien die Nacht in einem Moor verbringen? – Leise sein und den Morgen abwarten.

Meiner Begleiterin entlocken, wie sie es geschafft hatte, eine der besagten Bestien zu vertreiben?

Lösung folgt.

Kae hasste mich nach wie vor. Falls möglich sogar noch ein Stück mehr als gestern. Sie wachte in den frühen Morgenstunden auf und beschränkte ihre Kommunikation mit mir auf ein Minimum.

»Wie geht es deinem Arm?«

»Kannst du gehen?«

»Wir sollten aufbrechen.«

Und dann ging die Tortur wieder von vorn los. Bäume. Seerosenblätter. Wasser, das mir bis an die Hüfte reichte. Und Insekten, eine ganze Armee davon, die anscheinend besonders scharf auf mein kaiserliches Blut waren.

Ich hasste alles an diesem Wald. In meiner Ausbildung hatte ich Wüsten durchquert, Seen durchschwommen und einen Berg bezwungen. Aber das hier? Das war eine ganz andere Herausforderung. Es war ein Albtraum. Und das Schlimmste war, dass ich niemanden hatte, mit dem ich zusammen leiden konnte. Mir fehlte Nyota. Ihr kühler, kalkulierter Humor, der meiner Jammerei einen Dämpfer verpasste und mich aufheiterte, wenn ich nur noch schreien wollte.

Ich musste ihr alles erzählen, sobald ich nach Hause kam. Aber als Erstes würde ich ein heißes Schaumbad nehmen. Und wenn ich schon einmal dabei war, würde ich meine kaiserlichen Privilegien nutzen und dafür sorgen, dass im Palast keine einzige Pflanze mehr wuchs. Damit mich nichts und niemand an diesen Trip erinnerte.

Das war ebenfalls etwas, das ich im Training gelernt hatte: Man musste sich Ziele setzen, auf die man hinarbeiten konnte, um fokussiert und motiviert zu bleiben. Ziele wie: Blumen verbieten.

Nach dem Vorfall mit dem Otter-Bär oder Batul, wie Kae ihn nannte, verlief unsere Reise eine Zeit lang ereignislos. Wir kämpften uns noch einen halben Tag durch das Moor, bevor die Bäume wieder höher wurden und das Terrain fester. Mit der Feuchtigkeit ließen auch die Insekten nach, doch meine Unsicherheit blieb. Da waren einfach zu viele unbekannte Geräusche, zu viele Wesen, die ich noch nie in meinem Leben gesehen hatte, und ich hatte nichts, womit ich mich schützen konnte.

Es war der vierte – oder fünfte? – Tag nach unserem Aufbruch, als ich merkte, dass etwas mit mir nicht stimmte. Obwohl der Boden fest war und zur Abwechslung nicht komplett überwuchert, kamen wir wesentlich langsamer voran als bisher.

Mein ganzer Körper schmerzte und ich fühlte mich müde, als wären Jahre vergangen, seit ich das letzte Mal richtig geschlafen hatte. Mir war schwindelig, dazu gleichzeitig heiß und kalt.

»Können wir anhalten?«

Kaeliah, die so weit vorausgelaufen war, dass sie kaum noch in Hörweite sein konnte, drehte sich abrupt um. Ich sah ihr Gesicht nicht genau, dazu war meine Sicht zu verschwommen, erkannte aber vage ein Nicken.

»Hier?«, fragte sie. »Oder schaffst du es noch ein kleines Stück weiter? Da vorn ist ein See.«

Ich biss die Zähne zusammen und schloss kurz die Augen, um den Schwindel loszuwerden. »Das schaffe ich.«

Mit Mühe und Not hielt ich mein Wort, aber als wir am Ufer des Sees ankamen, konnte ich das Zittern in meinen Gliedern nicht länger verbergen. Mir schwirrte der Kopf, sodass ich keinen klaren Gedanken mehr fassen konnte, und ich setzte mich sofort auf den Boden. Hier war der Untergrund weich und mit Moos bewachsen – kein Vergleich zu der Baumwurzel, unter der wir letzte Nacht Unterschlupf gesucht hatten – und gerade verführerischer als die beste Matratze im Palast. Ich wollte schlafen. Einfach nur schlafen.

Nur am Rande bekam ich mit, wie Kae mir Hut und Mantel abnahm, bevor sie mir an die Stirn fasste.

»Du hast Fieber.«

»Was du nicht sagst.«

Sie schnaubte und löste meinen provisorischen Verband, den ich heute Morgen ausgewaschen hatte. Oder war das gestern gewesen? Ich hatte keine Ahnung mehr.

»Die Wunde ist entzündet.«

»Mhm.«

»Hunter.«

»Hm?« Ich blinzelte verschlafen und sah ihr in die Augen. Sie war mir so nah, dass ich die Besorgnis darin genau erkannte. Galt die etwa mir? Machte Kae sich ernsthaft Sorgen um mich, nachdem sie mich die ganze Zeit hatte loswerden wollen?

»Leg dich hin«, wies sie mich an. »Währenddessen suche ich nach Medizin.«

»Was? Sag nicht, hier im Wald wachsen sogar Antibioti-« Ich stolperte über das Wort, weil mein Kopf kaum hinterherkam. »Anti … Anti … Bio …« Mann, ich war echt hinüber.

Kae runzelte die Stirn, ließ meine Aussage jedoch unkommentiert. Stattdessen legte sie sacht die Hand an meinen Rücken und half mir dabei, mich hinzulegen.

Wer hätte gedacht, dass sich Moos so himmlisch weich anfühlen konnte?

XII

KAE

Hunter war längst weggedämmert, als ich seinen Kopf auf seine Tasche bettete und ihn mit dem Mantel zudeckte. Ich wollte es nicht zugeben, aber sein Zustand bereitete mir nicht nur Sorge – er machte mir Angst. Schon gestern Abend war er überraschend schnell eingeschlafen, aber ich hatte es auf die Erschöpfung nach der langen Wanderung geschoben. Kaum zu glauben, wie lange er gebraucht hatte, um mir Bescheid zu geben. Ich hätte ihn nicht für so zäh gehalten.

Dass wir unseren Reisetag so früh beendeten, störte mich ein wenig, aber immerhin würde es noch eine Weile hell sein. Gefährliche Jäger wagten sich erst nachts aus ihren Verstecken, und so sah ich wenigstens etwas, als ich nach heilenden Pflanzen für Hunter suchte.

Wir hatten von den Houran gelernt, welche Gewächse bei Entzündungen halfen, doch meine Furcht, dass es zu spät für Medizin sein könnte, ließ meinen Verstand blank werden. Ich hatte solche Angst, dass ich nicht mehr wusste, wonach ich Ausschau halten musste. Dennoch kämpfte ich mich durchs Unterholz auf der Suche nach irgendetwas, das mir vage bekannt vorkam, während Qatou auf unseren Begleiter aufpasste.

Anders als im Moor ähnelte die Vegetation hier am See der in meinem Zuhause. Ich erkannte die Bäume wieder, einzelne Sträucher und Beeren, aber nichts entsprach dem, was ich suchte.

Ich versuchte mich an den Unterricht zu erinnern. Unser Lehrer hatte uns erzählt, dass sich Wunden entzünden konnten, und uns genau beschrieben, welche Pflanzen dagegen halfen, doch mein Kopf war leer. Irgendetwas mit *Bo-* und vier kleinen violetten Blütenblättern. Aber nichts passte zu dieser schwachen Beschreibung.

Ich sah weiße, blaue und gelbe Blumen, während ich den Wald durchstreifte, doch keine violetten. Am Ende war ich so verzweifelt, dass ich auf das Einzige zurückgriff, das ich wirklich kannte: Charin oder Schlafkraut. Ein nah am Boden wachsender Strauch mit herzförmigen Blättern, aus denen feine graue Härchen sprossen. Der bloße Kontakt mit der Pflanze juckte, doch auf offenen Wunden oder als Tee hatte sie eine schmerzlindernde Wirkung.

Sie war alles, was ich hatte.

Entmutigt kehrte ich zu Hunter zurück, der noch immer schlafend am Boden lag. Ohne dass er etwas davon mitbekam, wusch ich seine Wunde aus und machte ihm einen neuen Verband mit dem Schlafkraut. Danach legte ich ein feuchtes Stück Stoff auf seine Stirn, um das Fieber zu senken.

Ich hatte schon immer gewusst, dass aus mir keine Heilerin werden würde, aber gerade verfluchte ich die Tatsache, dass ich mich nicht mehr für die Pflichten der Takoutan interessiert hatte. So konnte ich nur abwarten und hoffen, dass Hunters Körper stark genug war und meine notdürftige Versorgung ausreichte.

Hoffen. Weil ich darin ja so gut war.

Die erste Zeit verbrachte ich unruhig neben meinem Begleiter sitzend, während Qatou ausgeschwärmt war, um die weitere Umgebung nach der Pflanze mit den violetten Blüten abzusuchen. Ich hatte keine Ahnung, ob er meinen Befehl verstanden hatte, geschweige denn wusste, was ich mit »violett« meinte, aber meine Möglichkeiten waren eingeschränkt. Ich wagte es nicht, mich allzu weit von Hunter zu entfernen. Gleichzeitig war das Warten Gift für meine angeschlagenen Nerven.

Mein Blick fiel auf den See, in dessen klarem Wasser sich der strahlend blaue Himmel und die grünen Blätter des Waldes spiegelten. Dieser Ort war geradezu idyllisch. Ein deutlicher Widerspruch zu dem Sturm, der in meinem Inneren wütete. Zu meinem Stolz. Meiner Sorge. Und meiner Reue.

Energisch richtete ich mich auf, um das Kribbeln in meinen Beinen loszuwerden. Dann ging ich zum See.

Ich haderte einen Moment mit mir, ob ich es wirklich wagen sollte, darin zu baden und Hunter allein zu lassen. Aber ich brauchte es. Nicht nur, weil ich es nach dem Marsch durch das Moor nötig hatte, sondern auch, weil ich irgendetwas tun musste, das mich von meiner zunehmenden Nervosität ablenkte. Also gab ich mir einen Ruck und legte meine Kleidung ab.

Das kühle Nass prickelte auf meiner Haut, während ich langsam in den See ging, immer wieder einen Blick über die Schulter werfend, um sicherzugehen, dass Hunter in Ordnung war. Fast erwartete ich, Batul würde sich auf meinen Begleiter stürzen, sobald ich ihm den Rücken zuwandte.

Aber die Luft war rein und der Wald friedlich. Das Zwitschern der Vögel hallte zwischen den Bäumen umher, während winzige Fische mir eifrig Platz machen, als ich tiefer in den See hinauswatete. Wie Pfeilspitzen bohrte sich die Kälte in meine Haut, doch der Schmerz hatte etwas Befreiendes und allmählich klärten sich meine von Kummer geprägten Gedanken und machten Platz für etwas Neues. Etwas, das noch weniger erträglich war: Schuldgefühle.

Mein Magen zog sich unangenehm zusammen. Ich versuchte mit aller Kraft, die nagende Reue beiseitezuschieben und mich auf das Hier und Jetzt zu konzentrieren. Aber es half nichts. Die Gewissheit, dass ich uns in diese Lage gebracht hatte, schien mich mit ihrem Gewicht unter die Oberfläche des Sees zu drücken. Es war meine Schuld, dass Hunter verletzt war und um sein Leben kämpfte. Meine Schuld, dass wir weiter in das Moor gewandert waren, statt einen einfacheren Weg zu suchen. Meine verdammte Schuld, dass ich Batul nicht früher hatte vertreiben können.

Hätte ich doch nur … Meine Gedanken stockten und die Erinnerung an das Licht meines Qo'ai war auf einmal wieder präsent. Wie verdammt noch mal hatte ich das geschafft? Ich hatte keine magischen Worte gemurmelt, hatte nicht zum Wald gebetet und um Hilfe gebeten. Es war passiert – einfach so, und dennoch war mir klar, dass ich der Auslöser gewesen sein musste. Irgendwie war es mir gelungen, die Magie meines Qo'ais zu nutzen. Nur wie?

Vermutlich wüsste ich die Antwort, wenn Seher Khar sich auch nur ein winziges bisschen um meine Ausbildung gekümmert hätte, statt meine Zeit mit belanglosen Botengängen zu verschwenden. Diese ganze Situation wäre so viel leichter zu bewältigen gewesen, wenn er akzeptiert hätte, dass der Wald mich zu seiner Nachfolgerin ernannt hatte.

Nein. Seher Khar mochte mir weitere Steine in den Weg gelegt haben, aber mir war klar, dass nicht er derjenige gewesen war, der mich auf diesen Weg geschickt hatte.

Unwillkürlich schloss ich meine Finger um den Stein an meinem Hals. Er pulsierte warm unter meiner Haut und fühlte sich geradezu verräterisch vertraut an. Dabei lag die Wahrheit auf der Hand.

Hätte ich den Qo'ai nie bekommen, wäre ich nicht Seherin geworden. Wäre ich nicht Seherin geworden, hätte ich Khar nicht verärgert. Hätte ich Khar nicht verärgert, hätte er mich nie auf diese Reise geschickt.

Hätte ich den Qo'ai nie bekommen, wäre das alles nicht passiert.

Ich löste die Kette von meinem Hals. Energisch biss ich mir auf die Unterlippe, um die sich anbahnenden Tränen mit aller Kraft zurückzudrängen.

Wie durch einen Schleier betrachtete ich den Bernstein in meiner Hand. Wie stolz ich doch gewesen war, als er mich zur Seherin erwählt hatte. Zum ersten Mal in meinem Leben hatte ich mich akzeptiert gefühlt, respektiert, wie ein Teil meines Volkes. Aber seither war er nichts weiter gewesen als ein Fluch.

Der Wald hatte mich verflucht.

Ich schloss die Augen und atmete tief ein. Vor Wut und Verzweiflung zitterte mein ganzer Körper. Mehrmals holte ich aus, um den Stein einfach wegzuwerfen und in diesem See zu versenken. Doch immer wieder brach ich ab, als wollte eine höhere Macht mich davon abhalten. Dabei wusste ich es besser. Wusste, dass nur ich selbst mir im Weg stand.

Denn wer war ich schon ohne meinen Qo'ai?

Nur Kaeliah. Das Waisenmädchen, das die Komen vor vielen Sommern im Wald gefunden hatten und das nicht dazugehörte. Ein Niemand.

Ich seufzte und ließ mich tiefer ins Wasser sinken, bis mein Kopf ganz unter der Oberfläche verschwand und der See die Tränen in meinen Augenwinkeln einfach fortspülte. Kurze Zeit verharrte ich dort, genoss die Stille, die Schwerelosigkeit und das Nichts um mich herum, das mich alles mit völliger Klarheit sehen ließ.

Ich hatte nur zwei Möglichkeiten.

Entweder ich blieb ein Niemand.

Oder ich akzeptierte die Aufgabe, die der Wald mir aufgebürdet hatte, und erfüllte meine Pflicht.

Ich wusste, was ich zu tun hatte.

Als ich wieder aus dem Wasser auftauchte, fühlte ich mich besser. Tränen liefen über meine Wangen, doch zum ersten Mal ließ ich es einfach zu. Ich wusch meine Haare und meinen Körper, rieb meine nackte Haut, bis nicht nur der Schmutz, sondern auch die Frustration verschwunden war, die mich seit dem Aufbruch nicht losgelassen hatte.

Anschließend kehrte ich ans Ufer zurück und säuberte meine Kleidung. Während meine Haare an der warmen Sommerluft trockneten, legte ich meinen Qo'ai wieder an.

Ich konnte nicht leugnen, wie sehr mir der Ausbruch geholfen hatte, aber mir war klar, dass ich nur die erste Hürde überwunden hatte. Dass mein Schicksal weitere Herausforderungen bereithalten würde, denen ich mich stellen musste. Aber für den Moment war ich zuversichtlich – zumindest bis Hunters Schrei die Idylle durchbrach.

Panik raubte mir den Atem, als ich achtlos in meine Kleidung schlüpfte. Ohne meine Sandalen anzuziehen, rannte ich los. Sofort waren die Schuldgefühle zurück. Die Angst, Hunter erneut in Gefahr gebracht zu haben.

Doch als ich ihn erreichte, war ich vor allem eines: verwirrt.

Er hatte sich aufgesetzt und presste sich zitternd an einen Baumstamm, als wäre Batul schon wieder hinter ihm her. Nur fehlte von diesem jede Spur. Stattdessen hatten sich andere Wesen zu ihm gesellt, deren Anblick mir sofort ein Lächeln auf die Lippen zauberte: Qubelays. Ganze fünf Stück davon hatten ihn umzingelt und musterten ihn aus neugierigen schwarzen Augen.

»Ich sehe, du hast neue Freunde gefunden«, bemerkte ich amüsiert über seinen verängstigten Anblick.

»Machst du Witze? Erst Otter-Bären und jetzt … Blumen-Igel?«

Ich runzelte die Stirn bei dem Vergleich. Ich verstand, woher Hunters Assoziation kam, doch bis auf die kurzen Beine und spitzen Nasen hatten Qubelays wenig mit Igeln gemeinsam, denn statt Stacheln wuchsen auf ihrem Rücken die verschiedensten Pflanzen. Je nachdem, was sie zuvor gegessen hatten.

»Qubelays sind harmlos«, erklärte ich, während ich zu ihm ging und mich neben ihn hockte. »Und normalerweise ziemlich scheu.«

Ich war erstaunt, sie hautnah zu sehen. Gut möglich, dass diese hier noch nie einen Menschen getroffen hatten, denn diese Forschheit war ungewöhnlich.

»Bist du dir sicher? Was, wenn sie …«

»Hunter.«

»Kae. Ernsthaft. Wahrscheinlich warten sie nur darauf, dass wir ihnen den Rücken zudrehen, bevor sie ihre scharfen Klauen in uns … Ah!«

Einer der Qubelays hatte sich in Bewegung gesetzt und damit angefangen, Hunters Stiefel zu beschnuppern. Der angsterfüllte Schrei meines Begleiters schien ihn nicht weiter zu stören.

Ich streckte vorsichtig die Hand aus, woraufhin die anderen vier ebenfalls näher kamen. Einer war sogar mutig genug an meinen Fingern zu schnuppern.

»Siehst du?«, flüsterte ich. »Nicht alle, die dir im Wald begegnen, sind gefährlich.«

Hunter schnaubte, entspannte sich aber ein wenig. »Sie haben mich erschreckt. Ich hab geschlafen und … Hast du dich gewaschen?«

»Ja, im See. Nachdem ich deine Wunde versorgt habe.«

»Danke.«

Der mutige Qubelay rieb seinen Kopf an meiner Hand und ließ zu, dass ich mit den Fingern durch sein kurzes hellbraunes Fell fuhr und ihn kraulte.

Ich kannte die Qubelays aus Erzählungen, wusste, dass die Komen im Wald mit ihnen arbeiteten, um kurzfristig bestimmte Pflanzen anzubauen, weil man sie nur mit einem Samen füttern musste. Aber noch nie hatte ich einen aus der Nähe gesehen.

Qatou landete auf meiner Hand und stieß ein leises Fiepen aus, um meine Aufmerksamkeit zu bekommen. Perplex riss ich die Augen auf, als ich verstand, was er mir zeigen wollte. Die Pflanzen auf den Rücken der Qubelays. Es waren Blumensträucher mit kleinen Blüten, die je vier violette Blütenblätter hatten. Qatou musste es geschafft haben, mit ihnen zu kommunizieren und sie zu uns zu führen.

»Scheint so, als wolle der Wald dir helfen, Hunter«, bemerkte ich ungläubig, während ich mich nach vorn beugte. Vorsichtig pflückte ich eine der Blumen und betrachtete sie genauer. Kein Zweifel, die violetten runden Blätter und der schwarze Stempel passten zu der Beschreibung der Houran.

»Der Wald?«

»Das hier ist Bontsuk.« Endlich fiel mir der Name wieder ein. »Es wird die Entzündung lindern.«

»Aber tut das den Igeln nicht weh?« Hunter driftete schon wieder in den Schlaf, sodass der Satz zu einem einzigen Wort verschmolz.

»Nein. Die Pflanzen wachsen nur auf ihnen, sind aber kein Teil ihres Körpers. Zu Hause arbeiten wir mit den Qubelays.«

»Verstehe. Wie ein Blumentopf. Auf vier Beinen.«

»So ähnlich.«

Behutsam machte ich mich daran, weitere Blumen zu pflücken. Ich nahm mir einen Ast und meine Schale, in der ich die Blätter und Stängel zerstieß – alles unter den neugierigen Blicken der Qubelays. Zum Schluss gab ich Wasser aus dem See hinzu und betrachtete prüfend das Ergebnis.

Wieder kamen mir die Zweifel.

Was, wenn ich nicht gut genug aufgepasst hatte oder mich nicht mehr richtig an den Unterricht erinnerte? Oder wenn die Qubelays in Wirklichkeit Fleischfresser waren, die ihre Opfer erst vergifteten. Nein. Ich klang schon fast wie Hunter. Dabei wusste ich es besser.

Der Wald war nicht böse. Ebenso wenig wie die Kreaturen, die in ihm wohnten. Der Wald war mächtig, gütig und gerecht. Er gab und er nahm. Und er wollte offenbar, dass Hunter lebte.

Eilig ging ich zu meinem Begleiter zurück. Er lehnte noch immer mit dem Rücken an dem Baum und hatte sich kein Stück gerührt, seit ich ihn dort zurückgelassen hatte. Schweißtropfen klebten an seiner Stirn, sein Gesicht war ungewöhnlich bleich.

Einer der Qubelays machte mir Platz, als ich mich neben Hunter kniete und eine Hand in seinen Nacken legte.

»Ich habe Medizin für dich«, erklärte ich.

Er blinzelte und nickte schwach.

»Trink.«

Langsam setzte ich die Schale an seine Lippen. Erst zögerte er, als hätte sein Unterbewusstsein die Angst noch nicht ganz abgelegt, doch dann trank er, ohne auch nur das Gesicht zu verziehen.

»Schmeckt furchtbar«, murmelte er, als ich ihm im Anschluss noch etwas Wasser gab.

»Wir hatten leider keinen Sirup.«

»Kae?«

»Hm?« Ich sah ihm in die Augen, an deren helle Farbe ich mich wohl nie gewöhnen würde.

»Du hast mich aber nicht vergiftet, oder?«

Ich schmunzelte. »Glaub mir, wenn ich dich töten wollte, hätte ich bereits ein Dutzend Gelegenheiten gehabt.«

»Vielleicht willst du es, aber versuchst, die Spuren zu verwischen. Am Ende gibst du den Igeln die Schuld.«

»Qubelay«, verbesserte ich ihn.

»Ja. Süß sind sie ja, die Biester. Gibt definitiv schlimmere Möglichkeiten zu sterben, als von so einem aufgefressen zu werden.«

»Du wirst nicht sterben. Versprochen.«

XIII

HUNTER

Als ich die Augen aufschlug, fühlte ich mich, als hätte mich die Turbine meines Flugzeugs eingesaugt und wieder ausgespuckt. Jeder Knochen tat mir weh und mein Schädel brummte schlimmer als nach Nyotas letzter Geburtstagsfeier. Aber zu meiner Überraschung war mein Verstand klar. Kein Vergleich zu vorhin, bevor Kaeliah mir die Medizin gegeben hatte.

Ich blinzelte einige Male gegen das schummrige Licht des nächtlichen Waldes an. Der blaue Schein beruhigte meine angeschlagenen Nerven, auch wenn ich mich immer noch nicht mit dem Gedanken anfreunden konnte, dass er von den riesigen Nacktschnecken kam, die hier überall klebten.

»Du bist wach«, stellte Kaeliah fest, wobei ihre Stimme überraschend freundlich klang. »Wie fühlst du dich?«

»Furchtbar. Aber besser als vorhin.«

»Dann hat die Medizin gewirkt.«

»Ja.« Ich atmete tief ein und wieder aus. »Ich dachte echt, ich wäre verloren so ohne Antibi– … richtige Medizin.«

»Was ist denn an unserer Medizin nicht richtig?«

»Das meinte ich nicht«, erwiderte ich sofort, bevor ich ins Stocken geriet. »Entschuldige. Das war schlecht ausgedrückt. Ich wusste nur nicht, dass ihr Medizin habt, um Entzündungen zu bekämpfen.«

»Doch, haben wir. Aber ohne die Qubelay hätte ich die richtigen Pflanzen wohl nie gefunden.«

»Die Qu–« Ich stockte, als die Puzzleteile in meinem Kopf sich zusammenfügten. »Warte, warte. Was?« Panisch fuhr ich auf und versuchte zu verarbeiten, was ich bis eben noch für einen seltsamen Traum gehalten hatte. Die Igel mit den Pflanzen auf dem Rücken. Mit weit aufgerissenen Augen starrte ich Kaeliah an.

»Was ist?«, fragte sie verwirrt.

»Ich dachte, ich hätte mir die Igel nur eingebildet.«

»Hast du nicht.« Sie deutete ans Fußende meines Schlafplatzes. Dort hatte es sich eines der Tiere bequem gemacht, die kleinen Füßchen unter den Kopf gebettet, und schlief nur wenige Zentimeter von meinem Bein entfernt friedlich. Aus seinem Rücken wuchs ein Strauch mit winzigen lila Blüten daran.

Erneut steckte ein Schrei in meiner Kehle. Was in aller Welt war mit diesem Wald los?

»Bitte brüll nicht schon wieder herum«, sagte Kae, als hätte sie meine Gedanken gelesen. »Ich möchte nicht schon wieder die Aufmerksamkeit von irgendetwas auf uns ziehen.«

»Sorry.« Ich versuchte meinen Schrecken herunterzuschlucken, rückte aber trotzdem etwas von dem Igel weg. »Da, wo ich herkomme, gibt es keine … Qubelays.«

Kae nickte. »Wir Eijn glauben, dass sie aus dem Licht des Waldes geschaffen wurden. Wie auch die Mogus und die Telai.«

Nachdenklich musterte ich Qatou, der sich in ihrem Schoß zusammengerollt hatte. Wenn ich ganz genau hinsah, erkannte ich sogar, dass er von innen heraus leuchtete.

Ich ließ mich in den Schneidersitz sinken und den Kopf kreisen, um meinen verspannten Nacken zu lockern. Jeder Muskel in meinem Körper schmerzte. Ich hatte dringend ein Bad nötig. Oder am besten gleich eine Auszeit irgendwo, wo es schön warm war. In Zazwa zum Beispiel. Vielleicht konnte ich Nyota fragen, ob sie mich mitnahm – sie schwärmte immer, wie traumhaft das Meer in ihrer Heimat zu dieser Jahreszeit war. Meer. So viel besser als dieser verdammte Wald.

»Hunter?«, riss mich Kaes Stimme aus den Gedanken.

»Ja?«

Kaum merklich straffte sie ihre Schultern. So als müsste sie sich für ihre nächsten Worte wappnen.

»Es tut mir leid.«

»Äh …«

»Deine Wunde. Hätte ich auf dich gehört und einen anderen Weg eingeschlagen, hätte ich uns nicht in Gefahr gebracht und du hättest dich nicht verletzt.«

»Ach das. Hab schon Schlimmeres überstanden. Einmal, als ich in …«

»Hunter«, unterbrach sie mich und schaute mich so intensiv aus ihren braunen Augen an, dass ich eine Gänsehaut bekam. »Es tut mir leid.«

Ich lächelte sanft, wobei ich gar nicht so genau sagen konnte, wieso. Es war etwas an der Art, wie sie die Worte aussprach, das sich unbeschreiblich aufrichtig anfühlte. Obwohl ich ihr keine Schuld gab. Sie kannte den Weg genauso wenig wie ich – verließ sich nur auf das, was ihr Freund ihr erzählt hatte.

»Ist schon in Ordnung«, sagte ich. »Der Weg war nicht ideal, aber an deiner Stelle hätte ich vermutlich auch weitergemacht. Wir wussten nicht, wie groß das Moor ist. Wären wir umgekehrt, hätten wir ganze Tage verlieren können. Oder aufgefressen werden.«

»Du glaubst wirklich, dass der Wald es auf uns abgesehen hat, was?«

»Du etwa nicht?«

Kae zuckte mit den Schultern und sah sich um. Betrachtete die Umgebung, als würde sie den Wald zum ersten Mal sehen. Das saftige Moos, auf dem wir hockten, und der See, in dessen Oberfläche sich der Mond, die Sterne und die Lichter der Telai spiegelten, als säßen wir in einem verzauberten Gartenpavillon.

»Nein. Der Wald mag gefährlich sein, aber er ist nicht böse oder gemein. Tiere wie Batul tun das, was ihre Instinkte ihnen sagen. Aber neben den Gefahren gibt es auch so viel Schönes, wenn du nur die Augen aufmachst und wirklich hinsiehst.«

Ich seufzte. Vermutlich hatte sie recht, doch noch saß der Schock über den Angriff zu tief in meinen Knochen.

»Der Wald«, fuhr Kae fort, »ist ein eigenes Lebewesen. Er gibt und er nimmt. Er unterscheidet nicht zwischen Gut und Böse, sondern behandelt alle Wesen von der kleinsten Feuerspinne bis hin zu den Mongrim in den Bergen gleich. Und heute hat er entschieden, dass du lebst.«

»Hat er das?«

»Ja.«

Mir fiel es schwer, ihre Worte zu glauben. Bei mir zu Hause würden wir es als Glück bezeichnen. Glück, dass es die Qubelay gab. Glück, dass hier eine Pflanze wuchs, die Entzündungen heilte. Glück, aber eben nicht mehr. Ich respektierte, dass Kae daran glaubte, der Wald wäre ein denkendes, fühlendes Wesen, doch ich wusste es besser.

»Du bist heute … ungewohnt gesprächig«, bemerkte ich, weil ich nicht wollte, dass sie wieder schwieg. Dabei hätte ich vermutlich nichts Besseres sagen können, um diese Konversation zu ersticken.

Doch zu meiner Überraschung lächelte Kae, wenn auch nur ganz leicht.

»Ist das das schlechte Gewissen?«, fragte ich scherzhaft.

»Sagen wir einfach: Ich habe mich mit deiner Gesellschaft abgefunden.«

»Autsch. Ich kann mir auch gern noch eine Blutvergiftung holen, wenn dir das lieber ist.«

»Nein.« Plötzlich war ihre Stimme wieder ernst und sie strich sich hastig eine glatte schwarze Haarsträhne hinters Ohr. »Eigentlich wollte ich mich auch dafür bei dir entschuldigen. Dafür, dass ich dich so abgewiesen habe, meine ich.«

Was? Ich konnte nicht glauben, was sie da sagte. Gut möglich, dass ich immer noch träumte oder die Medizin doch nicht gewirkt hatte.

»Ich war wütend. Nicht auf dich, sondern auf alles, was seit deiner Ankunft passiert ist.«

»Aber wieso denn?«

»Ich … Ich wollte das Dorf, mein Zuhause, nicht verlassen. Wollte ich nie. Ja, ich habe dafür gestimmt, dass jemand mit dir in dein Land reist, aber mir wäre nie im Traum eingefallen, dass ich diejenige sein könnte.«

»Das erklärt einiges«, gestand ich. »Aber ich verstehe nicht ganz. Warum hast du nicht einfach Nein gesagt?«

»Weil ich Angst hatte, Seher Khar erneut vor allen Leuten zu widersprechen. Als Qo'aivyn ist er quasi das Oberhaupt unseres Volkes. Er trifft zusammen mit den Kaluy die wichtigsten Entscheidungen, eine Pflicht, die irgendwann auf mich übergeht. Davor bin ich nur Seherin in Ausbildung. Ich darf Entscheidungen treffen, aber ich schulde ihm Respekt und Anerkennung.«

»Er hat dich auflaufen lassen«, wurde mir klar.

»Ja.«

»Scheiße. Ich meine … Scheiße.« Mir fiel nichts anderes ein. All die Tage hatte ich mich gefragt, was nur mit ihr los war, dabei hatte es auf der Hand gelegen. Ich hätte nur zuhören müssen, genauer hinsehen und zumindest versuchen sollen, mich in ihre Lage zu versetzen, dann hätte ich die Anspannung zwischen ihr und dem Seher richtig gedeutet. Dann hätte ich gewusst, wie sehr sie litt.

Diese ganze Reise. Für mich war sie ein notwendiges Übel, um zurück ins Eiserne Imperium zu kommen. Aber nie hatte ich einen Gedanken daran verschwendet, dass ich Kae aus ihrem Zuhause riss.

»Es tut mir leid, dass das alles passiert ist«, sagte ich schließlich matt.

»Muss es nicht. Es ist nicht deine Schuld, dass du im Wald gelandet bist. Oder dass Seher Khar mich loswerden will.«

»Will er das denn?«

Sie zuckte mit den Schultern. »Wer weiß. Er war auf jeden Fall alles andere als begeistert, als ich zu seiner Nachfolgerin ernannt wurde, und hat sich geweigert, mir irgendetwas darüber beizubringen, was es bedeutet, eine Seherin zu sein. Es ist ungewöhnlich, dass der Heilige Baum einen Nachfolger ernennt, wenn der aktuelle Seher noch so jung ist.«

»Der Baum … ernennt?« Warum fragte ich überhaupt danach? Ich verstand doch ohnehin nichts von ihrer Kultur oder ihrem Glauben. Oder sprechenden Bäumen.

Bevor sie antwortete, setzte Kae Qatou ins Moos, stand auf und ließ sich neben mir nieder. Ihr Geruch stieg mir in die Nase. Sie hatte gebadet, wodurch der Schmutz der letzten Tage verschwunden war, der ihren Duft überlagert hatte. Jetzt erinnerte er mich ein wenig an Safran und Vanille.

»Das hier …« Sie löste ihre Kette und hielt mir den Bernstein hin. »Ist ein Qo'ai.«

»Wir nennen es Feuerbernstein.«

Sie nickte, als ich den Edelstein in die Hand nahm. Er war angenehm warm und pulsierte auf meiner Haut, schien vor Energie nur so zu strotzen. Wenn ich genau hinsah, meinte ich sogar feine weiße Blitze darin aufflackern zu sehen.

»Sobald wir erwachsen werden, bekommen wir vom Heiligen Baum einen Qo'ai. Dieser bestimmt, welchen Beruf wir später ausüben. Yesans zum Beispiel ist orange. Also ist sie eine Gurangin geworden und kocht mit den anderen unser Essen. Mein Freund Dhan hat einen in Grün und gehört zu den Komen. Sie sammeln unsere Nahrung.«

»Und Weiß steht für die Seher«, schloss ich.

»Genau.« Sie nahm ihren Schatz wieder an sich. »Niemand hat damit gerechnet, dass der Heilige Baum so schnell eine Nachfolgerin erwählt. Viele glauben, dass es ein Zeichen für einen Umbruch ist.«

»Und dann tauche ich auf.«

»Und dann tauchst du auf.«

Ihr linker Mundwinkel hob sich, wobei sich ein feines Grübchen in ihrer Wange bildete. Es war das erste Mal, dass ich Kaeliah so nah war, und ich konnte nicht leugnen, dass es etwas mit mir machte. Nicht nur die Nähe und ihr halbes Lächeln, sondern wie ungezwungen sie endlich mit mir sprach. Da war wieder diese Verbindung, die ich vom ersten Augenblick an zwischen uns gespürt hatte. Dieses Gefühl, dass ich ihr vertrauen konnte, das schon präsent gewesen war, als sie sich mir vorgestellt hatte. Als sie mich vor ihrem Volk verteidigt und sich für mich eingesetzt hatte.

Und ich schleppte sie zum Dank mit zu mir nach Hause. Direkt an den Hof des Eisernen Imperiums, voller Leute, die ihren Wald am liebsten niederwalzen würden.

»Was ist damals passiert?«, rutschte mir heraus, ehe ich mir darüber Gedanken machen konnte, ob es schlau war, dieses Thema jetzt anzusprechen.

»Was meinst du?«

Das wäre meine Chance gewesen, doch noch vom Thema abzulenken. Aber die Neugier war zu groß. »Dein Volk scheint wesentlich mehr über meins zu wissen als umgekehrt. Woran liegt das?«

Fast augenblicklich versteifte Kae sich neben mir. Das kaum sichtbare Lächeln verschwand komplett von ihren Lippen, welche jetzt nur noch einen schmalen Strich bildeten.

»Weißt du denn wirklich gar nichts?«

»Nein. Für uns ist der Wald und alles, was damit zu tun hat, ein Tabuthema. Alles, was wir darüber lernen, ist, dass er gefährlich ist und dass wir ihn auf keinen Fall betreten dürfen.«

Sie nickte schwach. »Das war früher noch anders. Unsere Völker, sie waren einmal Verbündete.«

»Was?!« Fieberhaft wühlte ich in meinem Kopf nach Informationen. Ich war eine absolute Niete in Geschichte, aber das … das hätte ich mir gemerkt. So etwas hätte ich nicht einfach vergessen.

»Ich weiß nicht, wie lange es genau her ist. Die Houran, das sind unsere Gelehrten, sind sich uneinig, weil schon so viel Zeit vergangen ist, aber irgendwann einmal herrschte reger Kontakt zwischen den Aldan und den Eijn. Wir waren Verbündete, teilten unser Wissen und arbeiteten zusammen an einer gemeinsamen Zukunft. Aber dann entdeckten die Aldan, dass sie die Kraft der Qo'ais nutzen konnten, und fingen an, die Bäume in den Wispernden Wäldern zu fällen. Es kam zum Streit und dann zu einem Krieg.«

Ich konnte Kaes Worte kaum verarbeiten, mein Herz raste in meiner Brust.

»Nach der Niederlage zogen wir Eijn uns in die Wälder zurück und hielten uns im Verborgenen. Die Aldan haben mittlerweile verdrängt, wer wir sind, aber wir … Die Wunden sind zu tief, als dass wir sie je vergessen könnten.«

Ich starrte mit leerem Blick geradeaus, wo eine Schnecke an uns vorbeikroch und unsere Haut in roten Schein tauchte. In meinem Inneren wütete ein Sturm, weil ich nicht glauben konnte, was ich da hörte. Weil mein Verstand sich weigerte zu akzeptieren, dass es diesen Krieg gegeben hatte. Seit über tausend Jahren waren die Länder unseres Kontinents unter dem Banner des Eisernen Imperiums vereint. Friedlich. Und jetzt behauptete Kae, dass das gar nicht stimmte? Dass wir …

Ich wollte ihr widersprechen. Schließlich hatten wir Bücher, Universitäten, ganze Institute, die sich mit der Geschichte unseres Landes befassten, und die Eijn nur – was – ein paar mündliche Überlieferungen? Rein logisch sollten mich ihre Worte nicht an meiner Weltanschauung zweifeln lassen. Aber sie taten es.

Weil alles plötzlich so verdammt viel Sinn ergab.

»Ich hatte keine Ahnung.« Meine Stimme war nur ein heiseres Flüstern, das in der Nacht verhallte.

»Vielleicht hat es dir nur niemand beigebracht.«

»Nein, das kann …« Ich brach ab, als mir klar wurde, dass ich Kae nie erzählt hatte, wer ich genau war. Sie wusste nicht, was ich war – kein gewöhnlicher Bürger, sondern ein Prinz, und dass ich als solcher die beste Bildung genossen hatte.

Dann wiederum war ich bis vor Kurzem nur ein normaler Prinz gewesen und hatte stets einen großen Bogen um sämtliche Verpflichtungen des kaiserlichen Lebens gemacht. Ich wurde nie zu geheimen Treffen eingeladen, sondern war derjenige, der bei Veranstaltungen lächelnd im Hintergrund stand und Alexander Grimassen schnitt, um ihn vor dem gesamten Volk zum Lachen zu bringen.

Alexander.

Hatte er etwas von alldem gewusst? War die Vergangenheit vielleicht doch nicht vergessen, sondern wurde nur verschwiegen?

So oder so hätte er sich wesentlich geschickter angestellt als ich. Ihm wäre sicher eine bessere Lösung eingefallen, als die Quasi-Prinzessin dieses Waldes mit nach Hause zu schleppen und dem Hofstaat zum Fraß vorzuwerfen. Er hätte … Keine Ahnung. Vermutlich an Ort und Stelle einen diplomatischen Pakt vereinbart und eine gerechte Lösung gefunden, was den Wald betraf. Und wäre auf dem Rückweg auch nicht fast an einer Blutvergiftung gestorben.

»Ist alles in Ordnung?«

Ich war so in Gedanken versunken gewesen, dass ich nicht bemerkt hatte, wie ich die Hände zu Fäusten geballt hatte.

»Ja«, log ich, obwohl Kae das Zögern in meiner Stimme mit Sicherheit bemerkte. »Deine Geschichte hat mich nur an etwas erinnert, aber das spielt gerade keine Rolle. Es tut mir einfach leid, was damals passiert ist.«

Kae nickte langsam. Vermutlich glaubte sie mir kein Wort. »Wir können die Vergangenheit genauso wenig ändern, wie wir einen Fluss dazu bringen können, bergauf zu strömen. Das sagen die Houran immer. Wir dürfen sie nur nicht vergessen und müssen versuchen, die Zukunft besser zu machen.«

Ob sie ahnte, wie sehr ihre Worte auf meine Situation zutrafen?

»Und deshalb komme ich mit dir zu den Aldan. Um meinem Volk eine bessere Zukunft zu ermöglichen.«

Ihr Optimismus ließ mein Herz schwer werden. Zwar war es meine Idee gewesen, einen der Eijn mit ins Eiserne Imperium zu nehmen. Doch jetzt, wo ich die Wahrheit kannte, wusste ich nicht mehr, ob es eine gute Idee gewesen war.

Wenn sie die Vergangenheit wirklich vergessen hatten, würde es sicher schwierig werden, die Menschen am Hof zu überzeugen, sich Kaeliahs Geschichte anzuhören.

Und wenn sie sie nicht vergessen hatten, sondern nur verschwiegen, dann standen uns vermutlich ganz andere Schwierigkeiten bevor. Probleme, vor denen uns möglicherweise nicht einmal meine kaiserlichen Privilegien schützen konnten.

Meine kaiserlichen Privilegien, die ich Kae gegenüber vielleicht mal erwähnen sollte …

XIV

KAE

Obwohl die Dinge zwischen uns besser liefen, entgingen mir Hunters Blicke nicht. Er beobachtete mich, wenn er dachte, dass ich es nicht bemerkte. Es schien, als wartete er auf etwas. Insbesondere mein Qo'ai schien ihn zu faszinieren.

Ich ließ mir nichts anmerken, weil keine Boshaftigkeit in seinen Augen lag. Nur Neugier. Erwartung. Vermutlich hoffte er, dass ich mit meinem Bernstein erneut Magie wirkte, wie während unserer Begegnung mit Batul. Und um ehrlich zu sein, wartete ich ebenfalls darauf.

Immer wieder holte ich den Stein hervor, schloss meine Finger darum oder konzentrierte mich darauf in der Hoffnung, ihm irgendeinen Zauber zu entlocken. Aber nichts funktionierte. Wie auch immer ich den Lichtstrahl ausgelöst hatte, bewusst hatte ich es nicht getan. Womöglich hatte ich an etwas Bestimmtes gedacht, doch meine Erinnerungen an jene Nacht waren kaum greifbar. Was es auch war, ich musste es schleunigst herausfinden, wenn ich diese Reise überleben wollte.

Am sechsten Tag unserer Reise veränderte sich der Wald erneut. Der Boden wurde unebener, führte steil bergauf, während die Bäume noch weiter in den Himmel wuchsen als bisher. Ihre Stämme waren riesig und statt Blättern trugen sie Nadeln. Zwischen ihnen ragten einzelne, gigantische Steinsäulen wie Speere aus dem Boden und verloren sich in den tief hängenden Wolken. Die Luft wurde kälter und dünner. Wir waren im Gebirge angekommen, was bedeutete, dass unser Ziel nicht mehr weit entfernt war.

Als wir am Abend unser Lager aufschlugen, war Hunter auffallend gut gelaunt. Ein breites Grinsen zierte sein Gesicht und er summte leise eine Melodie, während er Farne und andere Blätter für unsere Betten zusammensuchte.

Eine Weile beobachteten Qatou und ich ihn fasziniert, bevor er unsere Blicke bemerkte.

»Hab ich was Falsches gemacht?«

»Nein? Wieso?«

»Du siehst mich an, als wäre ich ein Rätsel, das du einfach nicht lösen kannst.«

Der Vergleich brachte mich zum Schmunzeln, weil er damit ungeahnt ins Schwarze traf. Hunter war mir ein Rätsel. Alles an ihm. Von seinem Aussehen über seinen Charakter bis hin zu der Tatsache, wie schnell sich seine Laune zum Guten wenden konnte.

»Ich frage mich nur, wieso du so gut gelaunt bist. Vorhin hast du noch jeden Baum, dem du zu nahe gekommen bist, verflucht.«

»Weil diese verdammten Wurzeln … Ach, egal. Ich freue mich einfach, dass wir im Gebirge sind. Bevor ich abgestürzt bin, habe ich diese Steinsäulen von oben gesehen, kurz nachdem ich die Waldgrenze überquert hatte. Es kann nicht mehr weit sein.«

Ich nickte und sah an dem Felsen hoch, in dessen Schatten wir unser Lager aufgeschlagen hatten. Seine Seiten waren steil, gingen fast vertikal nach oben. Nur vereinzelt wurden sie von Furchen und Unebenheiten durchbrochen und aus einigen Ritzen wuchsen sogar Büsche und kleine Bäume.

Ich stand auf und strich mit der Hand über das Gestein.

»Du willst doch nicht etwa da raufklettern?«, fragte Hunter beunruhigt, der mittlerweile gelernt hatte, meinen Blick zu deuten. »Glaub mir, so toll ist die Aussicht da oben nicht.«

»Ich könnte mir einen Überblick verschaffen. Wir sind weit oben in den Bergen. Wer weiß, vielleicht kann ich von der Spitze aus sogar den Waldrand sehen.« Der Gedanke daran erfüllte mich mit Nervosität. Ich konnte mich nicht erinnern, davon gehört zu haben, dass sich jemand der Eijn bis zu den Grenzen unseres Reiches vorgewagt hatte.

»Kae …«

»Ja?«

Ein Widerspruch schien ihm auf der Zunge zu liegen. Dieselben Ängste und Bedenken, die auch mich kurzzeitig erfassten, weil ich bisher nur auf Bäume geklettert war. Doch dann lächelte Hunter und nickte. »Bring mir ein Andenken mit.«

Ich runzelte die Stirn ob dieser seltsamen Bitte. Dann legte ich Mantel und Hut ab und machte mich an den Aufstieg.

Der Weg nach oben war mühsam, aber auch nicht schwieriger, als einen der Bäume außerhalb des Dorfes zu erklimmen, solange ich darauf achtete, dass meine Füße sicheren Halt fanden. Stück für Stück erklomm ich den Fels, genoss das aufgeregte Kribbeln, das meinen Körper mit zunehmender Höhe immer mehr erfasste. Qatou flog voraus, um mir dabei zu helfen, den besten Weg zu finden.

Unter mir wurde Hunter immer kleiner, bis er nur noch ein winziger Punkt in der Ferne war. Ich kletterte weiter, an den Wipfeln der umliegenden Bäume vorbei, während der Wind mit meinen Haaren spielte, mir Geschichten zuflüsterte aus längst vergangener Zeit.

Nach einer Weile erreichte ich den Gipfel. Das Erste, was mir auffiel, war, wie klein der Wald auf einmal wirkte. Ich war so weit von ihm entfernt, dass die Bäume mich an dichtes Moos erinnerten. Über mir zog zum Greifen nah eine Wolke am violetten Himmel vorbei und das Licht der Dämmerung malte Feuer auf meine Haut und Qatous Fell.

Dann sah ich es. Weit im Osten hörte der Wald mit einem Mal

auf. Dahinter erblickte ich endlose Ebenen, flaches Grasland und den Horizont. Eine gerade Linie, wo Himmel und Erde sich begegneten.

Hunter hatte recht. Es war nicht mehr weit.

Ich war gerade rechtzeitig unten, bevor die Nacht hereinbrach. In der Zwischenzeit hatte Hunter Schlafplätze für uns beide vorbereitet sowie eine winzige Feuerstelle, über der er einen einzelnen großen Pilz röstete.

»Und, wie war die Aussicht?«, fragte mich Hunter, die Augen konzentriert auf unser Abendessen gerichtet.

»Beeindruckend. Es ist das erste Mal, dass ich den Waldrand gesehen habe.« Kurz blieb ich stehen und beobachtete ihn. Noch immer war mir unwohl bei dem Gedanken, hier draußen im Wald ein Feuer zu entzünden, doch da wir inzwischen den tieferen Teil hinter uns gelassen hatten, mussten wir uns nicht mehr vor Wesen wie Batul fürchten. Und ehrlicherweise sehnte ich mich nach den letzten Tagen auch nach einer warmen Mahlzeit. »Sicher, dass der essbar ist?«

»Nein. Aber das Risiko macht ihn erst richtig lecker.« Auf meinen argwöhnischen Blick hin fügte er hinzu: »Keine Sorge. Die Sorte wächst auch außerhalb des Waldes. Wir sind inzwischen wohl so weit draußen, dass mir ein paar der Pflanzen bekannt vorkommen. Beim Überlebenstraining im Militär mussten wir uns auch selbst versorgen. Seitdem bin ich ein begnadeter Koch.«

»Aha.«

»Ich hab dir auch einen Spieß vorbereitet. Wäre natürlich besser, wenn wir Käse hätten oder zumindest Salz, aber geräuchert schmecken die Pilze auch.«

Lächelnd setzte ich mich zu ihm ans Feuer, für dessen Wärme ich nach Tagen im dichten Wald unendlich dankbar war. »Ich hätte dich nicht für einen Koch gehalten.«

»Ich stecke eben voller Überraschungen. Ernsthaft, beim Militär sind die Leute mir nachgelaufen wegen meiner Kochkünste. Ich hab sogar Gewürze von zu Hause mitgeschmuggelt. Nyota hat mir dafür fast den Kopf abgerissen, aber dann war sie doch dankbar, dass sie keinen faden Eintopf essen musste.«

Das mochte ich an Hunter. Dass er einfach drauflosplapperte und mir etwas aus seinem Leben erzählte, von dem ich nur die Hälfte verstand. Seine Stimme bekam dabei diesen begeisterten Unterton, der ansteckend war. »Wer ist Nyota?«

»Oh, eine Freundin. Ihre Eltern sind Gesandte aus dem Fürstentum Zazwa am kaiserlichen Hof. Wir sind zusammen aufgewachsen und zur Schule gegangen. Sie, äh, passt auf, dass ich nicht ständig in Schwierigkeiten gerate.«

»Passiert dir das oft?«

»Manchmal.«

»Und der kaiserliche Hof ist so etwas wie euer Heiliger Baum, richtig?«, meinte ich mich zu erinnern.

Hunter biss sich auf die Lippe. »Ja, könnte man so sagen. Quasi das politische Zentrum unseres Landes. Ich bringe dich dorthin, sobald wir aus diesem Wald raus sind.«

»Und wie ist es da so?« Meine Fragen hörten nicht auf, jetzt, wo mein Stolz mich nicht mehr zurückhielt. Die Houran brachten uns vieles über die Aldan bei, doch nach all der Zeit war unser Wissen sicher nicht mehr aktuell und ich war nie die aufmerksamste Schülerin gewesen. Es wunderte mich, dass ich überhaupt noch etwas wusste.

»Äh. Groß und ziemlich prunkvoll. Aber auch angespannt und steif. Ständig muss man darauf achten, was man sagt oder wie man läuft.«

»Also bist du auch von dort?«

»Ja …«, antwortete Hunter zögernd. »Ich gehöre sozusagen zum Inventar.«

»Verstehe.« Während er mir weiter vom Hof erzählte, von Ballsälen, Banketts und einem riesigen Thronsaal, machte ich mich daran, mein Abendessen über dem Feuer zu rösten. Ich vertraute darauf, dass Hunter keine giftigen Pilze gesucht hatte, vor allem, weil die Aussicht auf etwas Warmes beflügelnd war, nachdem ich mich tagelang nur von Beeren und Wurzeln ernährt hatte.

Sobald Hunter ihn für durchgegart befunden hatte – ich selbst hatte keine Ahnung vom Kochen –, nahm ich den Stock vom Feuer. Ich legte ihn zum Abkühlen beiseite und lehnte mich zurück, um nach oben zu starren. Es war Nacht geworden und die Sterne funkelten an einem mondlosen Himmel. Neben unserem kläglichen Lagerfeuer waren sie die einzige Lichtquelle, denn nicht nur die Flora hatte sich verändert, sondern auch die Fauna. Hier oben gab es keine Telai, keine Mogus oder andere Wesen, die die Dunkelheit erhellten. Einzig Qatou, der es sich in meinem Schoß bequem gemacht hatte, schimmerte sanft. Eine letzte Erinnerung an mein Zuhause.

Nachdem er ein wenig abgekühlt war, schlug ich die Zähne in den Pilz. Seine Kappe allein war so groß, dass ich ihn in beide Hände nehmen musste, aber der rauchige, nussige Geschmack ließ mich glücklich aufseufzen.

»Wenn dir das schmeckt, dann warte erst, bis wir im Palast sind. Chef Duma kommt aus dem Fürstentum Kovrel und macht die besten Steaks des Landes.«

»Steaks?«, wiederholte ich.

»Das ist … Oh, Mist, du isst sicher kein Fleisch. Vergiss, was ich gesagt habe.«

»Wenn du meinst.«

»Sag mal …« Hunter stockte, während er sich behutsam umsah. »Findest du es nicht auch furchtbar still?«

Die Ruhe war mir auch schon aufgefallen, doch ich hatte sie bisher auf diesen fremden Ort geschoben. Jetzt hörte ich genauer hin – und da war nichts. Kein Vogel zwitscherte, keine Insekten summten, selbst der Wind schien den Atem angehalten zu haben. Nur das Knistern des Feuers erfüllte die Nacht und das Rascheln von Hunters Kleidung, als dieser das Bein ausstreckte.

In meinem Schoß spitzte Qatou die Ohren. Unruhig setzte er sich auf, während sein Blick suchend umherhuschte.

Dann durchbrach ein neues Geräusch die Stille. Ein dumpfes, tiefes Pochen, wie weit entferntes Donnergrollen, nur dass es sich in langsamen, regelmäßigen Abständen wiederholte. Wie Schritte.

»Lösch das Feuer«, zischte ich.

Einen Augenblick lang zögerte Hunter, doch mein Gesichtsausdruck reichte, um ihn in Alarmbereitschaft zu versetzen. Eilig kam er meiner Aufforderung nach, schüttete seinen Wasserbeutel auf die Flammen und trat die Glut aus, bis auch das letzte Glimmen erstarb.

Unterdessen machte ich mich daran, die Betten zu zerstören und jede noch so kleine Spur unserer Anwesenheit zu vernichten, während das Grollen näher kam.

Gänsehaut legte sich auf meine Haut. Panik rann mir wie ein eisiger Schauer die Wirbelsäule hinab. Wir Eijn kannten nur einen Bruchteil der Gefahren außerhalb unserer Dörfer, aber diese hatte sich wie ein Brandmal in meinem Gedächtnis verewigt.

Als Hunter mich an der Schulter berührte, schrie ich beinahe auf. Jetzt, wo das Feuer erloschen war, nahm ich meinen Qo'ai heraus, um im schwachen Licht der Sterne besser sehen zu können. Sein Schein erhellte unsere Gesichter und ließ die Sorgenfalten in Hunters Stirn tief wirken.

Was ist los, formte er lautlos mit den Lippen, doch ich konnte ihm keine Antwort geben, ohne uns zu verraten. Dabei war es vermutlich ohnehin zu spät. *Er* hatte uns sicher längst entdeckt.

Mit einer Kopfbewegung deutete ich in Richtung der Steinsäule und schloss meine Finger um Hunters Handgelenk, um ihn mit mir zu ziehen. Am Fuß des Felsens hatte ich einen Vorsprung entdeckt, der gerade breit genug war, um uns beiden Schutz zu bieten. Hoffte ich zumindest.

Sobald wir uns daruntergeduckt hatten, versteckte ich den Qo'ai in meinem Mantel und bedeutete Qatou, sich ebenfalls verborgen zu halten, damit er unseren Aufenthaltsort nicht durch sein Licht preisgab. Dann warteten wir.

Mit jedem Moment, der verstrich, wurde das dumpfe Pochen lauter, sandte Vibrationen durch den Boden, die ich bis in meine Eingeweide spürte. Ich drückte mich unwillkürlich tiefer in die Mulde, bis ich mit dem Rücken an Hunter stieß. Behutsam legte dieser die Arme um mich, um mich ein Stück weiter in die Höhle zu ziehen. Am Ende waren wir uns so nah, dass ich seinen Herzschlag spürte.

»Was ist da draußen?« Sein Atem kitzelte an meinem Ohr, aber ich schüttelte nur den Kopf. Meine Kehle war wie zugeschnürt, sodass ich es nicht schaffte, zu antworten. Die Angst verdammte mich zur Stille.

Stattdessen starrte ich wie gebannt auf die Stelle, wo wir eben das Lager aufgeschlagen hatten. Wir hatten unser Bestes gegeben, die Spuren zu verwischen, doch selbst im Dunkel der Nacht entgingen mir die verräterischen Details nicht. Die platt gedrückte Erde, der feine Rauch, der noch immer von einigen Ästen aufstieg, und der Stock mit dem aufgespießten Pilz, den ich hatte liegen lassen.

Wütend biss ich mir auf die Zunge. Doch es war zu spät. Das Grollen war mittlerweile so nah, dass es sogar das Rauschen des Bluts in meinen Ohren übertönte.

Bum.

Bum.

Bum.

Äste brachen. Ganze Bäume zersplitterten. Dann war es still, bis plötzlich ein gleißender Lichtstrahl die Fläche vor uns erhellte. Hell wie die Sonne, nur dass sie ihre Energie auf eine winzige Fläche konzentrierte. Ein lautes Krachen über uns, als wäre etwas gegen die Steinsäule geprallt, brachte mein Herz zum Stolpern. Der Fels bebte, während Geröll wie Regen vor uns niederging. Es landete auf meinem Kopf, meinen Armen, wirbelte Staub auf, der meine Nase reizte, doch ich wagte nicht einmal zu atmen. Hunters Griff um meine Taille verstärkte sich kaum merklich. Mein Zittern konnte ihm nicht entgangen sein.

Der Lichtkegel vor uns wurde intensiver, dann schob sich plötzlich von oben etwas hinein. Es sah aus wie lange pechschwarze Wurzeln, die sich wie Schlangen bewegten. Sobald sie den Boden erreichten, breiteten sie sich aus und verließen den Lichtkreis. Tastend. Suchend. Gleich mehrere kamen direkt auf uns zu.

Ich kniff die Augen zusammen, als eine meinen Fuß berührte. Dann noch eine, bevor eine dritte auf meiner Schulter landete und weiter zu Hunter wanderte.

Nicht bewegen. Nicht bewegen. Nicht bewegen. Immer wieder erinnerte ich mich im Geiste an diese Anweisung, aber es war so verdammt schwer, mich daran zu halten. Während die erste Wurzel sich um meinen Fuß wand, tastete die zweite weiter nach dem Mantel. Würde Qatou sich bewegen oder sie den Qo'ai bemerken, wären wir geliefert. *Nek-Bukutb* würde uns entdecken und in tausend Stücke reißen, weil wir in seinen Teil des Waldes eingedrungen waren.

Hinter mir verspannte sich Hunter noch mehr. Ich ahnte, dass die dritte Wurzel es auf ihn abgesehen hatte, und hoffte, dass er verstand, was auf dem Spiel stand. Sacht spürte ich sein Gesicht an meinem Hinterkopf, seinen leichten, unregelmäßigen Atem auf meinem Haar. Und irgendwie linderte das meine Panik ein winziges bisschen. Hunter würde mich nicht beschützen können, wenn das Monster uns entdeckte, aber seine Nähe half mir dabei, mich nicht völlig der Angst hinzugeben.

Endlich schien Nek-Bukutb genug zu haben. So schnell wie sie gekommen waren, zogen sich die Wurzeln wieder zurück. Erst in den Kreis, dann hinauf in den Himmel. Mir wurde schwindelig. Denn ich wusste, dass das, was wir eben gesehen hatten, nur eine Hand des Riesen war. Kaum auszumalen, wie groß der Rest war – und was er mit uns angestellt hätte, hätte er uns gefunden.

Hunter atmete hörbar aus, als das Licht erlosch. Ein Grollen ertönte, erschütterte die Nacht, und mit einem lauten Krachen landete etwas auf unserem Lagerplatz, zermalmte Steine und umliegende Bäume unter sich. In der Dunkelheit konnte ich nur einen kegelförmigen Umriss erkennen, der sich irgendwo weit über uns verlor.

Ein Fuß, schätzte ich, ehe ein zweiter Schritt folgte. Erneut rieselte Staub auf uns herab, während ich beinahe an meinem eigenen Atem erstickte. Schließlich erhob sich die dunkle Silhouette, verschwand aus unserem Sichtfeld und ein weiteres Donnern ertönte.

Dann noch eins.

Noch eins.

Und noch eins.

Die Schritte wurden leiser und vor Erleichterung wären mir beinahe die Tränen gekommen. Nur wenige Eijn waren Nek-Bukutb je begegnet und noch weniger hatten überlebt, um den anderen davon zu erzählen. Hunter und ich hatten Glück gehabt, diese Mulde im Stein gefunden zu haben, denn die Bäume hätten uns garantiert verraten.

Allmählich kehrten die Geräusche des Waldes zurück, während die Schritte des Riesen nur noch als leises Grollen in der Ferne zu hören waren. Wir waren in Sicherheit. Und dennoch schafften weder Hunter noch ich es, uns aus dieser Starre zu lösen.

Ganze Ewigkeiten schienen zu verstreichen, in denen wir einfach nur dicht aneinandergedrängt dastanden, dem Atem des jeweils anderen lauschend. In meinem Rücken spürte ich, wie Hunters Brust sich hob und senkte, während er den Arm weiterhin um meine Taille geschlungen hielt. Ich konnte nicht mehr sagen, ob es die Angst oder seine Nähe war, die mir den Verstand vernebelte.

»Ist es weg?«, flüsterte Hunter, als Qatou vorsichtig aus seinem Versteck lugte.

Meine Muskeln waren zu verkrampft, um ein Nicken zu bewerkstelligen. »Ja.«

»Was war das?«

Zögernd lockerte Hunter seinen Griff, doch obwohl alles in mir danach lechzte, mich aus dieser Starre zu lösen und ein paar Schritte zu gehen, blieb ich vorsichtig. Ich ließ mich auf den Boden sinken, sodass ich immer noch halb unter dem Vorsprung war, aber gleichzeitig den Himmel nach irgendwelchen Anzeichen von Nek-Bukutb absuchen konnte. Doch es waren nur die Sterne und eine Eule zu sehen, die einsam durch die Nacht segelte.

Seufzend ließ sich Hunter neben mir nieder, so nah, dass unsere Schultern sich berührten. Ich konnte es ihm nicht verübeln. Im Gegenteil. Die Angst saß mir so tief in den Knochen, dass seine Gegenwart wie Balsam auf mich wirkte.

»Kae?«

Ich schluckte, um den Kloß in meiner Kehle loszuwerden. »Das war Nek-Bukutb. In deiner Sprache bedeutet das Nachtwächter. Sie waren …«

»Sie? Du meinst, es gibt mehr von diesen Dingern?«

»Ja. Einst waren sie Bäume, bis der Wald sie mit Licht gesegnet und ihnen so ein langes Wachstum beschert hat. Man könnte sagen, sie sind Gärtner. Sie kümmern sich um andere Bäume, hüten und pflegen das Land. Doch seit einiger Zeit ist der Wald nicht mehr derselbe. Seine Macht wird schwächer, das Licht verblasst, Tiere wie Qatou sterben aus. Und die Nachwächter wenden sich der

Dunkelheit zu. Angetrieben vom Wunsch, den Wald zu beschützen, sind sie ruhelos geworden, durchstreifen ihr Reich und attackieren alles, was ihren Weg kreuzt.«

»Also dachte er, wir wären Eindringlinge.«

»Ja. Und nein«, antwortete ich. »Inzwischen ist der Wald so schwach und die Finsternis so groß, dass Nek-Bukutb nicht mehr zwischen Freund und Feind unterscheidet. Deshalb verlassen wir Eijn kaum noch den Schutz unserer Dörfer.«

»Und …« Hunter zögerte. »Was ist der Grund für diese Dunkelheit? Was hat die Nachtwächter so böse werden lassen?«

Er wusste die Antwort. Ich erkannte es an der Art, wie er die Frage stellte.

»Die Aldan«, wisperte ich und wagte es nicht, ihm in die Augen zu sehen. »Seit ihr damit begonnen habt, den Wald anzugreifen, setzt sich dieser zur Wehr.«

Zweifelnd biss Hunter sich auf die Unterlippe. »Tut mir leid. Das zu verarbeiten, fällt mir gerade schwer. Der Wald ist schließlich kein Lebewesen, sondern eben nur ein Wald.«

Ich schüttelte den Kopf. »Nein. Der Wald lebt und fühlt genauso wie du und ich. Er ist das, was uns alle – die Tiere, Pflanzen, mein Volk und mich – miteinander verbindet. Wenn ein Teil dieses Bands leidet, dann leidet auch der Rest.«

Ich biss die Zähne zusammen, um die Tränen zu unterdrücken. Qatou war auf meinen Schoß gekrochen und schmiegte seinen Kopf an meine Finger, weil er fühlte, was mit dem Wald geschah. Die kleinsten Wesen waren die ersten, die die Konsequenzen spürten.

»Aber genau deswegen«, fuhr ich fort, als die Stille kaum noch auszuhalten war, »komme ich mit dir. Um mit den Aldan zu sprechen und ihnen zu sagen, dass wir eine Lösung finden müssen.«

»Glaubst du, dass es eine gibt?«, fragte Hunter. »Ich versteh ja, dass der Wald dir sehr viel bedeutet, aber die Aldan … wir brauchen die Ressourcen, den Feuerbernstein, um unsere Häuser zu wärmen, um uns fortzubewegen und unser Essen zu kochen.«

»Hunter.« Dieses Mal sah ich ihm direkt ins Gesicht. Das Licht meines Qo'ais fing sich in seinen Augen, verlieh ihnen ein magisches Glühen. »Es ist, wie ich gesagt habe: Alles ist miteinander verbunden. Wenn die Bäume sterben, verliert der Wald an Kraft. Wenn der Wald zu viel Kraft verliert, stirbt er. Und wenn der Wald stirbt, ist es nur noch eine Frage der Zeit, bis auch die Menschen sterben. Ob Eijn oder Aldan, spielt keine Rolle. Wir alle sind an das Schicksal der Bäume gebunden. Und wenn wir nichts unternehmen, sind Wesen wie Nek-Bukutb bald unsere geringste Sorge.«

XV

HUNTER

Kaes Worte wollten mir nicht aus dem Kopf gehen. Dabei sollte mir klar sein, dass das, was sie mir erzählt hatte, nichts weiter war als der Glaube ihres Volkes. Eine Religion, wie es im Eisernen Imperium Dutzende gab. Die einen glaubten an Götter, an Propheten und Heilige, während die Eijn überzeugt waren, der Wald wäre ein Lebewesen. Eines, mit dem wir alle verbunden waren.

Völliger Stuss. Und doch ließ es mich nicht los.

Vielleicht, weil ich in den Wispernden Wäldern Dinge gesehen hatte, die ich nicht für möglich gehalten hatte.

Vielleicht, weil die tastenden Wurzeln des Nachtwächters sich unweigerlich in mein Gedächtnis eingebrannt hatten.

Oder vielleicht, weil das Wenige, das ich wusste, zu dem passte, was Kae erzählte.

Es war kein Geheimnis, dass die Sporen erst gekommen waren, nachdem wir mit der Rodung der Wispernden Wälder begonnen hatten. Das Eiserne Imperium hatte nicht immer unter diesem Fluch gelitten, aber bereits so lange, dass weder ich noch meine Mutter etwas anderes kannten.

Mit der Modernisierung und der industriellen Revolution vor über hundert Jahren war der Bedarf an Brennmaterial für unsere Motoren rapide gestiegen. Feuer und Dampf konnten die Maschinen antreiben, besaßen aber bei Weitem nicht so viel Energie wie

Feuerbernstein. Nur ein Fingerhut davon reichte, um ein Wohngebäude einen Tag lang zu heizen.

Doch im ganzen Land gab es Millionen von Menschen, und sie alle brauchten mehr als nur ein warmes Haus. Sie benötigten Infrastruktur, Verkehrsmittel, Strom, heißes Wasser, Kleidung und Lebensmittel – und kein einziger dieser Sektoren kam heute noch ohne die Energie aus den Wispernden Wäldern aus. Ich verstand Kae, verstand sie wirklich, aber wir konnten nicht einfach unsere ganze Lebensweise ändern und in die Steinzeit zurückkehren für ein paar Bäume.

So oft ich auch darüber nachdachte, die Argumente gegeneinander abwog, wieder und wieder kam ich zur gleichen Schlussfolgerung: Kaes Mission war zum Scheitern verurteilt. Es würde keinen Kompromiss geben. Und doch gab sich mein Verstand nicht damit zufrieden, denn tief in mir drin wusste ich, dass sie recht hatte.

Die Sporen waren aufgetaucht, als wir mit der Rodung begonnen hatten. Erst vereinzelt, doch mittlerweile konnten wir nicht einmal unsere Häuser verlassen, ohne unsere Atemwege zu schützen. Ernten fielen aus, das Volk litt und je mehr Bäume wir fällten, je mehr dieser verdammten Pilze wir zerstörten, desto schlimmer wurde es.

Wir starben, weil der Wald starb.

Zwei Tage vergingen und mein Zwiespalt ließ mir keine Ruhe. Keine Sekunde verstrich, in der ich nicht über Kaes Worte nachdachte. In der ich nicht alles, woran ich je geglaubt hatte, infrage stellte.

Ich war so in meine Gedanken vertieft, dass ich die feinen weißen Flocken in der Luft fast zu spät bemerkt hätte. »Kae, stopp!«

Sie war wie üblich vorausgegangen und wandte sich nun zu mir um. Fragend zog sie die Brauen zusammen, als ich mir hastig das Stück Stoff, das ich bis vor Kurzem noch als Verband getragen hatte, auf Mund und Nase presste. »Was ist?«

»Bedeck dein Gesicht.«

Es überraschte mich, wie unverzüglich sie meiner Aufforderung nachkam. Wir hatten schon eine Menge zusammen durchgemacht, aber ich hätte nicht erwartet, dass sie ohne eine Diskussion anzufangen auf meinen Rat hörte. Zweifelsohne hätte sie vor ein paar Tagen noch genau das getan oder wäre wortlos weitergegangen, aber irgendetwas hatte sich zwischen uns verändert. Kae schob sich ihr Halstuch vors Gesicht und kehrte zu mir zurück.

»Was ist?«

Ich deutete mit dem Finger auf eine kleine weiße Flocke, die über uns durch die Luft segelte und schließlich auf meinem Handrücken landete. Von Nahem sahen sie aus wie Pollen. Winzige Punkte mit Antennen, die in alle Richtungen abstanden. Nur wenn man genauer hinsah, erkannte man Widerhaken an den einzelnen Gliedern, mit denen sie sich an Kleidung, Haut und Lunge hefteten.

»Sporen«, erklärte ich. »Wir nähern uns dem Waldrand.«

Kae runzelte die Stirn. »Was ist an denen so schlimm?«

Einen Moment dachte ich, sie würde mich veralbern. Schließlich musste sie als Bewohnerin dieses Waldes doch wissen, wovon ich sprach. Doch in ihrem Blick lag aufrichtige Verwirrung, als hätte sie noch nie in ihrem Leben davon gehört.

Konnte das sein?

Sicher. Wir waren die letzten Tage gewandert, ohne auch nur eine einzige Spore zu sehen, und auch im Dorf schien niemand besorgt gewesen zu sein. Hatte Kae wirklich keine Ahnung oder tat sie nur so?

Nein. Das passte nicht. Zuerst war ich überzeugt gewesen, sie würde mir etwas verheimlichen, irgendeine Technologie der Eijn, die die Sporen abhielt. Doch mittlerweile war ich mir sicher, dass

Kae nichts von der Gefahr ahnte. Sie wusste nichts über die Sporen. Und das bedeutete im Gegenzug, dass die Sporen sich aus unerfindlichen Gründen vom Reich der Eijn fernhielten.

War an der Geschichte mit dem lebendigen Wald vielleicht doch etwas dran? Nein. Das war zu absurd.

»Hunter?«

Kaes Stimme riss mich aus den Gedanken. »Die Sporen stammen von Pilzen, die am Waldrand wachsen. Einzeln sind sie für kurze Zeit ungefährlich, aber sobald sie dichter werden oder du zu viele einatmest, stirbst du.«

Sorge schlich sich in Kaes Augen, als sie eine weitere Spore beim Sinkflug beobachtete. »Und was machen wir jetzt?«

»Uns durchschlagen, schätze ich. Von hier aus sollte es nicht mehr weit sein. Und sobald wir die freie Ebene erreichen, finden wir sicher Menschen, die uns helfen. Aber bis dahin müssen wir unsere Gesichter bedecken.«

Kae nickte verhalten. »Glaubst du, wir schaffen es bis zur Dämmerung aus dem Wald heraus?«

Unsicher sah ich zum Himmel. Es durfte kaum Mittag sein, aber ich hatte keine Ahnung, wie weit es noch bis zum Waldrand war – oder wie lang es danach noch dauerte, bis wir auf Zivilisation stießen. Von hier aus konnten es wenige Stunden sein. Oder ganze Tage. So oder so, die Aussicht, nur mit einem Stück Stoff vorm Gesicht durch die Sporen zu laufen, war nicht gerade beflügelnd.

Im Imperium verwendeten wir Gasmasken. Und deren Filter mussten regelmäßig ausgetauscht werden, weil es nur eine Frage der Zeit war, bis das Gift sich durch die Fasern fraß. Vielleicht waren die Stoffe der Eijn widerstandsfähiger, aber ich würde nicht darauf wetten.

»Ich weiß es nicht«, antwortete ich aufrichtig. »Ich … Um ehrlich zu sein, bin ich mir nicht sicher, wie wir hier rauskommen sollen.«

Kaes Augen weiteten sich vor Schock. Scheinbar hatte sie nicht erwartet, dass unsere Chancen so gering standen. Aber wie auch, wenn sie wirklich noch nie Kontakt mit den Sporen hatte? »Vielleicht finden wir einen anderen Weg. Eine Stelle, wo keine Pilze wachsen, oder …«

Ich schüttelte den Kopf. »Nein. Die Pilze wachsen überall am Waldrand und der Wind verteilt die Sporen über das ganze Land. Ich dachte …«

»Hm?«

»Ich dachte, ihr Eijn wüsstet eine Möglichkeit, euch zu schützen. Schließlich lebt ihr im Wald.«

Nachdenklich runzelte Kae die Stirn. »Nein. Ich meine … Die Komen könnten etwas wissen, schließlich verlassen sie täglich das Dorf, aber Dhan hat mir nichts von Sporen erzählt. Vielleicht gibt es etwas, aber wenn, wurde es mir nicht beigebracht.«

Sie starrte hinab auf ihren Qo'ai, der an ihrem Hals baumelte.

»Kannst du ihn nicht wieder benutzen? Wie vor ein paar Tagen, als …«

»Nein«, unterbrach sie mich. »Ich habe keine Ahnung, wie ich es damals geschafft habe, die Magie des Steins zu aktivieren.«

Magie, da war es schon wieder, dieses Wort. Aus reinem Trotz wollte ich protestieren, dabei brauchten wir vermutlich wirklich so etwas wie Zauberei oder ein Wunder, um das Eiserne Imperium zu erreichen. Aber ohne irgendeine glückliche Fügung des Schicksals, blieb uns keine Wahl. Wir mussten einen Weg aus dem Wald finden und hoffen, dass es nicht zu lange dauerte. Hoffen, dass uns unsere provisorischen Masken nicht im Stich ließen. Hoffen, dass wir das Richtige taten.

Ich ballte die Hände zu Fäusten, ehe ich sagte: »Dann sollten wir keine weitere Zeit verschwenden.«

Kae nickte. »Qatou?« Der Mogu kam herbeigeflattert und landete auf ihrer Schulter. Zärtlich schmiegte er seinen Kopf an ihre

Wange, bevor er ohne Aufforderung unter ihrer Kleidung verschwand. »Lass uns gehen.«

Die Bäume hier waren nicht so hoch wie tiefer im Inneren des Waldes. Es gab keine riesigen, aus dem Boden herausragenden Wurzeln, was das Terrain leichter bezwingbar machte. Zwar rannten wir nicht, bewegten uns aber deutlich schneller voran als bisher. Wir wussten beide, was auf dem Spiel stand. Welche Gefahr der nächste Abschnitt unserer Reise bereithielt. Doch wir hatten keine andere Wahl.

Kae wollte ihre Heimat retten.

Und ich zurück in meine. Ich war im Dorf der Eijn nicht willkommen und allein im Wald würde ich sterben.

Es gab nur den Weg nach vorn.

Rasend schnell veränderte sich unsere Umgebung. Das satte Grün der Blätter wurde bleich. Wir verließen das Reich der Bäume und betraten das der Pilze. Auf dem Boden, an den Stämmen – sie saßen überall, eroberten schleichend diesen Teil der Wälder, während sie alles mit sacht glühenden Sporen bedeckten, wie eine Schicht aus Asche.

Mein Herz schlug laut in meiner Brust, als ich durch diese surreale Landschaft wanderte, die vermutlich noch kein Mensch zuvor betreten hatte. Es war schön auf eine grausam groteske Art und Weise. Und tödlich.

Ich prüfte mehrmals den Sitz meiner provisorischen Maske und tauschte immer wieder besorgte Blicke mit Kae, die inzwischen dicht neben mir lief. Noch waren wir nicht in akuter Gefahr, aber ich hörte förmlich, wie die Uhr tickte.

Je weiter wir gingen, desto stiller wurde es um uns herum. Nichts und niemand wagte es, diesen Teil des Waldes zu betreten. Selbst der Wind schien einen Bogen darum zu machen, weshalb sich das Knacken der Äste unter unseren Füßen anhörte wie das Bersten Hunderter Knochen.

Mit jedem Meter wurde das Dach aus Blättern und Pilzkappen über uns dichter, bis kein Stück des blauen Himmels mehr zu sehen war. Die Sonne verschwand, sodass uns nur das Licht von Kaes Kristall und die sanfte Helligkeit der Sporen blieb, die alles in einen unwirklichen weißen Nebel hüllten.

Plötzlich stoppte Kae und sah mich mit geweiteten Augen an. Still deutete sie auf einen Pilz, dessen zartviolette Kappe zur Hälfte fehlte, als hätte jemand hineingebissen.

»Wir waren hier schon einmal«, stellte Kae fest.

»Unmöglich.«

»Nein. Da drüben sind unsere Spuren. Dort bist du ausgerutscht.«

Ich stutzte, als ich die Stelle wiedererkannte. Die abgebrochenen Äste und die winzigen zertrampelten Blätter auf dem Boden ließen keine Zweifel. Wir waren im Kreis gelaufen.

»Scheiße«, fluchte ich und trat frustriert gegen einen hüfthohen Pilz, welcher mir zum Dank gleich eine ganze Wolke Sporen entgegenschleuderte. Ich blinzelte dagegen an, aber die winzigen Partikel brannten in meinen Augen und brachten sie zum Tränen. Kein Vergleich zu dem, was sie mit meinen Atemwegen machen würden, doch es reichte, um mir einen Frustschrei zu entlocken.

Kae dagegen blieb ruhig. »Wenn ich auf die Bäume klettere, könnte ich schauen, in welcher Richtung Osten liegt.«

»Auf keinen Fall«, widersprach ich. »Das ist viel zu gefährlich.«

»Hast du eine bessere Idee?«

Ich biss mir auf die Unterlippe.

»Hunter, ich bin eine gute Kletterin.«

»Ich weiß, aber das meine ich nicht.« Ich deutete auf den Schal, mit dem sie Mund und Nase bedeckt hatte. »Wenn er auch nur ein Stück verrutscht, hast du vielleicht keine Hand frei, um ihn zu richten.«

»Ja«, erwiderte Kae zögernd. »Aber was wäre die Alternative?

Wenn wir einfach in eine Richtung gehen, verschwenden wir möglicherweise wertvolle Zeit. Oder wir gehen wieder im Kreis.«

Angestrengt schloss ich die Augen, doch mir war klar, dass es keine andere Möglichkeit gab, wenn wir nicht hier an diesem Ort verenden wollten. Also nickte ich und Kae machte sich an den Aufstieg.

Wie immer blieb mir nichts anderes übrig, als sie für ihr Geschick zu bewundern. Wie sie sich selbst mit dem schweren Mantel elegant bewegte, als gälte die Schwerkraft nicht für sie. Mutig sprang sie auf einen Pilz und hangelte sich von dort an einem Ast nach oben, bis sie aus meinem Sichtfeld verschwand. Ich blieb zurück und ging nervös im Kreis, während ich auf ihre Rückkehr wartete.

Als sie wieder auf dem Schirm über mir landete, setzte mein Herz vor Erleichterung einen Schlag aus. Nicht, weil ich an ihr gezweifelt hatte, sondern weil ich einfach nur verdammt froh war, sie zu sehen. Schließlich wusste ich, wie tückisch die Sporen waren.

Sie sprang neben mir auf den Boden und deutete wortlos in eine Richtung. Osten, wie ich vermutete. Da fielen sie mir auf. Die feinen, auf den ersten Blick unscheinbaren Löcher in ihrem Tuch, die bei näherer Betrachtung jedoch zu groß waren, um Teil des Stoffes zu sein. An einem haftete sogar eine Spore, die ich eilig wegwischte. Prompt spürte ich ein leichtes Prickeln am Finger.

Kae hob fragend die Braue.

»Hast du gesehen, wie weit es bis zum Waldrand ist?«

»Nein.«

»Dann sollten wir uns beeilen. Die Zeit wird knapp. Dein Tuch hat schon Löcher.«

»Dein Verband auch«, sagte Kae leise.

»Mist. Wenn du das Tuch verschiebst, sei vorsichtig. Allein sind die Sporen harmlos. Erst dein Atem aktiviert sie.«

»Das heißt?«

»Wenn du ausatmest, hat die Luft eine andere Zusammensetzung als beim Einatmen. Die Sporen reagieren darauf und werden dadurch ätzend. Deshalb …« Ich deutete auf meinen Ärmel. »Passiert auch nichts mit unserer restlichen Kleidung.«

»Verstehe.«

Obwohl der Waldboden flach war und wir fast immer einen Weg um die Pilze herum fanden, kroch mir die Müdigkeit schnell in die Glieder. Das hohe Tempo, mein von den Ereignissen der letzten Tage erschöpfter Körper und das erschwerte Atmen durch den Verband forderten ihren Tribut, sodass wir irgendwann langsamer gehen mussten.

Ich hatte mittlerweile jegliches Zeitgefühl verloren. Ob, seit wir losgegangen waren, erst einige Minuten oder ganze Jahre vergangen waren – wer wusste das schon?

Mit jedem Schritt wurden meine Beine müder, während jeder Muskel in meinem Körper aus Schmerz bestand. Ich wollte und konnte nicht mehr, und Kae schien es ähnlich zu gehen. Auch sie hatte das Tempo gedrosselt und atmete schwer. Inzwischen sah ihr Tuch genauso mitgenommen aus wie mein Verband. Kaum ein Stück, das nicht von Löchern durchzogen war. Trotzdem fanden wir immer wieder die Kraft, den nächsten Schritt zu machen, um endlich den Waldrand zu erreichen, doch wir schienen einfach nicht aus diesem Wald herauszukommen.

Aber irgendwann hatte ich keine Energie mehr. Ich war am Limit. Ohne Vorwarnung knickten meine Beine unter mir weg, sodass ich nur in letzter Sekunde meine Arme ausstrecken konnte, um den Sturz abzufangen.

Der Verband, der schon eine Weile aus mehr Löchern als Stoff bestand, segelte wie eine Feder zu Boden. Obwohl meine Lunge vor Anstrengung brannte wie Feuer, hielt ich die Luft an, bis ich meinen Ärmel vors Gesicht gepresst hatte. Zwei, drei Atemzüge und mir stieg bereits der verräterische Geruch verätzter Baumwolle in die Nase. Die Sporen waren hier so dicht, dass es sich anfühlte, als würde uns ein Schleier umgeben.

Kae ging neben mir in die Knie und legte meinen freien Arm um ihre Schultern, um mir aufzuhelfen. »Weiter, Hunter. Wir müssen weiter.«

Ich schüttelte den Kopf. Für eine Antwort reichte meine Kraft nicht. Da fiel mein Blick auf ihr Tuch, von dem ebenfalls kaum mehr als ein paar Fetzen übrig waren, die sich Kae notdürftig aufs Gesicht presste.

Die Worte *Ich kann nicht mehr* lagen mir auf der Zunge und es fiel mir verdammt schwer, sie runterzuschlucken. Das Militärtraining hatte mich einige Male an meine Grenzen gebracht, doch nichts von dem, was ich dort erlebt hatte, ließ sich auch nur annähernd mit dieser Reise vergleichen. Ich war fast eine Woche gewandert, hatte einen verletzten Arm und gerade so eine Entzündung überstanden, nachdem ich wie durch ein Wunder einen Absturz überlebt hatte. Ich hatte Berge erklommen, war durch ein Moor gewatet und steckte jetzt in diesem Albtraum aus Sporen fest, vor dem jedes kleine Kind gewarnt wurde. *Geh nicht nach draußen. Nimm deine Maske mit. In fünf Minuten bist du wieder drinnen.* Mein ganzes Leben hatte ich diese Warnungen gehört, und nun war ich doch hier.

Erneut gaben meine Beine nach, nur dieses Mal riss ich Kaeliah mit mir. Sie landete neben mir auf dem weichen Boden, inmitten eines Betts aus Moos und Pilzen. Wie zuvor mein Verband, löste sich auch ihr Tuch beim Aufprall. Hastig presste sie sich einen Ärmel vor den Mund, doch ich sah förmlich, wie der Stoff sich unter den Sporen auflöste.

In diesem Moment wurde mir klar, dass wir keine Chance hatten. Wir konnten es kurz machen und einfach aufgeben. Oder das Unausweichliche hinauszögern, indem wir den Rest unserer Kleidung dem Wald opferten, bis die Sporen auch den letzten Stofffetzen zersetzt hatten. Ich wusste nicht, welche Option mir besser gefiel, und dachte daran, wie bitter es doch war, dass ich wie mein Bruder sterben würde.

Mit letzter Kraft drehte ich mich auf den Rücken. Tränen brannten in meinen Augen, als ich in die weißen Baumkronen starrte. Von hier unten sahen die Sporen aus wie Schnee. Ein ganzer Sturm davon, der rasend schnell meinen Körper bedeckte.

»Das war's dann wohl, was?«, brachte ich hervor, als ich den Ärmel wechselte.

Von Kae kam keine Antwort. Verwirrt schielte ich zu ihr hinüber und sah, dass Tränen auf ihren Wangen schimmerten. Sie kniete neben mir und klammerte sich mit geschlossenen Augen an ihren Qo'ai, als würde sie beten.

Vereinzelt brach das helle Licht zwischen ihren Fingern hindurch und erstrahlte trotzdem klarer als die Sporen um uns herum. Wie ein Leuchtturm im immer dichter werdenden Nebel.

Kae murmelte Worte, die ich nicht verstand. Vielleicht ein Flehen, vielleicht ein Gebet, vielleicht ein Abschied oder nur ein Fluch, dass sie ihre letzten Minuten ausgerechnet mit mir verbringen musste. Zu Recht, ich konnte mir auch bessere Gesellschaft vorstellen als mich selbst.

Mir tat es leid, dass ich sie mit hierhergeschleppt hatte. Dass sie wegen mir sterben würde, statt eine starke Anführerin ihres Volkes zu werden. Denn das wäre sie, daran hatte ich keinen Zweifel. Sie hatte ja sogar mich durch diesen verdammten Wald geleitet. Und das, ohne mir an die Gurgel zu gehen, weil ich zu viel quasselte.

Wieder wechselte ich den Ärmel und spürte ein Brennen an meiner Lippe. Ich wurde achtlos. Aber was spielte das jetzt noch für eine Rolle? Ob mir ein paar Sekunden blieben oder eine Stunde, war egal. Ich hatte nichts mehr zu tun. Keine letzten Worte. Keine bedeutungsvolle Weisheit, die ich den Bäumen zuflüstern konnte. Keine Hoffnung.

Nur Reue.

Reue, weil ich Kae aus ihrem Leben gerissen hatte.

Reue, weil ich überhaupt in mein Flugzeug gestiegen war.

Reue, weil ich Alexander nicht hatte retten können.

Ich schloss die Augen. Eigentlich war es schon wieder Zeit, den Ärmel zu wechseln, doch ich tat es nicht. Stattdessen ließ ich die Hand von meinem Gesicht gleiten und streckte sie nach oben, bis ich Kaes Wange ertastete, so wie ich es getan hatte, als wir uns zum ersten Mal begegnet waren. Die Berührung löste ein warmes Gefühl in mir aus, das von meinem Arm durch meinen Körper wanderte und mein Herz zum Flattern brachte. Ich spürte ihre Tränen und wünschte, ich könnte ihr irgendetwas Tröstliches sagen.

Dann atmete ich ein.

Und aus.

Ein.

Und aus.

Wartete auf den Schmerz. Das Brennen in meiner Lunge. Das Gefühl des Erstickens. Irgendetwas. Aber nichts passierte.

Ich schlug die Augen auf und starrte nach oben. Über mir tobte noch immer ein Schneesturm aus Sporen, doch seltsamerweise landeten die tödlichen Flocken nicht länger auf meiner Haut. Stattdessen schienen sie von einer unsichtbaren Kuppel abzuprallen. Ich blinzelte verwirrt, hatte allerdings nicht die Kraft, mich aufzurichten. Ich war müde, so verdammt müde, dass das, was ich sah, genauso gut Teil eines Traums hätte sein können.

Vielleicht waren wir auch gar nicht in den Wispernden Wäldern.

Vielleicht war ich nicht im Begriff zu sterben.

Und vielleicht, ganz vielleicht würde irgendwie alles gut werden.

XVI

KAE

Ungläubig starrte ich auf meinen Qo'ai, ohne zu verstehen, was gerade passierte. Oder wieso es geschah.

Ich hatte gebetet. Zum ersten Mal in meinem Leben hatte ich gebetet. Zu meinem Bernstein, zum Heiligen Baum, zum Wald selbst, sie mögen uns beschützen. Nein. Nicht gebetet. Sondern gefleht.

Und der Wald hatte mich erhört.

Oder ich hatte es wieder geschafft, Magie zu wirken. Ob aus der Not heraus oder weil ich allmählich ein Gefühl dafür bekam. Vor lauter Angst, der Zauber könnte sich lösen, hielt ich den Stein fest umklammert, während ich darauf wartete, dass die Sporen sich in meine Lunge fraßen.

Doch es passierte nicht. Die schützende Blase, die mein Qo'ai um uns herum schuf, verschwand nicht und hielt uns die giftigen Partikel vom Leib. Sie hatte sogar die weiße Schicht auf dem Boden weggefegt, sodass das Moos unter uns in surrealem Grün erstrahlte. Nur langsam sickerte die Erkenntnis, dass wir überleben würden, zu mir durch. Mein Herz schlug wild in meiner Brust, meine Muskeln waren zum Zerreißen angespannt, weil ich einfach nicht glauben konnte, was hier passierte.

»Hunter?«, flüsterte ich in die geisterhafte Stille.

»Hm?« Sein schwerer Atem verriet, dass er vollkommen am Ende war. Und ich konnte es ihm nicht verdenken. Sobald die

Angst mich verließ, würde ich wahrscheinlich vor Erschöpfung zusammenbrechen. Aber durfte ich das wagen?

Vorsichtig sah ich mich um, doch die Sporen waren hier so dicht, dass ich nichts erkannte. Es konnte helllichter Tag oder tiefste Nacht sein. Wir konnten uns in unmittelbarer Nähe des Waldrands befinden oder Ewigkeiten davon entfernt. Nichts war mehr gewiss in diesem tödlichen Zwielicht.

Sollten wir es wagen, hier zu rasten? Oder war es nur eine Frage der Zeit, bis mein Qo'ai aufhörte uns mit seinem Licht zu beschützen? Besser wir fanden es erst gar nicht heraus.

Ich legte meine Hand auf Hunters Schulter und rüttelte daran. »Hunter.«

Keine Antwort.

»Hunter, bitte.«

Verschlafen hob er die Lider und sog so scharf Luft ein, dass sich seine Brust sichtbar hob. Qatou kletterte aus meinem Mantel und landete neben seinem Kopf.

»Hunter.«

»Bin ich tot?« Er blinzelte und tastete erneut nach meiner Wange. Die Berührung hinterließ ein feines Prickeln auf meiner Haut, das ich bis in meine Brust spürte.

»Nein. In Sicherheit.«

»Wäre auch zu schön gewesen.« Stöhnend tastete er seinen Kopf ab. »Hab ich lange geschlafen?«

»Nein.«

»Wieso weckst du mich dann?«

»Weil wir weitermüssen. Ich weiß nicht, wie lange mein Qo'ai uns beschützen wird.«

Endlich sah er mich an, die Stirn in tiefe Falten gelegt. »Du machst das?«

Ich zuckte mit den Schultern. »Möglich. Aber ich weiß nicht, wie. Wirklich.« Ich kannte diesen Blick. Hunter war kein Mensch, der seine Gefühle verbergen konnte. Ich sah ihm an, dass er mir nicht glaubte. Dass er dachte, ich wüsste mehr darüber.

Doch das tat ich nicht. Ich wusste nicht, wieso mein Qo'ai angefangen hatte, zu leuchten. Vielleicht waren es meine Gebete gewesen. Vielleicht meine Gedanken. Vielleicht nur der Wunsch, zu überleben. Sicher kannte Seher Khar die Antwort, aber er hatte es ja nicht für nötig gehalten, mir irgendetwas beizubringen.

Wütend ballte ich die Hände zu Fäusten. »Kannst du laufen?«

»Gib mir eine Minute.« Hunter stockte und kniff die Augen zusammen. »Mach zwei draus.«

»Alles klar.«

Ich sah in sein angestrengtes Gesicht, während seine Berührung an meiner Wange noch immer als zartes Echo zu spüren war. Und ich wartete, hielt meinen Qo'ai fest umklammert. Wie eine Fackel in tiefster Nacht, deren Licht jeden Augenblick erlöschen konnte.

Gerade als ich dachte, er wäre wieder eingeschlafen, richtete Hunter sich auf. Seine Augen waren glasig, die Schatten darunter dunkel und tief. Aber er lächelte.

»Siehst du? Geht schon wieder.« Er richtete sich auf und zog mich mit sich auf die Beine. Keine Ahnung, woher er plötzlich diese Energie nahm, doch ich war ihm unendlich dankbar. Ohne ihn wäre ich längst verzweifelt oder umgekehrt. Und selbst jetzt schaffte er es, mich zu motivieren, weiterzugehen, obwohl meine Knie zitterten.

Auffordernd streckte er mir die Hand hin. Als ich sie nicht sofort ergriff und ihn nur fragend ansah, sagte er: »Du glaubst doch nicht ernsthaft, dass ich das Risiko eingehe, dass du wieder vorausläufst.«

»Hältst du mich wirklich für so herzlos?«

»Ein bisschen.«

Ich schmunzelte. »Glaub mir, wenn ich …«

»Ja, ich weiß. Wenn du mich umbringen wolltest, hättest du schon hundert Gelegenheiten gehabt.« Ein Grinsen schlich sich auf seine Züge. »Ich vertraue dir. Aber nicht diesem Wald oder meinen eigenen Füßen. Wir bleiben zusammen.«

Da lag ein Unterton in seinen Worten, den ich nicht genau zuordnen konnte, der mir Hitze in die Wangen trieb. Mein Herz machte einen winzigen Satz, als ich meine Finger in seine legte. Und wieder breitete sich dort, wo unsere Haut sich berührte, dieses sanfte Prickeln aus.

»Wir bleiben zusammen«, wiederholte ich.

Gemeinsam tasteten wir uns durch den Wald. Der Nebel aus Sporen wurde erst dichter und zwang uns immer wieder dazu, das Tempo zu drosseln, bis er sich nach einiger Zeit lichtete. Das fahle Glühen der Pilze verblasste und der weiße Dunst wurde von etwas anderem durchbrochen. Warme Strahlen, die alles in Gold und Rot tauchten, bis schließlich die Abendsonne mein Gesicht küsste.

Ich blinzelte verwirrt, als die Bäume einfach aufhörten. Keine Pilze, kein Moos, kein Holz. Stattdessen war da nur Gras, das sich sanft im Wind wiegte. Gras, so weit das Auge reichte.

»Wir haben es geschafft«, stellte Hunter verblüfft fest. »Scheiße, wir haben es wirklich geschafft.«

Während er freudig in die Hände klatschte, war ich völlig durcheinander, weil ich nicht verstand, was ich sah. Mir war klar gewesen, dass der Wald irgendwann enden musste, aber ich hatte mir nie etwas darunter vorstellen können. Und nun war ich hier und atmete zum ersten Mal diesen fremden Geruch ein, spürte den Wind, der ungebremst auf mein Gesicht traf und die Tränen in meinen Augenwinkeln trocknete, bevor sie überhaupt meine Wangen berührten.

Wir haben es wirklich geschafft, realisierte mein Verstand. *Ich bin im Eisernen Imperium.*

»Kae?«

Als Hunter mich ansah, wischte ich energisch die Tränen weg, obwohl er sie vermutlich sowieso gesehen hatte. Der sanfte Druck seiner Hand bestätigte es mir.

»Wo gehen wir jetzt hin?«

»Mir nach.«

Nachdem ich ihn bisher immer geführt hatte, ließ ich mich jetzt einfach von ihm mitziehen. Das hier war seine Welt, sein Zuhause. Sie war groß, weit und fremd. Und ich dagegen winzig klein. Doch gerade machte mir dieser Gedanke keine Angst, weil ich wusste, dass ich nicht allein war. Weil ich wusste, dass Hunter mich nach allem, was wir erlebt hatten, nicht im Stich lassen würde.

Und vielleicht würde er mir sogar helfen. Er verstand nur wenig von der Magie des Waldes, aber mir war nicht entgangen, dass sich etwas verändert hatte. Dass er in den letzten Tagen nachdenklicher geworden war. Und womöglich reichte das, damit er die Welt zumindest ein bisschen durch meine Augen sah.

Wir wanderten weiter in Richtung Nordosten und erklommen einen Hügel, auf dem neben Gras auch große gelbe Blumen wuchsen, die einen angenehmen Duft verströmten. Ich war entzückt von der eigentümlichen Schönheit dieser Welt. Dann erreichten wir die Kuppe und mein Herz setzte aus.

Das Lächeln auf meinen Lippen erstarb. Ich fühlte mich, als würde mein Herz in tausend Teile zersplittern. Der Grund, weshalb ich überhaupt mit Hunter hier war, holte mich auf den Boden der Tatsachen zurück.

Vor uns lag eine flache Ebene, auf der nicht ein einziger Grashalm spross. Stattdessen sah ich Menschen, Maschinen und verbrannte Erde, so weit das Auge reichte. Laute Rufe drangen zu uns heran sowie ein Brummen, das mich an Hunters Flugzeug erinnerte. Dann ein ohrenbetäubendes Knacken.

Mein Blick schoss nach rechts, wo ein Baum den Maschinen zum Opfer fiel. Es dauerte nur einen Moment, da landete er bereits krachend auf dem Boden. Glühendes Harz ergoss sich aus seinem Stamm, tropfte wie Blut auf die Erde, wo es hastig von einigen Arbeitern aufgefangen wurde.

Hunters Griff um meine Hand verstärkte sich, aber seine Berührung konnte mich nicht beruhigen. Mir war übel, so verdammt übel. Ehe ich das Geschehen verarbeiten konnte, fiel ein weiterer Baum der Zerstörung zum Opfer. Dann noch einer. Und noch einer. Ich hatte das Gefühl, ihre stillen Schreie in meinen Knochen zu spüren. Spürte ihren Schmerz in meiner Brust.

Mit Mühe blinzelte ich die Tränen weg und schloss die Hand Schutz suchend um meinen Qo'ai.

»Kae?« Hunters Stimme war kaum mehr ein Flüstern. »Wir müssen zu ihnen.«

Ich schüttelte den Kopf.

»Bitte, Kae, hör mir zu.«

»Nein.«

»Kae.« Mit beiden Händen umfasste er mein Gesicht, sodass mir keine andere Wahl blieb, als ihn anzusehen. Das Mitleid in seinen Augen war beinahe greifbar. Aber es bot mir weder Trost noch Entschädigung. »Wir müssen hier weg. Wir müssen nach drinnen, bevor der Schutz nachlässt. Und diese Menschen können uns helfen.«

»Das sind keine Menschen, sondern Monster«, zischte ich.

»Kae. Es sind nur Bäume.«

Wütend riss ich mich los und wich einen Schritt zurück. Weit genug, dass ich seinen Atem nicht mehr auf meinem Gesicht spürte, aber ohne ihn ohne den Schutz meines Qo'ai zurückzulassen.

»Du weißt, dass das nicht stimmt.«

Unsicher biss er sich auf die Unterlippe und nickte wenig überzeugt. So viel zu dem Gedanken, dass er mir helfen würde. So viel zu der Hoffnung, dass er mich verstand.

»Wir müssen hier weg«, wiederholte er bestimmt. »Oder willst du hier draußen ersticken?«

Ich schaffte es nicht länger, ihn anzusehen. Stattdessen blickte ich nach rechts, weg von der Zerstörung hin zu dem Waldstück, aus dem wir gekommen waren. Dort drüben waren die Bäume noch unangetastet, in weiter Ferne erahnte ich die Berge. Und dahinter lag mein Zuhause. Meine Heimat, die ich um jeden Preis beschützen musste. Hunter hatte recht. Wenn ich hier erstickte, wäre diese ganze Reise bereits jetzt umsonst gewesen.

Widerwillig nickte ich.

»Okay.« Hunter trat wieder einen Schritt auf mich zu. »Ich denke nur, es wäre besser, wenn sie erst einmal nichts von deinem Qo'ai und deiner … *Magie* erfahren.« Seine Zunge schien sich bei dem Wort förmlich zu verknoten. »Kannst du ihn irgendwie abschalten?«

Ich zuckte mit den Schultern.

»Na gut. Dann halt dir wenigstens ein Stück Stoff vor die Nase.«

Ich nickte.

»Und, äh, das Glühwürmchen sollte sich besser auch versteckt halten.«

Qatou fauchte empört über den Spitznamen, doch Hunter hatte vermutlich recht. Ich erinnerte mich genau, wie er auf meinen Freund reagiert hatte – kaum auszumalen, was der Rest seines Volks machen würde, wenn man bedachte, zu welchen Gräueltaten sie fähig waren.

»Qatou, du hast ihn gehört.«

»Mau.« Er klang alles andere als glücklich, schlüpfte aber trotzdem in meinen Kragen. Danach sah ich Hunter auffordernd an.

»Bist du sauer auf mich?«, fragte der.

Kurz überlegte ich. Ich war sauer auf ihn, ja, auf seine Ignoranz und die Art, wie er mich belächelt hatte. *Es sind nur Bäume.* Aber noch viel wütender war ich auf seine Leute. Darauf, wie achtlos sie mit der Natur umgingen. Kein Wunder, dass der Wald in Aufruhr war. Kein Wunder, dass Nek-Bukutb alles angriff, was sich ihm näherte. Jeden Tag starben allein hier Hunderte Bäume und niemand schien auch nur einen Gedanken daran zu verschwenden, welche Kettenreaktion sie damit auslösten. Welche Konsequenzen bereits der nächste Sonnenaufgang mit sich bringen konnte.

»Kae?«

»Lass uns gehen.«

XVII

HUNTER

Obwohl ich endlich wieder zu Hause war, blieb die erwartete Wiedersehensfreude aus. Stattdessen spürte ich vor allem Anspannung, als der Wagen durch die menschenleeren Straßen Eleyburghs fuhr. Hohe Stadthäuser zogen an uns vorbei, hinter deren Fenster selbst um diese Zeit noch Licht brannte. Die Nachricht, dass der Kronprinz zurückgekehrt war, verbreitete sich wie ein Lauffeuer und war bereits im Funkempfänger zu hören. Dabei hatte ich nicht einmal einen Fuß in den Palast gesetzt.

Nachdem wir das Holzfällerlager erreicht hatten, war innerhalb weniger Stunden die Nationalgarde eingetroffen. Wir hatten uns umgezogen, gegessen und getrunken, bevor man Kaeliah und mich in dieses Automobil geladen hatte. Ein ganzer Konvoi eskortierte uns erst über unebene Feldwege und jetzt das Kopfsteinpflaster der Hauptstadt.

Neben mir zitterte Kae. In dem schwarzen Overall, den die Arbeiter im Camp ihr geliehen hatten, wirkte sie wie ein anderer Mensch, kleiner, ängstlicher. Kein einziges Wort war ihr seit unserem Streit über die Lippen gekommen. Es war, als würde sie alles nur über sich ergehen lassen. Ein notwendiges Übel auf ihrem Weg zum Ziel. Und vermutlich war genau das der Fall. Sie wollte nicht hier sein. Und gerade fragte ich mich, ob es mir nicht genauso ging.

Schon beim ersten »Eure Kaiserliche Hoheit« hatte sich eine Nadel in mein Herz gebohrt, die dort einfach stecken geblieben war. Weitere hatten sich während der letzten Stunden dazugesellt. Kurzzeitig wünschte ich mir sogar, wieder zurück in den Wispernden Wäldern zu sein. Nur einen Atemzug von meinem sicheren Tod entfernt, aber frei von dem Zwang, jemand zu sein, der ich nicht war.

»Bist du nervös?«, fragte ich, als die Stille im Wagen mich zu ersticken drohte.

»Nein.« Kaes Stimme klang kalt und unerwartet endgültig, sodass ich meinen naiven Gesprächsversuch sofort bereute. Aber ich wäre nicht ich selbst, wenn ich mich davon entmutigen lassen würde.

»Das hier ist übrigens Eleyburgh, unsere Hauptstadt. Wir fahren gerade durch die High Street, hier gibt es verschiedene Läden und Geschäfte.« Ein kurzes Lächeln huschte über meine Lippen, als wir die Hofbäckerei passierten, die die besten Croissants des ganzen Landes verkaufte. Das Automobil bog nach links in einen Kreisverkehr ein, in dessen Mitte sich ein Denkmal befand. »Das ist der Triumphbogen. Er wurde zum 750-jährigen Jubiläum des Imperiums errichtet und liegt auf einer direkten Linie mit der Pyramide am Marktplatz, der Symmetrieachse des Palastes und der Bastion am anderen Ende der Stadt.«

»Wann wolltest du mir eigentlich sagen, dass du der Anführer deines Volkes bist?« Die Frage kam so abrupt, dass sie sicher schon eine Weile darüber brütete.

Ertappt biss ich mir auf die Zunge und starrte auf die schwarze Wand vor mir, die uns vom Fahrer trennte. Auf ihr war das Emblem des Imperiums zu sehen. Ein goldener Adler, der mit seinen erhobenen Flügeln auf mich immer ein bisschen den Eindruck machte, als wäre er auf Krawall gebürstet.

»Anfangs wusste ich nicht, ob es sicher wäre, das einfach preiszugeben«, gestand ich. »Und dann hat mir irgendwie die Gelegenheit gefehlt.«

»Vertraust du mir etwa nicht?«, zischte sie.

»Ich vertraue *dir*. Vermutlich mehr als gut für mich ist. Außerdem …« Ich schluckte, weil sich allein bei dem Gedanken an meine Worte eine Schnur um meinen Hals legte. »Ich bin nicht der Anführer, okay?«

»Aber du hast etwas damit zu tun.«

»Meine Mutter führt aktuell die Regierungsgeschäfte«, erklärte ich. »Und mein Bruder ist der zukünftige Kaiser. Ich dagegen bin nur hübsche Dekoration. Ich tauche auf Veranstaltungen auf, lächele freundlich und gebe der Presse etwas, worüber sie sich das Maul zerreißen kann.«

»Und in Wahrheit?«

Es war offensichtlich, wie sehr Kaeliahs Geduld am Ende war. Gleichzeitig wurde mir bewusst, dass es nichts an der Realität änderte, die Wahrheit zu verschweigen. Auch wenn ich mir wünschte, es wäre so.

»Mein Bruder ist gestorben. Das ist auch der Grund, warum ich abgestürzt bin. Ich war überfordert und wollte einfach nur weg vom Palast, also bin ich in mein Flugzeug gestiegen und … ja.« Meine Augen brannten. Ich atmete ein und aus. »Und weil er keine Kinder hatte, bin ich sein rechtmäßiger Nachfolger, obwohl es vermutlich eine Million Menschen gibt, die besser für das Amt geeignet sind.«

Kae sah mich erwartungsvoll von der Seite an, doch der bittere Zug auf ihren Lippen ließ ein wenig nach.

»Es tut mir leid, dass ich es dir nicht gesagt habe. Das lag nicht an dir, oder daran, dass ich dir nicht vertraue. Was ich übrigens *wirklich* tue. Nur … Ach, verdammt.« Energisch wischte ich eine Träne weg, die sich aus meinem Augenwinkel gestohlen hatte. »Ich wollte nur nicht darüber reden, sondern die Wahrheit am liebsten selbst verdrängen, um nicht daran denken zu müssen, was mich erwartet, wenn ich wieder hier bin.«

»Und was erwartet dich?«

Ich schnaubte. »Allen voran meine Mutter, die aus mir den größten Kaiser der Geschichte machen will.«

»Und was willst du?«

»Ein Leben ohne Verantwortung, schätze ich. Auch auf die Gefahr hin, dass das jetzt verdammt privilegiert klingt.«

Kae lehnte sich im Sitz zurück. Während ich mit jedem Meter mehr zu einem nervlichen Wrack wurde, wirkte sie inzwischen bis auf die zusammengeballten Hände geradezu unmenschlich gefasst. Sie hatte ihre geraden, dichten Brauen zusammengezogen und die vorbeiziehenden Straßenlaternen spiegelten sich in ihren dunklen Augen.

»Scheint so, als hätten wir was gemeinsam«, sagte sie leise.

»Machst du Witze? Ich weiß nicht viel über die Eijn, aber selbst ich sehe, dass du dafür geboren wurdest, Seherin zu sein.«

»Was macht dich da so sicher?«

Ich zuckte mit den Schultern. »Nennen wir es royale Intuition.«

»Ist das so?« Zum ersten Mal seit wir im Imperium angekommen waren, huschte ein Lächeln über ihre Lippen. »Vor ein paar Tagen hätte ich meinen Qo'ai fast in einem See ertränkt. Und selbst jetzt wünschte ich, jemand anderes wäre an meiner Stelle hier. Das alles hier, dein Volk, diese Maschinen, die Straßen – es ist ewig her, seit eine Eijn einen Fuß in deine Welt gesetzt hat. Und jetzt bin ich hier und muss so tun, als ob es mir nichts ausmacht, allein in einem völlig fremden Land zu sein, damit ich meine Aufgabe erfüllen kann. Um also deine Frage von vorhin zu beantworten: Ich bin nicht nervös, ich habe Angst.«

Ich seufzte und widerstand nur mühsam dem Impuls, meine Hand auf ihre zu legen. Das hätte sie vermutlich nur noch mehr verunsichert. »Wenn ich dir irgendwie helfen kann …«

»Erzähl mir mehr«, forderte sie mich auf. »Von der Stadt, den Bauwerken und allem.«

»Wir können in den nächsten Tagen gern eine Erkundungstour machen, wenn du magst. Dann kannst du die Stadt mit eigenen Augen sehen. Bei Tag lohnt sich das viel mehr als jetzt.«

»Ich mag deine Stimme.« Kae sah mich auf einmal direkt an und ihr Blick schickte einen angenehmen Schauer über meinen Rücken. »Und wenn du mir etwas erzählst und einfach redest, lenkt mich das von der Angst ab.«

Für einen Sekundenbruchteil setzte mein Herz aus. Ich wusste nicht, was ich sagen oder tun sollte, nur, dass ihre Worte etwas in mir auslösten, das gleichermaßen aufregend wie auch gefährlich war. Etwas, das ich entschieden in die letzte Ecke meines Bewusstseins drängte.

Sie wollte einfach nur abgelenkt werden. Mehr war da nicht.

»Du brauchst keine Angst zu haben. Das alles mag neu für dich sein, aber ich bin mir sicher, dass du dich schnell an alles gewöhnst. Ich bin ja …«

»Darum mache ich mir keine Sorgen«, unterbrach sie mich sanft, während sie über Qatous Fell streichelte, der die Pfoten an die Fensterscheibe gelegt hatte und die vorbeiziehenden Lichter betrachtete. »Ich habe keine Angst vor dem Palast, deinen Leuten oder dieser Welt.«

»Wovor dann?«

»Ich habe Angst zu scheitern.«

Ich hatte schon eine Weile nicht mehr aus dem Fenster geschaut, aber selbst so wusste ich, dass wir uns unserem Ziel näherten. Der Motor heulte kurz auf, als wir den Hügel, auf dem der Palast lag, erreichten, und Gänsehaut breitete sich auf meinen Armen aus. Es kam mir vor, als wären Jahre vergangen, seit ich das letzte Mal das vertraute Geräusch der Räder auf der Auffahrt gehört hatte, das Quietschen des Gummis auf dem flachen Stein. In regelmäßigen Abständen tauchten die Laternen das Innere des Wagens in warmes orangefarbenes Licht. Hell. Dunkel. Hell. Dunkel. Hell. Unwillkürlich ballte ich die Hände zu Fäusten.

Die Strecke wurde wieder flacher, als wir den Ehrenhof erreichten. Nur noch eine Kurve, dann bremste der Wagen. Die Kupplung zischte, das Schnurren des Motors erstarb. Dann herrschte Stille.

»Sind wir da?« Kaes Stimme klang heiser.

»Ja.«

Auch wenn wir es nicht aussprachen, war uns beiden klar, dass von nun an vieles anders werden würde. Nicht nur, weil keiner von uns wusste, was uns erwartete, sondern auch, weil wir mit hoher Wahrscheinlichkeit auf uns allein gestellt sein würden. Ich würde nicht überall sein können, um Kae dabei zu helfen, sich zurechtzufinden. Und Kae wäre nicht immer bei mir, um mich in dieser neuen Realität, in der ich die Thronfolge antreten sollte, bei Verstand zu halten.

Mit einem Handzeichen bedeutete ich ihr, dass es Zeit war, auszusteigen. Qatou musste sich wieder verstecken und wir unsere Masken für den kurzen Weg bis zum Eingang aufsetzen. Das vermisste ich schon jetzt an den Wäldern: die Möglichkeit, frei zu atmen, ohne Angst um mein Leben zu haben.

Der Fahrer klopfte gegen das Fenster. Eine wortlose Frage, ob wir so weit waren. Ein letztes Mal suchte ich Kaes Blick. »Bereit?«

Sie nickte, dabei wusste ich, dass keiner von uns es war.

Sobald ich den Hebel betätigte, hielt der Fahrer mir die Tür auf. Gleichzeitig eilten weitere Bedienstete herbei. Während einer unsere alte Kleidung aus dem Kofferraum holte, trat Felix, mein Kammerdiener, mit einem Schirm bewaffnet an meine Seite.

»Hoheit! Willkommen zurück.«

Ich meinte Tränen in seinen Augen zu entdecken. Felix war eine gute Seele und begleitete mich bereits seit meiner Kindheit. Die Erleichterung auf seinem runden Gesicht ließ mich realisieren, wie egoistisch ich gewesen war. Nicht nur, als ich einfach davongeflogen war, sondern auch als ich gedacht hatte, dass ich gar nicht so dringend nach Hause zurückwollte.

Ich legte eine Hand auf Felix' Schulter und zog ihn in eine kurze Umarmung, die vermutlich ein gutes Dutzend Vorschriften brach. Aber es war mir egal.

»Sag nicht, du hast mich vermisst«, scherzte ich, als ich von ihm abließ.

Obwohl sein Mund ebenfalls unter einer Maske verborgen war, erkannte ich an den Fältchen in seinen Augenwinkeln, dass er lächelte. »Aber natürlich. Ich war quasi arbeitslos, ohne Euch täglich an die Kleiderordnung zu erinnern.«

Jetzt wanderte sein Blick zu Kae und dann wieder fragend zu mir. Ich lehnte mich ein Stück vor, sodass nur er meine Worte verstehen konnte. »Kaeliah ist mein Gast. Sorg dafür, dass sie entsprechend versorgt wird.«

»Verstanden.«

Mit einer Verneigung trat er einen Schritt zurück und spannte den Schirm über mich und Kaeliah. Ich hatte keine Ahnung, wieso wir an diesem Brauch festhielten, weil er kaum gegen die in der Luft schwebenden Sporen half – aber jetzt war nicht der Zeitpunkt, Felix daran zu erinnern, wie wenig ich von der Hofetikette hielt.

Gemeinsam erklommen wir die Stufen zum Eingang. Es waren vierzehn an der Zahl, eine für jedes Fürstentum im Eisernen Imperium. Der schwarze Granit fühlte sich unerwartet vertraut unter meinen Füßen an und aus reinem Reflex ging ich im Geiste die Namen der Reiche durch, während ich die Treppe hinaufstieg. Arkirun, Cellano, Chreste, Colastine, Endhu, Ero, Helvend, Kovrel, Obu-Kur, Pengang, Reas, Sayandu, Vérole, Zazwa. Eine der Palastwachen hielt uns die Tür auf, als wir uns näherten.

»Nicht erschrecken«, raunte ich Kae beim Eintreten zu. »Es wird kurz windig.«

Kaum hatte ich die Worte ausgesprochen, schlug uns bereits ein kleiner Sturm entgegen. Schon vor einigen Jahrzehnten hatte mein Großvater im Palast eine Vorrichtung einbauen lassen, die beim Eintreten die Sporen von der Kleidung entfernte, weil er von seinen Gästen nicht verlangen wollte, dass sie sich nach der Ankunft sofort umzogen.

Der ganze Vorgang dauerte nur fünfzehn Sekunden, doch ich sah aus dem Augenwinkel, wie Kae sich anspannte und zur Sicherheit eine Hand an ihre Brust presste. Auf die Stelle, wo ich Qatou unter ihrer Kleidung vermutete.

Sobald die letzten Sporen beseitigt waren, schaltete Felix die Maschinerie aus und nahm uns die Masken ab. Jetzt sah ich, dass er über beide Ohren grinste, wobei seine weißen Zähne einen scharfen Kontrast zu seiner dunkelbraunen Haut bildeten. Gleichzeitig fiel mir zum ersten Mal in meinem Leben auf, wie trocken und verbraucht die Luft im Palast roch.

»Ich weiß, es ist spät«, sagte ich. »Aber wäre es sehr unhöflich, dich zu bitten, mir ein Bad einzulassen?«

»Ihr wisst schon, dass ich dafür bezahlt werde, Euch Bäder einzulassen.«

»Aber nicht um … drei Uhr morgens.«

»Auch um drei Uhr morgens.«

Ich seufzte. Bereits mein ganzes Leben lang war ich niemand gewesen, der sich von morgens bis abends bedienen ließ, doch die Zeit im Wald hatte mich eine neue Bescheidenheit gelehrt. Es war mir unangenehm, dass Felix meinetwegen überhaupt noch wach war.

»Okay. Danke dir. Dann ein Bad bitte. Und danach gehst du ins Bett.«

»Natürlich.« Er hielt uns die Tür zum Foyer auf. »Hoheit.«

Ohne zu wissen, was mich erwartete, betrat ich die ausladende Eingangshalle des Palastes, die so hell erleuchtet war, als wäre drüben im Ballsaal eine Feier im Gange. Ich kam keinen Schritt weit, da wurde ich schon in eine feste Umarmung gezogen. Sofort stieg mir der Geruch von Lavendel und Rosmarin in die Nase, Nyotas Parfüm, das sie sich selbst an der Militärakademie nicht hatte nehmen lassen.

Erleichtert zog ich meine Freundin an mich, obwohl ich ihre Zurechtweisung bereits hören konnte, bevor sie sprach.

»Verdammt, Hunter.« Da war sie schon. »Was hast du dir nur dabei gedacht? Du hast gesagt, du bist zum Abendessen zurück.«

»Ich habe nicht gesagt, zu welchem Abendessen.«

»Arsch.« Sie rückte ein Stück von mir ab, um mein Gesicht abzutasten.

»Alles noch dran«, informierte ich sie.

»Du siehst furchtbar aus. Und du müffelst.«

Energisch schob ich ihre Hände weg. »Entschuldige bitte, dass ich im Wald nicht schnell geduscht habe.«

Was als Scherz gemeint war, erzielte eine vollkommen andere Wirkung. Sämtliche Erleichterung verschwand aus Nyotas Blick und stattdessen schlich sich eine Mischung aus Schock, Unglaube und Skepsis in ihre goldenen Augen. Ich konnte die Frage förmlich hören und schüttelte den Kopf.

Nicht jetzt.

Ihre vollen Lippen wurden zu einem schmalen Strich, aber sie schwieg und wich einen Schritt zurück, sodass ich endlich sah, wer sonst noch seine Aufwartung machte. Zu sagen, der gesamte Hofstaat hatte sich versammelt, wäre eine Übertreibung. Aber es war dennoch überraschend, wie viele zu dieser Uhrzeit gekommen waren, nur um einen Blick auf ein Gesicht zu erhaschen, das sie auch auf Hunderten Bildern im ganzen Palast bewundern konnten. Da waren Bedienstete, Berater und Botschafter wie Nyotas Eltern.

Mein Onkel Rowan, der wie immer anderen die Bühne überließ und mir nur von der Empore aus zunickte. Und meine Mutter, die sich nun langsam näherte.

Es war seltsam, sie außerhalb ihrer Gemächer in so etwas wie Alltagskleidung zu sehen. Falls man das lange schwarze Gewand aus Seide so nennen konnte. Es wirkte wie all ihre Kleidung edel, war aber nicht mit den typischen goldenen Verzierungen versehen. Außerdem trug meine Mutter kein Make-up und ihre Haare waren zu einem schlichten Dutt gebunden. Vermutlich hatte sie vor meiner Ankunft ein wenig schlafen wollen und sich am Ende doch dagegen entschieden.

Die Umarmung, in die sie mich still zog, wirkte halbherzig. Einerseits spürte ich ihre Erleichterung, andererseits lag noch etwas anderes darin. Anspannung. Unsicherheit. Und ich konnte nicht sagen, ob es an den Umständen meiner Rückkehr lag oder daran, dass sie mich für tot gehalten hatte.

Sobald sie von mir abließ, musterte sie Kae.

»Das ist Kaeliah«, erklärte ich hastig. »Sie ist … Sie ist der Grund, weshalb ich es überhaupt zurückgeschafft habe. Und sie ist mein Gast.«

Obwohl es keine Frage gewesen war, kam ich mir auf einmal wie ein kleines Kind vor, das seine Mutter darum bat, einen Freund zum Übernachten einladen zu dürfen. Ihr Gesichtsausdruck, als sie zwischen mir und Kae hin und her blickte, gefiel mir gar nicht.

»Lass uns morgen sprechen,« bestimmte sie und klang dabei so gefasst wie immer, aber ich kannte sie schon lang genug, um das feine Zittern in ihrer Stimme zu erkennen.

»Sehr wohl.« Meine förmliche Antwort verschaffte mir kaum die Genugtuung, die es brauchte, um die plötzlich aufkommende Wut zu ersticken.

Die Kaiserin war dafür bekannt, ihre Emotionen in der Öffentlichkeit zu verbergen, doch als sie sich abwandte, fühlte ich mich abgespeist. Wie ein Besucher ihrer Audienzen und nicht wie ihr totgeglaubter Sohn, der endlich nach Hause zurückgekehrt war. Selbst mein Wiedersehen mit Felix war herzlicher ausgefallen als das mit meiner Mutter.

Zusammen mit ihr verschwanden auch nach und nach die anderen Schaulustigen, die offenbar wirklich nur gekommen waren, um sich davon zu überzeugen, dass ich noch lebte. Am Ende blieben Nyota, Kae und ich übrig.

»Scheint so, als hätte ich ruhig noch ein paar Wochen länger wegbleiben können«, murmelte ich verbittert.

Nyota schüttelte den Kopf. »Du täuschst dich. Deine Mutter war krank vor Sorge.«

»Das habe ich gemerkt …«

»Gib ihr Zeit. Bis heute Morgen dachte sie noch, sie hätte beide Söhne verloren.«

Ich biss mir auf die Zunge. Im Wald hatte es so viele Dinge gegeben, die mich von der Realität abgelenkt hatten. Allein zu überleben, hatte meine Kapazitäten so sehr beansprucht, dass in meinem Kopf kaum Platz für Alexander gewesen war. Doch jetzt gab es nichts mehr, das mich vor der zerstörerischen Wucht seines Verlustes schützte. Ich war nackt. Und noch nicht bereit, mich mit den Tatsachen auseinanderzusetzen.

»Willst du reden?«, fragte Nyota vorsichtig.

»Morgen. Ich glaube, wir haben alle ein bisschen Schlaf nötig … und ich ein Bad.«

»Was ist mit dir?« Zum ersten Mal wandte sich jemand direkt an Kae. »Brauchst du etwas?«

Kae schwieg, ob aus Angst oder Überforderung, konnte ich nicht so genau sagen.

»Ich kümmere mich um sie«, sagte ich. »Geh ins Bett. Wir sehen uns beim Frühstück.«

»Wohl eher beim Lunch, so wie ich dich kenne.«

»Was soll ich sagen? Anders als du habe ich den Schönheitsschlaf nötig.«

Nyota grinste. »Versuch ja nicht, dich einzuschleimen. Ich bin zwar froh, dass du zurück bist, aber mindestens genauso wütend, dass du überhaupt in dieses Flugzeug gestiegen bist.«

»Tut mir leid.«

»Schon gut. Schlaft gut, ihr beide.«

XVIII

KAE

Ich fühlte mich wie im Rausch, während die schwach beleuchteten Gänge des Palastes an mir vorbeizogen. Mein Verstand schaffte es kaum, die Eindrücke zu verarbeiten, so schnell folgten neue, die sich in meinem Kopf schon bald zu einer einzigen homogenen Masse vereinten.

Dazu war ich müde. So furchtbar müde.

»Das ist dein Zimmer«, hörte ich Hunter irgendwann sagen, da schwebte ich bereits durch die Tür, die er mir aufhielt. Meine Beine hatten die Kontrolle übernommen, weil mein Geist nicht mehr in der Lage war, irgendwelche Befehle zu erteilen.

»Kae?«

»Hm.« Ich hörte ein Klicken und mit einem Mal war der Raum hell erleuchtet. Hohe Wände, hellbrauner Fußboden. Holz. Ein Zimmer so perfekt gerade wie das Innere eines Quaders. Es roch fremd, aufdringlich, als stünde ich in einem Meer exotischer Blumen.

»Ich sorge dafür, dass die Bediensteten dich fürs Erste in Ruhe lassen. Dann hast du Zeit, anzukommen und dich auszuruhen, ohne Gefahr zu laufen, dass jemand Qatou sieht.«

»Mhm.«

»Brauchst du Hilfe?«

Ja. Doch ich brachte es nicht heraus. Selbst, wenn ich nicht zu stolz gewesen wäre, ihm die Wahrheit zu sagen, hätte ich nicht gewusst, wo ich mit Fragen anfangen sollte. Diese Welt fühlte sich an wie ein Traum.

»Auf die Gefahr hin, dass ich dich gerade wie ein Kind behandle …« Er deutete auf ein Rechteck an der Wand. »… das hier ist der Lichtschalter. Damit kannst du die Lampen ein- und ausschalten.«

Zur Erklärung betätigte er ihn einmal. Dann erneut. Das Licht ging aus und wieder an.

»Hier drüben ist dein Badezimmer.« Er nahm meine Hand und zog mich zu einer weiteren Tür. »Toilette. Hier spülst du. Hier deine Badewanne. Dusche.« Er drehte an einem Hebel und von der Decke rauschte Wasser. »Wenn du dich waschen willst, hier sind Handtücher und äh … Bitte unterbrich mich, wenn du das alles schon weißt.«

»Tue ich nicht.« Aber ich hatte auch nicht die Energie, irgendetwas von dem Gesagten zu verarbeiten.

Mit einem Nicken schob er sich an mir vorbei und schloss die Tür wieder. »Hier ist dein Bett, eine Kommode. Morgen besorgen wir dir andere Kleidung. Hast du Hunger?«

»Nein.«

»Durst?«

»Nein.«

»Kann ich irgendetwas tun, damit du dich wohler fühlst?«

»Nein.« Meine Stimme versagte beinahe und ich spürte, dass ich den Tränen nahe war. Mir war alles zu viel. »Ich will einfach nur schlafen.«

Hunter lächelte matt. »Geht mir genauso. War ein harter Tag.«

»Mhm.« Unsicher begleitete ich ihn zur Tür. »Was passiert jetzt?«

»Wir schlafen erst mal. Und morgen hole ich dich ab. Dann sehen wir weiter. Ist das in Ordnung?«

Ich nickte.

»Ich …« Er zögerte. »Ich will dir wirklich nichts verbieten. Fühl dich hier ganz wie zu Hause. Aber ich glaube, es wäre besser, wenn du erst einmal auf deinem Zimmer bleibst und den Palast nicht auf eigene Faust erkundest.«

»Verstehe.«

»Es ist sicherer.«

Ich wollte ihn fragen, was genau an diesem Ort unsicher war, entschied dann aber, dass ich es gar nicht wissen wollte. Zumindest nicht im Moment.

»Kommst du bis morgen früh zurecht?«

»Ich denke schon.«

In seine Augen trat ein trauriger Ausdruck. »Ich will nicht lügen«, murmelte er. »Wird seltsam, wieder in einem Bett zu schlafen, ohne dich in der Nähe zu haben.«

Ein wenig irritierte mich seine Besorgnis, schließlich wusste er, dass ich sehr wohl auf mich aufpassen konnte, doch seine Worte hinterließen ein angenehmes Prickeln auf meiner Haut.

Geht mir genauso …

»Wer rettet mir den Hintern, wenn plötzlich ein Batul auftaucht?«

»Ich glaube nicht, dass du einen davon hier findest«, erwiderte ich lächelnd.

»Nein. Aber ehrlich. Du wirst mir fehlen.«

»Du mir auch.« Ich biss mir auf die Zunge, um weitere verräterische Worte daran zu hindern, meine Lippen zu verlassen. Schlimm genug, dass ich ihm das einfach so offenbarte. Dabei war das nicht einmal die ganze Wahrheit. Ich würde ihn nicht nur vermissen – ich wollte auch um alles in der Welt, dass er blieb. Dass er mich an diesem fremden Ort nicht allein ließ.

Aber das konnte ich ihm nicht sagen. Und vielmehr: Ich durfte nicht so denken. Es war in Ordnung, dass ich Hunter mochte, es war in Ordnung, dass ich ihm vertraute, doch ich durfte nicht vergessen, auf wessen Seite er stand. Und dass ich, wenn es hart auf hart kam, auf mich selbst gestellt war.

Ohne ein weiteres Wort wandte Hunter sich ab. Ich sah ihm hinterher, wie er durch die hohe Holztür verschwand und mir einen letzten unsicheren Blick zuwarf. Dann war ich so allein wie nie zuvor in meinem Leben.

Qatou kroch aus meiner Kleidung und begann sofort damit, die Umgebung zu untersuchen. Ich war froh, dass wenigstens er an meiner Seite war, aber gleichzeitig wünschte ich mir jemanden, mit dem ich mich über alles unterhalten konnte.

Abwesend schlenderte ich zu dem Kästchen an der Wand und drückte auf den Knopf. An. Aus. An. Aus. Nachdem ich mein Leben in den stets erleuchteten Wäldern verbracht hatte, war es befremdend, zu sehen, wie ich nur mit einer einzigen Handbewegung Dunkelheit schaffen konnte. Generell war diese Welt ungewohnt düster.

An einer Seite des Raumes war die Wand mit durchsichtigen Elementen versehen, hinter denen ich die Außenwelt vermutete. Gerade lag dort pechschwarze Finsternis, nur hin und wieder durchzogen von einzelnen, weiß glühenden Flocken. Sporen.

Nachdem sich meine Nervosität langsam gelegt hatte, entkleidete ich mich im angrenzenden Raum. Es war so unwirklich, dass selbst Wasser nur eine Handbewegung entfernt war. Sogar warmes. Ich trank einen Schluck aus dem kleinen Becken, ehe ich mich unter dem künstlichen Wasserfall wusch. Danach trocknete ich mich ab und kehrte zurück in den ersten Raum. Dort schaltete ich das Licht aus und legte mich ins Bett.

Weiche Stoffe umhüllten mich, fühlten sich angenehm kühl auf meiner erhitzten Haut an. Angenehm und doch unwirklich. Wie auch alles andere.

Es war still. Die Luft staubtrocken. Und das einzige Licht kam von Qatou, meinem Qo'ai und den Sporen draußen, die wie durch Magie nicht in mein Zimmer drangen.

Sobald ich nach Hause kam, würde ich viel zu erzählen haben. Die Houran würden mir förmlich an den Lippen kleben, obwohl ich selbst mehr Fragen als Antworten hatte. Die drängendste von allen, wie ich es schaffen sollte, die Kaiserin davon zu überzeugen, die Wälder in Ruhe zu lassen.

Ich hatte sie nur kurz gesehen, doch mir war nicht entgangen, wie sehr meine Anwesenheit sie störte. Die Frage war nur, wieso? Nach allem, was Hunter mir erzählt hatte, war den Aldan nicht bewusst, dass es die Eijn gab. Nur hatte die Kaiserin dafür nicht annähernd überrascht genug über mein Erscheinen gewirkt.

Aber so oder so blieb mir nichts anderes übrig, als mit ihr zu sprechen. Sie war die Anführerin des Eisernen Imperiums. Und wenn es jemanden gab, der das sinnlose Roden stoppen konnte, dann sie. Ich brauchte nur eine Audienz.

Ich schlief so tief und traumlos wie in meinem ganzen Leben noch nicht, als hätte mein Geist für die Dauer der Nacht meinen Körper verlassen. Erst, als es draußen bereits taghell war, wachte ich durch ein Klopfen auf.

Erschrocken richtete ich mich auf und erntete prompt ein empörtes Fiepen von Qatou, der auf meinem Kopf geschlafen hatte. Mein Puls schoss in die Höhe, bevor ich langsam realisierte, wo ich war. In einem Zimmer im Palast von Eleyburgh. Eingehüllt in eine hellweiße Decke, deren Farbe beinahe mit meiner Haut zu verschmelzen schien. Der Stoff war ungeahnt weich, verströmte einen blumigen Duft, den ich nicht genau zuordnen konnte.

Wieder klopfte es. Ich blickte verwirrt zur Tür. Ob das Hunter war? Aber warum kam er dann nicht einfach herein?

»Hallo?«, fragte ich.

»Darf ich reinkommen?« Die Stimme war weiblich und kam mir vage bekannt vor. Nicht genug, dass ich sie einem Bild zuordnen konnte, dafür war gestern zu viel passiert.

Womöglich wollte die Kaiserin mich sprechen?

»Ja.«

Gerade rechtzeitig schlüpfte Qatou hinter eines der Kissen, als die Tür aufging. Die Frau, die eintrat, kannte ich. Sie hatte Hunter bei unserer Ankunft umarmt, und auch wenn er mir nie erzählt hatte, wie sie aussah, vermutete ich, dass es Nyota war.

»Habe ich dich geweckt?« Auf ihren vollen Lippen lag ein undurchdringliches Lächeln, das es mir unmöglich machte, einzuschätzen, was sie gerade dachte.

»Ja.«

»Tut mir leid. Aber sicher wolltest du nicht den ganzen Tag verschlafen.«

Ich sah nach draußen, wo es jetzt hinter den durchsichtigen Wänden hell war. Viel gab es nicht zu sehen, nur eine Wiese und Bäume, die penibel in einer Reihe standen, als hätte jemand sie genau so gepflanzt.

»Ich hatte eigentlich gedacht, dass Hunter dir ein besseres Zimmer organisiert. Dieses hier wird eigentlich nie benutzt, weil die Aussicht nicht so schön ist. Von den anderen Räumen aus kann man die Stadt sehen statt den überwucherten Garten.«

Ein Lächeln schlich sich auf mein Gesicht. Nyota mochte die Aussicht nicht gefallen, doch ich war mir sicher, dass Hunter dieses Zimmer bewusst ausgesucht hatte. Die Bäume draußen waren zwar kein Vergleich zu meiner Heimat, wirkten daneben geradezu mickrig, aber sie waren trotzdem wie ein winziges Stück Zuhause. Ein beruhigend vertrauter Anblick in dieser vollkommen fremden Welt.

»Wo ist Hunter?«

»Bei einer Besprechung. Er und die Kaiserin haben viel zu klären.«

»Kannst du mich dorthin bringen?«

»Nein.«

Verwirrt sah ich sie an. »Wieso nicht? Ich muss mit ihr sprechen.«

Nyota seufzte. »Ich weiß. Hunter hat mir erzählt, weshalb du ihn begleitet hast, und glaub mir, du wirst eine Chance bekommen, deinen Fall vorzutragen, aber gerade hat Ihre Majestät andere Sorgen.«

»Wenn Hunter dir erzählt hat, wieso ich hier bin, dann solltest du wissen, dass mein Anliegen mindestens genauso dringend ist.«

»Wie gesagt«, erwiderte Nyota gedehnt. »Die Kaiserin ist gerade unpässlich.«

»Und wann hat sie Zeit?«

»Das weiß ich nicht.«

»Hunter hat mir versprochen, dass …«

»Hunter«, unterbrach Nyota mich scharf, »hat gerade tausend Probleme am Hals. Dein Wald ist nur eines davon.«

Ich ballte die Hände zu Fäusten. Was konnte bitteschön wichtiger sein als das Schicksal unserer Welt? Und überhaupt: Sollte ich hier etwa bis in alle Ewigkeit herumsitzen und warten, dass sich jemand dazu bequemte, mir zuzuhören? Mein Auftrag hatte oberste Priorität.

Nyota kam näher und ließ sich am Fußende meines Nachtlagers nieder. Wie schon gestern Nacht fiel mir auf, wie sehr sich ihre nachtschwarze Haut und ihr kurviger Körperbau von meinem Aussehen unterschied. Sie trug ein cremefarbenes Kleid, das über und über mit silbernen und goldenen Blumenverzierungen geschmückt war. Ein weiteres legte sie jetzt sorgsam auf die Decke zwischen uns.

»Hunter entschuldigt sich, dass er nicht hier sein kann«, sprach sie etwas sanfter weiter. »Und ich bin mir sicher, er würde dich nicht versetzen, wenn diese Besprechung nicht höchste Priorität hätte.«

Ich nickte schwach, konnte jedoch nicht verhindern, dass Enttäuschung sich in meinem Inneren breitmachte. Dabei war mir bewusst, dass ich für ihn nicht an erster Stelle stand. Als Prinz hatte er ebenso Pflichten zu erfüllen wie ich als Seherin. Aber gerade wollte ich nichts lieber, als meine Mission zu Ende bringen, um so schnell wie möglich nach Hause zurückzukehren.

»Da wir das nun geklärt hätten: Was hast du heute vor?«

Ich zuckte mit den Schultern. Was sollte ich schon vorhaben? »Warten, schätze ich.«

»Mhm. Ich hätte da eine bessere Idee.«

»Und welche?«

»Rein zufällig habe ich mitbekommen, dass du zum ersten Mal im kaiserlichen Palast bist. Ich will natürlich nicht angeben, aber unsere Gäste schwärmen immer davon, wie interessant meine Führungen sind. Lust auf einen kleinen Rundgang?«

Ich zuckte mit den Schultern, unsicher, ob ich mein Zimmer wirklich verlassen wollte. Allein dieser Raum hatte mehr zu bieten, als ich verarbeiten konnte.

»Weißt du … Ich kann absolut verstehen, wenn du lieber hier drin bleiben möchtest.«

»Ach ja?«

»Mhm.« Nyotas Miene wurde mitfühlend. »Ich kann mich noch genau daran erinnern, wie es war, als ich zum ersten Mal hier angekommen bin. Ich war zehn, als meine Eltern als Botschafter an den Kaiserlichen Hof berufen wurden, und ich hatte Todesangst.«

»So schlimm?«

»Oh ja! Ich musste meine Freunde und den Rest meiner Familie zurücklassen und in einen Teil des Imperiums reisen, den ich davor noch nie betreten habe. Dann war ich hier, die Menschen sprechen anders, sehen anders aus, haben andere Traditionen, andere Kleidung, einen anderen Glauben und und und.«

Im ersten Moment war ich misstrauisch, redete mir ein, sie erfand diese Geschichte, um mich zu beeinflussen. Um meine Sympathie zu gewinnen. Aber es lag keine Unaufrichtigkeit in ihrer Stimme oder ihrem Blick. Nyota erzählte mir diese Dinge, weil sie etwas Ähnliches durchgemacht hatte wie ich jetzt.

»Ich wusste nicht, dass es im Eisernen Imperium so große Unterschiede zwischen den Menschen gibt.«

»Das liegt an unserer Geschichte. Vor über tausend Jahren gab es hier auf dem Kontinent vierzehn verschiedene Länder. Ständig herrschten irgendwelche Konflikte oder ganze Kriege zwischen ihnen, bis die Erste Kaiserin, die Herrscherin des Reiches Chreste, sie einberief und einen Friedenspakt aushandelte. So konnten die Länder weiter existieren und ihre Kultur und Identität wahren, während sie gleichzeitig unter dem Banner des Eisernen Imperiums vereint waren. Gerade hier im Palast und in der Hauptstadt sieht man Menschen aus allen Ecken des Reiches.«

»Also hast du dich schnell eingewöhnt?«

»Nein.« Nyota zwinkerte mir zu. »Und leicht war es auch nicht, aber es hat geholfen, Freunde und Vertraute an meiner Seite zu haben, obwohl ich Hunter manchmal gern eins überbraten würde.«

Bei der Vorstellung musste ich kichern, weil ich sie so gut nachvollziehen konnte. Ich mochte Hunter, aber mit seiner offenen Art eckte er sicher öfter irgendwo an.

»Davon abgesehen, ist er ganz in Ordnung. Sogar so in Ordnung, dass er speziell mich damit beauftragt hat, sich um dich zu kümmern. Nicht mal die Bediensteten dürfen in die Nähe deines Zimmers, bevor du nicht dein Einverständnis gegeben hast.«

»Das ist nett«, sagte ich verwundert über seine Umsicht.

»So ist Hunter eben. Er sorgt sich um nichts, außer die, die ihm am Herzen liegen.«

Unter ihrem Blick wurde ich rot. Mit Sicherheit hasste er mich nicht, aber ich würde nicht behaupten, dass ich ihm *am Herzen lag*.

Dazu waren wir viel zu unterschiedlich – ganz davon abgesehen, dass wir uns kaum kannten.

Nyota räusperte sich. »Also. Rundgang? Ja oder nein?«

Kurz dachte ich über das Angebot nach. Ehrlicherweise wäre es mir am liebsten gewesen, einfach hier drin zu sitzen und darauf zu warten, dass die Kaiserin mich empfing, aber das wäre wohl kaum einer Botschafterin der Eijn würdig. Schließlich wollte ich einen guten Eindruck machen und etwas über die Aldan lernen.

»Ja.«

»Klasse. Dann gebe ich dir Zeit, dich umzuziehen, und warte vor der Tür auf dich. In Ordnung?«

Als ich nickte, hatte sich Nyota schon aufgerichtet. »Ich hoffe, das Kleid passt dir. Wenn nicht, habe ich in meinen Räumen noch ein paar Dutzend andere, aus denen ich längst rausgewachsen bin.«

»Danke.«

Als sie lächelte, kamen ihre strahlend weißen Zähne zum Vorschein. »Bevor ich es vergesse: Ich bin Nyota.«

»Kaeliah.«

»Na dann, Kaeliah. Bis gleich.«

Der Stoff erinnerte mich an die Seide, die die Quturtan aus den Fäden der Khisula-Spinnen fertigten. Er war warm, sanft auf meiner Haut und trotz seiner Dicke federleicht. Doch so bequem es auch war, das Kleid passte mir kaum. An den meisten Stellen war es mir zu weit und hing an mir herunter wie ein übergroßes Tuch. Dazu sah ich in dem weißen, mit feinen Blumen bestickten Stoff aus wie ein Geist. Aber immerhin würde ich damit weniger auffallen als in den Kleidern meines Volks.

Als ich aus der Zimmertür trat, musterte Nyota mich nachdenklich. »Ich war wohl schon mit vierzehn breiter als du. Ich beauftrage meinen Schneider Jagadish, dich mit etwas Passendem zu versorgen.«

»Ich denke nicht, dass das nötig sein wird.«

»Wird es«, entgegnete sie, während sie sich bei mir unterhakte. »In den nächsten Tagen wimmelt es hier nur so von Fürsten und ihrem Gefolge. Ich bin die Letzte, die dir verbieten will, deine eigene Kleidung zu tragen, aber ich glaube, es ist besser, wenn du ihnen so wenig Angriffsfläche wie möglich bietest.«

»Warum sollten sie mich wegen meiner Kleidung angreifen wollen?«, fragte ich stirnrunzelnd. Klar waren die Menschen am Hof anders angezogen als die Eijn, aber ich verstand nicht, wieso ihnen das einen Grund geben sollte, mich anzugreifen.

»Weil es Menschen gibt, die sich für etwas Besseres halten. Man sieht dir an, dass du nicht von hier bist, und allein dadurch ziehst du schon genug Aufmerksamkeit auf dich.«

»Und das ist schlecht?«

Nyota seufzte. »Ich weiß es nicht. Deine Ankunft hat einiges aus der Bahn geworfen. Ich meine, keiner wusste, dass Menschen im Wald leben, und jetzt stehst du hier und bist der lebende Beweis dafür, dass wir uns nicht nur getäuscht haben, sondern auch unerlaubt in euren Lebensraum eingegriffen haben. Einige werden diesen Fehler erkennen, andere dagegen würden lieber Blut an ihren Händen sehen, als nachzugeben.«

Ich presste die Lippen zusammen und hoffte, dass Nyota nicht bemerkte, wie viel Angst mir die Aussicht, dass niemand mir zuhören würde, einjagte. Natürlich war mir bewusst, dass es nicht leicht sein würde, die Aldan zu überzeugen, doch die Vorstellung, dass manche von ihnen die Eijn lieber sterben lassen würden, als ihre Gewohnheiten zu ändern, erwischte mich kalt. Kaum vorstellbar, wie jemand so grausam sein konnte. Dennoch war ich froh, dass Nyota mir davon berichtet hatte. Es war besser, darauf vorbereitet zu sein und mich nicht auf guten Willen zu verlassen.

»Was ist mit der Kaiserin?«, fragte ich heiser, während wir einen langen Gang entlanggingen. »Wie steht sie dazu?«

Rechts von uns reihte sich eine Tür an die andere, links konnte ich nach draußen in einen gepflasterten Innenhof blicken, der geisterhaft verlassen wirkte. Ich war gestern so müde gewesen, dass mir die schiere Größe des Palastes nicht aufgefallen war, doch jetzt staunte ich über die Pracht und fühlte mich neben den dunklen, mit Gold verzierten Wänden und Pilastern winzig klein.

»Ich weiß es nicht. Die Kaiserin ist gütig und fair, aber auch verdammt gut darin, sich nicht in die Karten schauen zu lassen. Ich fürchte also, du musst selbst herausfinden, wie sie zu der Sache steht.«

Und was, wenn sie dein Anliegen ablehnt?, fragte eine höhnische Stimme in meinem Kopf. *Was, wenn sie dir gar nicht zuhört? Dann war alles umsonst.*

Ich schluckte und versuchte, mich auf meine Umgebung zu konzentrieren, aber der Gedanke ließ mich nicht los.

Eine ganze Weile folgten wir dem schier endlos langen Gang. Hunter musste mich gestern auch hier entlanggeführt haben, aber ich erinnerte mich nicht mehr. Die Decke spannte sich in spitzen Bögen über uns, von denen funkelnde Lampen herunterbaumelten. Zwischen den schwarz lackierten Türen hingen große Bilder, die Landschaften, Gebäude und Personen zeigten.

»Das ist die erste Kaiserin«, erklärte Nyota und deutete auf das Porträt einer dicken Frau, die ein opulentes rotes Kleid trug und ein Schwert in der Hand hielt. Sie hatte einen strengen Blick, auffällig buschige Augenbrauen und weißes Haar, das zu einem Berg auf ihrem Kopf aufgetürmt war. »Du findest in so ziemlich jeder Ecke des Palastes Bilder von ihr. Früher habe ich Hunter damit aufgezogen, wie ähnlich er ihr sieht.«

»Die gleichen Augenbrauen«, stellte ich fest.

»Genau! Ich wusste doch, ich bilde mir das nicht ein.«

Unser erster Stopp war die Küche, wo Nyota mir Frühstück organisierte. Ich war erleichtert, frisches Obst zu finden, das mich zumindest vage an das aus dem Wald erinnerte. Ich aß einen Apfel und ließ einen zweiten in der Tasche meines Kleids verschwinden. Keine ganze Mahlzeit, doch mehr bekam ich vor lauter Aufregung ohnehin nicht herunter.

Von der Küche aus spazierten wir weiter ins Zentrum des Palastes. Dabei legten wir so viel Strecke zurück, dass ich mich langsam fragte, wie groß diese Anlage war. Allein die Gänge schienen kein Ende zu nehmen.

Nyota hatte nicht gelogen, als sie sich als ausgezeichnete Führerin bezeichnet hatte. Es gab nicht ein Gemälde, keine Tür oder Nische, deren Geheimnisse sie nicht kannte. Dazu lernte ich mit jedem neuen Raum auch neue Wörter – Parkett, Fenster, Stuck, Fresko –, weshalb mir schon bald der Schädel brummte. Gleichzeitig konnte ich gar nicht genug davon bekommen. Diese Welt, so fremd und angsteinflößend sie auch schien, war mindestens genauso faszinierend.

Wir durchschritten einen Ballsaal, an dessen Decke jemand den Himmel gemalt hatte. Der Holzfußboden war poliert, sodass sich die hohen Fenster darin spiegelten, doch es war vor allem seine schiere Größe, die mich den Atem anhalten ließ.

»Hier halten wir unsere Festlichkeiten ab. Wenn du noch ein paar Tage bleibst, kommst du vielleicht sogar in den Genuss.«

»Gibt es denn etwas zu feiern?«

»Alexanders Begräbnis. Im Eisernen Imperium ist es Tradition, eine Feier zu veranstalten, wenn ein Toter der Erde übergeben wurde.«

»Kanntest du ihn?«, kam mir über die Lippen, bevor ich darüber nachdenken konnte. »Alexander, meine ich.«

Kurz schwieg Nyota. Sie streckte die Arme aus, folgte der Zick-Zack-Linie des Parketts, bevor sie mit einer Drehung ihren langen Rock zum Schwingen brachte wie eine Tänzerin.

»Er war ein Freund«, sagte sie schließlich, ohne mich anzusehen. »Er stand mir nicht so nahe wie Hunter, aber wir sind zusammen aufgewachsen. Sein Tod kam ziemlich plötzlich.«

»Tut mir leid.«

»Schon gut. Diese Dinge passieren. Das ist die Welt, in der wir leben. Nur macht es das nicht weniger traurig.«

Gleichzeitig schauten wir nach draußen. Von hier aus konnte man den Garten sehen, überwucherte Wege, algenbewachsene Springbrunnen, wilde Bäume, Blumen und Sträucher, als würde die Natur sich bereitmachen, um bald auch den Palast zu erobern. Kein einziger Mensch war draußen unterwegs. Stattdessen waren alle hier drinnen, wo die Luft roch, als hätten sie schon Tausende Lungen geatmet.

An den Ballsaal grenzte ein Raum, der vor Gold nur so strotzte. Das Herzstück bildete ein langer Tisch, an dem vermutlich mein halbes Dorf Platz gefunden hätte. Danach folgte ein Salon mit opulenten Sofas, die zu mehreren Sitzecken zusammengestellt waren. Von ihm zweigte seitlich eine Tür ab, in die eine Scheibe eingelassen war. Ich blieb stehen und sah durch das Glas, an dem sich feine Wassertropfen gesammelt hatten. Dahinter erkannte ich das satte Grün von Pflanzen, vereinzelt durchzogen von weißen Flocken. Verwirrt runzelte ich die Stirn.

»Das ist die Orangerie«, erklärte Nyota. »Ein Garten im Gebäude. Dort werden Gewächse aus allen Teilen des Reiches gezüchtet.«

»Können wir hinein?«

»Nein. Bis auf Weiteres ist dieser Bereich abgesperrt. Dort«, sie stockte kurz, »haben die Sporen Alexander erwischt.«

Ich nickte, konnte meinen Blick aber nicht von der Tür lösen. Der Gedanke, einen Wald in einem Gebäude zu betreten, war verführerisch, doch Nyotas Worte zusammen mit dem Anblick der Sporen reichten als Warnung. Schließlich war Hunters Bruder an ihnen gestorben.

Nur wie? Unwillkürlich blieb ich an dem Gedanken hängen. Wenn der Garten komplett von der Außenwelt abgeschottet war, wie waren die Sporen hineingekommen?

Die Frage lag mir bereits auf der Zunge, aber Nyotas Blick ließ mich innehalten. In ihm lag der Schmerz einer längst nicht verheilten Wunde. Und ich wollte nicht auch noch Salz hineinstreuen, bloß weil ich die Umstände von Alexanders Tod nicht ganz verstand.

Stattdessen ließ ich mich von ihr weiter durch die schier endlosen Räume des Palasts führen. Jeder diente einem anderen Zweck. Es gab mehrere Salons, Musizierzimmer, Malzimmer, einen ganzen Trakt für Dienstboten, eine Bibliothek, unzählige Studierzimmer und dabei waren wir noch nicht einmal in die Nähe des Bereichs gekommen, in dem sich die privaten Räumlichkeiten der kaiserlichen Familie befanden.

Auf dem Weg durch die Anlage begegneten uns immer wieder Menschen, die mich mal mehr, mal weniger auffällig musterten. Nyota ließ sich von den Blicken nicht beirren. Sie grüßte stets freundlich und wechselte ein paar Worte mit den Leuten, die sie kannte. Doch dann näherte sich uns eine neue Gruppe und ihre heitere Miene wurde zu Stein.

Wir hatten gerade das zweite Musikzimmer verlassen, und Nyotas Gesichtsausdruck nach zu urteilen, wäre sie wohl am liebsten wieder darin verschwunden. Stattdessen blieb sie wie angewurzelt stehen, während die Gespräche der Neuankömmlinge ins Stocken gerieten. Ich zählte sieben Personen, von denen fünf schnurstracks an uns vorbeiliefen. Die anderen beiden hielten bei uns an.

Der eine, ein Mann mit grauem Haar, Vollbart und heller Haut, lächelte so breit, dass mir allein beim Zusehen die Mundwinkel schmerzten. Seine Begleiterin, eine blonde Frau etwa in Nyotas und meinem Alter, starrte mich unverhohlen an, als würde mir ein Frosch im Gesicht kleben.

»Fürst Alastair.« Nyota machte eine Verbeugung. »Und Liliyana.«

»Nyota.« Der Mann sprach ihren Namen seltsam aus, obwohl er ihn sicher nicht zum ersten Mal benutzte. *NÜotta* nicht *Nijota.* »Es ist schön, dich zu sehen, auch wenn ich mir wünschte, es wären freudigere Umstände, die uns hierherführen. Immer wieder diese Trauerfeiern ... Findest du nicht auch, dass es an der Zeit für schönere Feierlichkeiten wäre? Eine Hochzeit zum Beispiel.«

Nyota lachte verhalten. »Das würde ich begrüßen. Ich fürchte nur, das wird noch dauern.«

»Wieso? Hat der Prinz dir immer noch nicht sein Herz geöffnet, obwohl du ihm kaum von der Seite weichst?« Die Frage ließ Nyotas Gesichtszüge entgleisen. Aber nur Augenblicke später hatte sie ein frostiges Lächeln aufgesetzt.

»Ich bitte Euch, Fürst. Wir wissen doch beide, dass der Prinz nur Augen für sein Flugzeug hat.«

»Wohl wahr. Und wer ist deine Freundin? An so ein Gesicht würde ich mich doch erinnern.«

Unter seinem bohrenden Blick begannen meine Wangen zu glühen, aber anders als meiner Begleiterin wollte mir ein Lächeln einfach nicht gelingen. Ich schaffte es ja kaum, dem Mann einfach nur in die Augen zu sehen. *So ein Gesicht* – als wäre ich aus einer anderen Welt.

»Das ist Kaeliah«, wurde ich vorgestellt. »Sie ist ein besonderer Gast des Prinzen. Wir sind gerade dabei den Palast zu erkunden.«

»Also ist es wahr? Der verlorene Prinz ist aus den Wispernden Wäldern zurückgekehrt. Eine beachtliche Leistung, findest du nicht auch?« Er schaute mich an, als erwartete er, dass ich ihm eine Antwort liefern könnte, aber meine Kehle war wie zugeschnürt.

»Hunter steckt eben voller Überraschungen«, kam Nyota mir zu Hilfe.

»Dich habe ich nicht gefragt. Nun, *Kaeliah*?« Jede Silbe meines Namens aus seinem Mund fühlte sich an wie ein Dolchstoß. »Eine beachtliche Leistung, einfach so dem gefährlichsten Ort der Welt zu entkommen, nicht wahr?«

»Es war nicht leicht«, antwortete ich und versuchte dabei selbstbewusst zu klingen. »Wir hatten großes Glück.«

»Glück?«

»Ja.«

Noch immer lächelte Fürst Alastair, doch der Ausdruck in seinen braunen Augen sprach eine andere Sprache. Die Feindseligkeit darin war so offensichtlich, dass ich fast zurückgewichen wäre.

»Und wie …«

»Alastair.« Zum ersten Mal meldete sich Liliyana zu Wort und legte behutsam die Hand auf den Oberarm ihres Begleiters, ohne sich dabei von mir abzuwenden.

»Gleich.«

»Lass uns gehen. Bitte.«

Er sog scharf Luft ein, wodurch sich seine breiten Nasenflügel aufblähten. »Ihr müsst uns entschuldigen. Wie es scheint, ist meine Frau müde.«

»Kein Wunder. Wie lange seid Ihr geflogen?«, fragte Nyota.

»Zehn Stunden.« Liliyana seufzte. »Ich reise so viel lieber per Zug oder Automobil.«

»Geht mir nicht anders.«

»Na dann, wenn ihr uns entschuldigt«, unterbrach Alastair den Austausch barsch. »Nyota. Kaeliah. Wir sehen uns später.«

Die Worte klangen wie eine Drohung und hallten selbst dann in meinem Inneren nach, als ihre Schritte nicht mehr zu hören waren.

Eine gefühlte Ewigkeit schien zu verstreichen, bis Nyota endlich wieder etwas sagte. »Weißt du noch, wie ich dir erzählt habe, dass manche Menschen wesentlich schwerer zu überzeugen sind?« Selbst jetzt sprach sie im Flüsterton.

»Ja.«

»Alastair ist einer davon. Er kennt mich seit meiner Kindheit und trotzdem spricht er meinen Namen nie richtig aus. Bei meinen Eltern macht er das auch. Er ist der Herrscher des Fürstentums Colastine und damit einer der mächtigsten Männer im ganzen Land.«

Ich schluckte und verschränkte die Arme vor der Brust, um das Zittern darin zu verbergen. Dabei war es offensichtlich, wie sehr mir diese Begegnung zugesetzt hatte.

»Ist das denn wichtig? Für mich, meine ich.«

»Ich fürchte, ja. Die Kaiserin mag zwar an der Spitze des Imperiums stehen, aber sie trifft keine Entscheidung ohne ihr Gremium aus vierzehn Fürsten. Sie zu überzeugen, wäre also nur der Anfang – am Ende braucht es die Mehrheit in der Versammlung, um ein Anliegen durchzusetzen.«

Abwesend starrte ich in die Richtung, in die Alastair und Liliyana verschwunden waren. Meine Schläfen pochten schmerzhaft, während ich versuchte, mich nicht von dieser Begegnung entmutigen zu lassen. Bloß weil einer der Fürsten ein Problem mit mir hatte, war das noch lange kein Grund, die Hoffnung aufzugeben. Schließlich gab es noch dreizehn weitere – und die Kaiserin. Acht davon musste ich überzeugen, dass sie mit ihrer Lebensweise nicht nur den Wald, sondern letztlich auch sich selbst zerstören würden. Etwas, das ich bisher nicht einmal bei Hunter geschafft hatte.

Trotzdem glaubte ich an meine Chance. Auch wenn ich womöglich mehr Zeit hier verbringen musste, als mir lieb war. Blieb nur zu hoffen, dass es am Ende nicht umsonst sein würde.

Oder gar zu spät …

XIX

HUNTER

Schon zum dritten Mal hob ich die Hand, nur um sie wenige Sekunden danach wieder sinken zu lassen. Mir war bewusst, dass ich früher oder später anklopfen musste, aber bislang sträubte sich jede Faser meines Körpers dagegen, das Arbeitszimmer meiner Mutter zu betreten. Dabei hatte ich bereits eine halbe Ewigkeit herumgetrödelt.

War es normal, dass man vor einem Gespräch mit der eigenen Mutter nervöser war als vor jeder Prüfung? Selbst mein mündliches Examen in Geschichte hatte mir nicht so viel Angst eingejagt wie die Vorstellung, gleich der Kaiserin unter die Augen treten zu müssen.

Dabei müsste ich eigentlich froh sein, sie wiederzusehen und endlich in Ruhe mit ihr reden zu können. Mein Kopf verstand das, aber mein Herz wäre am liebsten aus meinem Brustkorb gehüpft und hätte das Weite gesucht.

Mit einem Seufzen hob ich erneut meine Hand. Ließ sie sinken. Hob sie wieder. Dann endlich fand ich den Mut, anzuklopfen.

»Herein.«

Ich fuhr mir nervös über den frisch rasierten Kiefer. Ob es wohl sehr unhöflich wäre, meiner Mutter zu sagen, ich sei unpässlich und könne erst in ein paar Wochen mit ihr sprechen?

Ehe ich mir zu lange den Kopf darüber zerbrechen konnte, trat ich ein. Sofort blendete mich grelles Sonnenlicht, das durch die hohen Fenster fiel. Eines davon war eine Tür, die nach draußen auf einen Balkon führte, den seit Ewigkeiten niemand mehr betreten hatte. Von dort hatte man einen ausgezeichneten Blick auf den Ehrenhof und die lange Promenade, die sich wie eine Ader durch die Stadt zog.

Meine Mutter stand mit dem Rücken zu mir, scheinbar ganz in die Aussicht vertieft. Nach dem Ausrutscher letzte Nacht gab sie heute die perfekte Herrscherin in einer eng geschnittenen schwarzen Uniform, deren Ärmel mit goldenen Ranken verziert waren. Bei ihrem Anblick fühlte ich mich auf einmal wieder wie der Kadett, der seinem Hauptmann erklären musste, wieso die Statue der ersten Kaiserin vor der Akademie plötzlich wasserfeste Schminke trug.

»Du wolltest mich sprechen?«, fragte ich vorsichtig.

»Du mich etwa nicht?« Endlich wandte sich um und das sanfte Lächeln auf ihren Lippen beruhigte meinen Herzschlag ein wenig. »Es ist schön, dass du wohlbehalten zurück bist.«

»Es ist schön, wieder hier zu sein.«

Als wollte sie dieses ohnehin förmliche Treffen noch steifer gestalten, deutete meine Mutter auf die Sitzecke, wo jemand frischen Tee und Scones vorbereitet hatte. Still kam ich der Aufforderung nach und stöhnte wohlig auf, als ich mich auf dem dick gepolsterten Sessel niederließ. Mein Körper hatte sich noch nicht wieder an den Komfort des Palastes gewöhnt.

»Scones?«, fragte meine Mutter.

»Nein, danke.«

Danach schwiegen wir. Unsicher, was ich sagen sollte, ließ ich meinen Blick durch den Raum schweifen. Die Papierstapel auf ihrem riesigen Schreibtisch waren seit meinem letzten Besuch weiter gewachsen. Dort war das Loch in dem rot gemusterten Teppich aus dem Fürstentum Endhu von dem Tag, als Alexander und ich entdeckt hatten, dass man mit einer Lupe Hitze erzeugen konnte. Es war ungewohnt sentimental von meiner Mutter, dass sie das Stück nie entsorgt hatte, während alles andere in dem Raum so unpersönlich wirkte. Von den riesigen Bücherregalen zu dem auf Hochglanz polierten Wappen an der Wand gab es fast nichts, was darauf hinwies, dass sie hier mehr Zeit verbrachte als überall sonst im Palast.

Schließlich schaute ich ihr erneut ins Gesicht. Ich sah ihr an, dass ihr tausend Fragen auf der Zunge lagen, doch sie nahm sich Zeit, erst einen Schluck Tee zu trinken. »Wie geht es dir?«

»Dein Ernst?«, brach es aus mir heraus. »Du fragst mich, wie es mir geht?«

»Ich dachte, etwas Unverfängliches würde uns den Einstieg erleichtern. Aber wenn du willst, können wir gleich mit den wichtigen Themen weitermachen wie ›Wieso hast du eine Eijn mit in den Palast gebracht?‹ und ›Wann planst du, Alexanders Pflichten aufzunehmen?‹. Glaub mir, ich habe eine ganze Menge Fragen und du wirst diesen Raum nicht verlassen, bevor du mir jede einzelne beantwortet hast.«

Das Grinsen gefror auf meinem Gesicht. Jedes ihrer Worte fühlte sich an wie ein Schuss in die Brust, und ich bereute, überhaupt hergekommen zu sein.

»Also?«

»Mir geht es gut, danke der Nachfrage.«

»Hunter.«

»Was willst du hören?«, zischte ich.

»Die Wahrheit.«

Schnaubend verschränkte ich die Arme vor der Brust, löste sie jedoch gleich wieder, um mir eines der Scones zu nehmen. Meine Mutter hatte sie vermutlich geordert, wohlwissend, dass ich ihnen nicht widerstehen konnte. Manchmal hasste ich es, dass sie mich so gut kannte.

»Ich bin müde«, erklärte ich, nachdem ich das Gebäckstück in meinen Schwarztee getunkt hatte, »obwohl ich ziemlich lange geschlafen habe. Außerdem habe ich den schlimmsten Muskelkater meines Lebens und an die zehntausend Mückenstiche. Davon einmal abgesehen, geht es mir gut.«

»Das freut mich.«

»Und wie geht es dir?«

Sie verzog die Lippen, ob amüsiert oder gequält, konnte ich nicht sagen. »Wie soll es mir gehen? Bis gestern habe ich gedacht, dass ich an einem Tag meine beiden Söhne verloren habe. Wir haben gerade deine Gedenkfeier geplant, als Jonathan mir einen Anruf der Nationalgarde durchgestellt hat.«

»Wow. Ich hoffe, du hast die Einladungen noch nicht rausgeschickt.«

»Hunter.«

»Entschuldige.« Es war schwer, meine Wut zu kontrollieren, obwohl mir klar war, dass meine Mutter genau das getan hatte, was man von ihr erwartete. Trotzdem fühlte sich der Gedanke daran, wie rational sie weitergemacht hatte, schmerzhaft an. Und die Vorstellung, dass sie vielleicht schon eine Trauerrede für mich geschrieben hatte, irgendwie … gruselig. »Das alles«, fügte ich vorsichtig hinzu, »tut mir furchtbar leid.«

Sie rieb sich die Schläfe. »Erzähl mir, was passiert ist.«

»Okay …« Nervös verdrückte ich den Rest meines Scones. Ich fühlte mich noch nicht bereit, das Erlebte aufzuarbeiten. Aber es half ja nichts. »An dem Tag, an dem Alexander … Du weißt schon. Ich war überfordert, also habe ich mich in mein Flugzeug gesetzt, um meinen Kopf freizubekommen. Irgendwo über den Wispernden Wäldern bin ich in Turbulenzen geraten und abgestürzt. Ehrlich, ich habe keine Ahnung, wie ich das überlebt habe, aber als ich aufgewacht bin, war ich in diesem Dorf. Kae war da, es gab eine Art Verhandlung mit den Anführern und danach haben wir uns auf den Weg hierher gemacht. Zweimal wurde ich fast aufgefressen, aber jetzt bin ich hier.«

»Und jetzt bist du hier«, bestätigte meine Mutter mit wohlwollender Miene. Doch so schnell wie dieser für sie geradezu intensive Gefühlsausbruch kam, so schnell verschwand er auch, als es an der Tür klopfte.

»Herein!«, rief Mutter, mein Stirnrunzeln ignorierend.

»Störe ich?« Die Tür war nur einen Spaltbreit geöffnet, doch ich erkannte die Stimme sofort. Sie erinnerte mich immer an die Gute-Nacht-Geschichten, die Onkel Rowan mir in meiner Kindheit vorgelesen hatte.

»Nein. Sicher interessierst du dich auch für Hunters Bericht.«

Immer mehr fühlte sich dieses Gespräch an wie ein Debriefing beim Militär, nur Fakten, keine Emotionen – zumindest bis Rowan eintrat, ein Lächeln im Gesicht, das selbst dem strahlenden Sonnenlicht draußen Konkurrenz machte. Reflexartig erhob ich mich, um ihm die Hand zu schütteln, und wurde stattdessen in eine Umarmung gezogen, die mir die Luft aus der Lunge presste.

»Ich bin so froh, dass du heil zurückgekehrt bist«, murmelte Rowan. »Als die Flugsicherung bekannt gegeben hat, dass du über den Wäldern vom Radar verschwunden bist, da …« Seine Stimme brach und mein Herz gleich mit. Wo meine Mutter an Emotionen sparte, hatte mein Onkel manchmal zu viele – aber jetzt gerade tat es gut, wenigstens von einem Familienmitglied zu hören, dass es ehrlich besorgt um mich gewesen war.

»Du kennst mich.« Sanft schob ich ihn von mir weg und ließ mich wieder auf meinen Platz sinken. »Wie hat Codie immer gesagt? Ich bin wie eine Kakerlake – einfach nicht kleinzukriegen.«

»Das mag ja sein, aber aus den Wispernden Wäldern kommt normalerweise auch kein Insekt lebendig zurück. Wie hast du es geschafft?« Nachdenklich fuhr mein Onkel sich über das glatt rasierte Kinn.

»Eins nach dem anderen«, bestimmte meine Mutter. »Zuerst reden wir über das Mädchen.«

»Kae?«

»Wenn das der Name der Eijn ist, ja.«

Ich schnaubte. »Ja. Guter Punkt übrigens. Wann wolltet ihr mir eigentlich davon erzählen, dass die ach so tödlichen Wälder gar nicht so verlassen sind, wie ich immer dachte? Hab ich da im Unterricht geschlafen oder ist das eines dieser streng geheimen Dinge, für die ich bisher nicht wichtig genug war?«

Die beiden tauschten stille Blicke.

»Ich höre?«

»Es ist kompliziert«, antwortete meine Mutter, und es klang endgültig.

»Ach was.«

Beinahe verschluckte sich Rowan an seinem Tee. Mit einem Räuspern unterdrückte er ein Husten. »Was deine Mutter damit sagen will: Niemand wusste, dass es die Eijn noch gibt. Wir hatten vage Vermutungen, mehr nicht.«

»Okay …« Ich zog das Wort in die Länge, weil ich keine Ahnung hatte, was ich davon halten sollte. »Und diese Vermutung mit mir zu teilen war …«

»Nicht relevant«, erwiderte die Kaiserin. »Es gab für uns keinen Grund, dich in etwas einzuweihen, das auf reiner Spekulation beruhte.«

»Ach so. Klar. Und wieso haltet ihr es überhaupt geheim?«

»Weil es besser so ist.«

Ich konnte förmlich hören, wie mein Geduldsfaden riss. »Ist das dein Scheißernst? Selbst jetzt verrätst du mir nichts? Ich dachte, ich soll in Alexanders Fußstapfen treten. Ich war im Wald. Ich habe die Eijn getroffen. Wird es da nicht langsam Zeit, dass mir jemand irgendwas erklärt?«

Mit zusammengepressten Lippen wandte meine Mutter sich ab. Es war ihr Schwager, der antwortete: »Die Existenz der Eijn wurde verschleiert.«

»Rowan.« Mutters Stimme nahm einen warnenden Unterton an.

»Nein, Hunter hat recht. Es wird Zeit, dass wir ihn miteinbeziehen.«

Das wäre ja mal etwas Neues. Abwartend verschränkte ich die Arme vor der Brust.

»Wie bereits gesagt, waren wir uns nicht sicher, ob die Eijn noch existieren. Vielleicht weißt du schon, dass es vor vielen Hundert Jahren zu einem Krieg kam. Danach sind sie in den Wald verschwunden und Kaiser Alfred II. hat alles darangesetzt, damit sie so schnell wie möglich in Vergessenheit gerieten.«

Ich blinzelte verwirrt. Das deckte sich mit dem, was Kae mir erzählt hatte, nur »Wieso?«.

»Propaganda«, setzte meine Mutter überraschenderweise ein. »Ein Land, das für Frieden und Einigkeit steht, kann es sich nicht leisten, für den Untergang eines Volkes verantwortlich zu sein, das ihm technologisch vollkommen unterlegen ist.«

»Aha. Und wann genau wolltet ihr das aufarbeiten?«

»Das spielt keine Rolle.«

»Nicht? Dass in dem Wald, den wir seit Jahrzehnten abholzen, Menschen leben und wir ihren Lebensraum vernichten, spielt keine Rolle?«

Sie ballte die Hände zu Fäusten, doch statt darauf einzugehen, wechselte sie das Thema. »Warum hast du sie mitgebracht?«

Kurz überlegte ich, ob ich weiterbohren sollte. Erst Antworten einfordern, bevor ich meiner Mutter welche gab. Doch ich hatte keine Chance gegen sie. Sie war die Kaiserin. Sie bekam, was sie wollte. Ich dagegen …

»Weil ich dachte, es wäre diplomatisch klug.« Ich stolperte beinahe über die Worte. Wann tat ich schon etwas diplomatisch Kluges?

»Was hast du dir davon erhofft?«

»In erster Linie, am Leben zu bleiben«, entgegnete ich heftiger als beabsichtigt. Ich holte einmal tief Luft, ehe ich fortfuhr. »Ohne sie hätte ich niemals den Weg zurück gefunden. Kae wünscht sich einfach nur eine Audienz bei dir. Überraschenderweise mögen es die Leute nicht besonders gern, wenn man ihre Heimat zerstört.«

»Das ist doch Quatsch.« Rowan, der eine Weile schweigend dagesessen hatte, winkte ab. »Der Wald ist riesig und bietet genügend Rohstoffe für uns alle.«

»Das sehen die Eijn anders. Und ehrlich gesagt kann ich ihren Standpunkt auch ein wenig verstehen. Nicht nur ist es buchstäblich ihr Lebensraum, sie verehren den Wald auch wie eine Gottheit.«

»Hunter«, sagte meine Mutter mahnend. »Auf wessen Seite stehst du? Du weißt, dass wir den Bernstein zum Leben brauchen.«

»Du weißt, auf welcher Seite ich stehe. Ich wollte nur anbringen, dass es womöglich einen Kompromiss gibt, mit dem alle Seiten glücklich sind. Aber das klärst du am besten mit Kae. Ich bin schließlich nur der Bote.«

»Was …«

Die Kaiserin hatte nicht die Chance, mich zurechtzuweisen, denn Rowan fiel ihr ins Wort. »Die soll sie bekommen. Das ist das Mindeste, was wir tun können, nachdem das Mädchen die beschwerliche Reise auf sich genommen und Hunter zurückgebracht hat, findest du nicht, Adelyn?«

Mutter schwieg, nickte aber.

»Natürlich erst nachdem wir über die dringlicheren Angelegenheiten gesprochen haben.« Rowan setzte ein entgegenkommendes Lächeln auf. Das mochte ich an ihm. Mit ihm war es immer mehr, als würde man mit einem echten Menschen sprechen und nicht nur mit einer Rolle. Er gab sich zumindest Mühe, meinen Standpunkt zu verstehen und auf mich einzugehen, während meine Mutter nur ihrer kaiserlichen Agenda folgte.

»Schön«, knurrte ich, während ich mich im Sitz zurücklehnte. »Was steht an?«

Meine Mutter strich über den schwarzen Stoff ihrer Hose. Das tat sie immer, wenn sie sich ihre nächsten Worte bereits zurechtgelegt hatte. »Vieles. Heute und in den nächsten Tagen reisen die Vertreter aller Fürstenhäuser an. Im Vordergrund steht selbstverständlich Alexanders Bestattung, aber es gibt auch vieles zu besprechen. Ich möchte, dass du dabei bist.«

»Alles klar.« Ich gab mir Mühe, meine Stimme gleichgültig klingen zu lassen, obwohl allein das Wort *Bestattung* einen Kälteschauer durch meinen Körper jagte.

»Ich möchte, dass du diese Gespräche ernst nimmst. Als zukünftiger Kai…«

»Tue ich, Mutter.« Am liebsten hätte ich mir die Hände auf die Ohren gepresst. »Nur bitte erspar mir den zukünftigen Kaiser.«

Sie spannte den Kiefer an, während sich ihr Blick förmlich in mein Gesicht bohrte. Erst da fiel mir auf, wie viel sie in den letzten Tagen gealtert war. Dass der Kummer mehr mit ihr machte, als sie zugeben wollte. Graue Strähnen, die zuvor nicht da gewesen waren, durchzogen ihr glattes braunes Haar und die Falten in ihrer hohen Stirn waren tiefer geworden. Selbst in ihren haselnussfarbenen Augen lag ein niedergeschlagener Ausdruck, den ich so von ihr nicht kannte und der mich meine Wut zumindest ein wenig bereuen ließ.

Rowan räusperte sich. »Du solltest wissen: Wegen der Umstände, unter denen Alexander – du weißt schon. Jedenfalls ist die Stimmung aktuell sehr aufgeheizt.«

»Weil?«

»Das Volk ist unruhig«, erklärte die Kaiserin, »und in Panik. Wenn die Sporen selbst vor dem Kaiserhaus nicht Halt machen, scheint es für die Bürger erst recht keine Rettung zu geben. Die Fürsten merken, dass sich die Lage zuspitzt, und wollen eine schnelle Lösung.«

»Das ist nicht alles«, ergänzte Rowan. »Colastine wird immer ungeduldiger. Der Haushaltsausschuss steht bevor, und wie es aussieht, sind einige der anderen Regionen wieder auf Solidaritätszuschüsse angewiesen.«

»Und die will Colastine nicht mehr zahlen?« Obwohl mich auch in diese Angelegenheit niemand eingeweiht hatte, überraschte mich das wenig. Alastair, der Herrscher des Fürstentums Colastine war kein angenehmer oder gar gütiger Zeitgenosse. Weit im Osten, hoch oben im Gebirge, war sein Land weitestgehend vor den Sporen sicher. Er genoss den Reichtum, den das Erz und die Edelsteine aus den Schimmerbergen ihm bescherten, und teilte diesen nur ungern mit seinen Mitmenschen – selbst mit denen nicht, die besonders unter der Krise litten. Fürstentümer wie Endhu und Helvend lebten von der Landwirtschaft und waren deshalb umso mehr auf Hilfe von anderen Regionen angewiesen, weil traditioneller Ackerbau mit den Sporen nur noch eingeschränkt möglich war. Das Eiserne Imperium stand für Gleichheit und Einigkeit, aber für manche galt das nur, solange sie selbst davon profitierten.

»Wie gesagt …« Rowan lächelte verhalten. »Es wäre am besten, wenn wir endlich eine Lösung fänden, um die Sporen loszuwerden.«

Weil das ja so verdammt einfach war. »Okay. Was ist mit der Idee, eine riesige Glaskuppel über dem ganzen Land zu errichten? Ihr wisst schon, meine Zeichnung aus der ersten Klasse.«

»Hunter. Das ist kein Spiel«, fuhr mich meine Mutter an.

»Was? Habt ihr diese Idee schon besprochen? Woher soll ich das wissen, nachdem ihr euch immer so bemüht habt, mich aus allem rauszuhalten?«

»Was ist mit den Eijn?«, warf mein Onkel ein. »Wenn sie im Wald überleben können, muss es etwas geben, das sie beschützt.« Der Einwand kam zu schnell. Vermutlich hatte Rowan den Gedanken schon eine Weile mit sich herumgetragen. Als sollte dieses ganze Gespräch von Anfang an darauf hinauslaufen.

»Nein. Der Wald ist im Inneren komplett frei von Sporen. Wir konnten uns problemlos ohne Maske bewegen.«

»Und wie seid ihr herausgekommen?«

»Das war …« Die Dringlichkeit in seiner Stimme ließ mich zögern. Mein Volk würde alles dafür geben, das Sporenproblem zu lösen, und ich wollte gern dabei helfen. Doch die Art, wie sowohl Rowan als auch meine Mutter bisher über die Eijn gesprochen hatten, weckte eine zweifelnde Stimme in meinem Kopf. Es schien, als wären sie nicht begeistert darüber, dass im Wald jemand lebte, sondern eher … genervt, fast schon verärgert. »Wir haben uns durchgekämpft. Der Bereich, in dem die Pilze wachsen, ist nicht sonderlich groß. Zum Schutz haben wir uns unsere Kleidung vors Gesicht gehalten.«

»Die ganze Strecke über?«, hakte Rowan nach.

»Ja?«

»Ich finde es nur seltsam, dass die Eijn ungestört im Wald leben, während uns die Luft zum Atmen ausgeht.«

»Ich auch«, gestand ich. »Aber sie haben keine Maschine oder so etwas. Kae hat immer wieder von Magie und vom Leben im Einklang mit der Natur gesprochen.«

»Vielleicht eine Taktik? Ich meine …«

»Was es auch ist«, unterbrach ihn meine Mutter, »die Zeit, sich damit zu befassen, wird es geben. Aber sie ist nicht jetzt. Wir werden mit dem Mädchen sprechen, und bis dahin ist sie unser Gast. Verstanden?«

»Ja.« *Immerhin etwas.*

»Gut. Dann zurück zum Wesentlichen. Lass uns über Alexanders Bestattung sprechen.«

Als ich aus dem Arbeitszimmer meiner Mutter trat, fühlte ich mich wie gerädert. Den Tränen nah machte ich mich auf den Weg, um nach Kae zu suchen. Ich brauchte jemanden, der mich nicht ständig daran erinnerte, was mir bevorstand. Bestattung, Ratssitzungen, Ausbildung, Krönung. Während meine Mutter vor Kurzem nicht einmal darüber nachgedacht hatte, ihr Amt niederzulegen, schien sie es nun besonders eilig zu haben, das ganze Reich in meine inkompetenten Hände zu legen.

Und ich? Ich hatte nur dagesessen. Genickt. Zugestimmt. Weil ich zu nichts anderem mehr fähig gewesen war. Weil ich immer noch nicht glaubte, dass wir Alexander verloren hatten. Er hätte gewusst, was zu tun wäre. Er hätte das alles mit einem Lächeln hingenommen und wäre trotz aller Schwierigkeiten zu dem Herrscher geworden, den dieses Land brauchte.

Ich ballte die Hände zu Fäusten. Ein Schrei steckte in meiner Kehle. Statt weiterzugehen, musste ich innehalten und ließ mich kraftlos auf den Granitstufen des großen Treppenhauses nieder. Licht fiel durch die kunstvoll verglaste Decke und zeichnete ein Gemälde auf mich und den Stein. Marigold, das Symbol der Kaiserlichen Familie, umgeben von zahlreichen Ranken und Arabesken. Alles in Gold, dunklem Grau und Violett, den Farben des Imperiums.

»Ach Hunter, gut dass ich dich noch erwische.« Die Stimme meines Onkels ließ mich zusammenfahren, doch es war zu spät, um vor ihm zu fliehen. Ich blickte auf, und als er mein Gesicht sah, erstarb das breite Lächeln auf seinen Zügen. Sanft legte er mir eine Hand auf die Schulter. »Alles etwas viel, was?«

»Mhm.«

»Möchtest du darüber sprechen?«

»Nein.«

Er seufzte, ehe er sich neben mir niederließ. So nah, dass ich die hellen Sprenkel in seinen blauen Augen sehen konnte. Eines der Dinge, die mich immer an Dad erinnerten.

Bei der Erinnerung an ihn wurde der Stich in meiner Brust noch schlimmer. Dabei hatte ich ihn kaum gekannt. Ich war noch ein Kind gewesen, als die Sporen ihn mir genommen hatten. Erst ihn. Jetzt Alexander. Und für einen kurzen, gedankenlosen Moment fragte ich mich, wer wohl der Nächste sein würde.

»Würde es dich trösten, wenn ich dir sage, dass ich weiß, wie du dich fühlst?«

Ich zuckte mit den Schultern. Was sollte ich sagen? Natürlich hatte er auch jemanden verloren. Das ganze Land betrauerte täglich Brüder, Schwestern, Mütter, Väter und Kinder. Aber der Gedanke, damit nicht allein zu sein, machte den Schmerz kaum erträglicher.

»Ich brauche nur ein bisschen Zeit«, murmelte ich. »Das ist alles.«

»Und die will dir deine Mutter nicht geben …«

»Du hast sie ja gesehen. Ganz Ihre Kaiserliche Majestät. Mit dem Kopf schon wieder in irgendwelchen Versammlungen. Ich bin nicht einmal einen Tag hier und sie tut so, als wäre ich nie weg gewesen.«

»Du kennst Adelyn. Bloß weil es ihr schwerfällt, Gefühle zu zeigen, heißt das nicht, dass sie keine hat. Dein Verschwinden hat uns alle schockiert, aber es hat niemanden mehr getroffen als sie.«

»Ach ja?«

»Weiterzumachen ist ihre Art, mit Problemen umzugehen. War es schon immer, wenn schwierige Zeiten ihr alles abverlangt haben. Dafür bewundere ich sie ein bisschen.« In Rowans Stimme schwang ein Unterton mit, den ich nicht ganz einordnen konnte. »Dein Bruder war da genauso, während wir zwei uns die Dinge immer ein wenig zu sehr zu Herzen nehmen.«

»Ich doch nicht«, erwiderte ich ironisch und erinnerte mich gleichzeitig daran, wie oft mein Bruder sich früher darüber lustig gemacht hatte, wie schnell ich die Contenance verlor. »Aber ja, du hast recht. Nur, genau das macht mir solche Angst. In einer Situation wie jetzt sollten Leute wie wir kein ganzes Imperium regieren.«

»Vielleicht sind Leute wie wir genau das, was dieses Land braucht?« Rowan zwinkerte mir zu.

»Wenn du meinen Platz willst«, seufzte ich, »nur zu.«

Plötzlich lachte er, laut und herzhaft, dass es von den hohen Wänden des Treppenhauses widerhallte, als wäre er nicht eine, sondern zehn Personen. »Du weißt, dass das nicht möglich ist.«

Eigentlich hätte Rowan anstelle meiner Mutter über das Land regieren sollen, als mein Vater gestorben ist, da Alexander damals noch nicht alt genug war. Laut Gesetz wäre die Krone an den nächsten Blutsverwandten des Kaisers und dessen Nachkommen gewandert, doch zur Überraschung des ganzen Landes hatte er die Regentschaft meiner Mutter übertragen, bis mein Bruder bereit gewesen wäre.

»Wieso hast du damals eigentlich auf den Thron verzichtet?« So direkt hatte ich ihn nie danach gefragt. Es war mir unhöflich vorgekommen, doch jetzt befand ich mich in einer ganz ähnlichen Position und wünschte, ich könnte die Verantwortung ebenfalls jemand anderem übergeben.

Rowan zuckte mit den Schultern, seine Lippen bildeten einen schmalen Strich. »Weil ich nicht dafür geschaffen bin. Die Aufmerksamkeit, der Trubel, die Verantwortung – das alles ertrage ich nur bis zu einem gewissen Grad. Vielleicht wäre ich nicht der schlechteste Kaiser geworden, den das Land je gesehen hat, aber ich wäre daran kaputtgegangen.«

»Bereust du es manchmal?«

»Nein.«

Seufzend vergrub ich das Gesicht in meinen Händen. Ich fühlte mich wie zerrissen, wartete förmlich darauf, dass ich einfach platzte, weil in mir so viel los war. Aber nichts dergleichen geschah.

»Weißt du«, begann Rowan nach kurzer Pause. »Nur weil es für mich die richtige Entscheidung war, bedeutet das noch lange nicht, dass das auch für dich gilt. Wir mögen uns in mancher Hinsicht ähneln, aber du bist auch der Sohn deiner Mutter. Und ich bin mir sicher, dass du deinen Weg findest, egal, wohin er dich am Ende führt.«

Ich nickte, obwohl ich mich schwer damit tat, seinen Optimismus zu teilen. Die Zuversicht in seinen Worten machte meine Angst nur realer.

»Wieso wolltest du überhaupt mit mir sprechen?«, wechselte ich das Thema.

»Ach richtig … Es geht um die Eijn.« Automatisch verkrampfte ich mich. »Hast du nicht doch etwas gesehen, als du in ihrem Dorf warst? Irgendeine Technologie, eine Maschine, ein Material, irgendetwas?«

»Nein. Da war nichts. Keine Vorrichtung und auch keine Sporen, als wäre das ganze Innere des Waldes davor geschützt. Es ist seltsam.«

»Das ist in der Tat verwunderlich.«

»Warum wussten wir nicht, dass es dort keine Sporen gibt? Wir haben doch sicher Forscher losgeschickt, um mehr über ihren Ursprung herauszufinden, oder?«

Rowan schüttelte bedauernd den Kopf. »Das haben wir. Aber seit die Sporen aufgetaucht sind, hat es niemand lebendig herausgeschafft. Mittlerweile ist es Jahrzehnte her, seit überhaupt jemand den Wald betreten hat.«

»Verstehe«, murmelte ich, unsicher, ob er mir die Wahrheit sagte oder sie aus irgendeinem Grund vor mir verbarg.

»Deshalb bin ich immer noch perplex – wenn auch überglücklich –, dass du es herausgeschafft hast.«

»Wie gesagt, wir haben unsere Kleidung als Maske verwendet und sind buchstäblich um unser Leben gerannt, sobald wir die Sporen erreicht haben.«

Rowan runzelte die Stirn, als glaubte er mir kein Wort. Und um ehrlich zu sein, hatte ich auch schon bessere Lügen gehört. Aber was sollte ich sonst sagen, um Kae nicht in Gefahr zu bringen? Zumal er mir wohl kaum abkaufen würde, dass uns ein Stein beschützt hatte. Ich konnte es ja selbst nicht fassen.

»Unmöglich.«

»Was willst du hören?«, erwiderte ich heftiger als geplant. »Ich hab dir alles gesagt, was ich gesehen habe. Keine Sporen im Wald. Keine geheimen Maschinen. Wir haben es nur mit Glück herausgeschafft.«

»Vertraust du der Eijn?«

Ich blinzelte. »Ja. Sie hat mir das Leben gerettet. Mehr als einmal.«

»Und das einfach so? Oder glaubst du, dass sie einen höheren Zweck verfolgt?«

»Ich habe doch erzählt, weshalb sie hier ist.«

»Das meine ich nicht.«

Ein Widerspruch lag mir auf den Lippen, weil ich Kae sehr wohl vertraute. Aber unter dem intensiven Blick meines Onkels nahmen meine Gedanken Fahrt auf. Und mit ihnen kamen auch die Zweifel. Zweifel an unserer Flucht aus dem Wald, aber besonders an Kaes Intentionen. Was, wenn ich in meiner Naivität etwas Offensichtliches übersehen hatte? Wenn es gar nicht ihr Ziel war, ihre Heimat zu retten. Oder zumindest nicht nur … Dabei war Rache gar kein weit hergeholtes Motiv. Schließlich hatte Kae allen Grund, mich, meine Familie und dieses ganze Land zu verachten. Auch wenn mein Herz das einfach nicht akzeptieren wollte. Es passte nicht zu ihr.

»Denk nur einen Moment darüber nach«, fuhr mein Onkel fort. »Wem vertraust du mehr? Deiner Familie und deinem Volk oder einer dahergelaufenen Wilden, die angeblich ein paar Bäume retten will?«

Eijn, verbesserte ich ihn in Gedanken, biss mir jedoch auf die Zunge, um ihn nicht gleich dafür zurechtzuweisen, dass er Kae und ihr Volk *Wilde* genannt hatte. Ich musste vorsichtig sein, was ich sagte, damit nicht schon wieder infrage gestellt wurde, auf welcher Seite ich stand. Ja, mein Onkel hatte recht damit, dass ich meiner Familie mehr vertrauen sollte als einer Fremden. Doch das war Kae für mich schon lange nicht mehr. Wir hatten zu viel zusammen erlebt, als dass ich mir vorstellen konnte, sie wäre mit finsterer Absicht hierhergekommen. Außerdem würden die Eijn wohl kaum eine einzelne Seherin ins Eiserne Imperium senden, wenn sie sich an uns rächen wollten. Aber was, wenn sie mich genau das glauben lassen wollten …

»Und was soll dieser höhere Zweck bitte sein?«, fragte ich noch halb in Gedanken.

»Wer weiß? Vielleicht wollen ihre Leute sich an unserer Technologie bereichern. Vielleicht wollen sie Rache. Oder unser Kaiserhaus stürzen.«

All diese Punkte machten irgendwie Sinn und doch fühlte sich der Gedanke einfach nicht richtig an. Die Eijn lebten im Einklang mit der Natur. Was sollte ihnen unsere Technologie bringen? Wozu sollten sie Rache nehmen oder meine Familie loswerden?

Ich schluckte und sah Rowan an, dass er eine Reaktion erwartete. »Was schlägst du vor?«

»Behalte sie im Auge. Wenn das Mädchen dir vertraut, ergibt sich vielleicht eine Gelegenheit, mehr über ihre Absichten zu erfahren. Oder zumindest herauszufinden, wie ihre Leute im Wald überleben können.«

»Wenn sie mich umbringen wollte, würde sie mir wohl kaum sowas anvertrauen.«

»Wer weiß. Noch bist du nicht Kaiser und damit nicht ihr eigentliches Ziel. Vielleicht benutzt sie dich nur, um an deine Mutter zu kommen. Was es auch ist, Hunter, sei vorsichtig.«

Ich schluckte. »Okay.«

Nachdenklich verschränkte Onkel Rowan die Hände im Schoß. »Aber vielleicht ... wäre es auch nicht schlecht, guten Willen zu zeigen. Sicher bringen wir sie eher zum Reden, wenn wir ihr entgegenkommen. Und wenn sie wirklich keine bösen Absichten hat, kann sie sich an den Annehmlichkeiten des Palastes erfreuen und ihren Leuten davon erzählen.«

Ich wollte protestieren. Er sprach über Kae, als wäre sie nichts weiter als eine Variable in einer Gleichung. Als wäre sie entweder eine gefährliche Assassine, die es auf das Kaiserhaus abgesehen hatte, oder ein naives Mädchen, das für unsere vermeintliche Gastfreundschaft auch noch dankbar sein sollte.

»Was hältst du davon, wenn wir sie zum Bankett heute Abend einladen?«

XX

KAE

Meine Füße taten weh, mehr noch als nach den Tagen im Wald. Ich wusste nicht, woran das lag, gab dem harten Boden im Palast aber zumindest eine Teilschuld, denn besonders im Erdgeschoss und in den Korridoren schien alles aus dem gleichen Stein zu bestehen. Ein dunkles Grau, fast schwarz, hin und wieder durchzogen von Akzenten in Weiß und Gold.

Nyota hatte mir erklärt, dass Schwarz, Gold, Weiß und Violett die Farben des Eisernen Imperiums waren. Sie standen für die Vergangenheit, Sieg, Friede und Wohlstand. Deshalb trugen zu ihrem Leidwesen die meisten Menschen am Hofe auch nichts anderes. Eine Mode, über die sie sich zu jeder Gelegenheit hinwegsetzte. Außer heute.

Als sie erneut an meine Tür klopfte, hatte sie sich umgezogen und trug nun ein langes Kleid, dessen obere Hälfte bis auf die obligatorischen Goldornamente an einigen Stellen durchschimmernd war und in einen mehrlagigen schwarzen Rock überging. Ihre dunklen Haare hatte sie zu langen Wellen frisiert, die von einem Haarreif aus goldenen Rosen zurückgehalten wurden. Dazu trug sie Ohrringe, in denen blaue Qo'ais schimmerten. Blau, die Farbe der Houran. Irgendwie passend, wenn man bedachte, was sie mir schon alles beigebracht hatte. Und obwohl ich mit der Mode der Aldan nicht vertraut war, entging mir nicht, dass sie sich herausgeputzt hatte.

»Gehst du zu einem Fest?«, fragte ich, während sie eine Parfümwolke hinter sich herziehend in den Raum eilte. Sorge stand in ihren goldenen Augen.

»*Wir* gehen zu einem Fest.«

»Oh?«

»Es gibt ein Bankett. Das ist eine Art feierliches Abendessen, das heute zu Ehren der angereisten Fürsten abgehalten wird«, erklärte sie. »Die Kaiserin besteht darauf, dass du teilnimmst.«

Ich runzelte die Stirn. »Wäre das eine gute Gelegenheit, mich mit ihr zu unterhalten?«

»Nein. Als Ehrengäste sitzen wir an ihrem Tisch, aber dort wirst du keine Chance haben, ungestört mit ihr zu reden. Das Ganze dient dazu, dass du den Herrschenden vorgestellt wirst und mehr über unsere Gepflogenheiten lernst.«

»Das klingt gut.«

Sie seufzte und biss sich auf die volle, golden geschminkte Unterlippe. »Hunter und mir gefällt dieser Plan nicht. Alle Augen werden auf dich gerichtet sein, dabei bist du für diese Situation weder vorbereitet noch richtig angezogen.«

Unsicher blickte ich an dem langen Kleid hinab, das Nyota mir geliehen hatte. Der Stoff war feiner als alles, was ich in meinem Leben getragen hatte, aber es hatte die falsche Farbe und war wesentlich schlichter als das Gewand meiner Begleiterin.

Ich verstand ihre Sorge. Vermutlich würde ich als Außenseiterin von allen Menschen angestarrt und belächelt werden, aber das war mir egal. Ich war eine Gesandte der Eijn, und als solche war es meine Pflicht, mich unter die Aldan zu mischen, auch wenn ich dabei Gefahr lief, herauszustechen.

Entschlossen ballte ich die Hände zu Fäusten. »Ich komme schon zurecht.«

Nyota sah mich an. »Entschuldige. Ich wollte dich nicht bevormunden. Nur warnen.«

»Verstanden. Wann müssen wir los?«

»Jetzt. Und wenn ich dir einen Tipp geben darf: Mach einfach das, was ich auch tue.«

Gemeinsam durchschritten wir die hohen Flure des Palastes, die an diesem Abend in warmen Kerzenschein getaucht waren, der sich im glänzenden Fußboden spiegelte. Unterwegs kamen uns zahlreiche Menschen entgegen, die sich für die Veranstaltung herausgeputzt hatten. Unter ihnen wurde mir umso bewusster, wie sehr ich herausstach. Während einige sich bemühten, uns nicht anzusehen, machten andere keinen Hehl aus ihrer Neugier, drehten sich sogar noch einmal um, als wir an ihnen vorbeiliefen, und begannen zu tuscheln. Nyota verdrehte nur genervt die Augen und murmelte: »Man könnte meinen, die wären nie aus dem Palast rausgekommen …«

Aus dem Bankettsaal, den sie mir am Morgen gezeigt hatte, schlug uns lautes Stimmengewirr und ein Geruch entgegen, der mich vage an Quqe erinnerte. Vier lange Tafeln waren in dem riesigen Raum aufgebaut und mit schwarzen Tüchern und goldenen Tellern gedeckt worden. So voll wie es war, mussten wir zu den Letzten gehören. Ich folgte Nyota an den Reihen vorbei zu einem weiteren Tisch am Kopfende des Saales, an dem ich Hunter entdeckte.

Als sich unsere Blicke begegneten, verzog er die Lippen zu einem schiefen Lächeln, das mein Herz kurz aus dem Takt brachte. Es kam mir vor, als hätte ich ihn Ewigkeiten nicht gesehen, dabei war nicht einmal ein Tag vergangen. Sobald Nyota und ich uns näherten, stand er auf, deutete eine leichte Verbeugung an, als wäre ich eine Kaiserin und kein einfaches Mädchen aus dem Wald.

»Wie schön, dass ihr uns Gesellschaft leistet.« Seine Stimme klang angespannt.

»Hatten wir eine Wahl?«, fragte Nyota leise, sodass nur Hunter und ich sie verstehen konnten.

»Ich wünschte, es wäre so. Kae?« In seinen blauen Augen wütete ein ganzer Sturm aus Emotionen. Sorge, Aufregung, Nervosität. Aber auch etwas anderes, das meine Mundwinkel für einen kurzen Moment nach oben zucken ließ.

Er zog den Stuhl neben sich zurück und ich tat mein Bestes, mich ähnlich elegant wie Nyota neben mir niederzulassen, als gehörte es zu meinem täglichen Leben, solche Veranstaltungen zu besuchen.

Nachdem Hunter sich ebenfalls hingesetzt hatte, lehnte er sich zu mir herüber. »Ist alles so weit in Ordnung?«

»Mhm.« Ich brachte kaum einen Ton heraus, weil mir plötzlich bewusst wurde, wie unverhohlen die Anwesenden mich anstarrten. Ich kannte keinen einzigen von ihnen.

»Du siehst sehr hübsch aus in dem Kleid.« Gegen meinen Willen brachte mich das Kompliment zum Erröten.

»Ich falle darin auf«, murmelte ich.

»Das würdest du auch so. Es passiert nicht oft, dass wir eine Eijn zu Gast haben.«

Damit hatte er recht. Unauffällig musterte ich Hunter von der Seite. Ich hatte mich so an ihn in der geliehenen Kleidung gewöhnt, dass es seltsam war, ihn nun in einer maßgeschneiderten, mit Stickereien verzierten Uniform zu sehen. Er war frisch rasiert und hatte das Haar ordentlich zur Seite gescheitelt.

Bevor ich etwas erwidern konnte, näherte sich ein weiteres Paar unserem Tisch. Alastair und Liliyana, die sich einige Plätze von uns entfernt am Ende der Tafel niederließen und Hunter zunickten. Der hob kurz die Hand zum Gruß, doch die Geste wirkte verkrampft.

»Was passiert jetzt?«, raunte ich ihm zu, als er sich wieder zu mir umwandte.

»Wir warten, bis alle eingetroffen sind. Danach wird die Kaiserin eine kurze Ansprache halten. Dabei wird sie dich vermutlich vorstellen und dann … dann essen wir und unterhalten uns.«

»Klingt machbar.«

Offenbar sah Hunter das anders, denn er schwieg. Ich konnte mir nicht erklären, was ihn beunruhigte, schließlich wusste ich, wie man aß, und beherrschte die Sprache der Aldan fließend. Die Blicke würde ich schon einen Abend überleben, solange ich mich danach in meinem Zimmer verkriechen konnte, um zumindest eine Weile allein zu sein.

Nach dem Fürsten von Colastine folgte ein weiterer Mann mit ergrauendem zurückgekämmtem Haar und strahlend blauen Augen, die mich an Hunter erinnerten. Er wechselte ein paar Worte mit Fürst Alastair, ehe er sich gegenüber von Hunter niederließ.

»Das ist mein Onkel Rowan«, sagte Hunter.

»Du musst Kae sein. Hunter hat schon viel von dir erzählt. Es ist mir eine Freude, dich kennenzulernen.« Rowan hatte ein absolut einnehmendes Lächeln, das ich instinktiv erwiderte. Ich war nicht darauf vorbereitet gewesen, dass mich jemand direkt ansprach, nachdem alle anderen mich nur mit Blicken durchbohrt hatten.

»Danke. Ebenso.« Jede Silbe fühlte sich an, als würde ich die Sprache der Aldan zum ersten Mal benutzen. Selbst in meinen Ohren klang meine Betonung plötzlich auffallend anders.

»Nervös?«, fragte er wohlwollend.

»Ein bisschen.«

»Brauchst du nicht sein. Wir haben bisher noch niemanden aufgefressen. Dafür kocht Chef Duma viel zu gut, nicht wahr, Hunter?«

»Du musst dir keine Sorgen machen«, bestätigte dieser und berührte unter dem Tisch ganz sacht meine Hand. Leiser fügte er hinzu: »Und wenn du gehen möchtest, sag mir einfach Bescheid und ich überlege mir eine Ausrede für uns.«

»Kannst du denn einfach verschwinden?«

»Ich bin der Kronprinz. Sie werden mich wohl kaum an den Tisch binden, bis ich meinen Teller leer gegessen habe.«

»Und was ...« Die plötzliche Stille im Raum ließ mich innehalten. Neugierig blickte ich mich um, konnte jedoch nichts erkennen, weil im selben Moment alle von ihren Plätzen aufstanden und Richtung Tür schauten. Auf Hunters Nicken tat ich es ihnen gleich. Schritte näherten sich.

Die Kaiserin trug ein elegantes schwarzes Kostüm, das perfekt zu ihrer makellosen Erscheinung passte. Sie war kleiner als ich, wirkte aber viel herrschaftlicher und ehrfurchtgebietender, als ich es je sein könnte. Mit einem schmalen Lächeln marschierte sie zwischen den Tischreihen hindurch, wobei sie hin und wieder jemandem zunickte. Zuletzt umrundete sie unsere Tafel und blieb an ihrem Platz am Kopfende stehen.

»Verehrte Gäste«, erhob sie die Stimme. »Ich freue mich, dass ihr so zahlreich angereist seid, auch wenn die Umstände unserer Zusammenkunft kaum betrüblicher sein könnten.«

Ich spürte, wie sich Hunter neben mir verkrampfte.

»Die Zeit, Alexanders Ableben zu betrauern, wird kommen, allerdings möchte ich den heutigen Abend nicht dem Sohn widmen, den ich verloren habe, sondern dem, der zu uns zurückgekehrt ist. Hunter.« Sie hob ihr Glas in seine Richtung, Zuneigung, Erleichterung und der Schein von tausend winzigen Lampen funkelten in ihren Augen, ansonsten blieb ihre Miene ausdruckslos. »Auf dich. Auf deine Wiederkehr. Auf den zukünftigen Kaiser des Eisernen Imperiums.«

Während ich zusammen mit den anderen Gästen mein Glas erhob, schien es, als wäre Hunter nur einen Wimpernschlag davon entfernt, einfach aus dem Raum zu stürmen. Sein Lächeln wirkte verhalten und sein Nicken hölzern.

»Auf den zukünftigen Kaiser«, wiederholten die Gäste und nahmen einen Schluck ihres Getränks. Vorsichtig nippte ich daran. Es roch ähnlich wie Quqe, schmeckte aber weniger vergoren, sondern süßlich und fruchtig, und prickelte auf meiner Zunge. Gar nicht mal schlecht.

»Des Weiteren möchte ich einen besonderen Gast in unseren Reihen willkommen heißen. Kaeliah ist eine außergewöhnliche junge Frau, mit der zusammen mein Sohn die Elemente überwunden und die Wispernden Wälder durchquert hat.« Der Blick der Kaiserin fiel auf mich und wurde so unergründlich, dass ich nicht sagen konnte, ob sie mir dafür wirklich dankbar war. »Kaeliah. Willkommen im Eisernen Imperium. Und ich denke, ich spreche im Namen aller Anwesenden, wenn ich sage: Danke, dass du unseren Kronprinzen zurückgebracht hast. Auf Kaeliah.«

»Auf Kaeliah.«

Dieses Mal klangen die Gäste deutlich verhaltener. Einzig Hunter lächelte breit und stieß sein Glas an meines, das ich reglos in der Luft hielt, weil ich nicht wusste, wie ich reagieren sollte. Erwartete man, dass ich mich bedankte? Oder sollte ich es einfach hinnehmen?

Die Kaiserin nahm mir die Entscheidung ab. »Und nun: Lasst uns speisen.«

Auf das Stichwort ließen sich die Gäste wieder auf ihren Plätzen nieder, als wäre das alles hier ein einstudiertes Theaterstück. Gemurmel wurde laut und ich musste mich nicht einmal anstrengen, um mitzubekommen, worum sich die Gespräche drehten. Die Fremde. Das Mädchen aus dem Wald. Die Frau mit der schneeweißen Haut, den ungewöhnlichen Augen und den nachtschwarzen Haaren.

Überfordert starrte ich auf den goldenen Teller vor mir, in dem sich einer der ausladenden Kronleuchter spiegelte.

»Das Schlimmste haben wir hinter uns«, flüsterte Hunter mir zu.

»Meinst du?« Mir schwirrte bereits der Kopf und nun setzte auch noch leise Musik ein.

»Ja. Der Rest ist essen, lächeln und nicken, wenn jemand etwas fragt.«

»Was Hunter damit sagen will«, mischte sich Nyota ein. »Antworte unverfänglich und knapp, falls dich jemand anspricht.«

Ich nickte und spürte, wie mir das Blut aus dem Gesicht wich. Allein ihre Blicke waren mir schon fast zu viel, ich wollte mir gar nicht ausmalen, welche Fragen man mir stellen könnte. Doch lange Zeit, mir darüber Gedanken zu machen, blieb mir nicht, denn wie aus dem Nichts flutete eine ganze Heerschar Bediensteter den Saal. Sie umkreisten die Tische und platzierten nach und nach schwarze Teller mit den seltsamsten Speisen vor uns.

»Was ist das?«, fragte Hunter einen der Diener.

»Scheiben von geräuchertem Vérole-Lachs und Jakobsmuschel mit Seeigel und Imperialkaviar, Vinaigrette von Seeigel, Bottarga und Furua-Essig, Hoheit.«

Mit großen Augen betrachtete ich das Essen auf meinem Teller. Nichts davon sagte mir etwas, aber es sah lecker aus und roch verführerisch.

»Isst du Fisch?«, wollte Hunter von mir wissen.

Augenblicklich verkrampfte sich mein Magen, und was eben noch zum Anbeißen ausgesehen hatte, verursachte mir nun Übelkeit. Kraftlos schüttelte ich den Kopf.

»Gibt es auch eine vegetarische Option?«, fragte Hunter.

»Sicher. Wenn Ihr mir einen Moment gebt.«

»Ich bitte darum. Sowohl für mich als auch für unseren Gast.«

Obwohl der Diener sich Mühe gab, eine neutrale Miene zu wahren, entging mir sein skeptischer Blick nicht, als er unsere Teller wieder abräumte und sich entschuldigte.

Sobald er verschwunden war, lehnte sich Nyota zu uns herüber. »Seit wann verschmähst du irgendetwas, das Chef Duma gekocht hat?«

Hunter zuckte nur mit den Schultern und schenkte mir ein

Lächeln. »Sorry dafür«, murmelte er. »Heute ging alles so schnell, ich bin nicht dazu gekommen, jemandem Bescheid zu geben.«

Ich nickte dankbar. Doch gleichzeitig konnte ich das Gefühl der Übelkeit nicht ganz ablegen, als ich meinen Blick zu den anderen Anwesenden schweifen ließ, die sich bereits über ihre Teller hermachten. Ich wollte ihre Vorlieben nicht missbilligen, konnte aber auch nicht verhindern, dass mir bei dem Gedanken daran, was sie aßen, unwohl wurde.

Zaghaft nahm ich einen weiteren Schluck meines Getränks. Immer wieder spürte ich ihre Blicke auf mir. Die meisten waren nur neugierig, aber ein paar Leute musterten erst mich, dann Hunters und meinen leeren Teller verurteilend, ehe sie auffällig zu tuscheln begannen.

Ich hatte mir so fest vorgenommen, mich nicht davon einschüchtern zu lassen, das Zentrum der Aufmerksamkeit zu sein, doch schon jetzt sah ich meine Vorsätze scheitern.

»Wieso isst du nichts von dem Fisch?«, fragte ich Hunter, um mich von dem Starren abzulenken.

»Ich hatte einfach keine Lust auf Seeigel.«

Sein Blick strafte ihn Lügen. »Und in Wahrheit?«

»Ich wollte ihnen nicht noch mehr Anlass geben, sich das Maul über dich zu zerreißen. Wenn du etwas tust, ist es seltsam, aber wenn ich es tue, ist es vielleicht schon bald Trend.«

Ich schnaubte. »Du weißt, dass das nicht nötig gewesen wäre.«

»Ja. Aber du musst da nicht allein durch.«

Etwas in seinen blauen Augen ließ mein Herz kurz aussetzen. Meine Haut prickelte dort, wo sich unsere Knie unter dem Tisch berührten, und ich stellte mit einem Mal fest, dass er mir gefehlt hatte. Seine heitere, fast schon unbekümmerte Art hatte mich bereits im Wald das ein oder andere Mal bei Verstand gehalten, aber hier in dieser völlig fremden Welt war seine Abwesenheit beinahe schmerzlich.

Wir warteten nicht allzu lange, bis der Bedienstete mit einem Tablett zurückkam und uns beiden eine fleischlose Alternative servierte.

»Der Chefkoch lässt ausrichten, dass er selbstverständlich für so einen Fall vorbereitet war. Er präsentiert: ein Mosaik von Knollensellerie, Sommertrüffel und Topaz-Apfel mit Selleriepüree, Haselnüssen und jungen Zwiebelchen. Dazu Senfmarinade mit Nussöl und gehackten Trüffeln.«

Ich erkannte nichts davon – trotz seiner blumigen Erklärungen –, nahm aber dankbar ein würfelförmiges Stück Gemüse und schob es mir zwischen die Lippen. Köstlich.

Hastig tunkte ich den Finger in das gelbe Püree, auf dem die Würfel serviert wurden, und hätte beinahe geseufzt, weil es so gut schmeckte. Kein Vergleich zu den Nüssen und Beeren der letzten Tage oder dem gerösteten Pilz in den Bergen. Das Essen der Aldan stand selbst den besten Gerichten der Gurangin in nichts nach.

Ich war so damit beschäftigt, die neuen Geschmäcker zu erkunden, dass ich das Gelächter erst bemerkte, als Nyota mich leicht in die Seite stupste. Mein Blick fiel aufs andere Ende des Tisches, wo der Fürst von Colastine keinen Hehl daraus machte, dass er mich beim Essen beobachtete. Aufgeregt unterhielt er sich mit zwei weiteren Nobelmännern, deutete mit einem Nicken in meine Richtung und verdrehte die Augen.

»Messer und Gabel«, raunte Nyota mir zu.

»Was?«

Mit dem Kinn deutete sie auf ein ganzes Set goldener Werkzeuge neben meinem Teller, das ich bis dahin vollkommen ignoriert hatte. Ich zählte dreizehn Teile, von denen ich nur Messer und Löffel vage an der Form erkannte – nur dass diese hier aus Metall statt aus Holz bestanden. Aber wieso sollte ich davon gleich mehrere brauchen?

»Die beiden äußeren.« Zur Demonstration hob Nyota ihre

Hände leicht an, sodass ich sehen konnte, wie sie das Besteck hielt. Eine Frage lag mir auf der Zunge, doch damit hätte ich nur noch mehr Aufmerksamkeit auf mich gezogen. Also versuchte ich, ihre Bewegungen zu kopieren und das fabelhafte Essen so in mich hineinzuschaufeln.

Es war ein Kampf. Vermutlich hatte es im ganzen Eisernen Imperium nie jemanden gegeben, der schlechter mit Besteck umging als ich, aber ich gab mein Bestes. Machte weiter. Aß. Obwohl ich ständig mit den Spitzen der Gabel ein lautes Kratzen auf dem Teller verursachte. Ignorierte das Getuschel am anderen Ende des Tisches. Dabei wäre ich am liebsten aufgestanden und gegangen.

Die Dame zu Hunters Rechten verwickelte ihn in ein Gespräch, während Nyota sich mit jemand anderem unterhielt, sodass mir nichts anderes übrig blieb, als still meinen Teller zu leeren. Ich war dankbar für die köstliche Mahlzeit, jedoch fühlte ich mich am Ende keineswegs satter. Dann erst realisierte ich, dass wir nicht einen, sondern gleich mehrere Gänge serviert bekamen.

»Berlingots von Roter Bete und weißen Rübchen mit einem Sorbet aus Roter Bete, geräucherter Rohmilchbutter und Meerrettich. Dazu Rotweinsud mit Himbeeressig«, lautete der ausladende Titel des zweiten Gerichts, das aus roten und weißen Pyramiden bestand und – wie ich nach einem Blick zu Hunter herausfand – mit einer etwas kleineren Gabel gegessen wurde.

Ich war hin- und hergerissen. Einerseits genoss ich es, hier zu sein, an der Welt der Aldan teilzuhaben und von ihren Speisen zu kosten, andererseits wurde der Druck immer größer. Was anfangs noch Getuschel war, schwoll schon bald zu dem Gesprächsthema Nummer eins an. Die Fremde, die nicht wusste, wie man sich zu benehmen hatte.

Woher denn auch, wenn ihr das so verdammt kompliziert macht?, wollte ich schreien, schluckte die Worte aber wieder hinunter, bevor sie meine Kehle verlassen konnten.

Weitere Gänge wurden serviert. Wurzeln mit Beeren. Gebratenes Brot mit Pilzen. Eingelegtes Gemüse. Zumindest waren das meine Worte für etwas, das die Aldan wesentlich komplizierter benannten.

»Ist alles okay?« Erst als der vierte Gang beendet war, lehnte sich Hunter wieder zu mir herüber. Seine Miene war entschuldigend, weil er vermutlich ahnte, wie sehr mir diese Situation zusetzte.

Aber statt das zuzugeben, nickte ich, murmelte leise: »Wie lange noch?«

»Noch drei Gänge. Wir können aber auch nach dem Käse gehen, ich bin jetzt schon ziemlich voll.«

»Nein, schon gut.«

»Sicher? Wir können …«

»Hunter, du willst doch nicht etwa schon gehen?« Beinahe zuckte ich zusammen. Nach dem letzten Gericht hatte eine Pause begonnen, in der die Leute aufgestanden waren, um sich zu unterhalten oder die Beine zu vertreten. Ausgerechnet der Fürst von Colastine nutzte die Gelegenheit, um sich auf den frei gewordenen Platz gegenüber von uns zu setzen. An seiner Seite saß ein schlanker Mann mit langem braunem Haar, dem ich bisher nicht vorgestellt worden war.

»Nehmt es mir nicht übel, Alastair« erwiderte Hunter ungerührt. »Aber die Reise steckt mir noch in den Knochen. Ich könnte ein ganzes Jahr durchschlafen, wenn Mutter mich ließe.«

»Das kann ich mir vorstellen. Nur fände ich es äußerst schade, wenn du dich verabschiedest, ohne Amaury und mir von deinen Heldentaten im Wald zu berichten.«

Hunter lächelte, allerdings entging mir nicht, wie verkrampft er dabei wirkte. »Als heldenhaft würde ich die vergangene Woche nicht bezeichnen. Ohne Kaeliah wäre ich verloren gewesen.«

»Ist das so?« Amaury hob die Brauen. »Das fällt mir bei deinem Ruf schwer zu glauben.«

»Was ich beim Militär gelernt habe, hat kaum etwas mit den Gefahren zu tun, die uns im Wald begegnet sind.«

»Umso bemerkenswerter, dass ihr es lebend zurück ins Imperium geschafft habt.«

»Das ist wohl wahr.« Ich fühlte mich zu meiner ersten Begegnung mit Alastair zurückversetzt. Die gleichen Fragen. Der gleiche bohrende Blick.

»Und wie ist das Leben bei den Eijn so?«, wollte Amaury wissen. »Besteck scheint man dort ja wohl nicht zu kennen.«

Meine Wangen brannten, doch dieses Mal fand ich meine Stimme. »Wir führen ein einfaches Leben und haben keinen Bedarf an derartigen Ausschweifungen.«

»Das sehe ich«, gluckste Alastair.

Hunter rutschte unbehaglich auf seinem Stuhl hin und her. »Es ist wirklich eine andere Welt, aber zweifelsohne nicht weniger bemerkenswert als unser Reich.«

Die beiden Herren lachten über seinen unbeholfenen Versuch, dieses Gespräch in eine diplomatischere Richtung zu lenken. »Ist das so?«, bohrte Amaury nach. »Das kann ich mir kaum vorstellen.«

»Es wundert mich nicht, dass das eure Vorstellungskraft überfordert.« Hatte ich das gerade wirklich gesagt? Bestürzt biss ich mir auf die Zunge, aber es war zu spät. Was war ich doch für eine herausragende Diplomatin.

Doch weder Amaury noch Alastair schienen sich von meinem Einwurf irritieren zu lassen. Vielmehr übergingen sie ihn einfach, als bestünde ich nur aus Luft.

»Wieso hast du sie mitgebracht, Hunter?«, fragte Alastair. »Du kannst dir doch nicht ernsthaft eine diplomatische Beziehung mit solchen … Menschen erhoffen.«

»Das tue ich in der Tat. War es nicht die Erste Kaiserin, die gesagt hat, dass Diplomatie und Toleranz der Schlüssel zum Frieden seien?

Und ich bin überzeugt davon, dass wir ebenso viel von den Eijn lernen können wie sie von uns.«

Wieder lachte Alastair. »Du bist ein Idealist, Hunter. Genau wie dein Vater. Dein Bruder hätte sofort erkannt, dass er einem Wunschgedanken hinterherjagt.«

Hunter stockte. Sein Blick ging einen Moment ins Leere. »Mein Bruder«, sagte er ruhig, »mag vielleicht rationaler gewesen sein als ich, aber er war nicht so töricht, sich aus Stolz eine solche Chance entgehen zu lassen.«

»Da hast du recht. Stolz ist *hier* nicht am Werk, aber definitiv etwas anderes.« Alastairs braune Augen schienen mich förmlich zu durchbohren. Sein Blick wanderte erneut an mir auf und ab, als wäre ich kein Mensch, sondern ein Ausstellungsstück der kaiserlichen Familie. »Was es auch ist ... Sieh zu, dass es deinen Verstand nicht für das Offensichtliche verschleiert. Das ist ihresgleichen nicht wert. Wenn du mich nun entschuldigst.«

Ehe Hunter etwas sagen konnte, hatten sich Alastair und sein Begleiter bereits erhoben. Mit einem Lächeln verneigten sich die beiden vor ihrem zukünftigen Kaiser, bevor sie sich abwandten und zu ihren Plätzen zurückkehrten.

Wie vom Donner gerührt starrte ich ihnen hinterher. Ich konnte nicht mehr sprechen, nicht mehr denken, nicht einmal mehr richtig atmen. Da war bloß Wut. Grenzenlose Wut in meinem Inneren, die sich wie ein Feuer ausbreitete und alles in ihrem Pfad verschlang.

Ich war wütend auf mich. Auf Alastair. Auf die Aldan. Auf meine Mission und diese verdammte Welt.

»Kae?« Hunters Stimme war nur ein Flüstern. Ich spürte wie er unter dem Tisch nach meiner Hand griff.

»Lass uns bitte gehen.«

XXI

HUNTER

Ich fragte mich, ob es wohl unklug war, als zukünftiger Kaiser den mächtigsten Fürsten des Landes darauf aufmerksam zu machen, dass er ein rassistisches Schwein war, das dringend seine Prinzipien überdenken sollte. Dabei wusste ich ohnehin, dass es nichts bringen würde. Dass er sich darüber im Klaren war und nichts daran ändern würde.

Schon seit ich ihn kannte, hatte Alastair Bancroft keinen Hehl aus seiner politischen Einstellung gemacht. Es hatte immer eine gewisse Rivalität unter den Fürstentümern gegeben, aber vor allem die Adeligen aus Colastine hielten sich durch ihren Reichtum für überlegen. Es hatte Dutzende Gespräche dazu geben, Skandale, ja selbst Schulungen über ein offenes Miteinander, doch nichts davon hatte gefruchtet. Alastair war, was er war, und es gab nichts, was ich dagegen tun konnte.

Nicht nur durfte sich der Kaiser nicht in die Innenpolitik der einzelnen Reiche einmischen, ich wusste seit heute auch, wie abhängig der Rest des Landes vom Wohlwollen Colastines war. Ausgerechnet. Es war das reichste und mächtigste Fürstentum im ganzen Imperium. Seinen Herrscher zu verärgern wäre dementsprechend alles andere als klug, auch wenn ich mir nichts sehnlicher wünschte, als ihm die Meinung zu geigen.

Aufgebracht und beschämt über das Verhalten der Leute beim

Bankett begleitete ich Kae durch den Palast. Vermutlich durfte ich mir morgen einen Vortrag von meiner Mutter über kaiserliche Verpflichtungen anhören, weil ich mich nicht einmal verabschiedet hatte, aber für den Moment war mir das egal. Nyota würde sich schon eine Ausrede für uns einfallen lassen. Jetzt zählte nur Kae.

»Willst du zurück auf dein Zimmer?«, fragte ich sanft, nachdem wir ein gutes Stück Weg zwischen uns und den Festsaal gebracht hatten.

»Nein, nach draußen.«

Ich verzog die Lippen. »Du weißt, dass das nicht geht.«

»Was ist mit der Orangerie?«

Ich zuckte zusammen. Allein das Wort *Orangerie* riss mir förmlich den Boden unter den Füßen weg. Es brachte Erinnerungen mit sich, die ich sorgsam in den Tiefen meines Bewusstseins verschlossen hatte und denen ich noch nicht bereit war, entgegenzutreten.

Kae musterte mich von der Seite und schien zu bemerken, was ihre unbedachte Äußerung in mir ausgelöst hatte. »Vielleicht doch der Garten? Nur für ein bisschen?«

Seufzend blieb ich stehen und starrte aus einem der Fenster. Seit Wochen hatte es nicht richtig geregnet, dazu wehte fast immer eine leichte Brise aus Westen, aus Richtung der Wispernden Wäldern. Dadurch wirkte der Ehrenhof wie eingeschneit. Weiße Flocken tanzten in der Luft, legten sich auf die steinernen Fliesen und schimmerten, als wären sie nicht von dieser Welt.

Niemand würde sich dort hinauswagen, solange es sich vermeiden ließ.

»Ich kann uns Masken besorgen«, gab ich dennoch nach, bevor ich zögernd hinzufügte: »Außer du hast inzwischen herausgefunden, wie dein Stein funktioniert.«

Ich wollte mich ohrfeigen für den plumpen Versuch, den Plänen meines Onkels Folge zu leisten. Es war nur eine kleine, subtile Frage, und dennoch kam ich mir vor, als würde ich Kae verraten.

»Leider nein.«

»Dann komm mit.«

Während wir durch den Palast wanderten, drängten sich die Gedanken vom Morgen wieder in mein Bewusstsein. Die Warnung meines Onkels. Der Auftrag. Kaes mögliche Intentionen. Rational betrachtet, sollte ich wirklich vorsichtiger sein, aber mein Verstand hatte wenig Kontrolle in meinem Leben. Sogar so wenig, dass ich nur zu bereitwillig an einen der gefährlichsten Orte der Welt ging, um ein Mädchen aufzuheitern. Nach draußen.

Sobald wir durch die Schleuse am Hintereingang traten, schlug uns milde Nachtluft entgegen. Ich fühlte sie an meiner Stirn, meinen Händen, in meinem Haar, doch ihr Geruch blieb mir verborgen.

Einem alten Gedicht zufolge duftete der Sommer im Kaiserpalast nach Lavendel und Apfelblüten, nach Sommerregen und frisch geschnittenem Gras, aber für mich waren all diese Dinge nur leere Worte ohne eine greifbare Bedeutung. Nichts als Schatten einer lange verlorenen Erinnerung.

Alles, was ich wahrnahm, war das Leder meiner Maske, und der Geruch des Filters, der mich immer an Papier erinnerte. Kein Vergleich zu den Düften in den Wispernden Wäldern. Ein wenig schämte ich mich dafür, Kae überhaupt hierhergebracht zu haben.

Ich hatte ihr das Zimmer im Erdgeschoss zugeteilt, damit sie von ihrem Fenster aus die Bäume im Garten sehen konnte. Es sollte eine nette Geste sein und sie an ihre Heimat erinnern, aber nun, wo ich selbst durch unsere Grünanlagen schlenderte, kam mir die Idee albern vor. Das hier war kein Vergleich zu den Wispernden Wäldern. Doch Kae schien sich nicht daran zu stören. Oder sie ließ sich ihr Missfallen einfach nur nicht anmerken. Ganz sicher war ich mir bei ihr nie.

Die Anlage gab ein bemitleidenswertes Bild ab. Überwucherte Wege, Unkraut, wilde Pflanzen, Hecken, die seit Jahrzehnten niemand mehr gestutzt hatte. Im Palast hingen Gemälde, die von der einstigen Schönheit der kaiserlichen Gärten zeugten. Übrig geblieben waren nur Bruchstücke: ein halb eingestürzter Pavillon, morsche Bänke und Springbrunnen voller Algen.

»Es tut mir leid«, murmelte ich.

»Was meinst du?«

»Dieser Garten – falls man das überhaupt so nennen kann – ist kein Vergleich zu deinem Zuhause.«

»Ich finde ihn sehr schön.« Es lag kein Spott in ihrer Stimme, was mich verwunderte. Tatsächlich schien Kae hier draußen ein wenig entspannter. Sie zog ihre Schultern nicht mehr nach oben und wirkte nicht mehr so, als würde sie sich am liebsten irgendwo verstecken.

Ich holte tief Luft, brauchte mehrere Anläufe, um die richtigen Worte zu finden. »Was die anderen zu dir gesagt haben. Dass du derart vorgeführt wurdest. Ich … ich hätte wissen müssen, dass es so enden wird, als mein Onkel vorgeschlagen hat, dich einzuladen.«

Kae seufzte. »Ja. Im Nachhinein betrachtet, war es nicht die beste Idee, zu dieser Veranstaltung zu gehen. Ich hatte gehofft, dass sich eine Chance ergibt, mit der Kaiserin zu sprechen.«

»Ich fürchte, auf die müssen wir warten, bis sich der Trubel, den unsere Rückkehr ausgelöst hat, ein wenig gelegt hat.« Kae warf mir einen resignierten Blick zu. »Aber ich verspreche dir, ich tue mein Bestes, damit du so bald wie möglich eine Audienz bekommst.«

»Danke. Ich will dich nicht unter Druck setzen, aber ich habe das Gefühl, ich verliere den Verstand, wenn ich mich noch öfter unter dein Volk mischen muss.«

»So schlimm sind wir gar nicht«, erwiderte ich. »Klar, die Leute am Hof, die sind schlimm. Ich hab dem Ganzen noch nie etwas abgewinnen können. Du hättest mich mal sehen müssen, ganze Heerscharen an Lehrern sind an mir verzweifelt, weil niemand mir beibringen konnte, wie man als Sohn der Kaiserin richtig sitzt.«

»Ach, selbst zum Sitzen habt ihr Regeln?«, bemerkte Kae belustigt.

»Wenn du wüsstest.«

Es tat gut, die Leichtigkeit in ihrer Stimme zu hören, obwohl ich fürchtete, dass sie nicht lange anhalten würde.

Wir folgten dem Pfad, der um den Palast herumführte, entlang der Außenmauer des Westflügels hinüber zum Hauptgebäude, dessen Fenster fast allesamt erleuchtet waren.

»Wie findest du dich hier nur zurecht?«, staunte Kae.

»Der Palast ist riesig, aber nicht so komplex, wie er auf den ersten Blick erscheint.«

»Auf mich wirkte er heute Morgen sehr komplex.«

»Es dauert eine Weile, bis man durchsteigt, aber … Warte.« Ich schnappte mir einen Ast und begann, damit einen Grundriss in die Sporenschicht am Boden zu zeichnen. »Es gibt ein Hauptgebäude. Das ist das hier, neben dem wir gerade stehen. Von oben sieht es aus wie ein kantiger Bogen. Dort sind die wichtigsten öffentlichen Räume untergebracht: der Thronsaal, verschiedene Konferenzräume, die große Bibliothek, die Orangerie und so weiter. Im Osten und Westen schließen die beiden Seitenflügel an. Die beiden Trakte sind eigentlich nur Quadrate mit einem Innenhof. Dort sind Gästezimmer, Personal und jede Menge anderes Zeug untergebracht. Vom Ostflügel aus führt ein Weg zum Flughafen. Hier oben ist der Garten, da sind wir gerade. Und auf der anderen Seite liegt der Ehrenhof und dahinter die Stadt. Siehst du? Ganz einfach.«

»Ganz einfach«, wiederholte sie ironisch.

»Ich bitte das Personal, dass sie dir eine Karte bringen.«

»Nicht nötig. Ich glaube nicht, dass ich mein Zimmer je ohne Begleitung verlassen werde.«

»Vermutlich wäre das am sicherten«, murmelte ich unüberlegt, da bemerkte ich ihre schockgeweiteten Augen. »So meinte ich das nicht. Tut mir leid.«

Sie schüttelte den Kopf. »Nein. Ich hätte ahnen können, dass man mich hier nicht mit Jubel und Gesang empfangen würde.«

»Ich wünschte, sie würden es tun.«

Wir folgten einer Reihe hell erleuchteter Fenster, während sich zu unserer Linken der Garten in der Dunkelheit verlor. Es war eine sternenklare Nacht, doch vom Mond fehlte bislang jede Spur. Wir mussten vorsichtig sein, wohin wir unsere Füße setzten.

Irgendwann hörte ich leise Musik. Gerade rechtzeitig griff ich nach Kaes Hand, um sie vom Weitergehen abzuhalten. Sie sah mich fragend an.

Erklärend deutete ich auf die Fenster, die hier bis an den Boden reichten. Wir standen neben dem Ballsaal. Er war zwar komplett leer, doch es brannte Licht und direkt daneben fand das Bankett statt. Noch zwei, drei Schritte und wir befänden uns mitten im Sichtfeld der Gäste.

»Wir sollten umkehren«, schlug ich vor. »Wenn uns nicht der gesamte Hofstaat sehen soll.«

»Wäre das denn so schlimm? Sicher wird es sie nach dem Essen nicht überraschen, mich hier draußen vorzufinden.« Die Bitterkeit in ihrer Stimme schürte mein schlechtes Gewissen, dass ich der Idee, sie zum Bankett einzuladen, überhaupt eine Chance gegeben hatte.

»Wenn du das Risiko eingehen willst, können wir auch weitergehen.«

»Nein. Aber ich würde gern noch ein bisschen draußen bleiben, bevor wir zurückgehen. Hier allein mit dir fühle ich mich zumindest nicht völlig verloren.«

Ein trauriges Lächeln stahl sich auf meine Lippen, doch wegen der Maske konnte sie es nicht sehen. Kaes Worte taten weh, furchtbar weh, und brachten gleichzeitig mein Herz aus dem Takt. Meine Stimme klang heiser, als ich antwortete: »Dann lass uns noch eine Weile bleiben.«

Unschlüssig steckte ich die Hände in die Taschen meiner Uniform. Der Stoff fühlte sich nach den Tagen im Wald angenehm weich auf meiner Haut an, allerdings fehlte mir der lockere, bequemere Schnitt der Eijn-Kleidung.

»Gibt es noch mehr seltsame Bräuche?«, fragte Kae.

Verwirrt sah ich sie an. »Seltsame Bräuche?«

»Wie dieses Bankett. Und die Sache mit dem komplizierten Besteck, den verschiedenen Gerichten und den kleinen Portionen.«

Ich überlegte. »Mit diesem Besteck essen wir immer. Aber so ein Bankett wie heute gibt es nur zu besonderen Anlässen. Ansonsten gibt es noch Bälle und Soiréen. Die feiern wir hier.« Ich deutete auf den Ballsaal, dessen Tanzfläche mit großer Wahrscheinlichkeit auch heute nicht ungenutzt bleiben würde. »Dort wird ebenfalls gegessen und getrunken, aber im Vordergrund steht das Feiern und Tanzen. Gibt es so etwas bei euch auch?«

»Natürlich tanzen wir«, sagte Kae. »Wenn auch sicher nicht so steif wie ihr.«

»Hey, das weißt du doch gar nicht.«

»Stimmt. Aber wenn die Aldan selbst aus dem Essen eine Wissenschaft machen …«

»Guter Punkt, aber so schlimm ist es nicht. Komm, ich zeig dir einen Grundschritt.« In einem Anflug von Übermut, der definitiv den drei Gläsern Cider geschuldet war, trat ich an sie heran, doch ihr skeptischer Blick ließ mich zögern.

»Ich tanze nicht gern«, ließ sie mich wissen.

Ich nickte, ohne zurückzuweichen. »Okay.«

Stille. Drei, vier, fünf Sekunden verstrichen.

»Du wirst nicht aufgeben, bis du es mir gezeigt hast, was?«

»Du musst nicht.«

»Nein. Schon gut. Wer weiß, vielleicht hilft mir das, deine Leute zu überzeugen, dass ich nicht so unzivilisiert bin, wie sie es gern hätten.«

»Kae …« Ich seufzte. »Du musst niemandem etwas beweisen.«

»Zeig es mir trotzdem.«

Ich schluckte, aber etwas in ihrem Blick ließ mich erneut ihre Hand nehmen, während ich meine zweite an ihre Hüfte legte. Mir fiel auf, dass sie ein klitzekleines Stückchen größer war als ich.

»Leg deine Hand auf meine Schulter«, wies ich sie mit rauer Stimme an.

»Wie vermutet. Sehr steif.«

Ich verdrehte die Augen und bemühte mich, mir ihre Nähe nicht zu Kopf steigen zu lassen. Vergebens. Dort, wo ihr Körper meinen berührte, prickelte meine Haut wie die Luft vor einem Gewitter. Ich sah ihr in die Augen und verlor mich beinahe darin.

»Und jetzt?«, flüsterte Kae.

»Beweg deinen linken Fuß zurück.« Während sie das tat, setzte ich meinen rechten nach. »Danach den rechten mit Abstand neben deinen linken. Genau so. Jetzt ziehst du den linken ran. Und nun das Ganze umgekehrt. Rechter Fuß vor …«

Welch bizarres Bild wir abgeben mussten. Ich, der Prinz, in meiner teuren Uniform, sie das Mädchen aus den Wäldern in einem Kleid, das ihr nicht ganz passte und trotzdem wirkte, als wäre es für sie gemacht. Wir standen so dicht beisammen, dass ich ihre Körperwärme spürte. Zwischen uns kaum mehr als eine dünne Schicht Luft, Stoff und die Masken, die wir trugen.

Sobald Kae die Grundschritte verstanden hatte, wurde ich mutiger. Ich führte sie in eine Drehung, dann entlang der Fenster des Ballsaals, sodass ich mir einbilden konnte, wir würden drinnen tanzen, wo die Musik mehr war als nur ein Flüstern im Wind. Unsere Bewegungen wirbelten Sporen auf. Nach und nach hüllten sie uns in einen Orkan aus funkelnden Kristallen, dessen magischer Anblick mich ihre Tödlichkeit vergessen ließ.

Ein bisschen beneidete ich Kae darum, wie leicht ihr die Schritte zu fallen schienen. Definitiv leichter als mir damals. Inzwischen war ich ein guter Tänzer, aber bis ich es gelernt hatte, hatte es Ewigkeiten gedauert, weil ich die Koordinationsfähigkeit eines Kleinkinds besaß. Mittlerweile waren Bälle allerdings die einzigen royalen Veranstaltungen, auf die ich mich so sehr freute, dass ich ihnen manchmal sogar entgegenfieberte. Weil irgendwann der Punkt kam, an dem ich mir Nyota oder eine andere Tanzpartnerin schnappen, mich ganz in der Musik verlieren und den Rest der Welt ausblenden konnte.

So auch jetzt. Trotz der kaum hörbaren Musik reichte dieser eine – zugegebenermaßen etwas steife – Tanz um mich alles um uns herum zumindest für den Moment vergessen zu lassen. Ob es an Kae lag? An der Art, wie sie mir in die Augen sah, als wäre ich gerade alles, was für sie zählte? Oder war das Wunschdenken? Der Alkohol? Oder die Verzweiflung, weil ich insgeheim wusste, dass es nur eine Frage der Zeit war, bis die Realität mit voller Kraft zuschlagen würde?

XXII

KAE

Am nächsten Morgen brachte eine Angestellte des Palastes mir neue Kleidung. Sie stellte sich knapp als Amelia vor, ehe sie wortlos die mitgebrachten Sachen in den Schrank hängte und wieder verschwand. Einerseits war ich dankbar für die Einsamkeit. Dafür, dass ich mich nicht mit den anderen Gästen der Kaiserin herumschlagen musste, die mich ohnehin nur verspottet hätten. Andererseits gab es nichts, das mich von meinen Sorgen ablenken konnte.

Die Angst zu scheitern pulsierte wie Gift durch meine Venen und machte mich unruhig. Wie gern wäre ich nach draußen gegangen, um meinen Kopf zu klären, doch ohne Maske wäre das lebensgefährlich. So blieb mir nichts anderes übrig, als am Fenster zu hocken und sehnsüchtig dem Auf und Ab der Äste zuzusehen, ohne selbst den Wind auf meinem Gesicht zu spüren, während Qatou seine Pfötchen gegen das kühle Glas presste.

Allmählich bereute ich es, ihn überhaupt mitgenommen zu haben, denn die meiste Zeit verbrachte er schlafend, darauf wartend, dass ich zurückkehrte. Sicher fehlten auch ihm die Bäume und die Freiheit des Waldes. Dabei war ich nicht eingesperrt. Ich selbst hatte beschlossen, in diesem Zimmer zu bleiben. Weil ich so die abwertenden Blicke der anderen nicht ertragen musste. Weil es sicherer war.

Wann war aus mir ein solcher Feigling geworden?

Langsam richtete ich mich auf, während der Gedanke plötzlich Fahrt aufnahm. Ja, wann hatte ich eigentlich beschlossen, die Situation einfach so hinzunehmen? Seit wann war es mir wichtig, was die Leute von mir dachten oder über mich sagten? Es war doch hier nicht anders als im Dorf. Ob sie sich nun darüber das Maul zerrissen, dass ich nicht wusste, wie man eine Gabel benutzte, oder darüber, dass ich von Seher Khar ständig auf Botengänge geschickt wurde, spielte überhaupt keine Rolle.

Ich war die Qo'aivon. Und als solche war es meine Pflicht, mich für mein Volk einzusetzen, statt mich den Regeln eines fremden Reiches zu beugen.

Entschlossen ging ich zum Schrank und nahm mir eines der Kleider, die Amelia mir gebracht hatte. Ich huschte ins Badezimmer, wusch mich und legte es an. Danach fasste ich mir an die Brust. Selbst durch den dicken schwarzen Stoff spürte ich das warme Pulsieren meinen Qo'ais. Ich überlegte. Bisher hatte ich ihn stets verborgen gehalten, weil ich um die Gier der Aldan wusste. Mein Bernstein war etwas Besonderes und sicher würden die Blicke nur schlimmer werden, wenn ich ihn offen sichtbar trug, aber er war ein Teil von mir.

Ich zog den Anhänger unter dem Kleid hervor. Scheinbar angesteckt von meiner neu gewonnenen Energie, landete Qatou auf meiner Schulter. Wieder zögerte ich. Dabei sollte ich dringend damit aufhören, alles in Frage zu stellen – besonders wenn es um meinen geflügelten Freund ging. Schließlich hatte auch im Dorf nie jemand bemerkt, dass er mich verfolgte.

»Aber sei vorsichtig«, ermahnte ich ihn und erhielt ein Fiepen zur Antwort.

Als ich mein Zimmer verließ, fühlte ich mich trotz der fremden Umgebung mehr wie ich selbst als zu irgendeinem Zeitpunkt seit meiner Ankunft am Hof. Es tat gut, ein Ziel zu haben und mich aktiv dafür einzusetzen, statt abzuwarten. Jetzt musste ich nur die Kaiserin finden.

Wie gestern schon kam mir der Palast vollkommen verlassen vor. Mittlerweile wusste ich, dass es nur den Anschein erweckte, weil die Anlage so riesig war und die zahlreichen Bediensteten ihre eigenen verborgenen Gänge nutzten. Deshalb begegnete ich auch niemandem, den ich hätte fragen können, wo ich die Kaiserin fand. Doch nach dem, was ich gestern erfahren hatte, vermutete ich, dass ich sie am ehesten im Thronsaal oder einem der Arbeitszimmer vorfinden würde. Und diese befanden sich im Hauptgebäude.

Es war eine Sache, mich im Wald zurechtzufinden. Bäume und Gewächse mochten auf den ersten Blick ähnlich aussehen, aber es fiel mir erheblich leichter, mir ihre Formen und Farben einzuprägen. Hier in den Gängen des Palastes war dagegen alles gleich: hohe Decken, riesige Fenster, schwarze und goldene Ornamente. Von Hunter wusste ich, dass sich mein Zimmer im Westflügel befand, aber das half mir nur wenig bei der Orientierung.

Nyota hatte mir geraten, mich an den Gemälden, Skulpturen und Wandteppichen zu orientieren, aber von denen gab es so viele, dass ich sie kaum zuordnen konnte. Und die meisten zeigten ohnehin die Erste Kaiserin in unterschiedlichen Posen, sodass es mir vorkam, als würde ihr strenger, durchdringender Blick mich verfolgen.

Irgendwann erreichte ich ein Treppenhaus, das ich mit ziemlicher Sicherheit noch nie betreten hatte. Oder doch? Es war zum Verzweifeln, aber ich wusste, dass die Arbeitszimmer in einem der oberen Stockwerke lagen. Es war also garantiert nicht verkehrt, wenn ich hier schon einmal hinaufging.

Ich erklomm zwei ganze Treppen, nur um mich danach in einem weiteren nichtssagenden Gang wiederzufinden, der so lange geradeaus führte, dass ich sein Ende nur erahnen konnte. Hier reihte sich erneut eine Tür an die nächste, während die Fenster den Blick auf den Ehrenhof freigaben und das Hauptgebäude dahinter.

Erleichtert, nicht komplett falsch abgebogen zu sein, marschierte ich weiter, doch ich hatte das Gefühl, nicht voranzukommen. Alles sah so gleich aus. Meine Schritte auf dem dunklen glänzenden Holzboden beschleunigten sich von ganz allein. Es kam mir vor, als befände ich mich in einem riesigen Tunnel, dessen Ausgang sich immer mehr von mir entfernte, statt näher zu kommen. Plötzlich öffnete sich eine der Türen. Ich blieb abrupt stehen, während Qatou sich in einem der Deckenfreskos versteckte. Auf den ersten Blick wirkte er wie eine weitere kleine Wolke auf dem Gemälde.

»Kae?« Hunter musterte mich mit einer Mischung aus Überraschung und Sorge. »Ist etwas passiert?«

»Nein. Ich …« Ertappt biss ich mir auf die Lippen. »Was machst du hier?«

»Das sollte ich wohl eher dich fragen. Dieser Bereich ist ausschließlich der kaiserlichen Familie vorbehalten.«

»Oh.«

Das erklärte, wieso er nur Hemd und Hose trug, während die förmliche Jacke seiner Uniform locker über seinem Arm lag. Müdigkeit stand in seinen Augen, als wäre er noch nicht lange wach. Sein Haar war feucht vom Waschen.

»Also?«, fragte er nach.

Ich seufzte. »Ich wollte zur Kaiserin.«

»Was?«

»Ich habe es satt, nur darauf zu warten, dass sich irgendetwas tut, während meinem Volk die Zeit davonläuft. Ich will mit ihr sprechen. Auf der Stelle.«

Bedauernd betrachtete Hunter mich. »Kae … Du weißt, dass das nicht geht. Es gibt Regeln und …«

»Würde die Kaiserin mich auch warten lassen, wenn ich eine Fürstin wäre? Wohl kaum. Verdient die Vertreterin eines anderen Volkes nicht denselben Respekt wie ihre eigenen Landsleute?«

»Natürlich tust du das. Hör mal, es …«

»Hunter«, unterbrach ich ihn harsch. »Ich will mit ihr sprechen. Und entweder, du hilfst mir dabei, oder ich klopfe so lange an jede einzelne Tür, bis ich sie finde.«

Seine Mundwinkel zuckten nach oben. »Das würde sehr lange dauern.«

»Solange ich am Ende bekomme, was mir zusteht, ist es das wert.«

Einen Moment lang lieferten wir uns ein stilles Blickduell. Ich tat mein Bestes, stark und unnachgiebig zu wirken, auch wenn seine blauen Augen mich unweigerlich an letzte Nacht erinnerten. Der Tanz. Sein Trost. Seine Nähe.

Nein. Ich durfte mich davon nicht ablenken lassen. Das, was ich in Hunters Gegenwart spürte, hatte nichts mit meiner Mission zu tun. Und hatte, wenn ich ehrlich war, auch überhaupt nichts in meinem Leben verloren.

Schließlich seufzte er. »Okay. Ich bringe dich zu ihr. Unter einer Bedingung.«

»Und die wäre?«

»Lass uns zuerst etwas essen.«

Ich wollte protestieren. Wollte ihm sagen, dass er sich sein Frühstück organisieren konnte, nachdem er mich zur Kaiserin gebracht hatte, doch Qatou kam mir zuvor. Er segelte von der Decke und landete auf Hunters Kopf, als hätte er nur darauf gewartet, dass jemand von Essen sprach.

Dieser erschauderte. »Ernsthaft?«

Qatou schnurrte nur.

Wir folgten dem endlos langen Gang in Richtung Hauptgebäude. Währenddessen erklärte Hunter mir, was sich hinter den zahlreichen Türen befand. Neben Schlafzimmern gab es hier auch ein Lesezimmer, ein weiteres Musizierzimmer, ein halbes Dutzend Bäder, noch mehr Schlafzimmer und noch mehr Räume, die jeweils einer einzigen Aktivität dienten.

Irgendwann stiegen wir eine Treppe nach unten, die zu einem Durchgang ins Hauptgebäude führte. Dort blieb Hunter stehen.

»Sag nicht, du hast dich verlaufen«, spottete ich.

»Nein. Ich wünschte, es wäre so.« Widerstrebend nahm er seine Jacke vom Arm und schlüpfte in einen Ärmel. »Ab hier bin ich wieder Seine Kaiserliche Hoheit.«

»Und kann Seine Kaiserliche Hoheit nicht herumlaufen, wie er will?«

»Nein. Und nenn mich bitte nicht so.«

»Wieso, Eure Kaiserliche Hoheit?«, fragte ich grinsend.

»Wenn du es sagst, klingt es, als wäre ich mehr, als ich eigentlich bin. Und nicht nur ein Taugenichts, der einen Titel geerbt hat.«

Mein Lächeln erstarb. »Du unterschätzt dich.«

»Nein. Ich bin mir ziemlich sicher, dass mich die ganze Welt *überschätzt*. Ich bin und werde nie mehr sein als Hunter.«

Er schlüpfte in den anderen Ärmel, schloss die Knöpfe und zupfte an seiner Jacke, bis sie richtig saß. An seinen Anblick in der eng geschnittenen schwarzen Uniform mit den Ornamenten aus Gold würde ich mich wohl nie ganz gewöhnen. Aber vor allem das Grinsen, das er aufgesetzt hatte, um das eben Gesagte herunterzuspielen, ließ mein Herz höherschlagen.

»Na? Wie sehe ich aus?«

»Wie ein Herrscher«, antwortete ich aufrichtig. Meine Hand wanderte von ganz allein an seinen Hals, weil sein Kragen sich verdreht hatte.

»Kae …« Ich spürte meinen Namen als Luftzug am Ohr.

»Mach dich nicht kleiner, als du bist.« Ich rückte seinen Kragen zurecht. »Schon besser.«

Ich verharrte in dieser Position, nahm meine zweite Hand dazu und legte sie ihm in den Nacken. Dabei war ich ihm so nah, dass die Worte, die ich mir eben noch zurechtgelegt hatte, einfach aus meinem Kopf verschwanden. So nah, dass mein Herzschlag vollkommen aus dem Takt geriet. So nah, dass ich jede einzelne seiner langen Wimpern zählen konnte. Dass ich mich im Blau seiner Augen verlor.

So nah, dass ich ihn küssen könnte …

Hunter sah mich an, als gingen ihm genau dieselben Gedanken durch den Kopf. Als spürte auch er diese unsichtbare Kraft, die mich zu ihm zog, förmlich dazu zwang, die letzte Distanz zwischen uns zu überbrücken. Eine unausgesprochene Frage lag in seinem Blick, als er ein Stück näher rückte und sich unsere Lippen beinahe berührten. Beinahe.

Plötzlich fuhr er zusammen, nahm die Hand von meiner Taille, die ich bis eben nicht einmal bemerkt hatte, und fasste sich suchend an den Nacken. Ich wich zurück. Mit einem Mal war mein Verstand wieder klar, auch wenn ich nicht verstand, was gerade passiert war.

»Was?« Irritiert förderte Hunter eine Nadel zutage, die scheinbar in seinem Kragen gesteckt hatte. Er musterte sie und zuckte mit den Schultern, ehe er sie wegschnippte. »Sorry, wo …«

Seine Stimme stockte und auf seinem Gesicht erschien ein schmerzverzerrter Ausdruck. Gerade rechtzeitig trat ich wieder neben ihn, da brach er zusammen.

»Hunter?«, kam es panisch über meine Lippen. »Hunter!«

Ein röchelnder Laut verließ seine Kehle, als versuchte er nach Luft zu schnappen. Erfolglos. Seine Pupillen waren riesig und binnen eines Wimpernschlags war seine Haut furchtbar bleich geworden. Feiner Schweiß trat auf seine Stirn. Mit jedem Moment, der verstrich, schien sein Hals mehr anzuschwellen.

Die Symptome kamen mir bekannt vor. Einer Eingebung folgend, öffnete ich den obersten Knopf seines Hemdes. Die dunkelrote Färbung seiner Haut ließ keinen Zweifel. Ich wusste, was mit Hunter passiert war. Zum Glück wusste ich auch, was dagegen zu tun war.

Geistesgegenwärtig zog ich ihn an eine Wand, sodass er ohne meine Hilfe aufrecht sitzen konnte. Doch das verschwendete kostbare Zeit. Sobald das Gift der Archima die Luftröhre verschloss, blieb dem Opfer nicht mehr lange. Hastig zerrte ich an Hunters Jacke, um sie ihm auszuziehen. *Die Nadel*, schoss es mir durch den Kopf. Das Gift musste an der verdammten Nadel gewesen sein. Tatsächlich, an seinem Hals, direkt unter seinem Kragen, entdeckte ich eine schwarze Linie, die sich nach oben und unten ausbreitete wie verlaufene Tinte.

Normalerweise benutzte man ein Messer, um die Wunde zuerst zu vergrößern, doch ich hatte nur meinen Qo'ai. Unbeholfen ließ ich seine Kante über die Stelle gleiten und drückte fest zu, bis ein erstickter Schmerzenslaut über Hunters Lippen kam.

Ein dünnes Rinnsal Blut lief seinen Hals hinab. Es war nicht viel, aber es reichte. Es musste reichen. Ich setzte meine Lippen auf die Wunde und saugte, bis der süßlich-bittere Geschmack des Gifts meine Zunge berührte. Ich spuckte aus. Saugte erneut. Wie ich es schon einmal bei Dhan getan hatte.

Archima wuchs überall im Wald – und offenbar auch darüber hinaus, schließlich war sie die Insigne der kaiserlichen Familie. Im Herbst blühte sie in kräftigem Gold, während ihre Dornen ein Nervengift absonderten, das die Haut um die Einstichstelle herum anschwellen ließ. In den meisten Fällen war dieser Effekt harmlos, doch in der Nähe lebenswichtiger Organe oder am Hals konnte er schnell tödlich enden. Deshalb wussten selbst unsere Kinder, wie man Betroffene versorgte.

Erst saugte man das Gift aus. Dann half man dem Verletzten beim Atmen.

Sobald ich keine Süße mehr schmeckte, ließ ich von Hunters

Nacken ab. Die schwarze Linie war verschwunden, doch im selben Moment verlor der Prinz das Bewusstsein.

»Nein«, stieß ich aus. »Nein, nein, nein.«

Ich legte ihn auf den Boden, presste meine Lippen auf seine, erschrak über die Kälte und atmete aus. Nur mit äußerster Kraft schaffte ich es, seine Lunge mit Luft zu füllen. Danach drückte ich mit den Händen auf seinen Brustkorb, um ihn zum Ausatmen zu bringen. Dann wieder seine Lippen. Wieder die Brust. Wie im Rausch wiederholte ich die Bewegung, bis mir selbst schwindelig wurde. Es fühlte sich an, als wären Ewigkeiten vergangen. Der Effekt des Giftes müsste schon längst nachgelassen haben, aber Hunter atmete noch immer nicht von allein.

Lag es an der Dosis? War an der Nadel mehr Gift gewesen als an der Dorne einer Archima? Oder war ich zu langsam gewesen?

Ich wagte es kaum, über diese Möglichkeit nachzudenken. Dennoch füllten Tränen meine Augen, während ich immer weitermachte. Einatmen. Ausatmen. Einatmen. Ausatmen.

Komm schon, Hunter, flehte ich in Gedanken.

Da spürte ich auf einmal einen Ruck. Aber es war nicht Hunter, der plötzlich nach Luft schnappte. Jemand hatte mich gepackt und zerrte mich auf die Füße, weg von ihm. Reflexartig holte ich aus, hörte ein Knirschen und einen Schmerzensschrei. Ich wusste nicht, wen ich überhaupt getroffen hatte. Für mich zählte nur Hunter.

Wieder stürzte ich mich auf ihn. Wieder half ich ihm beim Atmen.

»Wachen!«, ertönte eine männliche Stimme, aber es war mir egal. Egal, dass ich gerade womöglich einen Fürsten verletzt hatte. Egal, was die Aldan jetzt von mir dachten. Solange ich Hunter nur retten konnte. »Wachen!«

Schwere Schritte näherten sich. Jemand packte meine Arme, ein anderer zog mich an meinen Haaren zurück. Vor Schmerz sah ich kurzzeitig Sterne.

»Nein«, schrie ich. »Er braucht Hilfe.«

»Willst du uns zum Narren halten?« Durch den Tränenschleier erkannte ich ein mir bereits vertrautes Gesicht. Alastair. Der Fürst Colastines starrte mich rot vor Zorn und mit blutiger Nase an. Hinter ihm stand Liliyana und betrachtete die Szene mit starrer Miene.

»Führt sie ab, Wachen«, befahl der Fürst. »Und gebt Ihrer Kaiserlichen Majestät Bescheid, dass diese Wilde ein Attentat auf ihren Sohn verübt hat.«

»Das war ich nicht« rief ich. »Jemand hat … Da war eine vergiftete Nadel in seiner Kleidung. Ich wollte Hunter helfen. Bitte, lasst mich zu ihm.«

Zu meiner Überraschung ließen meine Worte die beiden Wachen, die mich gepackt hatten, zögern. Abwartend sahen sie den Fürsten an, doch der schüttelte nur energisch den Kopf. »Ich weiß, was ich gesehen habe. Und überhaupt: Wo ist diese *Nadel*, von der du sprichst?«

»Hunter hat sie weggeworfen. Bitte. Ich muss ihm helfen.« Panisch starrte ich in seine Richtung und etwas in mir brach, als ich seinen leblosen Körper am Boden sah. Sein Hals war noch immer rot, aber auf die Entfernung konnte ich nicht erkennen, ob die Schwellung zurückgegangen war.

»Spar dir deine Lügen für die Anhörung«, zischte Alastair. »Wachen, holt einen Arzt.«

»Lucas hat bereits einen gerufen, mein Herr.«

»Sehr gut.«

»Bitte. Ihr müsst ihm beim Atmen helfen, sonst stirbt er«, bat ich. »Durch das Gift ist sein Hals geschwollen und …«

»Du scheinst dich damit ja ziemlich gut auszukennen.«

»Die Pflanze wächst auch in meiner Heimat, aber …«

Alastair ließ mich gar nicht erst ausreden, sondern wandte sich an die Wachen. »Herrschaften, ich weiß nicht, wie es euch geht, aber ich für meinen Teil habe genug gesehen und gehört. Schafft sie fort.«

»Liliyana!« In meiner Verzweiflung wandte ich mich an seine Begleiterin. »Jemand muss ihm helfen. Er muss atmen.«

Die Frau des Fürsten betrachtete mich aus leeren grünen Augen, doch dann gab sie sich einen Ruck, lief zu Hunter und ging neben ihm in die Knie.

»Liliyana, geh da weg! Am Schluss vergiftet sie euch beide.«

»Aber es ist, wie sie gesagt hat. Sein Hals ist ganz dick!«

»Liliyana!«, brüllte Alastair, ehe er sich wieder an die Wachen wandte. »Herrgott, was steht ihr da noch immer rum! Werft sie in den Kerker, bringt sie zum Galgen oder was auch immer ihr hier in diesem Land mit euren Gefangenen tut.«

Dieses Mal kamen die beiden dem Befehl ohne zu zögern nach. Ihr Griff verstärkte sich, jemand legte mir Fesseln an und zerrte mich mit sich. Meine Beine gaben nach, aber die Soldaten trugen mich einfach weiter.

Der Trubel hatte einige Menschen angelockt, die neugierig in Richtung des Treppenhauses eilten. Ich hoffte, Nyota darunter zu sehen, hatte jedoch kein Glück.

»Liliyana!«, hörte ich erneut die Stimme des Fürsten. Ein letztes Mal nahm ich meine Kräfte zusammen und stemmte meine Füße in den Boden. Geschickt rammte ich einer Wache meinen Ellenbogen in die Seite, während ich mich unter der Faust der anderen hindurchduckte. Es gelang mir, freizukommen.

Ich war bereits im Begriff wieder zurückzurennen, als eine Tür neben uns aufgerissen wurde. Undeutliche Rufe wurden laut. Dann traf mich etwas an der Schläfe und ich verlor das Bewusstsein.

XXIII

KAE

Sobald ich wieder zu mir kam, galt mein erster Gedanke Hunter, und die Angst um sein Leben war zurück. Panisch wollte ich in die Höhe schießen, doch meine Bewegungen waren eingeschränkt. Meine Sicht klärte sich langsam und ich realisierte, dass ich sowohl an den Händen als auch an den Füßen gefesselt war – und mich noch immer im Palast befand.

Ich saß auf einem Sofa in einem opulenten Arbeitszimmer, bei dem mir vor allem die riesigen Bücherregale sofort ins Auge fielen. Davor stand ein Schreibtisch, an dem ein Mann etwas las, vermutlich einen Brief. Rowan. Hunters Onkel.

Als er mich erschrocken nach Luft schnappen hörte, hob er seinen Blick. Strenge lag darin und Missbilligung, die nicht zu seinen Worten passten. »Du bist wach. Sehr gut.«

»Wo ist Hunter?«

Abschätzig hob er die Brauen. »Ich glaube, wir haben wichtigere Dinge zu besprechen.«

»Wo ist Hunter?«, wiederholte ich. *Und Qatou? Und … mein Qo'ai?* Schockiert realisierte ich, dass sein vertrautes Gewicht um meinen Hals fehlte. Wo war er?

Rowan erhob sich und schlenderte zu einem Sessel mir gegenüber. »Du und ich, wir sollten reden.«

»Erst, wenn du mir sagst, wo Hunter ist.«

»Im Krankenflügel. Wo denn sonst? Der Arzt tut alles, um ihn zu retten, aber wer weiß, wie seine Chancen stehen.«

»Er *kann* überleben«, beteuerte ich. »Ihr müsst nur …«

»Unsere Mediziner wissen, was sie tun. Ebenso wie du. Du scheinst dich ja bestens mit dem Gift der Marigold auszukennen.«

Marigold. Vermutlich nannten die Aldan so die Archima. Ich schwieg, weil ich es mittlerweile besser wusste. Weil ich ahnte, dass meine Kenntnisse mir zum Verhängnis werden konnten.

»Willst du dich dazu denn gar nicht äußern?«

»Es ist nicht das, wonach es aussieht.«

»Nicht? Das musst du mir erklären.«

Wütend knirschte ich mit den Zähnen. Rowan spielte mit mir, er machte nicht einmal einen Hehl daraus. Wenn er sich ernsthaft für die Wahrheit interessieren würde, säße ich hier nicht in Fesseln. Dennoch musste ich es versuchen.

»Da war eine Nadel. In Hunters Jacke. Als er sie angezogen hat, wird er sich daran gestochen haben … An der Spitze muss Gift gewesen sein.«

»Und wo ist diese Nadel jetzt? Wenn deine Geschichte stimmt, müsste der Beweis ja vor Ort sein, doch keine unserer Wachen hat etwas finden können.«

»Hunter hat sie weggeworfen – aber sie muss da sein. Ich habe sie mit eigenen Augen gesehen.«

»Und wer sagt mir, dass die Nadel nicht auch von dir war?«

»Hunter. Er hat sie auch gesehen und selbst herausgezogen. Er hatte die Jacke schon dabei, als ich ihm im Palast begegnet bin. Frag ihn.«

»Falls ich ihn überhaupt fragen kann. Es wäre großes Glück, wenn er deinen Angriff überlebt – von permanenten Schäden ganz zu schweigen.«

»Ich habe ihn nicht angegriffen.«

»Und wer soll es sonst gewesen sein? Das hier ist Hunters Zuhause. Hier ist er umgeben von seiner Familie, seinen Freunden, seinem Volk. Glaubst du wirklich, einer von uns würde unserem zukünftigen Kaiser nach dem Leben trachten?«

»In der Geschichte wurde schon so mancher Herrschende gestürzt«, knurrte ich. »Und wieso hätte ich bis jetzt warten sollen? Wenn ich ihm wirklich etwas antun wollte, hätte ich auf unserer Reise genügend Gelegenheiten dazu gehabt.«

»Du brauchtest jemand, der dir sicheres Geleit in den Palast bietet, schließlich wusste niemand von uns, dass die Eijn überhaupt existieren.«

»Und wieso sollte ich ausgerechnet Hunter töten wollen?«

»Wer sagt, dass er dein einziges Opfer bleibt.«

Ich schnappte ungläubig nach Luft. Glaubte dieser Mann ernsthaft, ich wäre hierhergereist, um die kaiserliche Familie zu töten?

»Weißt du, was ich denke?«, fragte Rowan. »Ich denke, dass du es auf unsere ganze Dynastie abgesehen hast. Dass all die Jahre im Wald euch Eijn verbittert haben und ihr nur auf eine Gelegenheit gewartet habt, um endlich Rache am Imperium zu nehmen.«

»Wir sind ein friedliches Volk. Rache interessiert uns ebenso wenig wie die Politik dieses Landes. Ich bin hier, um für mein Volk, für den Wald zu verhandeln. Und das kann ich wohl schlecht mit einer toten Kaiserin.« Ich wusste, dass es unklug war, ausgerechnet jetzt die Worte »tot« und »Kaiserin« im selben Atemzug zu verwenden, aber das war mir egal. Ich war so verdammt wütend. Und ich hatte Angst um Hunter. Furchtbare Angst.

»Angenommen, es stimmt, was du sagst …« Beinahe schon gemütlich fasste er in die Brusttasche seiner Uniform und förderte meinen Qo'ai daraus hervor. Erschrocken hielt ich den Atem an, während jede Zelle meines Körpers schrie. Es war verboten, den Qo'ai eines anderen unerlaubt zu berühren, und Rowan hatte ihn einfach an sich genommen. »Was wolltest du dann hiermit bezwecken?«

Demonstrativ ließ Rowan den Anhänger nur ein winziges Stück von meinem Gesicht entfernt durch die Luft baumeln. So nah und doch so fern.

»Das ist mein Qo'ai«, erklärte ich gedehnt. »Alle Eijn bekommen einen, sobald sie erwachsen sind. Er ist ein Geschenk des Heiligen Baumes und legt die Zugehörigkeit zu unseren Zünften fest.«

»Mhm mhm. Und jetzt die Wahrheit.«

»Das ist die Wahrheit.«

Rowan verdrehte die Augen. »Die Wahrheit ist, dass dieser Stein vermutlich genug Energie in sich trägt, um nicht nur den Palast, sondern auch die halbe Stadt in die Luft zu jagen.«

Entsetzt schüttelte ich den Kopf.

»Erbärmlich. Und ich dachte, die Eijn würden wenigstens eine gute Lügnerin schicken, um ihren Auftrag auszuführen.«

»Ich lüge nicht.« Gegen meinen Willen kamen die Worte nur schwach über meine Lippen. Ich hatte keine Kraft mehr, zu widersprechen und meine Absichten zu beteuern, weil ich ebenso gut auch mit einem Stein hätte sprechen können. Rowan war überzeugt, auf der richtigen Fährte zu sein, und egal, was ich sagte, nichts würde ihn von meiner Unschuld überzeugen.

»Aber das ist noch nicht alles, oder?«, fuhr Hunters Onkel fort. »Du verheimlichst mir noch mehr …«

Fieberhaft dachte ich nach, was er meinen könnte. Mein erster Gedanke galt Qatou. Aber sonst? Nachdem die Aldan sich darum bemüht hatten, die Eijn zu vergessen, gab es tausend Dinge, die ich ihm bisher nicht über uns erzählt hatte.

»Wie seid ihr aus dem Wald herausgekommen?«

»Magie.«

Rowan lachte. Sollte er doch. »Amüsant. Also noch einmal: Wie seid ihr aus dem Wald herausgekommen?«

»Die Magie des Waldes hat uns beschützt.«

Sein Blick durchbohrte mich förmlich. Wut loderte hinter seinen

Augen auf. Ich war wenig überrascht, dass er meine Antwort nicht akzeptieren wollte, schließlich hatte mir nicht einmal Hunter geglaubt nach allem, was wir zusammen durchgemacht hatten.

»Lüg mich nicht an.«

»Tue ich nicht.«

»Du weißt, dass ich …« Er stockte, als käme ihm plötzlich ein Gedanke. Dann räusperte er sich. »Ich hoffe, du bist dir deiner Position bewusst.«

»Glaub mir, das bin ich. Aber du wirst mich doch sicher nicht ohne eine richtige Verhandlung bestrafen wollen.«

»Pass auf, was du sagst.«

»Ich bin ein Gast Seiner Kaiserlichen Hoheit. Steht mir da kein besonderer Schutz zu?«

»Diesen Schutz hast du verwirkt, als du Seine Kaiserliche Hoheit vergiftet hast.« Wütend ballte ich die Hände zu Fäusten. »Aber ich könnte die Sache noch einmal überdenken, wenn du mir endlich die richtigen Antworten gibst.«

»Woher soll ich wissen, welche Antworten du hören möchtest?« Ausgerechnet jetzt stahl sich ein Grinsen auf meine Lippen. Den Mann so in Rage zu sehen, verschaffte mir trotz meiner aktuellen Lage Genugtuung.

»Vorsicht.«

»Was? Dich interessiert doch gar nicht, was ich zu sagen habe. Du akzeptierst nur das, was du hören willst. Also sag mir, was du hören möchtest, damit wir dieses sinnlose Gespräch beenden können.«

Je röter Rowans Gesicht wurde, desto selbstsicherer fühlte ich mich. Es war ein Spiel mit dem Feuer, aber ich hatte allmählich keine Optionen mehr.

»Also?«, bohrte ich nach.

Er richtete sich auf, schritt zu einem der hohen Rundbogenfenster und starrte nach draußen. Unter uns befand sich der Ehrenhof, dahinter die Stadt, deren Straßen wie ein Gitter angelegt waren. Obwohl helllichter Tag war, entdeckte ich keine Menschenseele zwischen den hohen Häusern.

»Was wenn wir dich nach draußen schicken?« Ich runzelte die Stirn. »Das sollte doch kein Problem sein, oder? Ein kleiner Spaziergang in der Sonne, um dich auf andere Gedanken zu bringen. Dann werden wir sehen, wie gut dich dein Waldgott oder was auch immer beschützt.«

»Wenn du mich umbringen willst«, knurrte ich, »nur zu.« Ich hatte keine Ahnung, woher ich den Mut nahm. Oder war es Trotz? Leichtsinn? Egal, was es war, es begann allmählich die Oberhand zu gewinnen.

»Also ist es doch nicht der Wald, der euch beschützt hat?«

»Es war Magie«, beteuerte ich. »Und ich kann sie nicht kontrollieren. Es passiert einfach.«

Rowan schnaubte, ohne mich anzusehen. »Und wenn ich es einfach riskieren würde?«

»Du willst Antworten. Die wirst du nicht von einer Toten bekommen.«

Verdammt, Kae!, hörte ich Hunters Stimme im Geiste. Ihr Klang versetzte mir einen Stich, dabei hatte sie recht: Der Pfad, auf dem ich mich bewegte, war gefährlich, und ich war nicht hierher gesandt worden, um die kaiserliche Familie gegen mich aufzubringen und damit mein eigenes Leben aufs Spiel zu setzen.

»Ich verlange, dass der Angriff auf Hunters Leben untersucht wird. Und eine richtige Verhandlung. Erst dann beantworte ich weitere Fragen.«

»Und wer gibt dir das Recht, das zu verlangen?«

»Euer Gesetz. *Keine Verurteilung ohne Verhandlung*, das haben die Eijn von euch gelernt.«

Endlich drehte er sich wieder um, den Kiefer so angespannt, dass ich beinahe hörte, wie seine Zähne knirschten. Doch dann stahl sich ein Lächeln auf seine Lippen. »Schön. Ich muss schon sagen, junge Eijn, deine Hartnäckigkeit beeindruckt mich.«

Was?

»Wenn es stimmt, was du sagst, und wirklich jemand anders für den Anschlag auf das Leben des Prinzen verantwortlich ist, bist du selbstverständlich von allen Anklagepunkten freigesprochen. Wenn nicht, wird eine Anhörung entscheiden, wie wir weiter mit dir verfahren.«

Ich nickte, war unsicher, was ich von diesem plötzlichen Einlenken halten sollte. »Dann darf ich gehen?«

»Ich fürchte, das wird nicht möglich sein. Wachen?«

Auf seinen Befehl hin wurde die Tür geöffnet und zwei uniformierte Männer mit Waffen auf dem Rücken betraten den Raum.

»Warte! Was soll das?«, stieß ich aus.

»Wie gesagt. Es wird eine Untersuchung geben und du wirst dein Verfahren bekommen. Aber bis dahin stehst du weiterhin unter Verdacht. Du bist ein Risikofaktor, den wir nicht in unserer Mitte dulden können. Wir werden dich also im Gefängnis verwahren, und sobald die Fürsten abgereist sind, widmen wir uns deinem Fall.«

»Das kannst du nicht machen. Du hast keinen Beweis, dass ich …«

»Rache als Motiv. Dazu dein ausgesprochen umfangreiches Wissen über das Gift der Marigold. Das vermeintliche Werkzeug ist unauffindbar und noch dazu warst du zum Tatzeitpunkt allein mit Hunter unterwegs. Ich denke, das sind genügend Gründe, damit auch du meine Vorsicht verstehen kannst. Und jetzt schafft sie mir aus den Augen.«

Ich biss mir auf die Zunge, während jeglicher Protest in mir erstarb. Meine Sturheit mochte mich manchmal unüberlegt handeln lassen, aber sogar ich wusste, wann ein Kampf verloren war. Einer der Männer half mir auf die Beine, während der andere meine Fußfesseln löste, damit ich selbst laufen konnte. Wenigstens so viel Würde gestanden sie ihren diplomatischen Gästen zu.

Geschlagen ließ ich mich von den Wachen durch den Palast führen, wobei ich die Decke immer wieder nach Qatou absuchte. Doch von meinem Begleiter fehlte jede Spur. Hoffentlich war er in Sicherheit.

Schon bald verließen wir die Gänge des Palastes durch eine unscheinbare Tür in der Wand, die uns in den Bereich führte, der den Angestellten vorbehalten war. Hier war vom Prunk der restlichen Anlage kaum etwas zu sehen, und die Chance, Nyota zu begegnen, die mir vielleicht noch hätte helfen können, verpuffte. Ich war auf mich allein gestellt. Und schon wieder zum Warten verdammt.

So viel zu meiner glorreichen Absicht, mein Schicksal selbst in die Hand zu nehmen. So viel zu meiner Mission. So viel zu meiner Hoffnung.

XXIV

HUNTER

Meine Kehle brannte, als hätte ich flüssiges Eisen getrunken, und jeder Atemzug war eine Qual. Dazu fühlte ich mich müde. So unendlich müde, dass ich ganze Jahre hätte verschlafen können. Und vielleicht tat ich das auch.

Wie in einem Fiebertraum driftete ich zwischen Tiefschlaf und Dämmerzustand hin und her. Zwischen Dunkelheit und seltsamen Bildern, die mein Unterbewusstsein mir vorsetzte. Von Bäumen, die umherliefen, sprechenden Raupen und mir mit einer Krone auf dem Kopf. Und ich konnte nicht einmal sagen, welche dieser Vorstellungen mir am meisten Angst machte.

Es dauerte eine gefühlte Ewigkeit, bis die Müdigkeit langsam nachließ. Nicht genug, dass ich voller Lebensenergie aus dem Bett hüpfte, aber so weit, dass meine Lider sich nicht mehr anfühlten, als hätte jemand Bleigewichte daraufgelegt. Irgendwann gelang es mir sogar, die Augen zu öffnen.

Über mir erkannte ich die weiße stuckverzierte Decke des Krankenflügels, deren Anblick mir sofort Übelkeit bescherte, weil ich die mit diesem Ort verbundenen Erinnerungen noch lange nicht verarbeitet hatte. Aber wieso war ich überhaupt hier? Hatte ich mir den Kopf angestoßen? War mein Flugzeug abgestürzt, und alles, was ich seitdem erlebt hatte, nur ein Teil meiner Träume? Der Wald, die Bäume, Kae …

Kae. Ruckartig wollte ich in die Höhe schießen, doch mein Körper war zu schwach, um mir zu gehorchen. Ich hatte kaum genug Kraft, um meine Hand zu heben, um mich abzutasten. Über mir lag eine Decke und … ich trug eine Art Gips um meinen Hals? Probeweise versuchte ich, den Kopf zu bewegen, aber er war wie festgenagelt. Erst jetzt bemerkte ich, dass die untere Hälfte meines Gesichts von einer Maske bedeckt wurde.

Ein Beatmungsgerät.

Dann kehrten die Bilder zurück.

Kae, die sich im Palast verirrt hatte. Die Tatsache, dass ich sie fast geküsst hätte, und die Nadel in meinem Jackett. Jemand hatte versucht, mich zu vergiften. Ich erinnerte mich, wie meine Kehle angeschwollen war, bis ich keinen einzigen Atemzug mehr hatte tun können. Und Kae … Sie hatte mir geholfen. Irgendwie hatte sie erfasst, was mit mir geschehen war, hatte reagiert und mich gerettet.

Kae.

Erneut versuchte ich, mich aufzurichten, was mir dieses Mal sogar gelang. Stöhnend riss ich mir das Beatmungsgerät vom Gesicht und sog stattdessen die trockene, leicht abgestandene Luft des Palastes ein, den penetranten Geruch von Desinfektionsmitteln, der mich sofort an … Nein. Nicht jetzt.

Suchend blickte ich mich im Raum um. Ich war allein. Rotes Licht fiel durch einen schmalen Spalt, wo die Vorhänge nicht ganz schlossen. Es musste später Abend sein. Oder früher Morgen. Wie lange hatte ich geschlafen?

Ich tastete nach der Schnur am Kopfende meines Bettes und zog daran, bis ich in der Ferne ein Glöckchen hörte. Vermutlich nicht die freundlichste Idee, jemanden so früh wach zu klingeln, wenn mir nichts fehlte, aber nicht zu wissen, was mit Kae geschehen war, machte mich panisch.

Es dauerte nicht lange, da näherten sich Schritte auf dem Gang, bevor eine schlaksige Gestalt im Morgenmantel den Raum betrat.

»Hoheit.« Das Licht wurde angeknipst und ich erkannte Simon, den Assistenten von Dr. Hemsworth, der mich mit besorgter Miene musterte. »Ihr seid wach.«

»Ja. Wie …« Irritiert hielt ich inne. Das Sprechen machte meine Schmerzen schlimmer, während aus meinem Mund nur ein kaum verständlicher Krächzlaut kam.

»Fehlt Euch etwas, Hoheit? Ihr solltet dringend noch etwas ruhen.«

Ich schüttelte den Kopf, auch wenn ich noch immer furchtbar müde war. Unaufgefordert reichte Simon mir Wasser, das ich in einem Zug herunterschüttete. Das kühle Nass war Balsam für meine Kehle. Wortlos gab ich das Glas zurück und bekam es sofort nachgefüllt.

»Ich habe auch ein schmerzlinderndes Spray für Eure Kehle«, schlug Simon vor.

»Ja. Was …« Wieder bereiteten mir die Worte unsägliche Schmerzen.

»Einen Moment, ich bringe Euch etwas zum Schreiben.«

Keine Ahnung, wie viel wir Simon bezahlten, aber er verdiente mindestens das Doppelte. Er war ein absoluter Engel und bedachte mich mit einem strahlenden Lächeln, obwohl ich ihn augenscheinlich aus dem Bett geworfen hatte.

Er sprühte mir etwas in den Mund, das verdächtig nach Alkohol schmeckte, und reichte mir anschließend Stift und Papier.

Was ist passiert?, schrieb ich in krakeliger Schrift darauf, doch immerhin gehorchte mir meine Hand besser als meine Stimme.

»Es gab ein Attentat. Das Gift hat Eure Kehle anschwellen lassen, woraufhin Ihr beinahe erstickt wärt. Hätte Fürst Alastair Euch nicht gefunden … nicht auszumalen, was dann passiert wäre.«

Fürst Alastair? Ich konnte mich nicht erinnern, dass er überhaupt in der Nähe gewesen war. Bemerkenswert, wenn der alte Kauz wirklich mal etwas Gutes getan hatte.

Wie spät ist es?, schrieb ich.

»Es ist kurz nach sieben Uhr«, antwortete Simon. »Und es ist der 24.«

Der 24.? Ich hatte zwei ganze Tage verschlafen.

Habe ich etwas verpasst?

»Nichts Außergewöhnliches. Die letzten Gäste sind angereist und alles ist bereit für die Bestattung heute.« Als sich meine Augen vor Schock weiteten, biss sich Simon auf die Unterlippe. »Verzeiht. Das war unbedacht von mir.«

Ich winkte ab, während ich im Geiste vehement all die Gefühle beiseiteschob, die das Wort »Bestattung« in mir auslöste.

Wo ist Kae?, notierte ich.

Simon runzelte die Stirn.

Die Eijn.

»Hinter Gittern, Hoheit. Soweit ich weiß, hat sie die Tat noch nicht gestanden, aber es ist sicher nur eine Frage der Zeit, bis sie …«

Simon stoppte, als ich in großen Buchstaben ein einziges Wort aufs Papier kritzelte: *WAS?*

»Die Attentäterin, sie ist …«

Wütend schleuderte ich das Schreibzeug von mir. Kae? Eine Attentäterin? Sie hatte mir das Leben gerettet, verdammt. Wäre sie nicht gewesen, wäre ich jetzt tot. Dank ihr war ich am Leben. Nicht dank des Fürsten.

Plötzlich kam mir ein Gedanke. Simons Worte hallten in meinem Kopf wider. *Hätte Fürst Alastair euch nicht gefunden …* Mit Sicherheit war er aufgetaucht und hatte Kae beschuldigt. Er hatte ja davor schon keinen Hehl daraus gemacht, dass er sie verabscheute. Und das hier war die einfachste Methode, sie aus dem Weg zu räumen.

Aber wieso sollte er das tun? Welchen Vorteil konnte er sich dadurch erhoffen? Und viel wichtiger: Wer steckte wirklich hinter dem Attentat?

»Hoheit?« Simon versuchte, mich wieder in die Kissen zurückzudrücken, doch mittlerweile waren meine Kräfte so weit zurückgekehrt, dass ich mich zur Wehr setzen konnte. Ich drückte den Pfleger energisch von mir und stellte die Füße auf den Boden. Die Kälte des Parketts kroch in meine zitternden Beine, die nach all der Zeit im Bett Mühe hatten, mein Gewicht zu tragen. Aber das war mir egal. Ich musste mit meiner Mutter sprechen. Ich musste Kae finden. Ich musste …

Bei dem Versuch zu gehen gaben meine Beine nach und ich landete schmerzhaft auf dem Boden. Wer war eigentlich auf die Idee gekommen, Holzboden in einem Krankenzimmer zu verwenden? Man sollte hier alles mit Gummi oder Kissen auslegen.

»Hoheit. Ich muss darauf bestehen, dass Ihr Euch weiter ausruht.«

»Lass mich«, krächzte ich, und der Schmerz trieb mir die Tränen in die Augen. »Ich muss zu meiner Mutter.«

»Hoheit!«

Vehement schüttelte ich den Kopf. An mir würde Simon sich die Zähne ausbeißen. Offenbar kam er zu demselben Schluss, denn er nickte langsam. »Dann setzt Euch wenigstens einen Moment hin.«

Widerwillig ließ ich mir von ihm aufs Bett helfen und beobachtete ihn dabei, wie er aus einem Schrank ein Paar Hausschuhe und einen Morgenmantel zutage förderte. Nicht ideal, aber definitiv eine angemessenere Bekleidung als das hässliche, fein gestreifte Nachthemd, das meine gesamte kaiserliche Rückseite freiließ.

Ich schlüpfte in die Kleidung, während Simon aus dem Nebenzimmer einen Rollstuhl holte. Er half er mir hinein und fuhr mich dann ohne einen weiteren Kommentar aus dem Raum.

Ja. Er verdiente definitiv eine Gehaltserhöhung.

Wir nahmen einen der Kettenaufzüge hinunter ins Erdgeschoss und statteten meiner Mutter einen Besuch ab, die wie jeden Morgen um Viertel nach Sieben allein frühstückte. Manchmal waren ihre penible Pünktlichkeit und ihre eingefahrenen Routinen von Vorteil.

Gern hätte ich einen dramatischeren Auftritt hingelegt, hätte am liebsten mit beiden Händen die Flügeltür aufgestoßen und wäre dann in den Raum gerannt, um meiner Wut Ausdruck zu verleihen. Aber im Rollstuhl mit Simon im Schlepptau erntete ich nur ein müdes Heben ihrer Augenbrauen, als wir das Orange Zimmer betraten, in dem sie morgens ihren Tee trank und Zeitung las.

»Du bist wach«, stellte sie ungerührt fest, als wäre sie lediglich überrascht darüber, dass ich nicht verschlafen hatte. Als hätte ich nicht nur knapp ein Attentat überlebt.

Einer der Diener half Simon dabei, mich neben sie an den Tisch zu bugsieren, wo sofort ein Teller mit frischen Croissants und Himbeermarmelade vor mir platziert wurde. Ein weiterer Angestellter schenkte mir ungefragt Tee ein. Allein der Anblick des Frühstücks ließ mir das Wasser im Mund zusammenlaufen, aber es gab Wichtigeres.

»Wo ist Kae?«

»Lasst uns allein«, befahl die Kaiserin, wobei sie weder mich noch die anderen ansah. Wortlos kamen alle ihrem Befehl nach.

Das Orange Zimmer hatte seinen Namen von den Richtung Osten zeigenden Fenstern, die die Morgensonne einfingen. Es befand sich am äußersten Zipfel des Ostflügels, sodass sich nur selten Menschen hierherverirrten. Normalerweise ein großer Pluspunkt, doch gerade war die Stille im Raum erdrückend.

»Wo ist Kae?«, wiederholte ich halb an meiner Stimme krepierend, weshalb ich gleich eine halbe Tasse Tee meine Kehle hinabschüttete.

»Deine Bekanntschaft aus dem Wald? Verhaftet, wie mir zugetragen wurde.«

»Sie ist unschuldig.«

»Dein Onkel und Alastair Bancroft sind da anderer Meinung. Letzterer hat gesehen, wie sie dich vergiftet hat.«

Ich zwang mich, die Tatsache zu ignorieren, dass meine Mutter darüber sprach, als wäre der Mordanschlag eine Alltäglichkeit. »Hat sie aber nicht. Sie hat mir das Leben gerettet. Jemand hat eine Nadel in meiner Jacke versteckt ...«

»Jemand?«

»Keine Ahnung, wer. Aber es war nicht Kae.«

Zum ersten Mal sah meine Mutter mir in die Augen. Und zum ersten Mal sah ich die Gefühle darin, die sie sonst so sorgsam unterdrückte. Vor allem eines: Besorgnis.

»Nicht Kae«, wiederholte sie. »Was macht dich da so sicher?«

»Ich vertraue ihr.«

»Ist das denn so klug?«

»Verdammt, Mutter. Vertrau mir einfach. Außerdem hatte sie keine Gelegenheit, die Nadel in meiner Jacke zu platzieren.«

Die Kaiserin holte tief Luft und rieb sich die Schläfe. »Okay. Das Mädchen aus dem Wald ist also unschuldig. Was schlägst du vor?«

Allmählich setzte die schmerzlindernde Wirkung des Sprays ein, dennoch klang meine Stimme weiterhin kläglich. »Dass wir sie aus dem Gefängnis holen. Und Nachforschungen anstellen, wer wirklich dahintersteckt.«

»Den ersten Punkt solltest du mit deinem Onkel besprechen. Das lief über ihn – mich hat man erst über das Attentat informiert, als du bereits mehrere Stunden im Krankenflügel warst.« Ich schüttelte ungläubig den Kopf und zu meiner Überraschung nickte sie zustimmend. »Offenbar wollte man mir nach den Ereignissen der letzten Wochen nicht noch mehr Stress zumuten und hat deshalb gewartet, bis dein Zustand stabil war. Aber das alles liegt in der Vergangenheit. Jetzt stehen wichtigere Dinge an.«

»Wichtigere Dinge?«, fiel ich ihr ins Wort. »Jemand hat versucht, mich umzubringen. Hier. Im Schloss. Trifft dich das gar nicht? Ich wäre fast gestorben.«

»Natürlich trifft mich das, aber aktuell müssen wir …«

»Was? Alexander ist schon tot. Dem ist es egal, wie feierlich seine Bestattung wird. Aber ich bin am Leben. Und ich habe eine Scheißangst. Und du sitzt hier und tust so, als würde das überhaupt nichts bedeuten.«

Mutters Hand landete auf meiner. Sie sog scharf Luft ein, ich konnte ihre Gedanken nicht einmal erahnen. »Hunter.« Ein leichtes Zittern lag in ihrer Stimme, die nun kaum lauter als ein Flüstern war. »Es bedeutet mir alles. Du bedeutest mir alles. Und glaub mir, ich wünschte, ich könnte dir mehr sagen. Könnte dir versichern, dass wir herausfinden, wer dahintersteckt. Aber die Wahrheit ist, dass ich es nicht weiß. Du hast mitbekommen, dass die Lage zwischen den Fürstentümern angespannt ist, aber du ahnst nicht einmal, wie sehr. Mir graut es vor dem nächsten Haushaltsausschuss. In Colastine werden Stimmen laut, sich gegen das Imperium aufzulehnen und die Unabhängigkeit anzustreben. Gleichzeitig stirbt unser Volk wie die Fliegen. Die Liste unserer Feinde wird jeden Tag länger und ich fürchte, das, was dir widerfahren ist, war erst der Anfang.«

Es war seltsam. All die Jahre hatten mir die Leute gesagt, dass meine Mutter ihre Gefühle nicht gern zeigte. Dass sie einfach nicht gut darin war. Aber erst jetzt, erst hier, realisierte ich, was es wirklich bedeutete. Es war nicht so, als ob sie nichts fühlte, sondern eher das Gegenteil: Sie fühlte zu viel, hatte zu viele Sorgen, sodass sie vermutlich gar nicht mehr wusste, wie sie alles verarbeiten sollte. Ich hatte bisher kaum begriffen, was es hieß, über das Eiserne Imperium zu herrschen, doch jetzt wurde mir klar, welchen Tribut es verlangte, wie tief die Probleme verwurzelt waren, von denen ich bisher kaum etwas geahnt hatte.

Langsam nickte ich, während ich meine Hand umdrehte, um die

meiner Mutter zu drücken. Eine Berührung, die sich gleichermaßen fremd und vertraut anfühlte.

»Ich … hatte keine Ahnung«, murmelte ich.

»Glaub mir, ich wollte dich damit nie belasten.« Ihr Blick wanderte zur Wand, wo ein Gemälde hing, das sie, meinen Bruder und mich zeigte. »Euch beide nicht.«

Ich nickte. Meine Lippen bebten, als ich Alexanders Gesicht plötzlich wieder vor mir sah. Sein einnehmendes Lächeln. Das dunkle Haar und die braunen Augen. Mehr der Sohn meiner Mutter als der meines Vaters. Mehr Kaiser, als ich es je sein könnte.

»Was schlägst du vor?«, hörte ich mich fragen.

»Zuerst die Bestattung. Wenn es dir gut genug geht, solltest du zur Parade mitkommen. Es ist wichtig, dass die Leute dein Gesicht sehen und wir uns als geschlossene Einheit präsentieren.«

»Muss ich reden?«

»Nein. Dein Onkel übernimmt die Formalitäten. Du musst einfach nur anwesend sein.«

Ich grinste matt. »Ein letztes Mal nur lächeln und winken?«

Mutter nickte.

»Was ist mit Kae?«

»Sprich mit deinem Onkel. Du bist Zeuge, das sollte genügen, um sie freizusprechen.«

»Sie möchte eine Audienz bei dir«, fiel mir wieder ein.

»Die soll sie bekommen. Und danach müssen wir dringend herausfinden, wer hinter diesem Angriff steckt. Und was seine Absichten sind.«

»Hast du einen Verdacht?«

»Zu viele.«

XXV

HUNTER

Ein Meer aus Gelb. Wenn ich mir die Menge der Schaulustigen ansah, die sich mit Masken und Tüchern vorm Gesicht an den Straßenrand drängte, fragte ich mich, ob Alexander sich einen letzten Scherz erlaubt hatte oder ob gelb wirklich seine Lieblingsfarbe gewesen war.

Die kaiserliche Familie durfte sich laut Gesetz zu keiner Religion bekennen. Dementsprechend hatten sich im Laufe der Jahrhunderte eigene Rituale und Traditionen gebildet, um das Ableben eines Monarchen zu ehren. Statt Schwarz oder Weiß wie in vielen anderen Fürstentümern üblich trug man zu diesem Anlass etwas in der Lieblingsfarbe des Verstorbenen. Dies konnte subtil in Form eines Accessoires geschehen, doch die meisten Menschen hatten es sich nicht nehmen lassen, Alexander ganz in Gelb gehüllt ihre Aufwartung zu machen, sodass ihre Kleidung mit der Sonne um die Wette strahlte. Es war ein heiteres Bild, das nicht so recht zur Stimmung passen wollte.

Durch meine Verletzung war ich von meinen Pflichten weitestgehend befreit und saß zusammen mit meiner Mutter in der Kutsche, statt Teil der Militärabordnung zu sein, die uns und dem Sarg folgte.

Obwohl mich eine dünne Scheibe von der Außenwelt trennte, machte mich der Anblick der zahlreichen Schaulustigen auf der

Straße nervös. Selbst mit Maske war es nicht ungefährlich, sich im Freien aufzuhalten, weshalb es mich wunderte, dass so viele gekommen waren.

Obwohl. Nein, tat es nicht. Nicht wenn es Alexander betraf. Er war schon immer beliebt gewesen, der Strahlemann, seit er geboren wurde und selbst nachdem Dad zu früh von uns gegangen war. Seine Volksnähe und die Freiwilligenarbeit, mit der er die Ärmsten unterstützte, das alles hatte einen Eindruck hinterlassen, der mir in diesem Moment mehr denn je bewusst wurde. Der mir ein für alle Mal zeigte, welche Welten zwischen meinem Bruder und mir lagen.

Ich kratzte mich am Rand meiner Halskrause, als die Prozession durch den Triumphbogen fuhr. Die Luft in der Kutsche war stickig genug, doch der Gips machte es zusammen mit der Paradeuniform unerträglich. Meine Mutter warf mir einen missbilligenden Blick zu, sagte allerdings nichts.

Wie erwartet war sie die Ruhe in Person. Würdevoll und gefasst, als wäre das hier nur ein weiterer Anlass, der ihre Anwesenheit forderte. Und obwohl ich wusste, dass das zu ihr und ihrem Amt gehörte, wäre es mir gerade lieber, wir würden uns weinend in den Armen liegen. Dabei kamen nicht einmal mir die Tränen, weil sich das alles so surreal anfühlte.

Das Volk war mucksmäuschenstill und wegen der Sporen war es Ewigkeiten her, seit eine Parade von Musik begleitet die Stadt durchschritten hatte. Ich kannte die Dudelsäcke und Trompeten nur aus Erzählungen, stellte es mir allerdings deutlich feierlicher vor als das, was hier gerade passierte.

Eine geisterhafte Spazierfahrt durch ein Meer aus Gelb.

Trost suchend sah ich zu meinem Onkel, doch der war zu sehr damit beschäftigt, seine Rede durchzulesen. Sogar jetzt noch machte er sich kleine Anmerkungen, strich Worte oder änderte sie. Er war ein Perfektionist und die Nervosität war ihm anzumerken. Normalerweise überließ er Ansprachen meiner Mutter, doch die hatte Rowan gebeten, das in Worte zu fassen, was wir beide nicht konnten.

Der Motor der Kutsche heulte auf, als wir das letzte Stück unseres Weges erreichten: die Straße, die hinauf zum Palast führte. Vor dem Fenster wurde die Menschenmenge dünner, bis irgendwann nur noch die Hainbuchen übrig waren, die die Allee flankierten. Feine Sporen lagen auf ihren Blättern, weil selbst der Wind den Atem anzuhalten schien. Kurze Zeit später erreichten wir den Ehrenhof.

Als die Kutsche hielt, setzten wir unsere Masken auf, und auf einmal meldete sich die Angst. Angst davor, gleich hinaus ins Freie zu treten. Angst davor, wie die Leute mich ansehen würden. Angst davor, was passieren würde, wenn mir ein für alle Mal bewusst wurde, dass Alexander nicht zurückkommen würde.

Ich versuchte, den Kloß in meinem Hals herunterzuschlucken, doch er blieb einfach da. Er verschwand auch nicht, als ich hinter meiner Mutter ins Freie trat und mich helles Sonnenlicht blendete, das von den hohen Fenstern des Palastes gespiegelt wurde. Hitze stieg von den dunklen Steinfliesen des Ehrenhofes auf, sodass die Luft geradezu flirrte. Es war schwül wie vor einem Gewitter.

Nur am Rande bekam ich mit, wie ein Diener uns zu unseren Plätzen direkt in der ersten Reihe führte. Dann sah ich den Sarg. Es war ein schlichter Kasten aus Ebenholz, ohne Verzierungen und Schnörkeleien, doch darauf thronten ganze Berge aus Blumen. Marigold, das Symbol der kaiserlichen Dynastie. So schön und so giftig. Wild wucherten sie über das Holz, als wären sie ein Teil davon. Dazwischen lagen allerlei scheinbar zufällige Gegenstände – Schmuck, Papier, Bücher, Kleider und sogar ein zusammengerollter Teppich. Alles Dinge, die die Leute aus dem ein oder anderen Grund mit meinem Bruder in Verbindung brachten. Am Fußende des Sarges entdeckte ich ein Schachbrett und etwas in mir brach.

Lebhaft erinnerte ich mich an Alexanders zunehmend verzweifelte Versuche, mir das Spiel beizubringen, die uns manchmal nächtelang wach gehalten hatten. Irgendwann hatte er es schließlich aufgegeben und wir hatten uns eigene Regeln ausgedacht, die mir jetzt nicht mehr einfallen wollten.

Nach und nach traf der Rest der Prozession ein. Das Militär positionierte sich hinter dem Sarg, während unsere Gäste aus den motorisierten Kutschen stiegen und ihre Plätze aufsuchten. Nur ihre leisen Schritte erfüllten die Luft, bis auch diese irgendwann erstarben.

Dann trat einer der Soldaten vor, drehte sich zu seiner Truppe und hob einen Taktstock. Von irgendwoher ertönte ein Paukenschlag. Der Chor stimmte ein Requiem an, das durch die Masken gedämpft klang. Und ich saß einfach nur da, ohne zu wissen, was ich denken oder fühlen sollte, den Blick starr auf das Porträt von Alexander gerichtet, das jemand neben dem Sarg aufgestellt hatte. Die Künstlerin hatte meinen Bruder so beunruhigend gut getroffen, dass ich für einen kurzen, leichtsinnigen Moment erwartete, er würde aus dem Rahmen springen und uns alle auslachen, wie wir hier in unseren gelben Anzügen saßen.

Aber nichts geschah. Nach dem Requiem leitete uns der Zeremonienmeister durch die Veranstaltung, koordinierte die vielen Reden, gab dem Chor seinen Einsatz. Die Vertreter der einzelnen Fürstentümer gingen zum Sarg, um ihre Flaggen dort abzulegen. Ein weiteres Klagelied. Dann erhob sich mein Onkel und ich erwachte aus meiner Trance.

Schweren Schrittes bewegte sich Rowan aufs Rednerpult zu. Selbst aus der Ferne bemerkte ich, wie sehr seine Hände zitterten, als er den dünnen Stapel Papier darauf ablegte. In diesem Moment wollte ich um nichts auf der Welt mit ihm tauschen, dabei war ich sonst derjenige von uns beiden, der nicht genug vom Rampenlicht bekommen konnte. Aber nicht hier. Nicht heute.

»Als der T…tod des Prinz …« Rowan stockte, weil selbst seine Stimme bebte. Er räusperte sich. »Entschuldigung.«

Er nahm sich Zeit, Luft zu holen und einen Blick mit meiner Mutter zu wechseln, bevor er erneut ansetzte.

»Als uns die Nachricht von … Alexanders Tod erreichte, war es, als würde ein tiefer, lauter Glockenschlag ertönen, der durch die Welt hallte und nicht nur den Lärm des modernen Lebens erstickte, sondern auch zahllose Menschen aus allen Ländern und Regionen innehalten ließ. Was auch immer wir gerade taten, verlor seine Relevanz. Und unsere eigene Sterblichkeit präsentierte sich uns mit all ihrer Schönheit, ihrer Anmut, mit all ihrer Freude, ihrem Leid, ihrer Endlich- und Unendlichkeit.

Kronprinz Alexander Athgolan wurde von uns allen geliebt. Sowohl als Bruder, Sohn, Neffe und Freund als auch als der angehende Herrscher der vierzehn Fürstentümer unter seinem Banner. Seine Bescheidenheit, sein Mut, seine Aufopferungsbereitschaft. Sein Charme, seine Loyalität, seine Frohnatur. Seine Intelligenz, sein Herz, seine Offenheit. All diese Dinge waren ein Teil seines Charakters, die ihm die Liebe und die Anerkennung seines Volkes sicherten und ihn für immer unvergessen machen.«

Ich biss mir auf die Lippen, um die Tränen zurückzuhalten.

»Wir erinnern uns an seine Taten. Seinen Dienst als Feldwebel des kaiserlichen Heers. An seine bedingungslose Unterstützung in den Teilen unserer Welt, die von der anhaltenden Krise am meisten getroffen wurden. An seinen Scharfsinn und seine Auffassungsgabe in dem politischen Amt, das er schon so früh hatte wahrnehmen müssen.

Dagegen waren die letzten Momente seines Lebens geradezu …«

Ich konnte nicht weiter zuhören. Mit einem Mal brachen die Erinnerungen über mich herein, die ich in den letzten Tagen mit aller Macht verdrängt hatte. Die Orangerie. Die feinen weißen Partikel in der Luft. Alexanders nahezu lebloser Körper. Das alles sah ich plötzlich mit einer solchen Klarheit vor mir, als würde es noch einmal passieren. Als wäre ich in einer Zeitschleife gefangen, dazu verdammt, den schlimmsten Tag meines Lebens immer wieder zu durchleben. Wieder. Und wieder.

Tränen liefen so ungehemmt über meine Wangen, dass ich Mutters Hand auf meiner erst gar nicht bemerkte. Erstaunt blickte ich auf die Stelle, wo ihre Finger meine berührten, dann in ihr Gesicht, wo ihre schmalen Lippen und glasigen Augen zum ersten Mal seit Beginn der Zeremonie verrieten, was sie wirklich fühlte. In diesem Moment war sie mein Anker, alles, was mich davon abhielt, hier und jetzt aufzugeben, mir erneut ein Flugzeug zu schnappen und bis ans Ende der Welt zu fliegen.

»Je näher man ihm stand, desto offensichtlicher wurden diese Fakten. Aber es gab noch eine weitere Gemeinsamkeit zwischen Prinz Alexander und seinem Volk. Er teilte nicht nur Sorgen und Leiden mit ihm, sondern liebte auch seine Heimat und seine Familie. Familie, die in diesen Zeiten umso wichtiger geworden ist. Denn mit ihr an unserer Seite können wir zwar nicht alle Herausforderungen unserer modernen Welt stemmen, aber ihnen mutig entgegentreten.«

Als Rowan eine Kunstpause machte, veränderte sich etwas in seiner Miene. »Und eben diese Herausforderungen gilt es jetzt mehr denn je anzugehen. Zu lange haben wir gewartet, haben tatenlos dabei zugesehen, wie dieser Wald uns Stück für Stück unsere Lebensgrundlage raubt. Wir haben gewartet, gehofft und gebetet, dass uns die Lösung eines Tages in den Schoß fallen wird, doch jedes verlorene Leben hat umso deutlicher gemacht, dass dies vielleicht nie geschehen wird. Rettung wird nicht einfach herbeieilen. Wir müssen sie selbst in die Hand nehmen.«

Was meint er damit? Fragend sah ich meine Mutter an, doch die war zu sehr auf die Ansprache meines Onkels fokussiert, um meinen Blick zu bemerken.

»Daher verspreche ich euch heute, jetzt und hier, dass sich etwas verändern wird. Alexanders Tod, so tragisch er auch ist, hat uns alle mehr denn je zusammenrücken lassen. Und gemeinsam werden wir nicht eher ruhen, bis wir einen konkreten Plan erarbeitet haben. Arkirun, Cellano, Chreste, Colastine, Endhu, Ero, Helvend, Kovrel, Obu-Kur, Pengang, Reas, Sayandu, Vérole, Zazwa, Ihre Kaiserliche Majestät und nicht zuletzt unser neuer Kronprinz Hunter Athgolan werden dieser Krise den Krieg erklären. Für das Überleben, den Wohlstand und die Freiheit unseres Volkes.«

Trotz der Hitze lief mir ein Schauer den Rücken hinab. Etwas stimmte hier nicht. Diese plötzliche Dringlichkeit und die Entschlossenheit, etwas an der Situation zu ändern, als arbeiteten wir nicht schon seit Jahren daran. Warum auf einmal diese Ankündigung? Diese *Kriegserklärung*?

Hinter mir begannen die Leute laut zu applaudieren. Darunter mischten sich Jubelschreie und Pfiffe. Eine ganze Kakofonie an Zustimmungsbekundungen, die mir Angst einjagte. Zufriedenheit funkelte in den Augen meines Onkels, die ebenso wenig zu diesem Anlass passen wollte wie der Rest dieser Szene.

Wieder sah ich meine Mutter an und wieder wich sie meinem Blick aus. Wusste sie mehr? Hatte sie geahnt, wohin Rowans Rede führen würde? Hatte sie es ihm womöglich sogar aufgetragen?

Hinter uns standen die Leute auf, weiterhin jubelnd, während ich starr auf meinem Platz sitzen blieb. Dabei sah ich mich um und entdeckte Nyota in der Menge, die als eine der wenigen ebenso fassungslos wirkte wie ich. Um sie herum applaudierten die Gäste weiter, wurden sogar noch euphorischer, als Onkel Rowan sich verbeugte, während Alexanders Sarg nun mehr wie ein Ornament danebenstand.

Ich konnte nicht glauben, was hier gerade passierte. Wie wir überhaupt hier gelandet waren. Nur eines war mir klar: Ich würde meinen Onkel nicht erst um Erlaubnis bitten. Ich musste Kae schnellstmöglich finden und mit ihr sprechen. Denn obwohl ich nicht verstand, was Rowan mit seiner Rede bezweckte, wusste ich, dass uns die Zeit davonlief.

XXVI

KAE

Draußen zogen Wolken auf.

Seit ich zum ersten Mal einen Fuß ins Eiserne Imperium gesetzt hatte, war der Himmel pausenlos klar gewesen, weshalb ich mich kurzzeitig fragte, ob ich träumte, als das helle Blau vor meinem Fenster von einer grauen Wolkenschicht abgelöst wurde, die stetig düsterer wurde. Auch in meiner Zelle wurde es dunkler, doch ich hatte keine Lust aufzustehen und das Licht anzuschalten. Oder mich überhaupt aus meiner zusammengekauerten Position auf der Pritsche zu lösen. Ich war zu frustriert. Von mir selbst, meiner Lage, aber vor allem der Tatsache, dass ich dazu verdammt war, nichts zu tun.

Seit Tagen schmiedete ich Pläne, wie ich es hier raus schaffen sollte, nur um immer wieder zu demselben Schluss zu gelangen: Ich käme nicht weiter als bis zur Tür des Gefängnisses. Wenn mich bis dort noch niemand gefasst hätte, würde ich elendig ersticken, sobald ich auch nur einen Fuß nach draußen setzte. Der weiße Overall, den ich trug, würde mich nur notdürftig vor den Sporen schützen und sich in seine Einzelteile auflösen, bevor ich es bis zum Palast geschafft hätte.

Nicht, dass ich es nicht trotzdem probiert hätte. Ich hatte die Aldan beobachtet, mir die Routine der Wächter eingeprägt, nach möglichen Schlupflöchern gesucht und sogar mehrere Male versucht, mich auf dem Weg zum Waschen oder zum Essen davonzustehlen. Nichts davon war von Erfolg gekrönt gewesen, da selbst die kleinste Nische überwacht wurde.

Die Ironie an dem Ganzen war, dass ich hier trotz allem besser behandelt wurde als im Palast. Meine Zelle war geräumig, das Bett bequem, die Waschräume sauber. Es gab drei warme Mahlzeiten am Tag – auf Wunsch sogar ohne Fleisch –, einen Gemeinschaftsraum, wo Musik aus einer Maschine lief, und die anderen ignorierten mich entweder oder behandelten mich freundlich. Selbst die Wächter bedachten mich für meine kläglichen Ausbruchsversuche nur mit einem müden Lächeln, statt mich zu bestrafen.

Kontakt zu den anderen Insassen vermied ich weitestgehend, antwortete nur einsilbig auf Fragen und verschwieg, woher ich kam oder was ich verbrochen hatte, aus Angst vor den möglichen Konsequenzen. Stattdessen tat ich, was ich von Anfang an hätte tun sollen: Ich wartete. Nur war ich so verdammt schlecht darin.

Im Gefängnis gab es nichts, mit dem ich mir die Zeit vertreiben und mich ablenken konnte. Die Musik der Aldan war fremd und anfangs interessant, aber mir fehlte die emotionale Verbindung, um mich länger damit zu befassen. Es gab einige Bücher, doch ich erinnerte mich nicht genug an das Alphabet, um aus den Buchstaben Worte entstehen zu lassen. So blieb mir nichts anderes übrig, als mich in meinem Elend zu suhlen, während das Nichtstun mich krank machte.

Während der Zeit im Gemeinschaftsraum lauschte ich den Gesprächen der anderen Gefangenen. Nicht nur, weil ich mir irgendeine spontane Eingebung für einen Ausbruch erhoffte, sondern vor allem, weil ich nicht wusste, ob Hunter überlebt hatte. Er war der Prinz des Eisernen Imperiums. Wenn er das Attentat nicht überlebt hatte, wäre es nur eine Frage der Zeit, bis die Neuigkeiten auch dieses Gebäude erreichten. Aber sie kamen nicht. Zumindest noch nicht.

Gelangweilt starrte ich an die Decke meiner Zelle, während ich wie so oft überlegte, ob es nicht doch eine Möglichkeit gab, zu fliehen. Vielleicht war die tägliche Lebensmittellieferung eine Option? Es existierten wöchentlich wechselnde Schichtpläne für die Gefangenen, die uns für gemeinnützige Arbeit einteilten. Dort gab es einen Küchendienst, der auch dafür verantwortlich war, Kisten aus einem Lieferfahrzeug zu laden. Unter Aufsicht, versteht sich, aber einen Versuch wäre es wert. Ich müsste nur …

Das Klirren von Schlüsseln ließ mich abrupt hochfahren. Sofort wanderte mein Blick zum Fenster. Der Himmel draußen war inzwischen fast komplett schwarz, aber ich konnte nicht sagen, ob es am Wetter oder der Uhrzeit lag. Allerdings müsste es fürs Abendessen eigentlich noch zu früh sein.

Stirnrunzelnd stand ich auf und stellte mich unters Fenster, wie es von mir erwartet wurde. Dabei hörte ich leise Stimmen, doch ich war nicht lange genug hier, um sie jemandem zuordnen zu können. Einen Moment später öffnete sich die Tür und mein Herz sank mir in die Knie.

Ich träumte. Es gab keine andere Erklärung. Ich musste eingeschlafen sein. Denn wie sonst war es möglich, dass *er* hier stand?

»Lass uns allein«, bat er den Wächter.

»A…aber Hoheit!«

»Das ist ein Befehl.«

»Sehr wohl.« Der Mann salutierte, ehe er auf dem Absatz kehrtmachte und den Gang hinunter verschwand. Kein Zweifel: Das hier war ein Traum.

»Hunter?«, fragte ich dennoch.

Er grinste. Dieses sanfte, schiefe Grinsen, das immer auch ein bisschen selbstgefällig war. »Hey.«

Dann trat er auf mich zu und zog mich in eine Umarmung, die sich geradezu verführerisch real anfühlte. Die Hitze seines Körpers, der Geruch seiner Kleidung, selbst das Kitzeln seines dunkelblonden Haars an meiner Wange. Es fühlte sich so echt an, dass es wehtat.

Ich blinzelte die Tränen weg und vergrub mein Gesicht an seiner Schulter. »Ist das ein Traum?«

»Nein.«

Mein Herz setzte einen Schlag aus und ich drückte ihn noch ein Stück fester an mich, um sicherzugehen, dass es auch stimmte. »Du lebst.«

»Dank dir.«

Noch immer ungläubig ließ ich von ihm ab und nahm sein Gesicht in meine Hände. Er sah müde und abgeschlagen aus. Dunkle Schatten lagen unter seinen Augen und betonten deren Blau. Aber er lebte. Und er war hier. Nur ein dicker Verband an seinem Hals zeugte von dem Unglück.

»Kae«, raunte er, seine Stimme heiser und zerbrechlich. »Es tut mir leid, wie sie dich behandelt haben. Ich wäre schon viel früher gekommen, aber ich bin erst seit Kurzem wieder auf den Beinen.«

Ich nickte, weil ich ihm keine Schuld an der Situation gab. »Bekommst du keine Schwierigkeiten dafür, dass du hier bist?«

»Ich bin der zukünftige Kaiser, musst du wissen. Ich darf gehen, wohin ich will.«

Sein Tonfall brachte mich zum Lachen. »Das bezweifele ich.«

Dann wurde seine Stimme ernst. »Ich hole dich hier raus. Ich kann bezeugen, dass du mich nicht vergiftet hast, damit haben sie keinen Grund, dich hier festzuhalten.«

Mir schwirrte der Kopf, weil ich noch immer nicht glauben konnte, dass das gerade wirklich passierte. »Ich darf zurück in den Palast?«

»Ja. Der Wagen steht unten bereit. Wir bringen dich zurück und dann treffen wir die Kaiserin.«

Vor Erleichterung wäre ich ihm am liebsten um den Hals gefallen, doch Hunters besorgter Gesichtsausdruck dämpfte meine Euphorie. »Das ist gut, oder?«

»Ich habe mit ihr gesprochen … Sie will sich deinen Fall anhören und dich kennenlernen, aber es ist etwas passiert. Heute, auf Alexanders Bestattung.«

Erwartungsvoll schaute ich ihn an, doch Hunter schüttelte den Kopf. »Nicht hier.«

»Verstehe.«

Plötzlich erschauderte er und fasste sich an die Brust. Für einen Augenblick fühlte ich mich in den Palast zurückversetzt und fürchtete, dass er schon wieder vergiftet worden war. Dann machte ich eine Bewegung unter dem Stoff seiner Jacke aus.

Mit einem überraschten Laut knöpfte Hunter den langen schwarzen Mantel auf, und ich wusste nicht, was mich mehr verwirrte. Das gelbe Hemd, das er darunter trug, oder das Wesen, das sich wie eine Spinne daran klammerte.

»Qatou!«, stieß ich aufgeregt aus, bevor ich meinen Freund auf die Hand nahm. Überglücklich streichelte ich über sein Fell, hob ihn an mein Gesicht, bis seine Pfötchen meine Wangen berührten.

»Ich schwöre, ich hab ihn nicht eingepackt.« Hunter war sichtlich blass und überspielte seinen Schock mit einem Lächeln. »Aber ich dachte mir schon, dass er im Palast sein Unwesen treibt. Das ganze Personal macht sich über Chef Duma lustig, weil er felsenfest behauptet, eine fliegende Ratte hätte einen Trüffel gestohlen.«

»Er wollte nur nicht verhungern«, verteidigte ich Qatou.

»Machst du Witze? Der hatte vermutlich bessere Mahlzeiten als ich die letzten Tage.« Hunter betrachtete mich mit einem Lächeln, das mein Herz nur noch mehr aus dem Takt brachte. Gerade passierte so viel, dass ich kaum hinterherkam. Auch Positives. Aber dieser kurze Augenblick der Erleichterung war nicht von Dauer. Nicht mehr als der hoffnungsvolle Flügelschlag eines Schmetterlings, bevor der Sturm ihn mit sich riss.

Als ich mit Hunter an meiner Seite durch sämtliche Sicherheitstüren des Gefängnisses spazierte, hinterfragte es niemand. Die Leute tuschelten, aber das war ich inzwischen so gewohnt, dass es einfach an mir abblitzte.

Vor der Eingangstür reichte Hunter mir eine Maske.

»Eines noch«, flüsterte er, während er einen kurzen Blick in Richtung eines hohen Tisches warf. Dort stand ein einzelner Wachmann, der sich bemühte, uns nicht zu beachten.

»Was denn?«

»Egal, was passiert, wir bleiben ab sofort zusammen.«

Gern hätte ich ihn gefragt, wie wörtlich er das meinte. Oder woher diese plötzliche Vorsicht kam. Aber der Unterton seiner Worte schnürte mir nicht nur die Kehle zu, ich war insgeheim auch dankbar für diese Aussicht. Denn obwohl ich mir nur zu gern allein meinen Weg durch die Welt der Aldan gekämpft hätte, wusste ich, dass ich auf ihn angewiesen war, wenn ich am kaiserlichen Hof überleben wollte.

»Wir bleiben zusammen«, wiederholte ich und wie von selbst fand meine Hand den Weg in seine.

Mit aufgesetzten Masken traten wir erst in die Luftschleuse und dann nach draußen in die Stadt, wo uns ein unerwartetes Bild empfing. Auf dem Weg zum Gefängnis vor ein paar Tagen hatte ich es kaum über mich gebracht, aus dem Fenster zu sehen, doch mir war nicht entgangen, wie leer die Straßen gewesen waren, als wäre Eleyburgh verlassen.

Jetzt dagegen schien es, als wäre die ganze Welt unterwegs. Und das, obwohl es in Strömen regnete. Binnen kürzester Zeit hatten die Tropfen meine Kleidung und meine Haare durchweicht, während in der Ferne ein tiefes Donnergrollen zu hören war. Immer wieder erhellten Blitze die graue Wolkendecke, doch aus irgendeinem Grund war es den Menschen egal. Ja, sie schienen sich darüber sogar zu freuen, unterhielten sich lautstark, lachten, sangen, stapften in Pfützen, als gäbe es nichts Schöneres auf der Welt. Die meisten trugen gelbe Kleidung, was weiter zu meiner Verwirrung beitrug, und es dauerte ein wenig, bis ich realisierte, was an diesem Bild so ungewöhnlich war. Es war nicht die Tatsache, dass sie im Regen tanzten, sondern ihre Gesichter. Keiner von ihnen trug etwas, um sich vor den toxischen Sporen zu schützen. Doch von denen fehlte gerade jede Spur.

Als ich Hunter danach fragen wollte, bemerkte ich, dass auch er seine Maske abgenommen hatte. Ein kindliches Strahlen lag in seinen Augen.

»Was passiert hier?«, entwich es mir atemlos.

»Der Regen. Wir hatten seit Wochen keinen.«

»Und wenn es regnet, fliegen keine Sporen?«

»Genau. Der Regen zieht sie mit sich auf den Boden und spült sie weg.«

Ungläubig setzte ich ebenfalls meine Maske ab und nahm einen zögerlichen Atemzug, halb erwartend, dass gleich etwas Schlimmes passieren würde. Doch stattdessen stieg mir der Geruch des Gewitters in die Nase, vermischt mit einer Note, die ich nicht zuordnen konnte. Ich schloss die Augen, holte erneut Luft, während ich der Welt lauschte. Dem Prasseln des Regens auf dem Asphalt. Dem Lachen von Kindern in der Ferne. Dem Rauschen eines Fahrzeugs. Es war so anders als alles, was ich aus dem Wald kannte, und dennoch fühlte es sich befreiend vertraut an.

»Warte einen Moment.«

Ohne auf meine Reaktion zu warten, eilte Hunter zu dem Wagen, der direkt vor dem Gefängnis geparkt hatte. Er klopfte gegen die Scheibe und wechselte ein paar Worte mit dem Fahrer, bevor er zu mir zurückkehrte.

»Lass uns ein Stück gehen«, beschloss er.

»Hatten wir es nicht eben noch eilig?«

»So viel Zeit muss sein.«

Verwirrt sah ich ihn an, aber ein einziger Blick in sein Gesicht erstickte sämtlichen Widerstand im Keim. Da war diese ansteckende Freude in seinen Augen, die mich für kurze Zeit vergessen ließ, wieso ich überhaupt hier war. Wer ich war. Wer er war.

Hier im Regen war die Welt eine andere. Eine bessere. Eine, in der Zuversicht in den Stimmen der Menschen mitschwang, in der Hoffnung als lautes Echo von den Mauern der Häuser widerhallte.

Hunter gab mir seinen Mantel, damit ich nicht fror, ehe er meine Hand ergriff und mich die Straße hinunterführte. An ihrem Rand reihten sich baumhohe Stadthäuser aus Sandstein aneinander, deren Fenster weit offen standen. Menschen saßen auf ihren Balkons, hatten die Köpfe in den Nacken gelegt und ihr Gesicht dem Himmel entgegengestreckt. Kinder spielten auf dem Asphalt Fangen.

»Es ist so seltsam«, murmelte ich, als wir in die nächste Straße einbogen, wo uns das gleiche Bild erwartete. »Die Menschen sind so euphorisch, dabei regnet es nur.«

»Das macht der Regen hier. In den meisten Regionen des Kaiserreichs ist es die einzige Zeit, zu der wir ohne Angst nach draußen können.«

»Das muss furchtbar sein.«

»Als ich ein Kind war, waren die Leute noch optimistisch, dass die Sporen wieder verschwinden. Sie haben darüber gescherzt und nur darauf gewartet, dass sich die Lage bessert. Wie ein Sturm, den man einfach aussitzt. Nur kam das Ende nie, die Zuversicht starb und jetzt sind wir hier. Lange nicht tot und doch schon längst verrottet.«

Ich presste die Lippen zusammen, um mir einen Kommentar zu verkneifen. Mir tat das Schicksal dieser Menschen leid, doch gleichzeitig fiel es mir schwer, wirklich Mitgefühl zu empfinden. Schließlich waren sie selbst für ihre Situation verantwortlich. Der Wald verteidigte sich und die Aldan ernteten nur, was sie gesät hatten.

Nachdem wir ein Stück gegangen waren, erreichten wir eine breitere Straße, die beidseitig von Bäumen gesäumt war. Vage erinnerte ich mich daran, schon einmal hier gewesen zu sein. Bei meiner Ankunft im Eisernen Imperium.

»Das ist die High Street«, erklärte Hunter. »Die Hauptstraße, die sich durch die ganze Stadt zieht.«

»Wieso das Gelb?«, fragte ich, weil die Menschen auch hier alle ähnlich grell gekleidet waren.

Hunter seufzte. »Weil wir uns heute von Alexander verabschiedet haben. Gelb war seine Lieblingsfarbe.«

»Wie geht es dir damit?«

»Wie soll es mir schon gehen? Es ist zwei Wochen her und das alles fühlt sich noch immer wie ein Fiebertraum an. Wahrscheinlich wird es nie ganz zu mir durchsickern, dass Alexander nicht mehr da ist.«

»Standest du ihm nahe?« Keine Ahnung, woher auf einmal all diese Fragen kamen oder der Mut, sie auszusprechen. Es fühlte sich falsch an, Hunters Bruder überhaupt zu erwähnen, dabei waren wir über den Punkt hinaus, an dem ich mir den Kopf darüber zerbrechen musste, was ich sagen durfte und was nicht.

»Keine Ahnung.« Hunter biss sich auf die Unterlippe und griff nach meiner Hand, um mich über die Straße zu führen. Ein Platschen ertönte, als wir eine Pfütze durchschritten, dann zog er mich mit sich in ein Gebäude, dessen Tür weit offen stand. Augenblicklich schlug mir warme Luft entgegen, die einen verheißungsvoll süßen Duft mit sich trug. Unmittelbar vor uns stand eine gläserne Vitrine, in der allerlei Gebäck auslag. Nichts davon kam mir bekannt vor, aber mein Magen zog sich trotzdem vor Hunger zusammen.

Sobald die Frau hinter der Theke uns entdeckte, schnappte sie aufgeregt nach Luft. »Eure …«

Hunter legte den Finger an die Lippen, um ihr das Wort abzuschneiden. »Habt ihr geöffnet?«

Sie nickte ehrfürchtig. »Aber natürlich. Das Übliche, Eu.... Das Übliche?«

»Nein. Ein Tisch für zwei bitte.«

Kurz blinzelte die Frau verwundert. Vermutlich fragte sie sich, was wir hier drinnen vorhatten, während das ganze Kaiserreich auf der Straße war. »Natürlich. Setzt Euch, wohin Ihr wollt.«

Ich spürte ihren Blick überdeutlich auf mir, konnte es ihr allerdings nicht verübeln. Wir mussten ein seltsames Bild abgeben, Hunter und ich. Er in gelbem Hemd und feiner schwarzer Stoffhose, ich in einem weißen Gefängnisanzug mit seiner Jacke auf meinen Schultern. Unsere Finger fest ineinander verschränkt.

Hunter brachte mich tiefer in den Laden hinein, der sich fast über die gesamte Breite des Gebäudes erstreckte. Das Innere erinnerte mich an den kaiserlichen Hof, mit dunklen Steinfliesen auf dem Boden und hohen grünen Wänden mit Goldverzierungen. Die Decke war ein einziger riesiger Spiegel, durch den ich mein regennasses Haar betrachten konnte.

Wir ließen uns an einem Fensterplatz im hinteren Bereich nieder, von dem aus wir das Geschehen auf der Straße beobachteten, das nach wie vor so surreal war wie die Tatsache, dass ich mich nicht länger im Gefängnis befand.

Ich überließ Hunter das Bestellen, als sich die Frau vom Eingang nach unseren Wünschen erkundigte. Noch immer hatte ich keine Ahnung, was genau das für ein Ort war.

»Wo sind wir hier?«, fragte ich, sobald sie außer Hörweite war.

»Im Café der Hofbäckerei. Nyota und ich sind öfter hier.«

»Und wieso hast du mich hergebracht?«

Hunter zuckte mit den Schultern. Wieder trat dieser traurige Ausdruck auf sein Gesicht und wieder erwartete ich, Schweigen zu ernten. Doch nach einem Moment antwortete er: »Weil ich noch nicht zurück in den Palast will, schätze ich. Ich habe bestimmt ein paar Dutzend Gesetze gebrochen, als ich dich einfach so aus dem

Gefängnis geholt habe. Auch wenn du unschuldig bist. Außerdem …« Er fuhr sich nervös durchs Haar, sodass feine Tröpfchen durch die Luft segelten. »Keine Ahnung. Vermutlich habe ich einfach Angst davor, wie es jetzt weitergeht. Die ganze Zeit konnte ich noch irgendwie behaupten, alles sei beim Alten, aber jetzt fühlt es sich an, als gäbe es kein Zurück mehr, als wären die Würfel gefallen und alle Entscheidungen getroffen. Wer weiß, wer ich sein werde, wenn ich später den Palast betrete.«

»Immer noch du selbst«, erwiderte ich bestimmt.

»Ich bin mir da nicht so sicher. Aber um deine Frage von vorhin zu beantworten, ob Alexander und ich uns nahestanden: Ja und nein.«

Ich legte fragend den Kopf schief.

»Wir sind – waren – Brüder. Ich wäre für ihn durchs Feuer gegangen und er sicher auch für mich. Wenn es hart auf hart kam, konnten wir uns aufeinander verlassen. Aber gleichzeitig hatten wir so wenige Gemeinsamkeiten, dass es sich manchmal anfühlte, als wären wir nicht einmal entfernt miteinander verwandt. Er war dafür geboren, für dieses ganze Kaiser-Zeug, hatte Bestnoten in der Schule, ohne von seiner besten Freundin abschreiben zu müssen, und ein besseres diplomatisches Gespür als meine Mutter. Er war gütig und streng. Er war ein Prinz. Ich dagegen bin einfach nur Hunter.«

»Und das ist vollkommen ausreichend«, widersprach ich.

»Ist es das?« Er wandte sich ab, als wäre seine Frage rhetorisch. Als gäbe es für ihn keinen Zweifel daran, dass er nur dazu bestimmt war, im Schatten seines Bruders zu stehen.

Der Gedanke tat unerwartet weh. Wie gern hätte ich ihm gesagt, dass das nicht stimmte. Aber wer war ich schon, ihm zu sagen, dass er mehr war? Stattdessen betrachtete ich Hunters Spiegelbild im Fenster. Den ernsten Zug um seine Lippen und die dunklen Ringe unter seinen Augen.

Nach einer Weile brachte die Verkäuferin uns zwei heiße Getränke, Gebäckstücke, die ich nicht zuordnen konnte, und eine Schale mit roten Beeren, über die Qatou sich hermachte, sobald sie wieder außer Sichtweite war.

»Erdbeeren«, erklärte Hunter. »Und das hier sind Croissants mit Nugatfüllung. Die besten des ganzen Landes, wenn du mich fragst.«

Es passierte schon wieder. Dieser plötzliche Umschwung seiner Laune. Diese Sorglosigkeit. Und dieses Lächeln, das selbst die tiefste Finsternis erhellte.

Im selben Moment hörte der Regen auf. Erste Sonnenstrahlen brachen durch die dichte Wolkendecke und malten einen Regenbogen in die noch feuchte Luft. Wie auf ein geheimes Zeichen wurde die Ladentür geschlossen. Der sanfte Wind, der den Duft von Regen hereingetragen hatte, erstarb, und die Menschen kehrten zügig in ihre Häuser zurück.

Der Zauber war vorbei. Die Realität brachte eine Schwere wieder mit sich, die ich am eigenen Leib spürte.

»Glaubst du wirklich, dass im Palast alles anders wird?«, fragte ich vorsichtig.

Hunter sah mich an, durchbohrte mich förmlich mit seinem Blick, dem Blau seiner Augen, der Sorge darin. Dann hoben sich seine Mundwinkel erneut und er legte ganz zart seine Hand auf meine.

»Nein. Vieles, aber nicht alles.«

XXVII

HUNTER

»Hältst du das wirklich für klug?«

Ich fuhr zusammen, als die scharfen Worte meines Onkels die Stille im Palast durchschnitten. »Scheiße«, fluchte ich. »Jag mir doch nicht so einen Schrecken ein.«

Rowan musterte mich mit ausdrucksloser Miene, die Arme vor der Brust verschränkt. Ich hatte schon befürchtet, dass er mit mir reden wollte, doch ich hätte nicht erwartet, dass er mir vor Kaes Zimmer auflauern würde.

»Kae ist unschuldig«, erklärte ich und begab mich auf den Weg nach oben. Kurz hatte ich die Hoffnung, mein Onkel würde es dabei belassen und meine Entscheidung respektieren, doch er heftete sich an meine Fersen.

»Sagst du.«

»Ich weiß es.« Schon nach ein paar Schritten musste ich mein Tempo drosseln. Ich war nach dem Anschlag noch immer nicht ganz auf der Höhe. Und irgendwann reichte auch Kaffee nicht mehr, um dringend nötigen Schlaf und Erholung zu ersetzen. Trotzdem durfte ich mir keine Pause erlauben. Noch nicht. Nicht bevor Kae mit meiner Mutter gesprochen hatte. Aber als Erstes musste ich dieses hässliche gelbe Hemd und die Uniform loswerden, die mich jede Sekunde an die Beisetzung erinnerten.

»Sicher?«

»Was willst du von mir?«, fragte ich heftiger als geplant. Dabei sollte ich vorsichtig sein. Ich durfte nicht vergessen, dass man uns hier draußen hören konnte. Mein Onkel schien den gleichen Gedanken zu haben, denn er deutete mit einem Nicken auf eine der Türen.

Obwohl mir wenig der Sinn nach einer Unterhaltung stand und ich Kae nicht länger als nötig allein lassen wollte, folgte ich ihm in das angrenzende Zimmer, einen kleinen Salon, in den sich unsere Gäste abends zum Zigarrenrauchen und Musikhören zurückziehen konnten. Um diese Zeit war er jedoch verlassen, nur der Geruch von Tabak und Vanille hing in der Luft.

Kaum war die Tür hinter uns geschlossen, kam mein Onkel mit strengem Blick auf mich zu. »Hunter.«

»Rowan.«

»Du hättest mit mir darüber reden sollen«, seufzte er.

»Es gab keinen Grund. Kae ist unschuldig. Und noch dazu eine Botschafterin einer fremden Nation, die eine bessere Behandlung verdient hat.«

»Und wenn sie es eben nicht ist? Was bringt dich dazu, ihr so leicht zu vertrauen? Sie ist eine Wilde, Hunter. Lass dich nicht von ihrer Schönheit blenden.«

»Sie ist eine Eijn«, verbesserte ich ihn barsch. »Und bei Weitem zivilisierter, als sich manch anderer Gast am Hof aufgeführt hat.«

Rowans Augen weiteten sich erstaunt. Es geschah nicht oft, dass ich mich so heftig für etwas einsetzte, aber wenn es um Kae ging …

»Okay. Du vertraust ihr also«, sagte er langsam. »Dann vertraue ich deinem Urteil.«

Stirnrunzelnd beobachtete ich, wie er sich von mir abwandte und stattdessen aus dem Fenster starrte. Die Regenwolken hatten sich fast gänzlich verzogen und nur ein glänzender Film auf dem Ehrenhof zeugte noch von dem Schauer, während die Sporen die Luft zurückeroberten. »War das dann alles?«

»Nein. Was glaubst du, wer hinter dem Attentat steckt?«

»Darüber habe ich mir ehrlich gesagt noch keine Gedanken gemacht.« Schließlich war ich kaum einen Tag wieder auf den Beinen und meine Gedanken waren bisher komplett von Kae und Alexanders Beisetzung vereinnahmt worden.

»Dann solltest du das schleunigst tun. Der Feind schläft nicht, bloß weil du … andere Prioritäten setzt.«

»Der Feind?« Beinahe hätte ich gelacht, weil mal wieder versäumt wurde, mir zu erklären, seit wann von einem Feind die Rede war.

»Colastine.«

Vor Schock stand mir der Mund offen. Ich glaubte nicht, was ich da hörte. Konnte nicht fassen, dass mein Onkel gerade derart unverhohlen eine Anschuldigung in den Raum gestellt hatte. Unbehaglich wanderte mein Blick zur Tür, weil ich plötzlich die irrationale Furcht verspürte, Alastair oder einer seiner Begleiter könnte jeden Augenblick hereinstürzen. Aber nichts dergleichen geschah.

»Weißt du, was du da sagst?«, zischte ich angespannt.

»Denk doch einmal darüber nach.« Rowans Stimme war jetzt nur noch ein Raunen, doch es wirkte, als hätte er sich seine Worte sehr genau zurechtgelegt. »Kannst du dich erinnern, was passiert ist?«

»Da war eine Nadel in meinem Jackett. Als ich es angezogen habe, hat sie mir in den Hals gestochen. Jeder hätte sie in den Kragen stecken können.«

»Aber ist es nicht seltsam, dass Alastair genau im richtigen Moment aufgetaucht ist, um deine Freundin anzuklagen?«

»Es war Zufall, dass ich Kae begegnet bin.«

»Das mag sein. Aber überleg doch mal eine Sekunde. Wenn er hinter dem Angriff steckt, hat er dich vielleicht bewusst abgepasst, um sicherzugehen, dass sein Plan aufgeht und die Ermittlungen in die richtige – oder falsche Richtung laufen. Dass das Mädchen bei dir war, gehörte womöglich nicht zu seinem Plan, aber es hat ihm perfekt in die Karten gespielt.«

Ich schüttelte den Kopf. »Ist das nicht etwas weit hergeholt? Warum sollte Alastair das tun?«

»Um dich aus dem Weg zu räumen. Du bist der letzte Erbe der Athgolan-Dynastie. Der Letzte mit einem Anspruch auf den Thron. Der Einfluss deiner Mutter schwindet, und wenn du stirbst, entsteht ein Machtvakuum, das die Geschicke des Landes neu verteilt. Du weißt, was Colastine will.«

»Unabhängigkeit.«

»Und Macht.« Ein wissendes Lächeln schlich sich auf die Züge meines Onkels, als er darauf wartete, dass es in meinem Kopf *Klick* machte. Aber irgendwie sträubte sich mein Verstand gegen die Vorstellung, dass ausgerechnet Alastair mir nach dem Leben trachtete. Ja, er hatte ein Motiv, das stellte ich nicht infrage. Doch es war die Umsetzung, die mir Rätsel aufgab. Was hatte er davon, Kae zu beschuldigen? Wieso sollte er mir entgegenkommen, um sich zu vergewissern, dass sein Attentat geglückt war? Schließlich hätte ich das Jackett genauso gut bereits im Zimmer anziehen können.

Ich war hin- und hergerissen, wollte nichts ausschließen, aber gleichzeitig hatte die Gleichung zu viele Unbekannte, um auf der Stelle Schlussfolgerungen zu ziehen. »Was schlägst du vor?«

»Für den Anfang, dass du vorsichtig bist«, sagte Rowan. »Und wir beide Alastair im Auge behalten.«

Ich nickte. »Okay.«

»Und das Mädchen ebenfalls.«

»Nein.« Das Wort kam so bestimmt, so endgültig über meine Lippen, dass ich meine eigene Stimme kaum wiedererkannte. Wut loderte in meinem Inneren auf. »Kae steht unter meinem Schutz. Sie hat damit nichts zu tun.«

»Hunter. Sei nicht töricht, du ...«

»War es das dann?«

»Ich bitte dich, hör mir zu.«

»Ich höre dir zu, Onkel«, knurrte ich. »Und glaub mir, mir ist sehr wohl bewusst, in welcher Gefahr wir alle schweben. Und genau deshalb muss ich zu den Menschen halten, denen ich vertraue. Dir. Nyota. Meiner Mutter. Und Kaeliah. Also fall mir nicht in den Rücken, indem du meine Entscheidungen infrage stellst.«

Rowan blinzelte verblüfft, doch dann lächelte er. »Sehr wohl. Womöglich habe ich das Mädchen wirklich falsch eingeschätzt.«

»Ich werde mit meiner Mutter sprechen. Gibt es eine Möglichkeit, Alastair im Auge zu behalten?«

»Die Kaisergarde ist informiert. Sie wurde darauf angesetzt, nicht nur den Fürsten, sondern alle unsere Gäste zu überwachen. Wenn sich jemand auffällig verhält, erfahre ich es zuerst.«

»Sehr gut. Wenn du mich nun entschuldigst.«

»Eines noch.«

Ich hielt in der Bewegung inne und wandte mich meinem Onkel zu. Sorge stand in seinem Gesicht, ließ es älter wirken. Die letzten Tage waren auch an ihm nicht spurlos vorbeigegangen.

»Ja?«

»Sei auf der Hut.«

»Bist du nervös?«

Kae sah mich fragend an. Wir standen in einiger Entfernung zur Tür von Mutters Arbeitszimmer, direkt unter dem Deckenlicht, durch das ich den roten Abendhimmel erkannte. »Wieso sollte ich nervös sein?«

»Weil du gleich vor die mächtigste Frau des Landes trittst.«

»Ich bin nicht nervös«, stellte sie gelassen klar. »Du etwa?«

»Machst du Witze? Sie ist meine Mutter. Natürlich bin ich nervös.«

So nervös, dass ich mich schon wieder nicht traute anzuklopfen. Dabei hätte ich mir das längst abgewöhnen sollen. Meine Mutter war niemand, vor dem ich Angst haben musste – theoretisch zumindest. In der Realität erwartete ich dagegen, dass sie mir den Kopf abbiss, sobald ich mit Kae im Schlepptau ihr Arbeitszimmer betrat. Schließlich hatte ich meine Mutter nicht vorgewarnt, dass ich Kae selbst aus dem Gefängnis holen würde, sondern mich einfach kurz nach Ende der Feier davongestohlen, ohne jemandem Bescheid zu geben. Aber dieses Gespräch konnte nicht länger warten.

Kae lachte leise und legte mir die Hand auf den Oberarm. Wie auch ich hatte sie sich umgezogen und trug statt der Gefängniskleidung ein schwarzes Kostüm, das einst Nyota gehört hatte.

»Wovor hast du Angst?«

Ich zuckte mit den Schultern. »Ich weiß es nicht. Vor dem Gespräch. Vor dem, was jetzt passiert … Mein Onkel hat da vorhin etwas erwähnt, das mir einfach nicht aus dem Kopf will.«

»Du hast mit deinem Onkel gesprochen?«

Ich nickte schwach. Eigentlich hatte ich Kae sofort davon erzählen wollen, doch es war mir leichtsinnig vorgekommen, seinen Verdacht mitten in den Gängen zu äußern, wo uns möglicherweise jemand belauschen konnte.

»Hat er meinen Qo'ai noch?« Ihre Stimme war unerwartet scharf.

»Was? Ich wusste nicht, dass er …«

»Er hat mich verhört«, unterbrach sie mich. »Und ihn mir weggenommen.«

»Sicher eine Vorsichtsmaßnahme. Er vertraut dir nicht.«

»Ich vertraue ihm nicht.«

»Warum nicht?«

Unbehaglich sah Kae sich um. Ich konnte ihr Misstrauen nicht ganz nachvollziehen. Mein Onkel hatte sie nicht ganz fair behandelt, aber Kae musste realisieren, dass Rowan nur seiner Pflicht nachgegangen war. Oder? Ich sah ihr in die Augen und wünschte mir, ich könnte darin ihre Gedanken lesen. Sehen, was sie erlebt hatte. Sie lehnte sich mir entgegen, sodass ihre Lippen auf einer Höhe mit meinem Ohr waren.

»Er war derjenige, der mich ins Gefängnis hat bringen lassen«, flüsterte sie mir zu. »Er ist überzeugt, dass ich euch etwas vorspiele. Er glaubt, dass wir Eijn irgendeine Maschine gegen die Sporen haben und mein Qo'ai eine Waffe ist, mit der ich den Palast zerstören will.«

Obwohl Rowan seinen Verdacht mir gegenüber bereits geäußert hatte, jagten ihre Worte mir eine Gänsehaut über die Arme. Die Angst darin war beinahe greifbar.

»Er war nicht nur besorgt, Hunter. Er wollte mich loswerden.«

Ich drehte leicht meinen Kopf, um ihr wieder ins Gesicht zu schauen. Mir lag bereits die Erwiderung auf der Zunge, dass mein Onkel nur besorgt gewesen war, weil er sie nicht kannte. Doch ich wollte ihre Gefühle nicht herunterspielen.

»Bist du dir sicher? Er ist mein Onkel, vermutlich wollte er nur …«

»Hunter«, unterbrach sie mich ernst. »Ich sage nicht, dass dein Onkel ein böser Mann ist. Aber nachdem er mich so behandelt hat, verstehe ich nicht, wieso du ihn verteidigst.«

Ich schluckte. »Du hast recht, das rechtfertigt sein Verhalten nicht. Ich hätte ihn nicht verteidigen sollen. Tut mir leid.«

Kae nickte und ihre Hand wanderte in meine. »Ich brauche meinen Qo'ai wieder.«

»Erst dieses Gespräch«, antwortete ich mit belegter Stimme. »Dann statten wir meinem Onkel einen Besuch ab.«

Meine Mutter saß bereits in ihrem Sessel, als wir den Raum betraten. Der Tisch vor ihr war mit Scones und anderen Leckereien gedeckt, fast so, als hätte sie mit uns gerechnet.

»Erwartest du Besuch?«, fragte ich und blieb zur Sicherheit an der Tür stehen.

»Denkst du wirklich, ich habe dich 21 Jahre großgezogen, ohne zu wissen, wer du bist? Du verschwindest nicht ohne Grund frühzeitig von einer Veranstaltung und stehst immer eine Viertelstunde vor der Tür meines Arbeitszimmers herum, bis du endlich klopfst.«

Ich zuckte ertappt zusammen.

»Setzt euch.«

Ich nickte Kae zu, ehe wir der Aufforderung nachkamen. Meine Nervosität hatte einen neuen Höchststand erreicht, weshalb ich nicht lange zögerte und mir ein Mille-feuille von der Etagere schnappte. Meine Begleiterin verschränkte nur abwartend die Hände im Schoß.

»Du musst entschuldigen«, sagte meine Mutter an sie gewandt, »dein Besuch kommt sehr unerwartet, aber das rechtfertigt nicht, dass ich bislang versäumt habe, dich persönlich zu begrüßen.«

Kae nickte schwach.

»Ist … etwas vorgefallen?«, fragte die Kaiserin vorsichtig, nachdem weder Kae noch ich Anstalten machten, etwas zu sagen.

»Kommt drauf an.« Ich schluckte den Bissen herunter, bevor ich weitersprach. »Dass Rowan überzeugt ist, dass Colastine hinter dem Attentat steckt, hat er dir sicher gesagt.«

»Hat er. Und so schwer es mir fällt, das zu glauben, verstehe ich, woher sein Verdacht kommt.«

»Ach ja?«

»Sei vorsichtig.«

»Ist das alles?«, schnaubte ich. »Willst du deine Gedanken nicht mit uns teilen? Glaubst du wirklich, ich wüsste nicht, wie dünn das Eis unter meinen Füßen ist?«

»Ich teile meine Gedanken mit dir, Hunter. Mein Wissen. Aber keine wilden Spekulationen, die uns womöglich in noch größere Gefahr bringen. Halte ich es für ausgeschlossen, dass Alastair dich umbringen möchte? Nein. Habe ich einen Beweis dafür? Nein. Das Einzige, was ich weiß, ist, dass er andere Fürsten um sich schart und sie auf seine Seite ziehen will.«

»Seine Seite?«

»Er will das Imperium auflösen und aus ihm ein Staatenbündnis machen.«

»Was? Woher …?«

»Er ist vieles, aber kein Heimlichtuer. Er redet seit Monaten von nichts anderem. Aber dafür bräuchte er eine absolute Mehrheit im Rat.«

Und die bekäme er nur, wenn neun der vierzehn Fürstentümer für eine Auflösung des Reiches stimmten …

»Wäre das denn ein Problem«, fragte Kae, »wenn aus dem Eisernen Imperium ein Bündnis einzelner Länder werden würde?«

Meine Mutter hob die Braue und ich fürchtete für einen Moment, sie würde Kae wegen ihrer Unwissenheit und unverhohlenen Neugier zurechtweisen. Doch als sie weitersprach, war ihre Stimme sanft. »In der Theorie nein. In der Praxis würde es einen Umbruch bedeuten. Gesetze müssten neu verhandelt werden und würden teils von den Fürstentümern neu festgelegt werden. Das könnte zum Beispiel unterschiedliche Regeln für Bestrafungen bedeuten. Ein einfacher Diebstahl in Helvend könnte dich ein paar Monate im Gefängnis kosten, in Ero dagegen deine Hand. Der Zusammenschluss unter einem Banner bedeutet, dass unsere Werte für alle gelten und wir uns gegenseitig unterstützen.«

»Und das ginge danach nicht mehr?«

»Du hast Alastair kennengelernt«, erinnerte ich Kae. »Ginge es nach ihm, würde er eine Mauer um seine Berge errichten, während der Rest des Kontinents erstickt.«

»Hunter.« Die Stimme meiner Mutter hatte einen warnenden Unterton bekommen.

»Ist doch wahr.«

»Jedenfalls müssen wir uns sehr genau überlegen, wie wir am besten vorgehen und wem wir trauen.«

»Was schlägst du vor?«, fragte ich.

»Erst einmal abwarten. Und beobachten.«

Ich ballte die Hände zu Fäusten. Die Vorstellung, tatenlos darauf zu hoffen, dass etwas Hilfreiches passierte, während unsere Feinde die Schlinge enger zogen, gefiel mir nicht. Allerdings fiel mir auch nichts Besseres ein. Wir konnten schlecht unseren eigenen Leuten hinterherspionieren, um herauszufinden, was sie planten. Oder doch?

Bevor ich diesen Vorschlag einbringen konnte, wechselte meine Mutter das Thema. »Fürs Erste gibt es aber noch etwas anderes zu besprechen – etwas Dringlicheres, nachdem dein Onkel mit seiner Ansprache das ganze Land in Aufruhr versetzt hat … Kaeliah.« Auf ihrem Platz richtete Kae sich auf. Sie straffte die Schultern, als wäre sie selbst eine Herrscherin, die ihresgleichen gegenübersaß. »Was dir widerfahren ist, tut mir ausgesprochen leid, und bitte sei versichert, dass ich alles in meiner Macht stehende tun werde, um die Situation aufzuklären. Bis dahin bitte ich um deine Vergebung.«

»Also glaubst du, dass ich unschuldig bin?«, fragte Kae.

»Hunter hat für dich gebürgt. Und ich vertraue seinem Urteil.«

Mal was ganz Neues, wäre mir beinahe herausgerutscht.

»Du wolltest eine Audienz bei mir und diese bekommst du nun. Was ist dein Anliegen?«

Kae reckte das Kinn. »Ich bin hier als Vertreterin meines Volkes, der Eijn, um euch, das Eiserne Imperium, darum zu bitten, nein, dazu aufzufordern, unsere Ländereien und die Wispernden Wälder in Frieden zu lassen.«

»Und was gibt dir das Recht, diese Forderung zu stellen?«

»Das Volk der Eijn lebt seit Tausenden von Sommern im Wald, lange bevor die ersten Aldan an den Küsten dieses Kontinents gelandet sind. Lange bevor ihr damit begonnen habt, eure Maschinen mit der Magie des Waldes anzutreiben. Was ich verlange, ist unser Recht.«

»Das stimmt«, erwiderte die Kaiserin zu meiner Überraschung. »Euer Volk ist in Vergessenheit geraten, aber das bedeutet noch lange nicht, dass ihr keinen Anspruch auf das Gebiet erheben dürft.«

»Also werdet ihr den Wald in Ruhe lassen?«

»Als Kaiserin des Eisernen Imperiums ist es meine Pflicht, für Gerechtigkeit zu sorgen. Aber ich darf die Bedürfnisse meines Volkes nicht unbeachtet lassen. Deshalb kann und will ich die Rodung der Wälder nicht vollends stoppen.«

Kae ballte die Hände zu Fäusten. »Dann bist du nicht weniger egoistisch als der Rest deiner Leute.«

Für einen Augenblick huschte ein Lächeln über die Gesichtszüge meiner Mutter. Eines, das ich nicht so recht deuten konnte. Entweder war sie beeindruckt oder nur einen Wimpernschlag davon entfernt, Kae für diese Respektlosigkeit zurück ins Gefängnis zu werfen.

»Du hast Mut, junge Eijn. Mut, hier in mein Land, in meinen Palast zu kommen und mich zu beleidigen, ohne mir die Chance zu geben, auszureden. Jemand anders würde dich dafür bestrafen.«

»Soll das eine Drohung sein?«

»Eine Warnung. Wenn du dein Ziel erreichen möchtest, musst du nicht nur mich, sondern auch die Oberhäupter der anderen Fürstentümer überzeugen. Und die werden weit weniger nachsichtig sein als ich.«

Kaes Kiefer spannte sich an und ich widerstand nur mühsam dem Impuls, meine Hand auf ihre zu legen. Dies war ihre Schlacht, auch wenn ich inzwischen nicht mehr wusste, auf wessen Seite ich stand.

Meine Mutter lehnte sich zurück und strich mit den Fingern über eine Marigold, die in den Stoff ihres Capes gestickt war. »Um zum Thema zurückkommen: Nein, wir können die Rodung der Wälder nicht vollends stoppen. Mein Volk ist auf die Energie der Bernsteine angewiesen. Was sonst soll unsere Fahrzeuge antreiben, unser Wasser erhitzen und unser Essen kochen? Aber: Wir können sicher einen Kompromiss finden, indem wir den Eijn beispielsweise ein festes Territorium einräumen, jährliche Fördermengen festlegen und ...«

»Damit besiegelt ihr euer Schicksal.« Kaes Stimme zitterte, dass ich davon eine Gänsehaut bekam. Wut, aber auch Verzweiflung schimmerten in ihren Augen.

»Willst du dir denn gar nicht anhören, welchen Kompromiss ich dir anbieten möchte?«, erwiderte die Kaiserin empört.

»Ihr versteht es nicht und wollt es nicht verstehen. Es geht hier nicht um mich, um mein Volk oder irgendwelche Gebietsansprüche, sondern um den Wald. Seit ihr damit begonnen habt, die Bäume zu fällen, stirbt er jeden Tag ein bisschen mehr, und bald gibt es kein Zurück mehr.«

»Papperlapapp. Der Wald ist riesig – es würde Jahrtausende dauern, bis unsere Arbeit sichtbare Schäden hinterließe. Bis dahin sind die Bäume, die wir fällen, längst wieder nachgewachsen.«

»Der Wald ist lebendig. Er ist eins mit all seinen Teilen und spürt, wenn einem davon Schaden zugefügt wird. Und er setzt sich dagegen zur Wehr.«

Halb erwartete ich, dass meine Mutter über dieses Argument lachte, so wie ich es noch vor Kurzem getan hätte, doch ihre Miene blieb ernst. »Was willst du damit sagen?«

»Die Sporen.« Mein Mund bewegte sich ohne mein Zutun. »Die Sporen sind aufgetaucht, nachdem wir mit dem Roden begonnen haben. Damit setzt sich der Wald zur Wehr.«

»Und nicht nur das«, führte Kae aus. »Die Sporen sind erst der

Anfang. Der Wald ist mächtig und in seinem Inneren gibt es gefährliche Kreaturen, die vor nichts und niemandem Halt machen werden, um ihre Heimat zu verteidigen.«

Unwillkürlich erschauderte ich bei der Erinnerung an den Nachtwächter und fragte mich, ob Kae damit ihn meinte, oder andere Wesen, von denen wir auf unserer Reise verschont geblieben waren.

»Was sagst du dazu, Hunter? Spricht deine Freundin die Wahrheit oder sind es nur leere Drohungen, damit wir uns ihren Forderungen beugen?«

Als sich die Blicke der beiden synchron auf mich richteten, gefror mir das Blut in den Adern. Ich wäre am liebsten aufgestanden und nach draußen gerannt, denn gerade kam mir alles wie ein gnädigeres Schicksal vor, als Kae oder meine Mutter zu enttäuschen.

Dabei wusste ich nicht, was ich sagen sollte, was ich überhaupt noch glaubte. Ich war in den Wispernden Wäldern gewesen, hatte die Wesen gesehen, die dort hausten, hatte Kae und die Eijn kennengelernt. Ich konnte nicht leugnen, dass es einen Zusammenhang zwischen der Rodung und den Sporen gab, dass sie schlimmer wurden, je mehr Bäume wir fällten, aber gleichzeitig weigerte sich mein Verstand, zu akzeptieren, dass hinter all diesen Dingen mehr steckte. Dass der Wald lebendig war. Dass es so etwas wie Magie wirklich gab.

Aber was sonst hatte die Sporen auf den Plan gerufen?

Was sonst hatte uns im Wald vor ihnen beschützt?

Was sonst hatte dafür gesorgt, dass ich an jenem Tag über den Wäldern abgestürzt war?

Was, wenn nicht *Magie*?

Ich schluckte schwer. »Ich weiß es nicht. Ich kann nicht mit Sicherheit sagen, dass der Wald ein lebendiges Wesen ist, aber als ich mit Kae darin unterwegs war, habe ich Dinge gesehen und erlebt, für die ich keine Erklärung habe. Keine Ahnung, ob der Wald wirklich dazu fähig ist, sich an uns zu rächen, aber ich bin mir absolut sicher, dass Kae nicht blufft. Ich vertraue ihr und nehme ihre Warnung ernst.«

Unter dem strengen Blick meiner Mutter fühlte ich mich mit einem Mal winzig klein. Meine Nerven waren gespannt, als wären sie der seidene Faden, an dem das Schicksal unserer Welt baumelte. Genau aus diesem Grund wollte ich nie Kaiser werden. Weil ich es hasste, dieses Gefühl der Verantwortung, diese unbändige Furcht, mit einem einzelnen Wort einen Fehler zu machen, der uns alles kosten könnte.

»Also hängt unser aller Leben von der Gesundheit des Waldes ab?«, fragte meine Mutter an Kae gewandt.

»Ja.«

»Und die Sporen verschwinden, sobald wir den Wald in Ruhe lassen?«

»Ja.«

»Und du lügst mich nicht an, um deinem Volk einen Vorteil zu verschaffen?«

Kae hob verwirrt die Braue. »Nein. Mein Volk leidet zusammen mit dem Wald, aber wie ihr wollen auch wir nur lange und in Frieden leben.«

»Ich verstehe.« Meine Mutter erhob sich und schritt zum Fenster. Draußen war die Sonne bereits hinterm Horizont verschwunden, sodass das Glühen der Sporen in der Luft deutlich zu sehen war. Wie nach jedem Regenschauer waren sie auch heute umso zahlreicher zurückgekehrt. »Morgen Nachmittag gibt es eine Versammlung. Es soll in erster Linie um unsere finanzielle Situation gehen, aber nach Rowans Ansprache brennen die Fürsten darauf, zu wissen, wie es jetzt weitergeht. Es soll ein Votum stattfinden, ob wir den Wald ein für alle Mal zerstören.«

»Was?!«, entwich es Kae und mir gleichzeitig.

»Ich möchte, dass ihr dabei seid, alle beide. Wir werden Kaeliahs

Argumente vorbringen, aber ich brauche auch dich, Hunter, um uns den Rücken zu stärken.«

Ich nickte, obwohl mir allein bei dem Gedanken daran schlecht wurde. Ich hatte ja eben schon kläglich versagt, meinen Standpunkt in Worte zu fassen.

»Kaeliah«, richtete die Kaiserin das Wort an sie. »Ich kann dir nicht versprechen, dass wir morgen eine Entscheidung treffen. Ehrlich gesagt bin ich sogar ziemlich sicher, dass es nicht so weit kommen wird. Aber wir können uns womöglich mehr Zeit verschaffen, um Nachforschungen anzustellen, die deine Aussage belegen.«

»Und dann?«

Meine Mutter lächelte matt. »Du hast Hunter und mich überzeugt. Jetzt fehlt nur noch der Rest des Reiches.«

XXVIII

KAE

Als ich mit Hunter zusammen aus dem Arbeitszimmer der Kaiserin trat, wusste ich nicht, was ich fühlen sollte. Einerseits war ich erleichtert, dass sich endlich etwas tat und man mich nicht wieder ins Gefängnis warf, weil ich ein Dutzend Verhaltensregeln gebrochen hatte. Andererseits würde ich das Gespräch längst nicht als Erfolg bewerten.

Ich spürte Hunters Blick auf mir, während wir wortlos die Treppen hinabstiegen. Von den Wänden hallte Gemurmel wider und vermengte sich zu einer unverständlichen Geräuschkulisse. »Ist irgendetwas passiert?«, fragte ich verwirrt, weil ich sonst Stille von den Gängen des Palasts gewohnt war.

»Klingt so, als würden sich die anderen gerade im Speisesaal versammeln. Es ist Zeit fürs Abendessen. Hast du Hunger?«

Ich schüttelte den Kopf. Mir war bewusst, dass ich etwas zu mir nehmen musste, aber ich war zu angespannt, um überhaupt nur an Essen zu denken. Heute war einfach zu viel passiert.

»Geht mir ähnlich. Außerdem habe ich keine Lust auf Small Talk und die erhabene Gesellschaft unserer Fürsten.« Abrupt hielt Hunter an.

»Was ist?«

Verschwörerisch legte er den Finger an den Mund und sah sich im Treppenhaus um. Obwohl das Stimmengewirr mich etwas anderes glauben ließ, schien sich niemand in diesen Teil des Palastes verirrt zu haben. Hunter nickte. »Komm mit.«

Ohne auf eine Reaktion zu warten, zog er mich mit sich. Erst die Treppe hinab in den zweiten Stock, dann nach links in Richtung Ostflügel. Auf dem Weg kam uns ein fremdes Paar entgegen, das höflich grüßte, aber bald verebbte der Lärm der Gäste, bis uns nur noch das Echo unserer Schritte begleitete. Wie schon zuvor bewunderte ich, wie sicher sich Hunter im Palast bewegte, als er direkt auf eine Tür zusteuerte, die sich äußerlich von keiner der anderen in diesem Korridor unterschied.

Erneut legte er den Finger an die Lippen, erstickte meine Fragen im Keim. Was er auch vorhatte, wir durften keine Aufmerksamkeit erregen. Ich nickte schwach und beobachtete Hunter dabei, wie er vorsichtig das Ohr an die schwarz lackierte Tür legte. Er schloss die Augen. Wartete. Dann schielte er durchs Schlüsselloch. Wartete erneut. Schüttelte den Kopf. Lächelte.

»Scheint so, als wäre …«, setzte er an, als sich plötzlich eilige Schritte näherten. Wir fuhren zusammen, uns fehlte die Zeit, um so zu tun, als wären wir nur zufällig hier unterwegs.

»Ist das dein verdammter Ernst, Hunter?«, durchschnitt Nyotas Stimme die Stille. »Läufst du etwa vor mir weg?«

Während sie auf uns zu stapfte, wedelte Hunter mit den Händen, um ihr zu signalisieren, leise zu sein.

»Was soll das? Was macht ihr … Oh …«

Abwechselnd sah sie mich und Hunter an, der noch immer verdächtig nah an der Tür lehnte.

»Bist du allein?«, raunte er ihr zu.

»Natürlich. Ich versuche schon seit über einer Stunde, euch zu finden. Du kannst doch nicht einfach von den Toten wiederauferstehen, dann zur Bestattung auftauchen, nur um direkt wieder zu verschwinden, ohne auch nur ein Wort mit mir zu wechseln. Ich hab mir Sorgen um dich gemacht. Um euch beide verdammt noch mal.«

»Tut mir leid. Aber können wir bitte ein andermal darüber reden?«

»Wieso?« Ein verschlagenes Grinsen schlich sich auf Nyotas schwarz geschminkte Lippen. »Wo brechen wir ein?«

»*Wir* brechen nirgendwo ein«, stellte Hunter klar. »Du wirst zum Abendessen gehen, während Kae und ich nur zurückholen, was rechtmäßig ihr gehört.«

»Und dazu müsst ihr um Rowans Arbeitszimmer herumschleichen?«

Hunter seufzte gequält. »Bitte, Nyota.«

»Ich will nicht still rumsitzen, wenn ihr irgendwo herumschnüffelt. Wer soll denn deinen Hintern retten, wenn es brenzlig wird?«

»Kae.«

»Aha, so schnell werde ich also ersetzt.« Nyota zwinkerte mir zu, ehe sie etwas sanfter hinzufügte. »Ist mit dir alles in Ordnung? Die Wachen haben erzählt, dass du im Gefängnis bist, aber ich dachte …«

»Ich *war* im Gefängnis.«

»WAS?!«

»Pssst!«, fuhr Hunter sie an. »Wir erklären es dir später.«

Beleidigt verschränkte Nyota die Arme vor der Brust. Es tat mir leid, dass wir ihr nicht sofort die ganze Geschichte erzählen konnten, aber wenn Hunter wirklich das Arbeitszimmer seines Onkels durchsuchen wollte, mussten wir uns sputen.

»Na schön. Also was ist der Plan?«

Hunter verdrehte die Augen. »Bitte nicht jetzt, Nyota.«

»Sie kann uns sicher helfen«, warf ich ein. »Sechs Augen sehen mehr als vier.«

»Siehst du, Hunter, zum Glück bin ich nicht die Einzige hier mit ein wenig Verstand.«

»Habt ihr beiden euch jetzt gegen mich verschworen?«, knurrte er. »Na schön, du stehst hier Wache, während Kae und ich uns drinnen umsehen.«

Nyota öffnete empört den Mund, doch Hunters Miene erstickte ihren Widerstand sofort. »In Ordnung. Aber beeilt euch.«

»Werden wir.«

Hunter schaute sich noch einmal um, dann zog er mich in den Raum. Dunkelheit umfing uns, die er mit einem einzigen Tastendruck erleuchtete. Das Arbeitszimmer von Rowan war kleiner als das der Kaiserin, doch nicht weniger imposant. Bücher- und Aktenregale nahmen fast drei komplette Wände ein und reichten bis unter die hohe Decke, sodass man eine Leiter brauchte, um die oberen zu erreichen. Hunter steuerte zielstrebig auf einen ausladenden Holzschreibtisch zu, der das Herzstück des Raumes bildete.

»Sieh dich um«, sagte er. »Aber pass auf, dass alles bleibt, wo es ist. Mein Onkel liebt seine Ordnung und das Letzte, was wir wollen, ist, dass er herausfindet, dass wir in seinem Arbeitszimmer herumgeschnüffelt haben.«

»Alles klar.« Unschlüssig, wo ich anfangen sollte, ging ich zu einem der Regale und nahm die Bücher dort in Augenschein. Wo würde ich einen wertvollen Edelstein verstecken? Sicher nicht offensichtlich in einer Schreibtischschublade.

Hinter mir hörte ich, wie Hunter genau diese durchsuchte und leise fluchte. Scheinbar hatte Rowan sich wirklich nicht für das erstbeste Versteck entschieden. Planlos nahm ich ein paar Bücher aus den Regalen, ohne einen wirklichen Anhaltspunkt zu finden. Ich zog die Schubladen der Aktenschränke heraus, blätterte vorsichtig durch das Papier darin. Danach hob ich den Teppich an und überprüfte das glänzende Parkett auf ein loses Stück Holz. Vergebens. Am Ende kletterte ich die Leiter hinauf, um mir einen besseren Überblick zu verschaffen, doch auch dort ließ eine Erkenntnis auf sich warten. Zumindest bis ich aus dem Augenwinkel eine Lichtreflexion wahrnahm.

Ich drehte mich um und blinzelte ein paar Mal, um sicherzugehen, dass ich mich nicht täuschte, doch ich hatte recht. Dort oben auf einem der hohen Regale hinter dem Schreibtisch lag ein kleiner Gegenstand versteckt. Hastig sprang ich hinab, nahm die Leiter und trug sie durchs Zimmer.

»Brauchst du Hilfe?«, fragte Hunter.

»Nein. Hast du schon was gefunden?«

»Negativ. Du?«

»Vielleicht, warte kurz.« An der Stelle, wo ich das Objekt gesehen hatte, kletterte ich wieder hinauf. Die Bücher hier waren mit ihrer Dicke und den schwarzen Ledereinbänden alle einheitlich, als gehörten sie zu einer Sammlung, und wirkten geradezu verdächtig unscheinbar. Und genau hier fand ich, was ich suchte.

»Ha!« Triumphierend hielt ich einen Schlüssel in die Höhe.

»Nicht schlecht. Da oben ist nicht zufällig auch ein Tresor oder eine Schatulle, zu der er passt?«

Ich rutschte wieder an der Leiter hinab und ging zu Hunter, der mit missmutigem Blick die beiden offenen Schreibtischschubladen musterte, zu denen er zurückgekehrt war, nachdem auch er in den Aktenschränken nichts hatte finden können. Darin sah ich einen unbeschriebenen Papierstapel sowie ein ganzes Sammelsurium an Stiften. Von meinem Qo'ai keine Spur.

»Und jetzt?«

Hunter presste die Lippen zusammen. »Keine Ahnung. Ich bin mir sicher, dass mein Onkel irgendwo ein Geheimversteck hat, aber es könnte überall sein. Und ich weiß nicht, wie viel Zeit wir noch haben.«

»In seinem Schreibtisch ist nichts?«

Hunter zuckte mit den Schultern. Fahrig tastete er über die glatte Holzoberfläche, auf der sich nur eine Lampe und eine Schreibunterlage aus Leder befanden. Danach wanderten seine Finger an der Seite entlang, folgten den feinen Ornamenten und tasteten dann darunter. Plötzlich erhellte sich Hunters Miene. Wortlos ging er in die Knie, um einen besseren Blick auf die Unterseite der Platte zu bekommen.

»Gib mir den Schlüssel, Kae.«

»Hast du was gefunden?«

Ohne zu antworten, nahm er ihn entgegen und hantierte damit am Holz herum. Ich hörte das Schaben von Metall, dann ein Klicken und die lederne Matte klappte nach oben.

Rasch kniff ich die Augen zusammen, weil mir das Licht meines Qo'ais so intensiv entgegenstrahlte, dass es wehtat. Geblendet griff ich danach und seufzte unwillkürlich auf, als ich die Finger um das warme, vertraute Material schloss. Es fühlte sich an, als hätte ich einen Teil meiner selbst wiedergefunden.

Als Hunter sich aufrichtete, lächelte er zufrieden. »Siehst du? Ich hab dir doch gesagt, wir bekommen ihn wieder.«

Ich nickte und blickte erneut in das mit violettem Samt gepolsterte Fach, aus dem ich eben meinen Bernstein genommen hatte. Darin befanden sich noch allerlei andere Gegenstände. Mehrere goldene Uhren und Schmuckstücke, eine braune Glasphiole mit ovalen weißen Pastillen, ein zusammengefaltetes Stück Papier. Und …

»Eine Pistole?«, stellte Hunter stirnrunzelnd fest. »Wofür er die wohl aufbewahrt?« Er trat näher heran und fuhr vorsichtig mit den Fingern über die einzelnen Sachen. »Schmerzmittel. Und …« Er nahm das Stück Papier heraus und entfaltete es. »Ein Telegramm.«

»Ein was?«

»So etwas wie ein Brief«, erklärte er. »Scheinbar aus … *Colastine.* Warte.«

»Lies es mir vor, bitte.«

»Rowan, ich danke dir für deine rasche Antwort. Ich glaube, ich muss nicht weiter betonen, wie ernst mir mein Anliegen ist. Mir ist sehr wohl bewusst, auf welchen Pfeilern unser glorreiches Land er-

baut wurde, aber auch Solidarität hat ihre Grenzen. Die Menschen meines Reiches haben in den letzten Jahren genügend Opfer gebracht, und es ist unser gutes Recht, zu sagen, dass wir nicht weiter an dieser einseitigen Beziehung interessiert sind. Bitte teile dies auch Ihrer Kaiserlichen Majestät und Seiner Kaiserlichen Hoheit Prinz Alexander mit.

Ich weiß, wie schlimm die Lage in anderen Regionen des Imperiums ist, daher möchte ich mich großzügig zeigen und dir hiermit anbieten, unsere Staatskasse weiterhin zu öffnen. Im Gegenzug erwarte ich allerdings einen schnellen und realistischen Lösungsansatz für diese Krise. Und bitte, verschone mich mit wissenschaftlichen Erklärungen, wir alle wissen, dass die Nachforschungen diesbezüglich ins Nichts verlaufen sind. Es gibt keine technologische Möglichkeit, die Sporen nachhaltig zu bekämpfen – und falls es je dazu kommt, werden weder wir noch unsere Kinder und Enkel am Leben sein.

Es ist Zeit, Rowan, dass wir das Problem an der Wurzel bekämpfen und diesen Fluch ein für alle Mal beenden. Der Wald muss fallen. Ich weiß es. Du weißt es. Und ich bin mir sicher, Ihre Kaiserliche Majestät weiß ebenfalls, dass es keine andere Möglichkeit gibt. Also sollten wir aufhören, unseren Atem mit Grübeleien zu verschwenden, und endlich Taten sprechen lassen.

Daher meine Forderung: Rede mit der Kaiserin und bring sie dazu, den Wald dem Erdboden gleichzumachen, im Gegenzug stellen wir auch weiterhin unsere Überschüsse zur Verfügung, um die Folgen der Krise im Land zu bekämpfen.

Ich gebe dir Zeit bis zum nächsten Haushaltsausschuss, dieser Forderung nachzukommen. Sollte dir dies nicht gelingen und sich die Kaiserin gegen diese Lösung und damit gegen ihr Volk aussprechen, werden wir, das Fürstentum Colastine, entsprechende Konsequenzen ziehen, um sicherzugehen, dass unser Volk bekommt, was es verdient.

Freiheit.

Freiheit zu atmen.

Freiheit, das Haus zu verlassen.

Freiheit von einer handlungsunfähigen Regierung, die sich hinter leeren Worten versteckt.

Hochachtungsvoll, Alastair Bancroft.«

Fassungslos starrte Hunter auf das Stück Papier. Seine Hand zitterte.

»Was bedeutet das?«, fragte ich mit belegter Stimme. »Was hat Alastair vor?«

Still legte Hunter den Zettel zurück in das Fach, bevor er den Deckel zuklappte und mir den Schlüssel in die Hand drückte.

»Hunter?«

»Ich … Lass mich darüber nachdenken.«

Ich nickte. Angespannt legte ich den Schlüssel wieder auf das Regal und brachte die Leiter zurück an ihren Platz.

»Hunter?«, fragte ich, als ich wieder neben ihn trat. Meine Hand wanderte wie von allein an seine Wange, doch erst die Berührung schaffte es, ihn aus seiner Starre zu lösen. »Was bedeutet dieser Brief?«

»Vieles. Dass Rowan Colastine wegen des Anschlags verdächtigt, war auf jeden Fall keine reine Spekulation.«

»Für mich klang es so, als würde er erpresst.«

»Ja. Er ist der oberste Berater meiner Mutter. Sicher hat Alastair sich erhofft, dass mein Onkel dadurch Einfluss auf sie nehmen kann.«

»Also ist Alastair derjenige, der den Wald abholzen lassen will?«

»Damit ist er sicher nicht der Einzige, aber ja.«

»Wir müssen herausfinden, was er vorhat.« Mein Herz schlug mir bis zum Hals. »Welches Spiel hier gespielt wird.«

»Was meinst du?«

»Ich bin keine Expertin, was die Politik deines Landes betrifft, aber findest du es nicht auch seltsam? Erst dein Bruder, dann du. Ist das nicht ein bisschen übertrieben dafür, dass Colastine die anderen Fürstentümer nicht mehr unterstützen will. Können sie nicht einfach … keine Ahnung … ihr Gold wegschließen? Oder …«

»Kae«, unterbrach mich Hunter. »Sag das noch mal.«

»Was?«

»Erst Alexander, dann ich … Glaubst du, dass jemand meinen Bruder ermordet haben könnte?«

Konnte es sein, dass Hunter diese Möglichkeit, nach allem, was geschehen war, selbst noch nicht in Betracht gezogen hatte? »Ist das denn so unwahrscheinlich?«

»Nein, es ist nur … Scheiße.« Sein ganzer Körper spannte sich an.

»Angenommen, ich habe recht«, sprach ich vorsichtig, weil ich ahnte, wie heikel dieses Thema war. »Glaubst du wirklich, Alastair steckt dahinter? Was für einen Vorteil hätte er davon, die kaiserliche Familie loszuwerden? Er will doch nur die Unabhängigkeit.«

»Mein Onkel ist überzeugt, dass er mehr will als das. Und denk an das Telegramm … ›Freiheit von einer handlungsunfähigen Regierung, die sich hinter leeren Worten versteckt‹.«

»Wenn Colastine unabhängig wäre, wären sie frei von der Kaiserin, oder?«

»Ja, aber … Ach, keine Ahnung. Das ergibt alles keinen Sinn. Ich weiß nicht mehr, was ich überhaupt noch glauben soll.« Verzweifelt schloss er die Augen und wandte sich ab. »Wem ich überhaupt noch vertrauen kann.«

»Mir.« Kaum war das Wort über meine Lippen, kam es mir geradezu lächerlich vor. Ja, er konnte mir vertrauen, aber was bedeutete das schon in Anbetracht der Lage, in der er sich befand? Doch nur einen Augenblick später fand ich mich in einer Umarmung wieder, die mir beinahe die Luft aus der Lunge presste.

»Verdammt, Kae. Es tut mir so leid«, murmelte er an meiner Schulter, sodass ich jedes Wort als Vibration in meinem Körper spürte. »Es war leichtsinnig von mir, dich hierherzubringen. Ich hätte …«

»Hunter.« Wie er in seiner Verzweiflung plötzlich die Kraft fand, sich um mich zu sorgen, war mir ein Rätsel. Ich schob ihn von mir, gerade weit genug, damit ich ihm in die Augen sehen konnte. »Es ist in Ordnung. Ich bin hier, weil ich hier sein muss. Und ich kann auf mich aufpassen.«

»Trotzdem. Es sollte nicht so sein. Dieser Ort, er sollte kein Minenfeld sein.«

»Ist er nicht«, versicherte ich. »Und falls doch ... Wir haben uns. Wir passen aufeinander auf.«

»Du und ich gegen den Rest der Welt?«

»Den Rest der Welt, der dich vergiften will und mich ins Gefängnis stecken, weil ich eine Gabel falsch halte?«

Mein lahmer Witz entlockte ihm ein kleines Schmunzeln.

»Was machen wir jetzt?«, fragte er dann.

Ich sah ihm in die Augen und lehnte meine Stirn an seine. »Eine Pause. Heute Abend decken wir sicher keine Verschwörung mehr auf.«

»Was, kapitulierst du etwa?«, zog er mich grinsend auf. »Ich könnte die ganze Nacht weitermachen.«

Ein einziger Blick auf seinen Verband und die dunklen Augenringe strafte ihn Lügen. So müde wie er sein musste, war es kein Wunder, dass er so überfordert mit der Situation war. Er musste sich dringend erholen.

»Morgen ist die Versammlung. Da werden wir unsere Kräfte brauchen.«

»Okay.«

»Und vielleicht sollten wir danach herausfinden, mit was sich Alastair den Tag vertreibt, meinst du nicht?«

»Schlägst du etwa eine weitere Spionagemission vor? Meine Denkweise färbt offenbar auf dich ab«, bemerkte Hunter amüsiert. »Aber ja. Das klingt nach einem Plan.«

»Gut. Aber zuerst brauchen wir beide dringend Schlaf.«

XXIX

KAE

Nach den Ereignissen der letzten Tage saß die Angst tief. So tief, dass Hunter und ich in meinem Zimmer zusammenblieben und aufeinander aufpassten. Er schlief, während ich Wache hielt, und um drei Uhr nachts tauschten wir unsere Plätze. Eigentlich wollte ich aufbleiben, weil er die Erholung dringender nötig hatte als ich, doch ich merkte schnell, dass die Tage im Gefängnis ihren Tribut gefordert hatten. Nur kurze Zeit, nachdem ich Hunter geweckt hatte, fiel ich in einen tiefen, traumlosen Schlaf.

Ich erwachte erst wieder, als die Sonne bereits hoch am Himmel stand. Grelles Licht fiel durch die hohen Fensterscheiben in mein Gesicht, aber es war Qatous lautes Schnurren, das mich schließlich dazu brachte, mich aufzurichten. Orientierungslos blickte ich mich in meinem Zimmer um, unsicher, ob ich wirklich nur eine Nacht oder einen ganzen Mondzyklus verschlafen hatte. Immerhin schien nichts vorgefallen zu sein. Zumindest hatte Hunter mich nicht gewarnt.

Hunter … Ich verdrehte die Augen, als ich ihn auf der anderen Seite meines Bettes entdeckte, eingekuschelt in meine Decke und einen ganzen Berg an Kissen. Ich wollte wütend sein, weil er uns mit seiner Unachtsamkeit in Gefahr hätte bringen können, doch sein friedlich schlafender Anblick machte es mir unmöglich. Fast bekam ich ein schlechtes Gewissen, dass ich ihn überhaupt zur Wache verdonnert hatte.

Unschlüssig, was ich tun sollte, ging ich mich waschen und neue Kleidung anziehen. Als ich aus dem Bad zurückkehrte, hatte Qatou mir die unliebsame Aufgabe abgenommen, Hunter zu wecken.

»Kae«, murrte er schlaftrunken. »Wieso hast du mich gestern Nacht nicht geweckt? Ich sollte doch die zweite Schicht übernehmen.«

»Habe ich. Und hast du auch, zumindest bis du wieder eingeschlafen bist …«

»Oh! Sorry.«

»Schon gut. Es ist ja nichts passiert. Wann müssen wir zur Versammlung?«

Hunter streckte sich ausgiebig, ehe er eine Uhr aus seiner völlig zerknitterten Hose fischte. »In … oh, Mist.« Augenblicklich sprang er aus dem Bett und schlüpfte in seine Schuhe. »Mist. Mist. Mist.«

»Haben wir verschlafen?«, fragte ich besorgt.

»Nein. Also nicht ganz. Wir haben noch etwas Zeit, aber ich muss dringend in mein Zimmer und mich umziehen. Kann ich dich kurz allein lassen?«

Ich nickte.

»Ich bin so schnell wie möglich wieder da. Dann gehen wir zusammen zur Versammlung. Bleib so lange hier. Dauert nicht lange. Versprochen.« Ich wusste nicht, was schneller war, seine Zunge oder seine restlichen Bewegungen. Mir blieb nicht einmal Gelegenheit, ihm zuzustimmen, da war er bereits aus meinem Zimmer verschwunden.

Seufzend setzte ich mich auf den Boden und starrte zum Fenster hinaus. Dem Sonnenstand nach zu urteilen, war es längst Mittag, was mein Magen mit einem empörten Knurren quittierte. Am liebsten hätte ich mich hinunter in die Küche geschlichen, die Nyota mir an meinem ersten Tag gezeigt hatte, doch es war eine Sache, allein im Zimmer zu hocken, aber eine andere, mich durch den Palast zu bewegen.

Unschlüssig tastete ich mit den Fingern nach dem Qo'ai, der inzwischen wieder um meinen Hals baumelte. Die Erleichterung, ihn zurückzuhaben, ließ sich nicht in Worte fassen. Ich war nicht so streng gläubig, dass ich fürchtete, der Wald würde mich verfluchen, wenn ich ihn kurz abnahm, aber ganze Tage ohne ihn hatten sich angefühlt, als wäre ich nicht länger Teil meines Volkes. Hatten wie so oft Zweifel in mir geweckt, ob ich ihn überhaupt verdiente. Ob wirklich ich diejenige sein sollte, die gleich mit den höchsten Abgesandten der Aldan in einem Raum saß, um sie davon zu überzeugen, meine Heimat in Ruhe zu lassen. Vermutlich gab es Hunderte Eijn, die besser dafür geeignet waren. Diplomatischer. Weiser. Eijn, die wussten, was es bedeutete, eins mit dem Wald zu sein, und ihre Fähigkeiten beherrschten.

Frustriert betrachtete ich die weiße Oberfläche des Steines, unter der feine Blitze entlangzuckten. Die Dagun erzeugten mit ihren Qo'ai magisches Licht, welches das Wachstum der Bäume manipulierte. Die Gurangin entfachten damit Feuer, um unser Essen zu kochen. Und die Takoutan konnten mit der Magie sogar kleinere Wunden heilen. Ich dagegen … Ungeduldig schnippte ich gegen den Kristall.

»Leuchte!« Meine Stimme hallte von den Wänden wider, schien mich zu verhöhnen.

»Schild!«

Wieder nichts. Ich probierte andere Befehle, andere Worte, versuchte mir in Gedanken vorzustellen, was ich erreichen wollte, aber ohne Erfolg. Vielleicht brachte es etwas, wenn ich direkt zum Wald betete?

Oh Gourbolun, leihe mir deine Macht! War das ein Funkeln? Nein. Nur die immer gleichen Muster, die sich unter der Oberfläche kräuselten. Ich seufzte angesichts meines verzweifelten Versuchs, die Kräfte des Steines freizusetzen. Sicher erforderte es lange Übung und war mir bislang nur durch Glück gelungen. Oder der

Wald hatte hier draußen keinen Einfluss und die Magie ließ sich deshalb nicht freisetzen.

Während ich über die Gründe nachdachte, aus denen ich scheiterte, landete Qatou auf meiner Schulter. Neugierig streckte er die Fühler nach dem Qo'ai aus, bis ein Lichtblitz dessen Oberfläche durchzuckte.

»Was?!«, entwich es mir. Ich hielt meinem Freund den Kristall hin. Er berührte ihn erneut und wieder leuchteten die Blitze darin auf. »Wie machst du das?«

»Mau.«

»Das hilft mir nicht wirklich weiter …«

»Mau.«

Ratlos sah ich in seine riesigen Insektenaugen und wünschte mir einmal mehr, er würde meine Sprache sprechen. Dann könnte er mir sagen, was ich tun musste. Oder gleich mein Amt übernehmen.

Ich seufzte und mein Blick wanderte zur Tür, durch die Hunter verschwunden war. Wie viel Zeit war mittlerweile vergangen? Unruhig richtete ich mich auf. Mein linkes Bein prickelte, als das Blut endlich wieder ungehindert hindurchfloss. Sollte Hunter nicht bereits zurück sein? Ich wurde zunehmend nervös und erwischte mich dabei, wie ich im Kopf irgendwelche Schreckensszenarien durchging, obwohl er sich vermutlich nur verspätet hatte.

»Mau!«, empörte sich Qatou, als ich auf die Tür zusteuerte.

»Ich geh ihm nur ein Stück entgegen. Nicht, dass wir zu spät kommen.«

»Mau.«

»Komm schon, du hast ihn gehört. ›Dauert nicht lange.‹ Wenn er doch noch auftaucht, sag ihm, dass ich schon mal losgelaufen bin.«

Obwohl Qatous Augen ausdruckslos waren, spürte ich den Vorwurf in seinem Blick, als ich mich durch die Tür schob. Draußen auf dem Gang wandte ich mich in Richtung Haupthaus, weil ich vermutete, dass die Versammlung in einem der Konferenzräume dort stattfinden würde.

Auf dem Weg nahm ich die Treppe nach oben und durchquerte den Bereich, der ausschließlich der kaiserlichen Familie vorbehalten war. Ich konnte nicht mehr sagen, vor welcher der vielen Türen ich Hunter beim letzten Mal getroffen hatte, aber ich hoffte, so meine Chancen zu erhöhen, ihn abzupassen. Vergebens. Weit und breit war keine Spur von ihm.

Allmählich begann ich mich wirklich zu sorgen. Am liebsten hätte ich seinen Namen gerufen, aber meine Kehle war vor Angst wie zugeschnürt. Es gab ein Dutzend gute Gründe, wieso er nicht aufgetaucht war, aber auch mindestens genauso viele schlechte. Gefährliche. Ich unterdrückte ein Fluchen und fand mich kurz darauf in einem zweiten Treppenhaus wider. Dem Ort, an dem ich ihn beinahe verloren hätte. Ein Schauer lief mir über den Rücken, während ich mich umsah. Mit einem Mal kam mir alles, jeder Wandteppich, jedes Gemälde, ja sogar jede Stuckverzierung bedrohlich vor. Als würde hinter all dem Prunk etwas auf mich lauern.

Langsam setzte ich mich wieder in Bewegung. Meine Schritte hallten wie ein geisterhaftes Echo von den Wänden wider, wodurch es mir vorkam, als wäre ich nicht allein. So bemerkte ich zu spät, dass genau das der Fall war. Gerade, als ich um die Ecke bog, zerschnitt eine laute Stimme die Leere des Korridors. »He! Was tust du hier?«

Instinktiv wollte ich davonrennen, doch dieses eine Mal hörte ich auf meinen Verstand. Wenn ich floh, machte ich mich verdächtig. Ich hatte nichts verbrochen oder zu verbergen und war erst gestern vom Kronprinzen höchstpersönlich freigesprochen worden.

Bereit, dies auch zu erklären, hob ich das Kinn und wandte mich um. Zwei Männer mit grimmigen Mienen schlossen zu mir auf – sie waren beide ein Stück größer als ich, breiter gebaut, und gaben mir nicht einmal die Gelegenheit, etwas zu sagen.

»Au! Was soll das?« Einer hatte mich gepackt und drehte mir gewaltvoll den Arm auf den Rücken, bis ein beißender Schmerz durch meine Knochen fuhr.

»Was tust du hier?«, fragte der eine scharf. »Wie bist du hierhergekommen?«

»Ich wurde freigesprochen und eingeladen, auf der Versammlung vorzusprechen.« Ich zwang mich, keinen Widerstand zu leisten und mich kooperativ zu zeigen, damit die zwei von mir abließen. Für einen Moment tauschten sie tatsächlich fragende Blicke.

»Sie lügt«, entschied der eine, der mich festhielt.

»Tue ich nicht. Fragt den Prinzen oder die Kaiserin – beide können bezeugen, dass ich unschuldig bin.«

Eine Ohrfeige ließ mich Sterne sehen, Tränen traten in meine Augen.

»Spar dir deine Ausreden. Wir wissen alle, weshalb du hier bist.«

Ich blinzelte, um die Benommenheit loszuwerden. Meine Wange brannte. Ein hoher Ton klingelte in meinem Ohr. Wut kochte in mir hoch, als mir bewusst wurde, das ich ein Déjà-vu erlebte. Die Männer würden mich verhaften, mich womöglich erneut zu einem Verhör schleppen, wo Rowan oder Alastair behaupteten, ich führte etwas Böses im Schilde, während von Hunter jede Spur fehlte.

Hunter. Wo verdammt war er? War ihm etwas passiert?

Ich ballte die Hände zu Fäusten. Dieses Mal hätten sie nicht so ein leichtes Spiel mit mir.

Entschlossen atmete ich ein und nahm mir einen Moment Zeit, meine Lage zu analysieren. Der Mann hielt meinen Arm weiterhin auf meinem Rücken fest und hatte mit der freien Hand meine Schulter gepackt, während der andere Handfesseln aus seiner Gesäßtasche holte. Ich lehnte mich ein Stück nach vorne, spannte die Muskeln und drehte mich dem Wachmann entgegen. So sammelte ich genug Schwung, um ihm meinen Ellenbogen direkt ins Gesicht zu rammen.

Ein erstickter Schmerzenslaut kam über seine Lippen und er lockerte seinen Griff. Aber der andere reagierte schnell, ließ die Handschellen los und versuchte, mich zu packen. Reflexartig duckte ich mich unter seinem Arm hindurch und stieß meine Faust in seinen Bauch.

Schmerz zuckte durch meine Hand, als sie auf Metall traf. Ich hatte nicht bemerkt, dass die Wachen unter ihrer Uniform eine Art Panzerung trugen.

Dieses Mal gelang es ihm, mich zu schnappen. Mit aller Kraft trat ich gegen sein Schienbein und erntete ein unterdrücktes Fluchen, doch anders als sein Kollege ließ er sich von der Attacke nicht ablenken. Er blieb trotz meiner zunehmend verzweifelten Verteidigungsversuche standhaft wie ein Fels. Ich biss, trat, schlug um mich, aber die Wut machte meine Bewegungen vorhersehbar. Und gegen die schiere Kraft eines ausgebildeten Soldaten konnte ich kaum etwas ausrichten. Dennoch versuchte ich es weiter. Wehrte mich, als hinge mein Leben davon ab.

Dabei fiel mein Anhänger aus dem Ausschnitt meines Kleides, sodass der Qo'ai wie ein Pendel an meinem Hals baumelte. Der zweite Wachmann, der sich inzwischen wieder aufgerappelt hatte, stieß einen schockierten Laut aus. »Das muss die Waffe sein!«

»Worauf wartest du dann?«, zischte der andere. »Los, nimm sie ihr ab.«

Auch er war außer Atem, doch mir blieb keine Zeit für Genugtuung. Die Hand des anderen kam blitzschnell näher. Ein letztes verzweifeltes Mal bäumte ich mich auf, schrie aus aller Kraft, doch es war zu spät. Die Finger des Mannes schlossen sich um meinen Bernstein.

Ein weiterer Schrei ertönte, aber dieses Mal kam er nicht von mir. Ein gleißender Lichtblitz durchzuckte den Korridor, gefolgt von einer Druckwelle, die mir die Luft aus der Lunge presste. Hitze brannte auf meinem Gesicht, meinen nackten Armen, bohrte sich wie Tausende Pfeile in meine Haut. Nur der Schmerz blieb aus.

Für einen Moment sah ich nichts, hörte und spürte nur, wie die beiden Männer fluchend von mir abrückten. Ich konnte selbst kaum verarbeiten, was passierte. Aber ich versuchte es auch gar nicht erst. Mein Qo'ai hatte mir eine Möglichkeit zur Flucht gegeben, und ich wäre eine Närrin, sie nicht zu nutzen.

Entschieden schloss ich meine Finger um den Stein, der noch immer ganz heiß war, und rannte los. Rannte, so schnell mich meine Beine trugen. Rannte, um nicht einen Gedanken daran zu verschwenden, dass ich den Wachen nur durch pures Glück entkommen war.

XXX

HUNTER

»Hat man ihr im Wald keine Manieren beigebracht?« Wie gewohnt machte Alastair keinen Hehl aus seiner Meinung. Nicht überraschend, aber inzwischen ließen sich die anderen Fürsten von seinem Unmut anstecken. »Oder wie eine Uhr funktioniert? So etwas Unverfrorenes, Unzivilisiertes …«

»Ich gehe sie holen«, verkündete ich und war bereits im Begriff, aufzustehen.

»Nein«, raunte mein Onkel mir zu. »Du kennst die Regeln.«

Es waren nicht seine Worte, die mich zurückhielten, sondern der warnende Blick meiner Mutter. Die Versammlungen des Hohen Rates unterlagen einem strengen Geheimhaltungsprotokoll. Wer den Saal betrat, wurde vereidigt und durfte ihn erst wieder zusammen mit den anderen verlassen, wenn die Sitzung beendet war. Wer frühzeitig ging, verwirkte sein Recht, weiterhin daran teilzunehmen. Damit wollte man vermeiden, dass heimliche Absprachen getroffen wurden, aber heute verfluchte ich diese Regel. Und ich verfluchte die Pläne meiner Mutter, uns als Einheit zu präsentieren.

Ich war doch ohnehin nur schmückendes Beiwerk. Hatte still dagesessen, während sich die Fürsten die Köpfe heißgeredet hatten. Über die Finanzen. Die Krise. Und den Wald. Eine ganze Weile hatte ich ihnen gelauscht, dann waren meine Gedanken abgewandert und ich hatte mich dafür verflucht, Kae allein gelassen zu haben.

Nach dem Duschen hatte Alastair mich im Flur abgepasst, um mir mitzuteilen, dass die Versammlung vorverlegt worden war. Ich hatte mich loseisen wollen, um Kae Bescheid zu sagen, doch er hatte stattdessen einen seiner Bediensteten losgeschickt, um sie zu holen. Und ich war so naiv gewesen, mir einzureden, dass das schon in Ordnung wäre, weil ich die Gelegenheit nutzen wollte, ihm irgendeine Information zu entlocken. Aber nicht einmal das war mir geglückt.

Alastair war ein unverbesserliches Großmaul. Er war vermögend, hochnäsig, ein Aristokrat wie er im Buche stand, aber er ließ sich nicht in die Karten schauen. Ich musste einen anderen Weg finden, an ihn heranzukommen, um herauszufinden, ob er wirklich hinter dem Anschlag steckte. Aber zuerst musste ich diese Versammlung hinter mich bringen. Die Versammlung, von der Kaes gesamte Mission abhing.

Unter der Tafel aus schwarzem Holz knetete ich die Hände, wurde mit jeder Minute, die verstrich, nervöser. Mit halbem Ohr hörte ich den anderen Fürsten zu, deren Ungeduld ebenfalls wuchs. Nicht mehr lange und sie würden zum Votum übergehen. Und wie dieses endete … Nicht auszumalen.

Vierzehn Fürstentümer. Vierzehn Stimmen. Und meine Mutter. In so manch kniffliger Situation hatte sie die Geschicke des Landes schon wenden können, war das Zünglein an der Waage gewesen, aber wenn es nicht zum Unentschieden kam, musste auch sie sich dem Willen der anderen Reiche beugen.

Diese richteten sich häufig nach ihr, doch nach dem feurigen Plädoyer, mit dem Amaury, der Fürst von Vérole, die Versammlung eröffnet hatte, hatten weitere Fürsten Gefallen an der Vorstellung gefunden, die Wispernden Wälder dem Erdboden gleichzumachen.

Der Wald muss fallen, erinnerte ich mich an die Worte aus Alastairs Telegramm und fragte mich mit einem Mal, ob all das hier von langer Hand geplant war. Ob die Wurzeln dieser Verschwörung bis tief in die Vergangenheit ragten. Ob ich monatelang so ignorant gegenüber den Geschehnissen in meinem eigenen Land gewesen war, dass ich nichts davon geahnt hatte.

Mein Blick fiel auf meine Taschenuhr. Zwei weitere Minuten waren verstrichen und neben mir tuschelte die Fürstin von Ero aufgeregt mit Alastair, worauf wir eigentlich noch warteten. Dieses Mal stand ich auf. Ich hatte genug.

»Hunter«, ermahnte mich Rowan, während ich gleichzeitig Mutters warnenden Blick auf meiner Haut spürte. Aber es war mir egal. Ich wurde hier nicht gebraucht. Sollten sie doch denken, was sie wollten. Ob die kaiserliche Familie als Einheit auftrat, spielte ohnehin keine Rolle, denn wir waren keine.

Rowan wurde möglicherweise von Alastair erpresst.

Meine Mutter war zu vorsichtig, um irgendetwas zu unternehmen.

Und ich war nur der junge Prinz, der sich nichts sehnlicher wünschte, als keiner zu sein.

Das Tuscheln erstarb, als ich um den Tisch herumging und an die Tür trat. Blicke bohrten sich in meinen Nacken, ein Stuhl kratzte über den Boden. Meine Hand verweilte einen Moment auf dem kalten Metall der Türklinke, meine letzte Chance, doch noch umzukehren und das zu tun, was von mir verlangt wurde.

Aber scheiß auf meine Pflicht.

Scheiß auf diese Versammlung.

Scheiß auf die Krone.

Energisch öffnete ich die Tür – und blickte in Kaes Gesicht. Mein erster Impuls war es, sie zu fragen, warum sie so lange gebraucht hatte, da bemerkte ich den glühend roten Abdruck auf ihrer Wange, der einen scharfen Kontrast zu ihrer schneeweißen Haut bildete. Ihre Pupillen waren geweitet, ihr Atem ging schwer und von dem Stein an ihrem Hals strahlte mir eine unnatürliche Hitze entgegen.

»Bin ich zu spät?«, fragte sie besorgt.

Ich schüttelte den Kopf. Tausende Fragen lagen mir auf der Zunge, als ich nach und nach weitere Verletzungen entdeckte. Blut in ihrem Mundwinkel, Kratzspuren an ihrem Oberarm, eine Schürfwunde an ihrer Stirn. Sie sah aus, als hätte sie auf dem Weg zu diesem Treffen die Wispernden Wälder noch einmal durchquert.

Was ist passiert?, fragte ich tonlos.

»Später.« Kae zitterte. Am liebsten wäre ich einfach mit ihr gegangen, aber ich wusste, wie viel an dieser Versammlung hing. Dass die Dinge, die wir heute beschlossen, über das Schicksal der Eijn, des Waldes und vielleicht von uns allen entschieden. Also trat ich zur Seite, um sie hereinzulassen. Ich hätte ihr gern ein paar Ratschläge mitgegeben, doch dafür war es jetzt zu spät. Ich stand vollkommen unter Strom, sodass ich nur stocksteif an meinen Platz zurückkehrte, während alle anderen Anwesenden sich erhoben.

»Kaeliah«, durchbrach die Stimme meiner Mutter die Stille. »Ich begrüße dich zur Sitzung des Hohen Rates. Da du mit unseren Gepflogenheiten vermutlich nicht vertraut bist, möchte ich dich darauf hinweisen, dass du mit Betreten des Raumes unter Eid stehst. Du verpflichtest dich dazu, die Wahrheit zu sagen und alles, was hier drin besprochen wird, für dich zu behalten. Akzeptierst du diese Bedingungen?«

»Das tue ich.«

»Dann nimm bitte Platz.« Meine Mutter deutete auf den einzigen noch freien Stuhl am Ende des Tisches. Direkt gegenüber der Kaiserin, umringt von Fürstinnen und Fürsten, mit denen Kae noch nie ein Wort gewechselt hatte. An ihrer Stelle wäre ich vermutlich gestorben, aber mittlerweile hatte sich ihr Zittern gelegt, als hätte sie den schwierigen Teil schon längst hinter sich gebracht.

Beinahe hoheitsvoll ließ sie sich auf den mit violettem Samt gepolsterten Stuhl sinken und reckte das Kinn. Mit einem Mal kam mir der Versammlungsraum noch dunkler vor, als er ohnehin schon war. Die Mienen der Fürsten waren fast genauso grimmig wie die der Ersten Kaiserin, die von einem Deckenfresko kämpferisch auf uns herabblickte.

»Es freut mich, dass du hergefunden hast.« Meine Mutter lächelte und zum ersten Mal heute wirkte es nicht aufgesetzt, sondern aufrichtig.

»Mich ebenso«, erwiderte Kaeliah. »Nur hätte ich wesentlich schneller hergefunden, wenn die Kaiserliche Garde nicht nach wie vor der Überzeugung wäre, ich sei eine Verbrecherin.«

Was?

»Das ist völliger Unsinn«, widersprach Rowan, der auch der Leiter der Garde war. »Alle wurden über deine Freisprechung informiert.«

»Offenbar nicht alle.« Kae deutete auf ihre Wange. »Oder wie erklärst du dir das?«

Rowan schnaubte. Kurz befürchtete ich, er würde sie eine Lügnerin nennen, doch das wagte er vor meiner Mutter und mir nicht.

Kae fuhr unbeirrt fort: »Ich hoffe also, dass Diplomatie im Eisernen Imperium mehr wertgeschätzt wird als Gastfreundschaft.«

»Wie kannst du es wagen?!«

»Alastair«, wies meine Mutter den Fürsten von Colastine zurecht. »So sehr es mich auch beschämt, Kaeliah hat recht. Wir haben uns in den letzten Tagen wahrlich nicht mit Ruhm bekleckert. Daher sollten wir uns jetzt offen zeigen, ihr Anliegen anhören und vor allem keine voreiligen Schlüsse ziehen.«

Alastair verschränkte die Arme vor dem mit Rüschen verzierten Hemd. Für die Versammlung trug er wie alle Anwesenden die Mode seines Fürstentums.

»Kaeliah«, sagte die Kaiserin. »Du hast das Wort. Erzähl uns, wieso du hier bist.«

»Danke. Vertreterinnen und Vertreter des Eisernen Imperiums, ich wurde von meinem Volk gesandt, um ein wichtiges Anliegen zu besprechen, das nicht nur die Eijn, sondern uns alle betrifft. Die Wispernden Wälder sind nicht nur ein heiliger Ort meines Volkes, sondern auch ein eigenständiger Organismus, der unter der Zerstörung durch eure Maschinen leidet. Mit jedem Tag, der vergeht, wird dieser Organismus schwächer und mit ihm die Menschen und Tiere, die im Wald leben. Ich bin daher hierhergekommen, um euch aufzufordern, die Rodung zu beenden, damit unser Lebensraum erhalten bleibt.«

»Und warum sollten wir das tun?« Iratxe, die Fürstin von Arkirun, schob eine blonde Haarsträhne zurück unter ihr Kopftuch. »Und wieso jetzt? Wenn dein Volk Gebietsansprüche stellen will, seid ihr dafür einige Jahre zu spät dran.«

»Mein Volk hat in den Wäldern gelebt, lange bevor die Aldan sich auf diesem Kontinent angesiedelt haben. Aber hier geht es nicht um unser Territorium, sondern um Gourbolun, den Wald.«

»Ja, und?«, fragte Alastair. »Ein paar Bäume, schön, die wachsen auch wieder nach. Aber unser Volk stirbt, wenn wir nicht etwas dagegen unternehmen.«

»Wir werden alle sterben, wenn ihr nicht aufhört den Wald zu roden.«

»Eine maßlose Übertreibung. Wie kannst du ernsthaft hier ankommen und verlangen, dass wir unser Volk im Winter frieren lassen? Ohne Strom.«

Kae presste die Lippen zusammen. Bis vor Kurzem hätte ich Alastair beigepflichtet, doch jetzt war mir bewusst, wie privilegiert wir lebten. Nicht nur führten die Eijn ein glückliches Leben ohne diese technologischen Annehmlichkeiten, sie zahlten auch den Preis für unseren Luxus.

»Der Wald stirbt«, sagte Kae eindringlich. »Er stirbt mit jedem seiner Teile ein wenig mehr und schon bald wird nichts mehr von ihm übrig sein.«

»Gut so.« Amaury, der offenbar auch in der Ratssitzung an Alastair klebte, grinste breit. »Dann hätte sich unser Problem endlich gelöst.«

»Nicht ganz.« Das war nicht Kaes Stimme, sondern meine eigene. All die Wut, die Frustration und die Angst, die sich in den letzten Tagen angestaut hatten, brachen mit einem Mal heraus. »Nicht nur das Leben der Eijn, auch unser eigenes ist an den Wald gebunden. Er … setzt sich zur Wehr.«

»Soll das ein Scherz sein?«, fragte Alastair belustigt.

»Nein, was Hunter sagt, stimmt.« Kae nickte mir dankbar zu. »Wie ich bereits sagte, der Wald ist ein eigenständiger Organismus, ein fühlendes Wesen. Ja, er stirbt, aber wie ein Tier wird er nicht kampflos sein Ende abwarten. Deshalb betrifft sein Schicksal euch alle. Deshalb kann euer Volk nicht ohne Schutz auf die Straße gehen. Das, was ihr da draußen seht, die Sporen, ist nur ein Bruchteil dessen, wozu der Wald fähig ist. Und es wird schlimmer werden, je mehr ihr ihn angreift.«

Für einen Moment legte sich Stille über die Anwesenden. Viele Gesichter waren nach wie vor ausdruckslos, aber in manchen erkannte ich Unsicherheit, Zweifel, Angst.

Es war Alastair, der das Schweigen als Erster brach. Seine Stimme triefte vor Ironie. »Dann ist die Sache doch klar. Wenn es wirklich so ist, wie du sagst, und dieser Wald so klug und weise ist, sollten wir umso schneller zuschlagen. Ihm gar nicht die Zeit geben, sich zur Wehr zu setzen, sondern Taten sprechen lassen.«

Zustimmendes Gemurmel ertönte.

»Glaubst du ernsthaft, die Welt wird danach noch dieselbe sein?«, fragte Kae. »Glaubst du wirklich, dass Zerstörung die Antwort ist? Wann hat Zerstörung je für Frieden gesorgt? Wann hat Zerstörung je Leben gebracht?«

»Woher wissen wir, dass du uns nicht belügst? Ein Wald, der denken kann – das klingt lächerlich«, sagte Amaury.

Ich hätte am liebsten auf den Tisch gehauen, stattdessen setzte ich alles daran, ruhig und gelassen zu klingen. »Die ersten Sporen kamen, als wir mit der Rodung angefangen haben, richtig?«

Fast alle Augen richteten sich synchron auf Feivish. Er war nicht nur der Fürst von Kovrel, sondern auch ein Gelehrter, der sich auf die Geschichte unseres Landes spezialisiert hatte. Sein Gesichtsausdruck war neutral, als er das opulente goldene Brillengestell auf seiner Nase zurechtschob. »Das ist korrekt.«

»Und es werden mehr. Unabhängig davon, was der Wald ist oder nicht – womöglich gibt es einen Kausalzusammenhang zwischen der Sporensituation hier und der fortschreitenden Rodung. Hat das schon einmal jemand untersucht?« Noch immer zitterte meine Stimme so sehr, dass ich froh war, das Wort *Kausalzusammenhang* fehlerfrei ausgesprochen zu haben.

»Nein«, antwortete Feivish. »Nicht dass ich wüsste.«

»Dann sollten wir Nachforschungen anstellen, bevor wir eine Entscheidung treffen«, nahm meine Mutter den Faden auf. »Diese Versammlung hat schon manch einen Fehler durch kurzsichtige Entscheidungen begangen. Sehen wir zu, dass dies nicht erneut passiert und wir womöglich die Weichen für eine Zukunft stellen, aus der es kein Zurück gibt.«

»Also sollen wir schon wieder warten?«, knurrte Alastair. »Schon wieder leere Worte, auf die keine Taten folgen. Sollen wir weiter reglos dabei zusehen, wie unser Volk stirbt? Ist es das, was Ihr wollt, Majestät?«

»Hier geht es nicht darum, was ich will oder Ihr, Alastair. Sondern darum, was für unser Land am besten ist. Und um die richtige Entscheidung zu treffen, brauchen wir Wissen. Allein Kaeliahs Anwesenheit ist der Beweis dafür, wie sehr es uns daran aktuell mangelt.«

»Was schlagt Ihr vor?«, fragte Zuwena, die Fürstin Zazwas.

»Dass wir Nachforschungen anstellen. Dass wir unsere besten

Leute darauf ansetzen, herauszufinden, ob die Sporen wirklich im Zusammenhang mit der Rodung stehen und ob die Situation schlimmer wird. Wir tragen alles zusammen – Informationen, Modelle, Fakten –, während wir gleichzeitig eine Expedition in den Wald schicken, um von den Eijn zu lernen.«

»Das kann nicht Euer Ernst sein!«, entfuhr es Alastair. »Wer würde so einer Expedition freiwillig beitreten?«

»Ich.« Meine Lippen bewegten sich wie von allein und eine Gänsehaut jagte über meinen Nacken, als sich alle Blicke auf mich richteten.

»Prinz Hunter wird die Expedition leiten«, bestätigte meine Mutter. »Er kennt die Wälder, hat sie schon einmal durchquert. Ich habe höchstes Vertrauen, dass er uns nicht enttäuschen wird.«

»Und dann?« fragte Iratxe.

»Wir geben unseren Forschern zwei Monate, um einen Bericht mit allen Erkenntnissen anzufertigen. Anschließend kommen wir wieder zusammen und treffen darauf basierend eine Entscheidung über die Zukunft des Waldes.«

»Zwei Monate?« Alastair schlug wütend auf den Tisch. »Das soll wohl ein Witz sein.«

»Entweder das oder wir verfolgen den Vorschlag, den Wald auf der Stelle zu roden, ohne die möglichen Konsequenzen zu kennen.«

Vor Schock sackte mein Herz nach unten und ich starrte meine Mutter an. Ich war überrascht gewesen, wie sehr sie sich für den Wald eingesetzt hatte. Doch nun ging sie ein hohes Risiko ein, das mich daran zweifeln ließ, ob ihr wirklich bewusst war, was auf dem Spiel stand. Wenn die Fürsten hier und jetzt entschieden, die Bäume zu fällen, wäre alles umsonst gewesen.

»Dann lasst uns abstimmen«, knurrte Alastair. »Und zeigen, dass dieses Land zu mehr als leeren Worten fähig ist.«

»Sehr wohl.« Rowan stand auf und räusperte sich. »Zur Debatte steht heute die vollständige Rodung der Wispernden Wälder zur schnellen Beendigung der Krise. Wer dagegenstimmt, schließt sich automatisch dem Vorschlag Ihrer Majestät an, zuerst Nachforschungen anzustellen und die endgültige Entscheidung in genau zwei Monaten zu treffen.«

Er wartete einen Moment, um seinen Worten mehr Wirkung zu verleihen und allen bewusst zu machen, was hier auf dem Spiel stand. Meine Nerven waren so angespannt, dass ich mir wünschte, ich wäre doch einfach gegangen.

»Wer stimmt mit ›Aye‹ für die Rodung?«

»Aye.« Alastair, Amaury und vier weitere Fürsten hoben unverzüglich die Hand. Aus dem Augenwinkel sah ich, dass Iratxe es ihnen gleichtun wollte, sich jedoch im letzten Moment dagegen entschied.

»Wer stimmt dagegen?«

»Nay.« Sieben Hände, darunter Zuwena und meine Mutter.

»Enthaltungen?«

Feivish und Iratxe meldeten sich.

»Damit ist es entschieden. Wir werden unverzüglich unsere besten Forscher darauf ansetzen, alle Fakten über den Wald zusammenzutragen und zu analysieren, ob zwischen der Rodung und den Sporen ein direkter Zusammenhang besteht. Außerdem werden wir eine Expedition aussenden, die Kontakt mit den Eijn herstellt, um mehr von ihnen zu lernen. Diese wird von Seiner Kaiserlichen Hoheit Kronprinz Hunter Athgolan geleitet. Mit dieser Entscheidung ist die Versammlung geschlossen.«

XXXI

KAE

Ich kam mir vor wie ein Geist, unberührt von der Welt, die an mir vorbeizog. In meinem Inneren war so viel auf einmal los, dass ich gar nichts mehr spürte. Die Freude über den kleinen Sieg blieb aus. Mein einziger Gedanke: so schnell wie möglich Abstand zwischen mich und diese Fürsten zu bringen.

Irgendwann legte sich Hunters Hand um meinen Unterarm. Sanft führte er mich in eine Richtung, und ich ließ es einfach geschehen, ließ zu, dass er mich in eine Fensternische zog und anschließend in eine Umarmung.

Ich fühlte, wie die Wärme seines Körpers auf mich überging, das sanfte Heben und Senken seiner Brust, seine Hand in meinem Nacken. Seine Nähe machte etwas mit mir. Sie meißelte Risse in den Schutzwall, den ich so mühsam um meinen Geist errichtet hatte. Risse, die mit jedem Atemzug tiefer wurden, bis die Mauer einfach zu Staub zerfiel. Tränen traten in meine Augen, und hätte Hunter mich nicht gehalten, hätten meine Beine vermutlich ihren Dienst aufgegeben.

»Was ist passiert?«

Ich schüttelte den Kopf, unfähig, eine Antwort zu formulieren. Stattdessen schlang ich meinerseits die Arme um seinen Körper und zog ihn so nah an mich, bis es nichts mehr gab außer uns beiden.

Das war eines der Dinge, die ich gleichermaßen an ihm liebte und fürchtete. Was er mit mir machte. Mit seiner Art, seinem Lächeln, seinen Berührungen. Er ließ mich Dinge spüren, die ich nie gekannt hatte, ließ mich vergessen, was um mich herum geschah, ließ mich glauben, dass alles irgendwie gut werden würde.

Doch so sehr ich diese bittersüße Seligkeit genießen wollte, so sehr wusste ich auch, wie gefährlich es war. Ich konnte es mir nicht leisten, unachtsam zu werden und mich der Vorstellung hinzugeben, ich könnte alles schaffen, solange ich nur daran glaubte. Oder zu vergessen, auf wessen Seite Hunter stand. Denn auch wenn er mir geholfen hatte, war mir klar, sollte es hart auf hart kommen, würde er sich nicht gegen sein Volk und seine Familie stellen.

Ich musste auf der Hut sein. Vor seiner Loyalität. Vor seiner Nähe. Vor meinen Gefühlen.

Sollte.

»Kae …«

Die Tränen liefen mir nun ungehindert übers Gesicht, während sich die ganzen aufgestauten Emotionen mit einem Mal entluden. Hunter rückte von mir ab, um mich ansehen zu können, und legte seine Hände an meine Wange. Dort, wo der Soldat mich vorhin geschlagen hatte, brannte meine Haut noch immer wie Feuer.

Hunters Lippen berührten meine Stirn. Ein wohliger Schauer lief meinen Rücken hinab und ließ mich für einen Moment meine Zweifel vergessen.

»Was ist passiert?«

»Die Wachen«, murmelte ich. »Sie wollten mich festnehmen.«

»Ich weiß. Aber wieso warst du überhaupt allein unterwegs?«

Energisch wischte ich die Tränen weg und schluckte den Kloß in meinem Hals herunter. »Du bist nicht zurückgekommen. Ich dachte, dir sei etwas passiert …«

»Die Versammlung wurde vorverlegt. Alastair hat mich abgepasst, er wollte einen Diener nach dir schicken und … Scheiße.«

Hunter ließ von mir ab, sah sich unschlüssig im Gang um, nur um mich danach durch eine scheinbar willkürlich ausgewählte Tür zu ziehen. Der Raum dahinter war verlassen. Ein weiteres Studier- oder Arbeitszimmer, den Bücherregalen und dem Schreibtisch nach zu urteilen. Hunter ließ sich auf der breiten Fensterbank nieder und starrte hinunter auf den Ehrenhof.

»Du bist mit Alastair mitgegangen?« Meine Stimme bebte. »Was hast du dir dabei gedacht?«

»Ich ... Keine Ahnung. Ich habe gehofft, es wäre eine Chance, ihn auszuhorchen.«

»Als ob er sich so leicht in die Karten schauen lässt.«

»Also hat sein Diener dich nicht abgeholt?«

»Nein. Zumindest kam er nicht, bevor ich selbst losgegangen bin.«

Hunter nickte und verzog grimmig die Lippen.

»Glaubst du, es war Absicht?«, fragte ich, während ich mich auf den Schreibtisch setzte. Die dunkle Holzplatte quietschte leise unter meinem Gewicht.

»Möglich. Sicher kann alles auch nur Zufall gewesen sein. Die Versammlung wurde zufällig verschoben. Er war zufällig im Gang vor meinem Zimmer unterwegs. Du hast seinen Diener zufällig verpasst und die Wachen, die du getroffen hast, haben zufällig als Einzige nicht mitbekommen, dass du freigesprochen wurdest.«

»Das sind ein bisschen viele Zufälle auf einmal, findest du nicht?«

»Ja«, seufzte Hunter. »Ich bin nur froh, dass es am Ende doch noch geklappt hat und wir eine Zwischenlösung gefunden haben.«

»Wusstest du davon? Dass deine Mutter eine Expedition vorschlagen will?«

Hunter lachte. »Glaubst du wirklich, meine Mutter sagt mir zur Abwechslung mal was? Nein. Aber gut möglich, dass sie spontan auf die Idee gekommen ist, weil sie den Fürsten zeigen wollte, dass wir die Situation unter Kontrolle haben. Na ja ... so weit das eben möglich ist, wenn ich diese Expedition leite.«

»Das … tut mir leid«, sagte ich leise. »Kaum bist du aus den Wäldern heraus, schickt man dich schon wieder zurück. Das ist nicht fair.«

»Ach was. Ich habe mich ja freiwillig gemeldet. Und so schlimm ist es dort gar nicht. Jede Menge frische Luft, Bewegung und die Schönheit der unberührten Natur.«

Ich hob amüsiert die Brauen. »Vor ein paar Tagen wolltest du deine kaiserliche Macht noch dazu nutzen, Pflanzen aus dem Palast zu verbannen.«

»Und das würde ich auch heute noch. Aber ernsthaft: Solange du dabei bist, ist die Aussicht, wieder in die Wälder zurückzukehren, gar nicht so furchtbar.« Hunter zwinkerte und ich spürte, wie mir die Röte in die Wangen schoss und mein Herzschlag aus dem Takt geriet. »Aber bis es so weit ist, sollten wir dringend herausfinden, was Alastair plant.«

»Was schlägst du vor?«

»Die Bestattung ist vorbei, das heißt, die meisten Gäste werden in den nächsten Tagen abreisen. Morgen Abend findet ein Ball statt, um die Fürsten zu verabschieden. Es gibt Musik, Tratsch, gutes Essen und Gelegenheiten zum Prahlen. Das wird Alastair sich nicht entgehen lassen.«

»Du willst doch nicht etwa sein Zimmer durchsuchen?«, fragte ich irritiert nach.

»*Seine* Zimmer. Du glaubst doch nicht, dass sich der reichste Mann des Landes mit einem einfachen Raum zufriedengibt. Aber ja, genau das ist mein Plan, schließlich sind wir darin mittlerweile Profis.«

Ich verdrehte die Augen. Manchmal machte mir seine Zuversicht angesichts risikoreicher Unternehmungen Angst. »Und du glaubst, das funktioniert?«

»Ich bin offen für Gegenvorschläge, aber ich fürchte, das ist aktuell unsere einzige Möglichkeit.«

Widerwillig nickte ich. »Na schön. Und was machen wir bis dahin?«

Hunter zuckte mit den Schultern. »Zusammenbleiben. Ich hoffe also, du hast noch nicht die Schnauze voll von mir.«

Ich musste grinsen. »Niemals.«

»*Chwa!* Habe ich dir nicht gesagt, dass Jagadish ein Zauberer ist? Du siehst wundervoll aus. *Wir* sehen wundervoll aus.«

Mit einem sanften Lächeln trat ich zur Seite, um Nyota in mein Zimmer zu lassen. Anlässlich des Balls hatte sie darauf bestanden, dass ich mich neu einkleidete, statt eines ihrer abgelegten Stücke zu tragen. Anfangs hatte ich mich dagegen gewehrt, doch zu meiner Überraschung war der Besuch des Ateliers ihres Schneiders Jagadish eine willkommene Abwechslung gewesen.

»*Chwa?*«, fragte ich bemüht, den Laut nachzuahmen.

»Ein Wort in meiner Landessprache. Es bedeutet so viel wie ›unglaublich‹ – man drückt damit Überraschung und Begeisterung aus.«

»Du bist also überrascht, dass ich wundervoll aussehe?«

Sie grinste. »Nein. Eher darüber, dass Jagadish über Nacht so ein Meisterwerk geschneidert hat.«

Da musste ich ihr recht geben. Das Kleid, das ich trug, basierte zwar auf einem existierenden Modell in seinem Atelier, doch die vielen Änderungswünsche, die Nyota angebracht hatte, hätten vermutlich nur unsere zehn besten Quturtan zusammen über Nacht umsetzen können.

»Und der Stein.« Sie nahm meinen Qo'ai unter die Lupe. »Hat Hunter für dich die Schatzkammer geplündert?«

Ich schüttelte den Kopf und ließ zu, dass sie ein paar meiner

Haarsträhnen zurechtlegte, obwohl zwei Bedienstete mir erst vor Kurzem beim Anziehen, Schminken und Frisieren geholfen hatten.

»Wie fühlst du dich?«

Ich zuckte mit den Schultern.

»Bist du nervös?«

»Nein. Hunter meinte, ich müsse nur nett lächeln und warten, bis wir eine Gelegenheit finden, uns davonzuschleichen. Das sollte ich schaffen.«

»Wie? Nicht einmal ein Tanz?«

»Eher nicht.«

»Na dann hast du wirklich nichts zu befürchten. Obwohl … Es gibt Leute, die immer einen Grund zum Tratschen finden. Ob du zu viel tanzt, zu wenig, ob dein Kleid die richtige Farbe hat, wie viel oder wenig du trinkst. Aber keine Sorge, wir haben dafür gesorgt, dass du absolut en vogue bist.«

Bis gestern hatte ich über Kleidung nur gewusst, dass man sie anziehen kann, doch Nyota war eine absolute Expertin und brannte förmlich für die Mode des Imperiums.

Auf einmal erstarb ihr Lächeln. Ihre passend zu ihrem Kleid golden geschminkten Brauen waren zusammengezogen. »Sicher, dass du nicht nervös bist? Du bist so still. Oder ist etwas passiert?«

»Ich weiß nicht so recht, was mich erwartet«, gestand ich aufrichtig, »und seit dem Bankett habe ich ehrlich gesagt wenig Lust auf die Gäste der Kaiserin.«

»Das kann ich gut verstehen. Aber falls es dich beruhigt: Bei einem Ball sind die Regeln nicht so streng. Und man hockt auch nicht die ganze Zeit aufeinander. Wenn es dir zu viel wird, können wir uns in eine ruhige Ecke verziehen und die Kleidung der anderen bewerten.«

»Du weißt, dass ich davon keine Ahnung habe.«

»Aber ich«, erwiderte sie zwinkernd. »Keine Sorge, bis Mitternacht bist du eine Expertin.«

Bis Mitternacht hatte ich hoffentlich einen handfesten Beweis, dass Alastair ein faules Spiel spielte. Und vielleicht sogar einen Anhaltspunkt, was er als Nächstes plante.

Das Fest war bereits in vollem Gange, als wir den Ballsaal erreichten. Beschwingte Orchestermusik schlug uns vermischt mit aufgeregtem Stimmengewirr und dem Geruch von Apfelwein entgegen. Jemand hatte die hohen Flügeltüren im Erdgeschoss des Haupthauses geöffnet, sodass aus vielen ohnehin schon großen Sälen ein einziger riesiger Raum wurde.

Ich staunte, als Nyota mich hineinführte. Hunderte elektrische Lampen erleuchteten das Fest von den mit Kristallen verzierten Lüstern. Die schwarzen Wände verwischten im schummrigen Licht die Grenzen des Saals, als wären wir in einer endlosen Welt mit vergoldeten Stuckornamenten und dem atemberaubenden Deckenfresko weit über uns. Die opulenten Kleider der Gäste spiegelten sich im frisch polierten Holzboden. Doch noch war die Tanzfläche unbenutzt.

»Willst du etwas trinken?«, fragte mich Nyota über die Klänge des Orchesters hinweg, das oben auf der Empore spielte.

Ich zögerte. Vermutlich sollte ich bei dem, was Hunter und ich vorhatten, besser auf Alkohol verzichten, damit meine Sinne geschärft waren. Allerdings nahmen sie für meinen Geschmack aktuell ein wenig zu viele Eindrücke auf. Der Ballsaal, die Musik, die Parfüms in der Luft, alles war wunderschön, beeindruckend und gleichzeitig so überwältigend, dass ich wünschte, ich hätte mich in irgendeiner Weise darauf vorbereiten können.

»Ja, bitte.«

Sie grinste und winkte einen Bediensteten heran, der feine Kristallgläser auf einem Tablett balancierte. Wie beim letzten Mal war ich nicht sicher, was ich von der süßlich-herben Mischung halten sollte, doch ich war dankbar für das Gefühl der Wärme, das sich in meiner Brust ausbreitete. Meine Anspannung löste sich ein wenig.

Fürs Erste blieben wir an unserem Platz am Rand, von dem aus wir die Menge beobachteten. Hin und wieder deutete Nyota auf einzelne Personen, um mir etwas über sie zu erzählen. Aus welchem Fürstentum sie stammten, welcher Schneider für ihre Kleidung verantwortlich war oder wer gerade mit wem heimlich zusammen war. Schon nach kurzer Zeit hatte ich das Gefühl, an diesem Abend mehr über die Leute am Hof gelernt zu haben als insgesamt seit meiner Ankunft. Dann fragte Nyota: »Hast du Hunter schon entdeckt?«

Ertappt schüttelte ich den Kopf, denn ich hatte genau in diesem Moment nach ihm Ausschau gehalten. Vergebens.

»Ist er schon wieder zu spät?«, seufzte sie. »Sieht ihm ähnlich. Er ist der Einzige, der sich traut, nach der Kaiserin aufzukreuzen.«

»Ist das denn verboten?«

»Nein. Nur unhöflich, aber das hat ihn noch nie gestört. Es ist quasi eine ungeschriebene Regel: Je wichtiger jemand ist, desto später kommt er. Vorher beginnt die Veranstaltung nicht richtig. Du müsstest sehen, wie sich manche den Kopf darüber zerbrechen, wie unpünktlich sie sein können, damit sie ja wichtig erscheinen, aber auf keinen Fall in Ungnade fallen. Man würde sich wünschen, die werten Fürsten würden nur halb so viel Aufwand in ihre Politik stecken.«

»Na, über wen ziehst du gerade her?«

Ich war so auf die Menge konzentriert gewesen, dass mir der Fremde, der sich zu uns gesellt hatte, gar nicht aufgefallen war. Es war ein großer, breit gebauter Mann, der ein mit Vögeln besticktes Hemd und einen langen Rock trug, der farblich zum Kleid von Nyota passte. Sein strahlendes Lächeln war genauso einnehmend wie seine tiefe, rauchige Stimme.

»Ich ziehe über niemanden her«, beschwichtigte sie. »Ich analysiere lediglich ihre Eigenschaften. Ich kann nichts dafür, dass sie so viele negative haben.«

»Na klar.« Er hob vielsagend die Brauen. »Den Anzug von Edward Chamberlain hast du gesehen?«

»Ja. Furchtbar, wie schafft er es nur, immer die Farben zu finden, die nicht zueinanderpassen?«

»Und diese Rüschen ... Entschuldige. Ich bin nicht zum Tratschen hier.«

»Ausnahmsweise«, bemerkte sie zwinkernd.

»Ich hatte eigentlich gehofft, dass du mich deiner Begleitung vorstellst.«

Ich blinzelte verblüfft. Er wollte mich kennenlernen? Mich?

»Oh natürlich, ihr hattet ja noch keine Gelegenheit, miteinander zu sprechen. Papa, das ist Kaeliah, Gesandte aus den Wispernden Wäldern. Kae, darf ich dir Zahur Omari vorstellen, ehrenwerter Botschafter des Fürstentums Zazwa und mein Vater?«

»Freut mich, dich kennenzulernen.« Er deutete eine Verbeugung an.

»Ebenso«, erwiderte ich überrumpelt.

»Epua, unsere Fürstin, hat ganz begeistert von deiner Rede bei der Versammlung gesprochen. Sie war beeindruckt, von dir und deinem Mut, die weite Reise auf dich zu nehmen.«

»Äh, danke.« Nachdem mir in den letzten Tagen so viel Verachtung entgegengebracht worden war, war es seltsam, plötzlich von jemandem gelobt und so offen empfangen zu werden.

»Die Unterstützung unseres Reiches ist dir sicher.«

Mir stand der Mund offen, und die paar Wörter, die ich mir eben paratgelegt hatte, lösten sich in Luft auf, so überwältigt war ich von diesem Versprechen.

»Aber ihr habt doch noch gar keine Beweise gesehen«, gab ich zu bedenken, ohne zu wissen, wieso ich mir selbst ein Bein stellte.

Zahur musterte mich aus goldenen Augen, die denen von Nyota zum Verwechseln ähnlich sahen. »Ob ein Zusammenhang zwischen der Rodung und den Sporen besteht, ist für uns zweitrangig. Der Wald ist das Zuhause deines Volkes, euer Reich und eure Heimat. Es steht dem Imperium nicht zu, ohne euer Einverständnis darin einzugreifen.«

Ich wollte widersprechen, ihm sagen, dass der Wald niemandem gehörte – erst recht nicht den Eijn –, hielt mich aber im letzten Moment zurück. Wenn die Aldan die Symbiose zwischen der Natur und uns Menschen nicht verstanden, sollten sie ruhig glauben, dass wir Eijn irgendwelche Besitzansprüche stellten, solange sie nur den Wald in Ruhe ließen.

»Ihr beiden, seid mir nicht böse, aber es wird Zeit für mich, das Buffet zu suchen.«

»Wie, du warst noch nicht dort?«, stichelte Nyota.

»Nein. Deshalb werde ich mir jetzt ein paar von Chef Dumas berühmten Trüffel-Canapés schnappen, bevor alle anderen hungrig werden.«

Nyota lachte. »Lass mir welche übrig!«

»Ich überleg's mir. Kaeliah, ich hoffe, wir sprechen uns bald wieder.«

»Das hoffe ich … auch.« Ich hatte den Satz noch nicht beendet, da hatte er sich schon umgewandt und war in der Menge verschwunden.

»Nimm's ihm nicht übel«, raunte Nyota mir zu. »Wenn es um Trüffel-Canapés geht, kennt er keine Gnade. Ich glaube, er liebt sie sogar mehr als mich und Mama. Willst du noch etwas trinken?«

Ich hatte zwei weitere Gläser Cider getrunken und spürte bereits ihre Wirkung, bevor sich endlich etwas tat. Ein Raunen ging durch die Menge, gefolgt von Stille, als nicht nur die Menschen ihre Gespräche beendeten, sondern auch das Orchester seine Musik unterbrach. Die Kaiserin hatte den Saal betreten und bedachte ihr Volk, das sich nach und nach verbeugte, mit wohlwollenden Blicken.

Sie trug ein hochgeschlossenes violettes Kleid, das in einen ausladenden Rock überging. Um ihren Hals lag ein goldenes Schmuckstück, ein Halsband, das durch feine, mit Edelsteinen besetzte Ketten mit funkelnden Epauletten verbunden war. Das Glühen Hunderter violetter Qo'ais war im schummrig erleuchteten Ballsaal umso deutlicher zu sehen.

»Dass sie unter dem vielen Schmuck nicht zusammenbricht«, murmelte Nyota. »Mir tut ja schon vom Zusehen der Rücken weh.«

»Was niemand weiß: Sie macht täglich Gymnastikübungen, um das Gewicht tragen zu können. Beim Ringen hätte niemand eine Chance gegen sie.«

»Hunter«, bemerkte ich überrascht, als er sich grinsend zwischen Nyota und mich schob. Wie alle anderen auch hatte er sich herausgeputzt. Er trug eine schwarze Uniform, auf die ein subtiles Muster aus gleichfarbigen Blumen und Ranken gestickt war. Anders als seine Mutter hatte er auf jeglichen Schmuck verzichtet und außerdem den Verband um seinen Hals abgelegt. Jetzt zeugte nur noch eine zarte violette Spur von dem versuchten Attentat.

Die Kaiserin schritt weiter in die Mitte des Saals, während die übrigen Gäste noch immer gespannt den Atem anzuhalten schienen. Als wäre es so bemerkenswert, mit ihr im Raum zu sein, dass sie gar nicht anders konnten. Direkt unter dem größten der drei Kristalllüster blieb Adelyn stehen. Sie klatschte kurz in die Hände, dann, als wäre der Bann gebrochen, setzte das Orchester wieder ein. Gespräche wurden fortgesetzt und alles war so wie zuvor.

»Das war alles?«, fragte Nyota genauso irritiert, wie ich mich fühlte.

»Was? Hast du etwa Lust auf eine ihrer ewig langen Ansprachen?«

»Nein, es ist nur … seltsam. Aber schön, dass du uns Gesellschaft leistest. Ich dachte schon, du kommst erst auf den letzten Drücker.«

»Ich musste noch was erledigen. Wollt ihr was trinken?«

»Nyota hat uns schon versorgt«, erwiderte ich.

»Dann hole ich mir kurz was zu essen. Bis gleich.«

Skeptisch, weil er so schnell wieder verschwand, blickte ich Hunter hinterher, der ebenso wie Nyotas Vater einfach von der Menge verschluckt wurde. Inzwischen war der Lärmpegel weiter angestiegen und die ersten Paare schwebten über die Tanzfläche in der Mitte des Raumes. Von unserem Platz an der Wand konnte ich sie beobachten, ohne im Weg zu stehen.

»Wäre es in Ordnung, wenn ich dich ebenfalls kurz allein lasse«, fragte Nyota vorsichtig. »Ich muss mich ein bisschen unter die Leute mischen und wenigstens ein paar von ihnen Hallo sagen.«

»Klar.«

»Kommst du zurecht?«

»Ich warte einfach hier.«

»Gut, dann bis gleich.«

XXXII

HUNTER

Normalerweise genoss ich solche Veranstaltungen. Musik, Tanz, mich mit den Leuten unterhalten, das war meine Welt. Das waren die Momente, ich denen ich mein Erbe liebte statt es zu verfluchen. Doch heute war mir alles zu viel. Jedes Gespräch, in das ich verwickelt wurde, fühlte sich wie ein Hindernis an, obwohl ich mich sonst gern mit manchen Menschen unterhalten hätte, die ich nur auf solchen Festen traf. Doch ich wollte Kae nicht zu lange allein lassen, aber immer wieder kam jemand anders auf mich zu, um mich über mein Abenteuer in den Wispernden Wäldern auszufragen.

Ich speiste alle mit denselben vagen Antworten ab, bis ich es nach über einer halben Stunde geschafft hatte, ein paar Canapés zu erbeuten und in den Ballsaal zurückzukehren. Hier war die Gefahr, in ein weiteres Gespräch verwickelt zu werden, deutlich geringer, weil die meisten Gäste mit Tanzen beschäftigt waren. Einen Moment sah ich sehnsüchtig dabei zu, wie sie zu einem schwungvollen Walzer durch den Saal schwebten. Die Versuchung war groß, Kae doch noch einmal um einen Tanz zu bitten, aber ich konnte ihr *Nein* bereits hören. Heimlich im Garten war eine Sache, vor dem versammelten Hofstaat mitten auf einem Ball eine ganz andere. Von dem Getratsche ganz zu schweigen.

Suchend blickte ich mich um. Von Nyota fehlte jede Spur, aber ich entdeckte Kae an derselben Stelle, an der ich sie zurückgelassen hatte. Sofort überkam mich das schlechte Gewissen, aber auch etwas anderes. Unwillkürlich musterte ich sie. Das luftige weiße Chiffon-Kleid war mir vorhin kaum aufgefallen, doch jetzt stach es vor der dunklen Kulisse deutlich heraus. Tausend winzige Kristalle am Rock funkelten mit ihren mit Silber und weiteren Edelsteinen besetzten Dekolleté und Schultern um die Wette. Kae sah so schön aus in dem Kleid, das mit ihrer Haut zu verschmelzen schien, und mit dem aufwendig geflochtenen schwarzen Haar, dass mein Herz einen Satz machte. Ich spürte förmlich, wie mein Verstand sich in Luft auflöste und davonschwebte. Wenn mich jetzt jemand in ein weiteres Gespräch verwickelt hätte, hätte ich vermutlich keinen Ton herausbekommen.

Wie von allein setzten sich meine Beine in Bewegung. Ein Schritt nach dem anderen, ohne dass mein Kopf begriff, was mein Herz längst beschlossen hatte. Als Kae mich entdeckte, huschte ein Lächeln über ihre Lippen, das mir den Atem raubte.

»War deine Mission erfolgreich?«, fragte sie lächelnd.

»Ja.« Mit einem Mal fühlte ich mich wie ein kleiner Junge. Ich vergaß, wie Worte funktionierten, wo wir waren, was wir vorhatten. Ein einziger Blick in ihre braunen Augen und es gab nichts mehr. Nur sie. Mich. Uns. »Darf ich um diesen Tanz bitten?«

Perplex hob sie die Brauen. Ein sanfter Rotschimmer legte sich auf ihre Wange. Etwas ließ sie zögern. »Willst du dich etwa blamieren?«

»Ich will vor allem tanzen. Mit dir. Also wenn du Lust hast, meine ich.«

Was redete ich denn da?

Kae schaute sich unsicher um. Bestimmt war ihr ebenso bewusst, was für eine verdammt törichte Idee das war. Doch es war mir egal.

»Es wäre nur ein Tanz«, versuchte ich es erneut. »Aber du darfst auch Nein sagen, wenn du lieber …«

»Lass uns tanzen.«

»Was? Bist du sicher? Du musst nicht, wenn …«

»Hunter.« Sie schnaubte leise. »Ich kann auch Nein sagen, wenn dir das lieber ist.«

Bloß nicht.

Ich trat einen Schritt zurück, um mich zu verbeugen. Nervös streckte ich meine Hand aus. Als Kae sie ergriff, spürte ich, wie ihre Finger zitterten. Gleichzeitig war es, als würde Strom durch meinen Körper fließen. Gänsehaut breitete sich auf meinen Armen aus und ein Lächeln schlich sich auf mein Gesicht.

Die Berührung wischte die letzten Bedenken fort. Während ich Kae auf die Tanzfläche führte, kam es mir vor, als triebe ich schwerelos durch den Saal. Ich spürte weder den Boden unter den Füßen noch die aufgeheizte Luft auf meinen Wangen. Nur Kaes Hand in meiner und mein eigenes wild schlagendes Herz.

Wir fanden eine freie Stelle am Rand der Tanzfläche und ich legte eine Hand auf ihre Schulter und die andere auf ihre Hüfte.

»Wie du es mir gezeigt hast?«, wollte Kae wissen, ihre Stimme mit einem Mal so fein, als wäre sie aus Kristall.

»Genau.«

Und dann tanzten wir.

Erst wiederholten wir langsam, bedächtig und zugegebenermaßen etwas steif die Grundschritte des Walzers. Doch schon bald wurde ich mutiger.

»Was tust du da?«, raunte sie mir zu.

»Dir zeigen, dass unsere Tänze nicht nur steif sind.« Ich führte sie in großen Schritten durch den Raum, danach in eine Drehung passend zur Formation der anderen Paare.

»Auch wenn ich dir dabei auf die Füße trete?«

»Auch dann.«

Ich lächelte sie an und verlor mich erneut in ihren Augen. Gern hätte ich ihr das Kompliment gemacht, dass sie heute wunderschön aussah, doch das wäre gelogen. Sie war wunderschön, ja. Aber nicht nur heute. Nicht nur in diesem Kleid. Schon vom ersten Moment an, hatte ich sie attraktiv gefunden, doch komischerweise traf mich diese Erkenntnis erst jetzt. Davor war es eine Art Selbstverständlichkeit gewesen, aber gerade fiel es mir schwer, zu glauben, dass ich das schönste Mädchen auf diesem Ball in meinen Armen hielt und mit ihr tanzte.

»Wir werden beobachtet«, bemerkte Kae.

»Hm?« Ihre Worte unterbrachen kurzzeitig meine Gedanken. Lange genug, dass mir bewusst wurde, wie recht sie hatte, aber längst nicht ausreichend, um mich aus dem Moment zu zerren. »Stört dich das?«

»Nein.« Sie biss sich auf die Unterlippe. »Ich dachte nur, es bringt dich vielleicht in Schwierigkeiten, wenn du hier mit mir tanzt.«

»Warum sollte es?«

»Du bist der Prinz. Und ich nur ein Mädchen aus dem Wald.«

Energisch schüttelte ich den Kopf, während ich sie in eine weitere kleine Drehung führte. »Du bist mehr als das. Du bist die Qo'aivon deines Volkes. Macht dich das nicht auch zu einer Art Prinzessin?«

»Eine Prinzessin des Waldes?« Sie lachte leise. »Nein. Bei uns gibt es keine Herrschenden. Keine Titel wie bei euch Aldan. Ich bin bloß Kaeliah.«

»Na dann, Bloß-Kaeliah, möchte ich dich daran erinnern, dass ich der zukünftige Kaiser dieses Landes bin. Und als solcher kann ich quasi tun und lassen, was ich will.«

»Das scheint Euer Volk aber anders zu sehen, Majestät.«

Unwillkürlich verstärkte ich meinen Griff um ihre Taille und zog sie noch ein Stück näher an mich heran. Ich wusste, dass sie recht hatte. Wusste, dass ich vorsichtig sein musste. Wusste, dass es unserer Situation nicht half, wenn darüber spekuliert wurde, ob unsere Verbindung mehr als rein politisch war. Aber …

»Dann sollen sie es anders sehen«, raunte ich. »Sollen sie doch reden. Sollen sie denken, was sie wollen. Es ist mir egal.«

»Hunter …«

Ich schüttelte vehement den Kopf. »Alles, was gerade für mich zählt, ist dieser Moment. Dieser Tanz. Du. Weil ich wenigstens ein paar Minuten so tun will, als wäre alles in Ordnung, bevor die Realität uns einholt.«

Ein trauriges Lächeln bildete sich auf Kaes Lippen, während sie die Hand an meine Wange legte. »Selbst ein Kaiser kann nicht vor der Realität davonlaufen.«

»Pft, die soll nur versuchen, mich einzuholen.« Trotz meines lahmen Witzes gab ich Kae recht. Und eigentlich sollten ihre Worte mir den Anstoß geben, endlich aus dieser Trance zu erwachen, doch der Moment hielt mich noch immer gefangen. Ich war ihr so nah. Es wäre so verdammt leicht, sie einfach zu küssen.

Am Ende hielt mich nicht Kae oder gar meine eigene Vernunft davon ab, sondern eine Bewegung im Augenwinkel. Ein sanftes, kaum merkliches Kopfschütteln. Mehr brauchte es nicht, um mich mit voller Wucht auf den Boden der Tatsachen zu befördern. Augenblicklich brachte ich wieder etwas mehr Abstand zwischen Kae und mich und blickte in das warnende Gesicht meiner Mutter.

Sie stand am Rand der Menge und schien nur einen Wimpernschlag davon entfernt, zu mir zu eilen und mich mit den ganzen Ketten, die sie trug, zu erwürgen. Doch bevor es dazu kam, trat Alastair Bancroft an sie heran.

»Was ist los?«, fragte Kae.

Wir drehten uns und wechselten die Richtung, um einem anderen Paar auszuweichen.

»Meine Mutter«, flüsterte ich. »Dort drüben am Fenster.«

»Alastair ist bei ihr.«

»Ich weiß.«

»Denkst du, er hat etwas vor?«

»Hier auf dem Ball? Eher nicht …« Erneut schaute ich unauffällig in ihre Richtung. Die beiden unterhielten sich und Alastair reichte meiner Mutter lächelnd ein Glas, das sie verwundert entgegennahm.

»Ich würde zu gern wissen, worüber sie reden«, sagte Kae.

»Ich auch. Aber selbst aus einem Stein kann man besser lesen als aus dem Gesicht meiner Mutter. Nur, was sie auch besprechen, ich vertraue ihm kein Stück.«

Die beiden prosteten sich zu, tranken und so schnell wie Alastair an sie herangetreten war, verabschiedete er sich wieder.

»Wir sollten ihm folgen und nachsehen, was er tut«, schlug Kae vor. »Und danach mit unserem Plan weitermachen.«

Nachdenklich betrachtete ich sie von der Seite. Der Moment eben hallte wie ein bittersüßes Echo in mir nach und die Versuchung war groß, ihn noch nicht enden zu lassen. Noch ein bisschen mit ihr zu tanzen. Nur noch ein bisschen ihre Nähe zu genießen und mir vorzustellen, dass da mehr zwischen uns sein könnte. Doch Kae hatte recht. Wir waren nicht zum Vergnügen hier. Eine Chance wie heute würden wir so bald nicht wieder bekommen.

»Dann los.«

Einige Gäste gaben sich keine Mühe, ihre Blicke oder das Getuschel zu verbergen, als Kae und ich an ihnen vorbeiliefen. Sicher war es nur eine Frage der Zeit, bis alle wussten, dass wir miteinander getanzt hatten. Aber daran ließ sich jetzt nichts mehr ändern. Und gerade hatten wir andere Prioritäten: Alastair finden und herausbekommen, was er vorhatte.

Wir folgten Alastair durch den Ballsaal in den Raum nebenan, wo das Buffet aufgebaut war und Bedienstete mit vollen Tabletts durch die dichte Menge huschten. In der Luft lag der penetrante Geruch von Wein und vermengte sich mit teuren Parfüms. Obwohl die Musik hier gedämpfter war, war es mindestens genauso laut. Gespräche. Gelächter. Den meisten sah – und hörte – man bereits an, wie viel sie getrunken hatten, dabei war die Nacht noch jung.

»Siehst du ihn irgendwo?«

Ich schüttelte den Kopf, während ich auf die Stelle starrte, wo ich ihn zuletzt hatte ausmachen können. »Du?«

»Nein.«

»Mist.« Es gab tausend gute Erklärungen, warum wir ihn nicht entdecken konnten. Er konnte sich kurz ins Bad verzogen haben, in einem der Zigarrenräume hocken oder einfach nur mit der Menge verschmolzen sein, doch das Unbehagen ließ sich nicht abschütteln.

Ich schnappte mir ein Trüffel-Canapé, als wir am Buffet vorbeiliefen, und dachte nach. Was wäre klüger? Hier zu warten, auf die Gefahr hin, dass er in einem der anderen Räume war oder sonst wo im Palast etwas plante? Oder eben dort nach ihm zu suchen und zu riskieren, dass er in der Zwischenzeit wieder hier auftauchte?

Ich kam nicht dazu, mir den Kopf weiter über das Für und Wider zu zerbrechen, weil plötzlich ein Schrei die Atmosphäre durchschnitt. Augenblicklich stoppten alle Gespräche. Die Musik erstarb. Verwirrte Blicke wurden ausgetauscht.

»Holt einen Arzt!«, rief jemand. »Schafft die Leute hier raus und holt einen Arzt.« Es war Rowan.

Um uns herum brach Chaos aus. Wachen eilten in den Saal und trieben die Leute dazu an, eilig auf ihre Zimmer zurückzukehren. Die meisten Gäste wirkten nur leicht verwundert. Ich hörte Gespräche, gemurmelte Fragen, wann man denn wieder hereinkommen dürfte, aber ich konnte ihren Leichtsinn nicht teilen. Mein Herz schlug rasend schnell, als ich mich mit Kae durch die Menge kämpfte, direkt in die Richtung, aus der ich Rowans Stimme gehört hatte.

Mein Verstand blendete alles um mich herum aus, bis nur noch nackte Panik übrig war, die ihre Klauen wie ein wildes Tier in mich schlug. Meine Ohren rauschten, die Ränder meines Blickfelds verschwammen. Gedankenlos schob ich mich durch die Menge, die nur langsam ausdünnte. Wir passierten die Schwelle zum Ballsaal und irgendetwas in mir zerbrach bereits, bevor ich ihren Körper am Boden entdeckte.

Meine Mutter war so bleich wie ein Geist, ihre Augen waren blutunterlaufen und ihr Bauch unter dem violetten Kleid wirkte angeschwollen.

»*Archima*«, murmelte Kaeliah und schob sich an mir vorbei, um zu ihr zu gelangen, während ich nur wie angewurzelt stehen blieb und die Szene beobachtete. Mein Onkel hatte sich über sie gebeugt und versuchte verzweifelt, sie zu beatmen. Er stoppte kurz, um ein paar Worte mit Kae zu wechseln, die meinen Verstand nicht erreichten. Danach setzten die beiden alles daran, meine Mutter zurückzuholen.

Vermutlich hatte ich vor wenigen Tagen ein ganz ähnliches Bild abgegeben. Nur hatte mich das Gift am Hals erwischt und nicht am Bauch. *Im Bauch.*

Tausende Gedanken rasten durch meinen Kopf. Und Angst. Furchtbare Angst.

Am Rande bekam ich mit, wie Dr. Hemsworth hereinstürmte, und fühlte mich in meine Erinnerung zurückversetzt. Derselbe Ausdruck lag in seinem Gesicht wie damals, als ich Alexander gefunden hatte. Dasselbe beruhigende Lächeln, das nach nur einer Sekunde brach. Er ging auf die Knie und nahm Mutters Puls, sagte etwas zu Kae, die mit einem Nicken aufstand und zu mir kam. Ihre Hand landete auf meiner Schulter, aber selbst die Berührung schaffte es nicht, meine Trance zu lösen.

»Hunter.«

Ich schüttelte den Kopf.

»Hunter.« Sie hob mein Kinn an und zwang mich, sie anzusehen statt den reglosen Körper meiner Mutter. »Wir sollten den Arzt in Ruhe seine Arbeit machen lassen.«

»Nein.« Es kostete mich sämtliche Willenskraft, dieses eine Wort herauszupressen. Aber es reichte, um Kae zu überzeugen. Sie stellte sich so neben mich, dass die Schaulustigen, die durch die Tür hereingafften, mich nicht dabei beobachten konnten, wie ich hilflos herumstand. Damit sie nicht sahen, was für ein fähiger zukünftiger Kaiser ich doch war.

»Wachen?« Mein Onkel hatte sich aufgerichtet, seine Stimme so klar und eindringlich wie die Glocken der Stadtkathedrale. Weitere Gardisten eilten herbei, darunter auch Korporal Codie, der vor uns salutierte.

»Hauptmann?«

»Ich will, dass ihr den Palast durchsucht und mir Alastair Bancroft bringt.«

Codie blinzelte überrascht, sein Blick wanderte kurz zu meiner Mutter.

»Sofort«, drängte Rowan.

»Zu Befehl.«

Onkel Rowan kam zu mir, eine Mischung aus Besorgnis und Wut lag in seinem Gesicht. »Sie wird es schaffen, Junge.«

»Was ist passiert?«, fragte ich tonlos.

»Marigold. Jemand muss ihr Getränk vergiftet haben.«

»Alastair«, entwich es mir schockiert. »Er hat ihr ein Getränk gereicht.«

Rowan nickte. »Damit hätten wir schon zwei Zeugen und sicher finden sich noch einige mehr, wenn wir die Gäste befragen. Zeit, diesem Spiel ein Ende zu setzen.«

Nachdem Dr. Hemsworth sie untersucht und erstversorgt hatte, wurde meine Mutter in den Krankenflügel gebracht. Nur mein Onkel, Kae und ich blieben zurück. Laut dem Arzt war es noch zu früh, über ihren Zustand zu urteilen, doch Rowans sofortiger Einsatz hatte möglicherweise das Schlimmste abwenden können. Vielleicht. Ich meinte mich zu erinnern, dass Dr. Hemsworth etwas Ähnliches zu mir gesagt hatte, nachdem ich Alexander in der Orangerie gefunden hatte.

Es dauerte nicht lange, da kehrten die Wachen mit Alastair im Schlepptau zurück. Der süße Zigarrengeruch, den sie mit sich hereintrugen, verriet, wo sie ihn gefunden hatten.

»Rowan«, brüllte er. »Was soll das?«

Mein Onkel verschränkte abwartend die Arme vor der Brust und betrachtete mit Genugtuung, wie der Fürst von Colastine sich vergebens gegen den eisernen Griff der Soldaten wehrte.

»Das Gleiche könnte ich dich fragen. Nicht ein, sondern gleich zwei Giftanschläge in den Palastmauern. Auf meine Familie. Auf deine Kaiserin.«

»Meinst du das ernst?«, zischte der Fürst. »Ich habe damit nichts zu tun. Das Mädchen, sie …«

»Das Mädchen«, unterbrach ich ihn, »ist unschuldig. Sie war den ganzen Abend an meiner Seite, ich kann es bezeugen.«

»Ach ja? Lass dich nicht von ihr blenden.«

»Genug«, ging Rowan dazwischen. »Mehrere Menschen haben gesehen, wie du Ihrer Majestät ein Getränk gereicht hast, kurz bevor sie zusammengebrochen ist.«

»Ich habe mit ihr angestoßen, mehr nicht.«

»Das wage ich zu bezweifeln.«

Alastairs Gesicht war inzwischen rot vor Zorn. »Du wagst es, mir einen Mordversuch zu unterstellen? Mir? Alastair Bancroft, dem Fürsten des ehrenwürdigen Reiches Colastine?«

»Das wage ich in der Tat«, sagte mein Onkel kühl. »Und nicht nur in Bezug auf heute, sondern auch auf das Geschehen von vor einigen Tagen. Oder willst du behaupten, dass du zufällig in der Nähe unseres Prinzen warst, um Kaeliah zu beschuldigen?«

»Das kannst du nicht beweisen.«

»Noch nicht. Aber jetzt, wo wir einen fundierten Verdacht haben, kann ich eine Untersuchung beauftragen. Wenn du unschuldig bist, solltest du ja nichts dagegen haben, oder?«

»Rowan«, sagte Alastair gefährlich ruhig. »Muss ich dich etwa an unsere Vereinbarung erinnern?«

»Vereinbarung?« Rowan ging wie ein Raubtier um ihn herum. »Wohl eher Erpressung. Es ist schon unerhört, dass du das Wohl unseres Landes gegen meine Loyalität zu meiner Kaiserin ausspielst, aber nun bist du einen Schritt zu weit gegangen. Und wofür? Für deinen Stolz.«

»Für die Unabhängigkeit meines Landes, das schon viel zu lange unter der Herrschaft deiner Kaiserin leidet.«

»Darf ich das als Geständnis werten?«

»Nein.« Alastair spuckte auf den Boden. »Ich verlange eine unabhängige Untersuchung und eine faire Verhandlung.«

»Die sollst du bekommen. Aber bis auf Weiteres muss ich das Leben meiner Familie schützen. Wachen? Nehmt ihn fest.«

»Das … Das kannst du nicht machen«, rief Alastair. »Als Diplomat steht mir Immunität zu.«

»Die hast du verwirkt, als du meinen Neffen vergiftet hast.«

»Rowan.« Alastair bäumte sich erneut auf. »Ich gebe dir eine letzte Chance, das Ganze zu überdenken. Lass mich verhaften, und nicht nur du, sondern das ganze Land wird die Konsequenzen zu spüren bekommen.«

Ich erschauderte unter seinen Worten, war unfähig, auch nur einen klaren Gedanken zu fassen, geschweige denn mir bewusst zu werden, was ich von dieser Situation hielt. Eigentlich sollte ich Erleichterung spüren, weil der Verantwortliche endlich gefasst war, aber sie blieb aus. Stattdessen war ich nervös, fassungslos und vollkommen überfordert. Dabei war es als Kronprinz meine Pflicht, etwas zu der Situation beizutragen, statt nur zuzusehen, wie mein Onkel den mächtigsten Fürsten des Landes verhaften ließ.

»Spar dir die leeren Drohungen«, zischte Rowan. »Und jetzt schafft ihn mir aus den Augen.«

»Das wirst du bereuen!«

XXXIII

KAE

Zwei Tage vergingen, in denen das ganze Kaiserreich den Atem anzuhalten schien. Die meisten Gäste waren abgereist und eine geisterhafte Stille hatte sich über den Palast gelegt, die mich an meine Ankunft hier erinnerte. Nur dass die Stimmung noch bedrückter war, weil jeder darauf wartete, was als Nächstes passieren würde. Ob Alastairs Worten wirklich Taten folgten. Ob die Kaiserin es schaffen würde.

Während Ihre Majestät um ihr Leben kämpfte, hatte Hunters Onkel die Regierungsgeschäfte übernommen. Am laufenden Band hielt er Ansprachen und beantwortete Fragen, die im Anschluss über den Funkempfänger übertragen wurden.

Es gab ein Attentat auf die Kaiserin. Ihr Zustand ist kritisch. Alastair Bancroft, der Fürst von Colastine, gilt als Hauptverdächtiger. Alle Regierungsangelegenheiten werden ausgesetzt, um dem Land und der Kaiserlichen Familie Zeit zu geben, sich von dem Schock zu erholen und den Tathergang zu untersuchen.

Leider bedeutete das auch, dass die geplante Expedition in die Wispernden Wälder bis auf Weiteres verschoben wurde. Natürlich verstand ich, dass Hunter seine Mutter gerade um nichts auf der Welt allein lassen würde, doch unsere ohnehin schon knapp bemessene Zeit schwand mit jeder Verzögerung.

Wie bereits gestern saßen Hunter und ich den ganzen Tag

schweigend in einer der Bibliotheken. Umgeben von dunklem Holz, hohen Regalen, die einen angenehmen Duft nach Vanille und Orange verströmten. Draußen ging bereits die Sonne unter, während aus dem rauschenden Funkempfänger ein beschwingtes Duett zweier Frauen erklang.

In Ermangelung einer besseren Beschäftigung blätterte ich durch Hunters alte Schulbücher und versuchte, mir mithilfe von Zeichnungen die Schrift der Aldan wieder ins Gedächtnis zu rufen. Hunter war bereits vor einer Weile auf meiner Schulter eingeschlafen, und obwohl es langsam unbequem wurde, brachte ich es nicht übers Herz, ihn zu wecken. Die letzten Tage mussten für ihn ein Albtraum gewesen sein. Seine Mutter hatte den Anschlag zwar überlebt, doch der Arzt hielt sie weiter unter strenger Beobachtung. Etwas das, laut Hunter, viel zu lange dauerte. Dabei konnte ich nicht sagen, ob er einfach ungeduldig war oder vermutete, dass man uns etwas verschwieg.

Eine Regung ging durch seinen Körper. Schlaftrunken vergrub er das Gesicht in meiner Halsbeuge und jagte damit eine Gänsehaut über meinen Rücken.

»Ausgeschlafen?«, fragte ich sanft.

»Lange nicht.« Obwohl Hunter wach war, machte er keine Anstalten, von mir abzurücken. Seine Worte kitzelten meine Haut. »Ist das mein altes ABC-Buch?«

»Mhm.«

»Wir bewahren hier echt alles auf … Siehst du den Fleck dort?« Er deutete auf einen braunen Streifen direkt über dem großen »P«, aus dem winzige Pilze sprossen. »Das war Schokolade. Ich war nie gut darin, mich zu konzentrieren, also haben meine Lehrer mir Belohnungen versprochen, um mich zu motivieren. Für jede beendete Aufgabe etwas Süßes. Schokolade, Lakritz, Himbeerbonbons. Wahrscheinlich findest du hier ein ganzes Dutzend Bücher mit vollgekleckerten Seiten.«

Ich lächelte. »Hat es funktioniert?«

»Nein. Ich habe geschummelt. Wahrscheinlich habe ich deshalb immer noch die Konzentrationsfähigkeit eines Zweijährigen.«

Bevor ich etwas entgegnen konnte, klopfte es an der Tür. Eigentlich erwartete ich Nyota zu sehen, die uns daran erinnerte, dass wir etwas essen sollten, doch in der Tür stand Simon, der Assistent des Arztes.

»Hoheit?«

Augenblicklich war Hunter auf den Beinen. »Ja?«

»Die Kaiserin wünscht, Euch zu sprechen. Euch beide. In ihrem Zimmer.«

Ich sah verwirrt zwischen Hunter und ihm hin und her. Ich war eine Fremde. Wieso sollte sie ausgerechnet mich dabeihaben wollen, sobald sie endlich die Kraft fand, jemanden zu sehen?

Die Frage lag mir bereits auf der Zunge, doch Hunters Körperhaltung ließ mich innehalten. Er schien bereit einfach loszupreschen, so als wollte er keinen Augenblick verschwenden, um endlich mit seiner Mutter zu sprechen.

»Kae?«, fragte er angespannt.

»Komme.«

Wir flogen beinahe durch die Gänge des Palastes. Vorbei an Gemälden, Wandteppichen und einigen Angestellten, die vermutlich ahnten, wohin wir unterwegs waren. Wir folgten der Treppe hinauf in den ersten Stock, in den Bereich, der Hunters Familie vorbehalten war, und von dort in einen abzweigenden Korridor. Vor einer Tür blieb Hunter schließlich stehen. Er holte tief Luft, was in ein Seufzen überging.

»Ist es schlimm, dass ich Angst habe?«, fragte er.

»Es ist niemals schlimm, Angst zu haben.«

»Was, wenn sie mich herbestellt hat, um …« Er brach ab und starrte an die Decke. Im sanften Licht wirkten seine Augen glasig.

Ich nahm sein Gesicht in meine Hände – eine Berührung, die

mir mittlerweile so vertraut war, als würden Hunter und ich uns schon Ewigkeiten kennen. Und nach allem, was passiert war, war das gar nicht mal so falsch. Wir hatten genug zusammen erlebt, um ein ganzes Leben damit zu füllen.

»Wenn es etwas Schlimmes wäre«, entgegnete ich, »würde sie mich wohl kaum dabeihaben wollen.«

Hunter nickte wenig überzeugt, bevor er vorsichtig an die Tür klopfte.

»Herein!« Ich erkannte die Stimme des Arztes. Der strenge Geruch von Fenchel lag in der Luft, als wir in das schummrige Halbdunkel des Zimmers eintauchten. Die schweren grünen Samtvorhänge waren zugezogen und einzig eine Nachttischlampe spendete warmes Licht. Zu meiner Überraschung hatten wir kein Krankenzimmer, sondern das Schlafgemach Ihrer Kaiserlichen Majestät betreten.

Die Kaiserin lag in einem mit Gold verzierten Bett, über das ein grünes, mit Zweigen besticktes Tuch gespannt war, passend zur Tapete. Als sie unser Hereinkommen bemerkte, blickte sie auf.

»Majestät?« Dr. Hemsworth richtete sich auf, bereit, den Raum zu verlassen, um uns ein wenig Privatsphäre zu geben, doch die Kaiserin hob die Hand.

»Bleib.«

»Sehr wohl.«

Während ich unschlüssig an der Tür stehen blieb, hastete Hunter an das Bett seiner Mutter. Besorgt ergriff er ihre Hand und küsste ihre Fingerknöchel. Er murmelte etwas, das ich nicht verstehen konnte.

Die Kaiserin lächelte. »Du wirst dir doch nicht etwa Sorgen um mich gemacht haben.«

»Niemals«, sagte er kopfschüttelnd, doch sein Gesicht strahlte vor Erleichterung.

»Setzt euch, ihr beiden. Wir haben vieles zu besprechen.«

Hunter runzelte die Stirn. »Willst du dich nicht erst ausruhen?«

»Hunter, ich habe mich die letzten Tage genug ausgeruht. Jetzt gibt es Wichtigeres und vor allem Dringenderes.«

Wir kamen ihrer Aufforderung nach und nahmen auf den beiden Stühlen Platz, die der Arzt eilig herangeholt hatte. Währenddessen richtete sich die Kaiserin in ihrem Bett auf. Selbst jetzt mit den dunklen Augenringen und dem zerzausten Haar wirkte sie noch hoheitlich.

»Erzähl mir, was passiert ist, nachdem ich vergiftet wurde«, bat die Kaiserin Hunter.

»Danach … äh …« Er spannte die Schultern an und verschränkte die Finger ineinander, um das Zittern zu unterdrücken.

»Jemand hat um Hilfe geschrien«, kam ich Hunter zu Hilfe. Er war immer noch zu traumatisiert von den Ereignissen, um darüber zu sprechen. »Wir sind sofort herbeigeeilt, während die Wachen den Saal geräumt haben. Du warst bewusstlos, aber Rowan und ich haben uns um dich gekümmert, bis der Arzt eingetroffen ist. Danach wurdest du weggebracht und Rowan hat Alastair Bancroft verhaften lassen. Er … er ist überzeugt, dass der Fürst dein Getränk vergiftet hat und auch hinter dem Attentat auf Hunter steckt.«

»Du etwa nicht?«, fragte die Kaiserin.

Ertappt biss ich mir auf die Lippen. Ich wollte kein Urteil fällen, bevor wir die Fakten kannten, aber …

»Du musst mir nicht antworten. Es ist nicht fair von mir, dich um eine Aussage gegen jemanden zu bitten. So oder so bin ich dir zu Dank verpflichtet. Hättest du nicht eingegriffen, wer weiß, was passiert wäre.«

»Ich fühle mich geehrt«, erwiderte ich. »Aber ich habe nur geholfen. Der Dank gilt vor allem Rowan. Er war von Anfang an da, um sich um dich zu kümmern.«

Die Kaiserin strich sich mit dem Daumen über das Kinn. »War er das?« In ihrer Stimme lag ein Unterton, der nun auch Hunter hellhörig werden ließ.

»Was willst du damit sagen?«, wollte er wissen.

»Adrian.«

Der Arzt räusperte sich. »Wie Ihr möglicherweise mitbekommen oder gefolgert habt, fiel die Kaiserin wie auch Ihr, Hoheit, dem Gift des Marigold zum Opfer. Der Wirkstoff sorgt für ein rapides Anschwellen des betroffenen Gewebes. An vielen Stellen ist es harmlos, doch tödlich an anderen.«

»Wie am Hals«, schloss Hunter.

»Genau. Ihr habt den Angriff weitestgehend unbeschadet überstanden, da Kaeliah die Beatmung und die Entfernung des Giftes frühzeitig durchgeführt hat. Anders sieht es jedoch aus, wenn das Gift verschluckt wurde. Manchmal kann es ebenfalls zu einem Anschwellen des Halses kommen, jedoch in den meisten Fällen des Bauchraums. Lebenswichtige Organe werden dabei gequetscht und in ihrer Funktionalität beeinträchtigt.«

»Willst du damit sagen, dass …« Hunter schluckte.

»Eigentlich müsste ich tot sein«, erklärte die Kaiserin. »Fahr fort, Adrian.«

»Nach dem Verschlucken bleiben nur Minuten zur richtigen Versorgung. Vergeht zu viel Zeit, kommt es zu inneren Blutungen und Organversagen. Eine Beatmung wäre dann absolut zwecklos.«

Hunter verfiel in nachdenkliches Schweigen.

»Wie hat sie überlebt?«, stellte ich seine unausgesprochene Frage, obwohl ich die Antwort bereits erahnte.

»Es gibt ein Gegengift«, antwortete der Arzt. »Eines, das den Effekt der Marigold sofort neutralisiert, sodass das Gewebe nicht weiter anschwillt. Rechtzeitig eingenommen, kann es den Patienten vor dem Tod bewahren.«

Hunter starrte Dr. Hemsworth an. »Wann hast du den Ballsaal erreicht?«

»Etwa sieben Minuten, nachdem die Kaiserin zusammengebrochen ist.«

»Nicht früh genug«, bestätigte diese. »Und genau darüber wollte ich mit euch sprechen. Vermutlich hatte keiner von euch das nötige Gegengift bei sich, oder?«

»Nein …« Hunter verschränkte die Hände vor dem Mund. »Warum sollte irgendjemand ein so spezielles Mittel mit zu einem Ball bringen?«

»Vielleicht weil jemand mich nicht töten, aber aus dem Verkehr ziehen wollte?«

»Aber warum sollte Alastair das tun? Was für einen Vorteil würde ihm das verschaffen? Für seine Pläne ergibt es mehr Sinn, wenn er dich komplett aus dem Weg räumt.«

Ein bitteres Lächeln huschte über das Gesicht der Kaiserin. »Wer redet denn von Alastair?«

»Aber wer …«

»Rowan!«, entfuhr es mir.

Hunter sah mich schockiert an. »Was? Nein.« Mit blassem Gesicht wandte er sich an seine Mutter. »Glaubst du das etwa auch?«

»Ja.«

»Aber was … wie … warum sollte er das tun? Er ist mein Onkel. Dein engster Berater. Er hat dir einen Treueeid geschworen, dir den Thron überlassen. Er verehrt dich.«

Die Kaiserin sah ihn unschlüssig an. Sicherlich wusste sie mehr als wir. Dinge, die ihr einen Grund lieferten, eine derartige Anschuldigung in den Raum zu stellen.

»Adrian«, fragte sie. »Gilt deine ärztliche Schweigepflicht auch über die medizinischen Belange deiner Patienten hinaus?«

»Aber natürlich. Ich kann allerdings auch gehen, wenn Ihr in Ruhe sprechen wollt.«

»Nein. Falls mir und Hunter etwas zustößt, muss noch jemand die Wahrheit kennen. Jemand, dem das Volk eher vertraut als einer Eijn.«

Ich biss gekränkt die Zähne zusammen, obwohl ich wusste, dass sie recht hatte. Kein Aldan würde mir glauben, wenn nicht Hunter oder jemand anders für mich bürgte.

»Sehr wohl, Majestät.«

»Gut. Ich muss sicher nicht extra betonen, dass das, was ich euch nun erzähle, diese vier Wände nur dann verlassen darf, wenn es zum Äußersten kommt.«

»Das Äußerste?«, stieß Hunter aus. »Was meinst du damit? Glaubst du wirklich, Rowan will uns umbringen? Das ergibt keinen Sinn. Es muss Alastair gewesen sein, und der wird für seine Verbrechen büßen.«

Ein mitleidiger Blick trat in die Augen der Kaiserin. Die Art, mit der man ein Kind ansah, bevor man ihm eine traurige Wahrheit beichtete.

»Wusstest du, dass dein Onkel Rowan der Erstgeborene ist?«

»Was?!«

»Dein Vater wurde erst drei Jahre später geboren.«

»Aber dann«, stammelte Hunter. »Wieso ist er dann Kaiser geworden? Die Krone geht immer an das Erstgeborene, solange es volljährig ist.«

»Es sei denn, der aktuelle Regent sieht seinen Erben nicht dazu in der Lage, das Amt zu übernehmen. Dann steht das Wohl des Lands an erster Stelle und der Kaiser darf seine Nachfolge frei wählen.«

»Aber warum wurde Rowan der Thron verwehrt?«

»Ich weiß es nicht«, seufzte die Kaiserin. »Zumindest nicht genau. Rowan besteht darauf, dass er nie regieren wollte, aber … dein Vater Nicholas, er hat immer wieder angedeutet, dass es andere Gründe gab. Dass Rowan ›schwierig‹ wäre. Was auch immer es war, die Kaiserliche Familie wollte ihn unter keinen Umständen auf dem Thron. So wenig, dass dein Vater mich noch auf dem Totenbett zu seiner Nachfolgerin ernannt hat.«

»Was?« Hunter schoss in die Höhe und begann, nervös im Raum

auf und ab zu laufen. »Ich dachte, du bist nur eine Art Platzhalterin, bis Alexander so weit ist.«

»Nein. Ich bin genauso Kaiserin dieses Landes wie dein Vater und deine Großmutter vor mir. Streng genommen muss der Regent einen Nachfolger aus der eigenen Blutlinie wählen, aber unsere Gesetzestexte sind so alt, dass es etwas Spielraum zur Interpretation gibt.«

»Wann wolltest du mir davon erzählen?«, bohrte Hunter grimmig nach.

»Nie. Im Idealfall wäre dein Bruder noch am Leben und würde in ein paar Jahren den Thron besteigen.«

Hunter lief noch immer auf und ab. Für einen Moment war das Knarzen des Parketts das einzige Geräusch, das den Raum erfüllte. Dann ergriff die Kaiserin erneut das Wort. »Genau aus diesem Grund halte ich es für möglich, dass dein Onkel hinter den Attentaten steckt – auf dich, mich … und Alexander. Und dass er uns manipuliert hat zu glauben, Alastair stecke dahinter.«

»Das würde auch erklären, woher das Gegengift so schnell kam«, sagte ich.

»Genau.«

»Aber ergibt das Sinn?«, warf Hunter ein. »Ich meine, wenn das alles stimmt, was du sagst, wenn er wirklich von Anfang an auf den Thron aus war, wieso hat er nicht schon vor Jahren versucht, uns loszuwerden?«

»Vielleicht hatte er erst jetzt die Gelegenheit dazu? Oder den Anreiz?«

»Prinz Rowan ist narzisstisch.« Gleichzeitig wanderten unsere Blicke zu Dr. Hemsworth, der ertappt die Lippen zusammenpresste. »Entschuldigung, ich sollte …«

»Fahre fort«, forderte die Kaiserin ihn auf.

Der Arzt zögerte und zupfte an seinem Kragen. »Er erträgt es nicht, in schlechtem Licht zu stehen, und legt entsprechend viel

Wert darauf, von anderen wertgeschätzt zu werden. Dass Ihr ihn zu Eurem Berater gemacht hat, hat ihm geschmeichelt. Vielleicht hat er es deshalb lange nicht für nötig erachtet, etwas an der Situation zu ändern, bis er es irgendwann nicht mehr ertragen konnte, im Hintergrund zu stehen. Das würde auch erklären, wieso er Euch das Gegengift eingeflößt hat. So ist er der Mann, der unsere Kaiserin gerettet hat.«

Die Augen der Kaiserin wurden schmal. »Woher weißt du das?«

»Ich bin Arzt. Und mein Mann sagt immer, dass ich ein guter Zuhörer bin. Zu gut manchmal.«

»Verstößt es nicht gegen deine Schweigepflicht, uns das zu erzählen?«

»Ihr habt es selbst gesagt: Wenn es zum Äußersten kommt …« Er zwinkerte verschwörerisch.

»Ihr meint das wirklich ernst …«, stellte Hunter ungläubig fest. »Dass Rowan, mein Onkel …«

Die Kaiserin lächelte mitleidig. »Noch haben wir keine Beweise. Aber wir sollten dennoch kein Risiko eingehen.«

»Willst du ihn etwa auch einsperren?«

»Nein. Aber wir müssen herausfinden, ob etwas hinter unserer Vermutung steckt.«

»Wir haben sein Arbeitszimmer durchsucht«, warf ich ein und erntete einen entsetzten Blick von Hunter, weil ich diese Information einfach so herausgab. »Aber dort war nichts. Nur ein Brief, der mehr für Alastair als Schuldigen spricht als für Rowan.«

»Er hat versucht, Onkel Rowan zu erpressen«, ergänzte Hunter. »Er sollte dich dazu bringen, endlich etwas gegen die Sporen zu tun im Austausch für seine Loyalität.«

»Darüber wurde ich informiert. Nichts Ungewöhnliches – Alastair macht gern viel Lärm, um seinen Willen durchzusetzen.«

Hunter und ich tauschten verwunderte Blicke.

»Gibt es vielleicht einen anderen Ort, an dem wir Nachforschungen anstellen können?«, fragte ich. »Hat er vielleicht ein zweites Arbeitszimmer, ein Schlafgemach oder …«

»Die Orangerie.« Dr. Hemsworths Worte ließen Hunter zusammenzucken. »Falls Eure Vermutung stimmt und all die Ereignisse der letzten Wochen mit Rowan zusammenhängen, lassen sich dort möglicherweise Spuren finden.«

»Wurde die Orangerie nicht untersucht?«, fragte Hunters Mutter.

»Wenn man den Gerüchten der Garde trauen darf, nein. Die Orangerie ist seit dem Vorfall gesperrt. Für alle.«

»Warum?«

»Sporen. Laut Prinz Rowan.«

Zum ersten Mal wirkte auch die Kaiserin verblüfft. Sie blinzelte ein paar Mal und strich sich eine braune Strähne hinters Ohr. »Du gibst einen ziemlich guten Rebellen ab, Adrian. Erinnere mich daran, dich nie zu verärgern. Oder willst du eine Stelle beim Geheimdienst?«

Dr. Hemsworth lächelte bescheiden. »Ich glaube, als Arzt bin ich Euch immer noch am nützlichsten.«

»Dann suchen wir also in der Orangerie weiter?«, fragte ich vorsichtig.

»Es ist die beste Idee, die wir haben«, antwortete die Kaiserin seufzend. »Ich hasse es, euch darum bitten zu müssen, aber ich fürchte, in Anbetracht der Umstände bleibt uns keine Wahl. Wir müssen herausfinden, wer dahintersteckt. Und was er als Nächstes plant.«

»Eines noch«, warf Dr. Hemsworth ein. »Womöglich ist es nichts. Womöglich war der Tod Seiner Kaiserlichen Hoheit nur ein tragischer Unfall, aber als ich Prinz Alexander untersucht habe, habe ich eine Wunde am Hinterkopf gefunden. Ich halte es für nicht ausgeschlossen, dass er sich diese beim Sturz zugezogen hat, aber …«

»Davon hast du nie etwas erwähnt«, unterbrach ihn die Kaiserin.

»Nein. Wie gesagt, die Wunde könnte einfach nur von seinem Sturz kommen, aber in Anbetracht der Umstände sollten wir alle Möglichkeiten in Betracht ziehen, so erschreckend sie uns auch erscheinen.«

XXXIV

HUNTER

Ich merkte, wie ich mit jedem Schritt langsamer wurde, meine Beine schwer wie Blei. Schwindel hatte mich befallen, während die Wände des Palastes um mich herum zu schrumpfen schienen und mir die Luft zum Atmen raubten, bis auch der letzte klare Gedanke keinen Platz mehr fand. Dabei war jetzt der wohl schlechtmöglichste Zeitpunkt dafür. Wir mussten auf der Hut sein. Vor Rowan, vor den Wachen oder überhaupt jedem, der Kae und mich dabei beobachten könnte, wie wir weit nach Mitternacht durch die dunklen Korridore schlichen.

Ich hatte es allein Kaes Aufmerksamkeit zu verdanken, dass wir rechtzeitig in Deckung gingen, wenn wir im Begriff waren, in jemanden hineinzulaufen. Doch ehrlicherweise wünschte ich mir fast, jemand würde uns bemerken, damit wir einfach umkehren und die Orangerie an einem anderen Tag durchsuchen konnten. Vielleicht in drei Jahren.

Ohne Zwischenfälle erreichten wir die unscheinbare Glastür, an der jemand ein riesiges Vorhängeschloss angebracht hatte sowie ein rotes Schild mit einem Schädel mit Gasmaske, das wohl auch den naivsten Besucher vor der drohenden Gefahr gewarnt hätte. Eine Gefahr, die selbst von hier draußen offensichtlich war, denn hinter der Luftschleuse zur Orangerie konnte ich ein verräterisches weißes Schimmern ausmachen.

»Wie kommen wir hinein?«, flüsterte Kae in die geisterhafte Stille des Palastes, woraufhin ich wortlos ein Werkzeugtäschchen zückte, das damals Teil meiner Militärausrüstung gewesen war. Unter normalen Umständen würde ich die Vorstellung genießen, gleich etwas Verbotenes zu tun, aber jetzt zitterten meine Finger, als ich die Dietriche herausholte. Ich ging in die Knie, um besser an das Schloss heranzukommen.

»Hunter?«

»Ja?«

»Wir müssen das nicht tun. Zumindest nicht heute Nacht.«

Mit einem Seufzen sah ich zu ihr auf und wäre unter ihrem mitfühlenden Blick beinahe zusammengebrochen. »Du hast meine Mutter gehört. Wenn wirklich mein Onkel hinter den Anschlägen steckt, brauchen wir Beweise.«

»Die finden wir auch woanders.«

»Nein … Wir müssen es versuchen.«

»Ich kann allein hineingehen«, bot sie an.

»Nein. Du kennst dich nicht aus. Du weißt nicht, wo …« Ich stockte und kniff die Augen zusammen, um die Bilder zu vertreiben, die meinen Verstand bombardierten. »… wo du suchen musst.«

Um mich abzulenken, machte ich mich an die Verriegelung und hoffte heimlich, dass ich in der Zeit, die seit meiner Ausbildung vergangen war, verlernt hatte, wie man Schlösser knackt. Aber nein. Es ging mir noch genauso leicht von der Hand wie damals bei den Militärmanövern. Ich ertastete die Pins, drückte sie in die richtige Position, dann drehte ich den Zylinder, bis die Verriegelung mit einem Knacken aufsprang. Zu einfach.

Als ich mich wieder aufrichtete, spürte ich Kaes Blick überdeutlich auf mir. Obwohl ich ihr nie erzählt hatte, was genau ich damals in der Orangerie erlebt hatte, schien sie zu wissen, wie viel Angst mir die Erinnerung machte. Die Sporen in der Luft, die ich bei meinem Spaziergang bemerkt hatte. Meine Sorge. Und Alexanders lebloser Körper auf dem Boden.

»Gasmasken«, sagte ich und ballte die Hände zu Fäusten. Kae reichte mir meine, ehe sie ihre eigene aufsetzte.

»Hunter, wir …«

Ich hob die Hand, um sie zum Schweigen zu bringen. »Lass uns einfach gehen.«

Zu meiner Überraschung war die Luftschleuse in Betrieb. Ein warmer Windstoß zerzauste mein Haar, während ich wartete, bis der Mechanismus sich abschaltete. Plötzlich zählte jede Sekunde, die ich noch nicht an den Ort zurückkehren musste, an dem ich meinen Bruder halb erstickt aufgefunden hatte. Ohne nachzudenken, griff ich nach Kaes Hand. Obwohl ich wusste, dass sie mich nicht halten konnte, wenn ich die Kontrolle über die wilde Bestie in meinem Inneren verlor. Und das würde passieren. Wut, Trauer und Angst warteten nur auf einen Moment, um aus dem Käfig auszubrechen, in den ich sie gesperrt hatte. Und dann … Und dann …

Ein letztes Mal rückte ich meine Maske zurecht, bevor wir die Orangerie betraten. Sofort schlug mir warme, feuchte Luft entgegen, während die Sporen, die sich überall angesammelt hatten, von uns aufgewirbelt wurden, als wären sie ein Schwarm Glühwürmchen. Die einzige Lichtquelle neben Kaes Qo'ai, um den sie nun ihre Finger schloss. Ob sie es wieder schaffen würde, die schützende Blase um uns zu errichten, sodass wir uns frei und ohne Furcht im Gewächshaus bewegen konnten?

Kae war stehen geblieben, kaum war sie durch die Tür getreten, hatte den Kopf in den Nacken gelegt und betrachtete mit riesigen Augen das halbrunde Dach der Anlage, eine filigrane Konstruktion aus Glas und schwarz gestrichenem Metall, hinter der die Sterne funkelten. Früher hatte ich die Orangerie geliebt. Die meterhohen exotischen Bäume, riesigen Farne und opulenten Blumen, die meine Vorfahren aus allen Ecken des Reiches zusammengetragen hatten.

»Dieser Ort«, wisperte Kae. »Es ist fast wie zu Hause.«

Ein trauriges Lächeln umspielte meine Lippen, als mir mit einem Mal bewusst wurde, was ich ihr zugemutet hatte. Was sie alles aufgegeben hatte, um hierherzukommen. Ihr Zuhause, ihre Freunde, Familie und zu einem gewissen Teil auch ihre Freiheit. Und ich schleppte sie von einer Gefahr in die nächste.

»Du kannst hier warten und dich umsehen«, schlug ich vor. »Ich komme allein zurecht.«

Kopfschüttelnd schloss sie zu mir auf. »Nein. Ich hab nur … Ich vermisse meine Heimat.«

Erneut nahm ich ihre Hand. »Bald bist du wieder dort. Versprochen. Sobald wir das hier geklärt haben, können wir die Expedition antreten.«

»Du bist ein unverbesserlicher Optimist«, murmelte sie.

»Wenigstens einer von uns beiden muss es sein.«

Mit ihr an meiner Seite wurden die Ängste für den Moment erträglicher, sodass ich meine nächsten Schritte mutiger setzte. Wir folgten dem Rundweg nach links in einen Bereich, den mein Urgroßvater Gerüchten zufolge ganz seiner Liebe für Gewürze und Kräuter gewidmet hatte. Ich entdeckte Zimt, Piment und die strahlend orangefarbenen Blüten von Goldenem Safran und wünschte mir, ich könnte meine Maske nur für einen Moment abnehmen, um den Duft dieses Ortes in mich einzusaugen. Doch unsere Anwesenheit hatte die Sporen in Bewegung versetzt. Sie waren zwar lange nicht so dicht wie in den Wäldern, aber mir war klar, dass ich mich deshalb nicht in falscher Sicherheit wiegen durfte. Ich hatte ja gesehen, was mit Alexander geschehen war.

Der Pfad führte schlangenförmig in Richtung der äußeren Wand und von dort entlang der Fenster zu einer Art Lichtung, wo man das Rauschen des Wasserfalls hörte. Ein abgeschalteter Springbrunnen befand sich in der Mitte des kleinen Platzes. Kraftlos ließ ich mich auf dem Rand des Beckens nieder, weil mich das Gewicht meiner Erinnerung schier erdrückte.

Dieser Ort … Es war alles genau so wie beim letzten Mal. Nur eines fehlte.

»Es war hier.« Meine Stimme klang, als würde sie jemand anderem gehören. »Als Kinder haben wir den Springbrunnen mit Seife gefüllt und die Blasen dann überall auf den kostbaren kaiserlichen Pflanzen verteilt. Und die Bank dort, das war sein Lieblingsplatz. Er kam immer zum Lesen hierher.«

Mit einem Nicken setzte sich Kae zu mir. Nah genug, dass unsere Schultern sich berührten. Doch dieses Mal reichte ihre Anwesenheit nicht, um die dunklen Gedanken in Schach zu halten. Ich spürte, wie sie mit jeder Sekunde mächtiger wurden, wie der Kloß in meinem Hals zu einer Schlinge wurde, die sich langsam um meine Kehle schloss und die Worte, die ich mir zurechtgelegt hatte, einfach erstickte.

Während wir still dasaßen, legten sich die Sporen um uns herum langsam wieder. Wie Schnee landeten sie auf dem Boden, meiner Kleidung und Kaes schwarzen Haaren. Da schien sie auf einmal etwas zu entdecken. Sie richtete sich auf und schritt zum Rand des Platzes, bevor sie achtlos über den niedrigen Zaun stieg, der die Pflanzen vom Weg abtrennte. Sie ging vor einer der Palmen in die Knie und tastete nach etwas, das aus der Ferne aussah wie ein Klumpen aus Sporen. Nein. Ein Pilz. Einer der Pilze aus den Wispernden Wäldern, der sich hier im Gewächshaus angesiedelt hatte.

Trotz der Distanz, trotz der Maske konnte ich erahnen, dass Kae lächelte. Konnte sehen, wie sehr sie diese winzige Erinnerung an ihre Heimat freute. Wie viel Liebe und Ehrfurcht sie selbst einem tödlichen Pilz entgegenbrachte. Und vielleicht war das die Lösung. Vielleicht hatte sie recht. Vielleicht wären wir Menschen besser dran, wenn wir jeden Aspekt der Natur so behandelten wie das, was er war. Ein Wunder. Ein unersetzliches Geschenk, das trotz seiner Unberechenbarkeit auch so viel Schönes barg.

Kae legte ihre Hand um ihren Qo'ai und schloss die Augen. Einen Augenblick später begann dieser von innen heraus zu leuchten. Der gleiche grellweiße Schein, der uns vor dem Batul beschützt hatte, breitete sich wie eine Welle um sie herum aus. Warme Luft strömte mir entgegen, versetzte die Sporen in Aufruhr, die jetzt heller erstrahlten als je zuvor. Aber sie waren nicht die Einzigen. Mit einem Mal begannen auch die Blumen in der Orangerie von innen heraus zu leuchten. Knospen öffneten sich, Blüten reckten sich der Energie des Qo'ais entgegen und binnen weniger Sekunden war das ganze Gewächshaus eine Welt aus Licht geworden. Gardenien, Hibiskus, Orchideen und die hundert Pflanzen, deren Namen ich nicht kannte, erstrahlten, als hätten sie die Sonne selbst in ihren Blüten gefangen.

Überrascht richtete Kae sich auf und sah zwischen ihrem Qo'ai und den Blumen hin und her. Gleichzeitig bildete sich ein weißer Schimmer um sie herum, eine Art Blase, wie die, die uns im Wald vor den Sporen geschützt hatte. Kae legte die Maske ab, nahm einen tiefen Atemzug, dann noch einen, bis das Strahlen der Blüten sich erst in ihre Augen und dann auch in mein Herz geschlichen hatte.

Wenn ich sie so sah, waren die Sorgen, die mich quälten, nur halb so groß, die Schatten über meinen Gedanken nur halb so bedrohlich. Ich ließ mich von Kaes Lächeln anstecken, ging zu ihr und nahm ebenfalls die Maske ab, sobald ich in den schützenden Lichtschein ihres Qo'ais trat.

»Du hast herausgefunden, wie er funktioniert?«, fragte ich, nachdem ich die Gerüche der Orangerie eingesaugt hatte.

»Nein.«

»Aber wie hast du …?«

»Sagen wir, ich verstehe es ein bisschen mehr. Das alles. Wie wir, der Wald und die Pflanzen zusammenhängen. Das Licht in meinem Qo'ai ist nicht wie eures, das ich beliebig an- und ausschalten kann. Es ist mehr so, als würde ich den Wald um Erlaubnis bitten, mich seiner Magie zu bedienen. Wenn das irgendeinen Sinn ergibt.«

Magie. Noch vor ein paar Tagen hätte ich sie allein für das Wort ausgelacht. Magie. Was für ein surrealer Gedanke. Ich hatte es für nicht mehr als eine Umschreibung für das gehalten, was mein Volk Energie nannte. Aber jetzt sah ich mich vor ein Rätsel gestellt, das ich auch mit Wissenschaft nicht ganz erklären konnte. Es war mir ein Rätsel, wie sie das hier machte. Was sie mit den Pflanzen machte. Und auch mit mir.

Ich biss mir auf die Innenseite der Wange, ehe der letzte Gedanke mich von unserer Mission ablenken konnte. Dank des kleinen Wunders, das Kae vollbracht hatte, war mein Kopf jetzt klarer, als würde das Licht der Pflanzen nicht nur die Orangerie, sondern auch die dunkelsten Winkel meiner Seele erleuchten.

»Kae? Wir sollten uns beeilen.«

Sie nickte und ein entschlossener Ausdruck trat in ihr Gesicht. »Wie fangen wir an?«

»Gute Frage.« Ich kratzte mich verlegen am Hinterkopf. Zwar schaffte ich es, die Mission von meinen Gefühlen zu trennen, doch das änderte nichts an der Tatsache, dass ich überhaupt nicht wusste, wonach wir suchten.

»Erzählst du mir, was passiert ist?«, bat mich Kae.

»Ich hab ihn dort drüben gefunden. Ein paar Schritte neben der Bank.« In Gedanken zog ich eine Mauer hoch, hinter der ich die Emotionen verbannte. »Ich war in der Orangerie unterwegs, weil ich … keine Ahnung. Irgendwas hat mich genervt. Auf jeden Fall war ich hier unterwegs, und als ich den Wasserfall erreicht habe, habe ich die Sporen bemerkt. Ich bin sofort weitergerannt, und als ich hier vorbeikam … da lag Alexander auf dem Boden. Und überall waren Sporen.«

»Hast du eine Idee, wie sie hereingekommen sind?«, fragte Kae rasch weiter.

»Die Orangerie wird regelmäßig belüftet.« Ich deutete auf die Glasfront, die uns vom Garten trennte. Die obere Reihe der Paneele war mit einem Vorbau ausgestattet, der ähnlich funktionierte wie die Luftschleuse am Eingang. »Je nach Jahreszeit zu verschiedenen Uhrzeiten. Die Luft wird gefiltert, aber zur Sicherheit sollte man das Gewächshaus beim Lüften trotzdem meiden. Falls etwas nicht so funktioniert, wie es sollte.«

Skeptisch folgte Kaes Blick meinem hinauf zu den Paneelen. Die Kästen, die dort angebracht waren, wirkten von hier unten alle intakt.

»Und falls doch etwas passiert«, sagte sie nachdenklich. »Dann sollte es doch eigentlich eine Weile dauern, bis sich das Gewächshaus mit Sporen füllt, oder?«

Ich stockte. »Ja.«

»Genug Zeit, um sie zu entdecken und dann schnell zu fliehen, wie du es getan hast. Richtig?«

»Worauf willst du hinaus?«, fragte ich.

»Hätte dein Bruder die Sporen nicht auch bemerken müssen?«

»Er hatte ein Buch dabei und …« Mein Satz verlief im Nichts. Kälte fuhr in meinen Körper. Sie hatte recht, verdammt.

»Gibt es irgendeinen Grund, wieso er die Sporen nicht bemerkt haben sollte?«, bohrte sie weiter.

»Er könnte eingeschlafen sein.« Aber das sah ihm nicht ähnlich. Zumal die Bank auch viel zu klein und unbequem dafür war.

»Oder ihm ist schon vorher etwas passiert.«

Ich sah Kae an, sprachlos, dass sie all diese Dinge sah, während ich mich von meinen Gefühlen blenden ließ. Wieso hatte ich das Offensichtliche nicht erkannt? Warum war mir nicht aufgefallen, dass die Gleichung nicht aufging? Es gab keinen Grund, wieso mein Bruder den Sporen zum Opfer gefallen war – es sei denn, er hatte es nicht einmal mitbekommen.

Und das änderte alles.

»Wenn Dr. Hemsworth recht hat, wenn die Wunde nicht vom Fallen stammt und jemand Alexander wirklich etwas angetan hat«, mutmaßte Kae, »wäre das sicher aufgefallen, oder?«

»Vielleicht. Vielleicht auch nicht. Eine Autopsie ist bei Mitgliedern der Kaiserlichen Familie strengstens untersagt.«

»Warum?«

Vermutlich um genau so etwas zu vertuschen, schoss es mir verbittert durch den Kopf.

»Hunter, komm her. Ich glaube, ich habe etwas entdeckt.«

Ich war so in Gedanken versunken gewesen, dass ich nicht bemerkt hatte, wie Kae sich von mir entfernt hatte. Ich entdeckte sie am Fenster, wo sie auf eines der Glaspaneele deutete.

Langsam ging ich auf sie zu. »Was meinst du?«

»Hier. Fällt dir etwas auf?«

Ich musterte die Glasscheibe, auf die sie zeigte. So wie Kae sprach, erwartete ich, ein Loch zu entdecken, oder zumindest verräterische Risse, aber das Material war makellos. Nicht ein einziger Kratzer war darin zu sehen. *Oh.* Hastig verglich ich das Paneel mit den danebenliegenden, und sobald ich mich darauf konzentrierte, war der Unterschied eindeutig. Alle anderen hatten über die Jahrzehnte Schrammen angesammelt sowie Flecken von der Bewässerungsanlage, während diese eine Scheibe brandneu zu sein schien. Als wäre sie erst kürzlich ersetzt worden.

»Hast du, als du das letzte Mal hier warst, Glasscherben bemerkt? Irgendwas?«

Ich schüttelte den Kopf, aber das war auch nicht überraschend. Sobald ich Alexander gefunden hatte, war mein Kopf leer gewesen. Ich hatte ihn auf den Rücken genommen und war nur noch gerannt. Da war keine Zeit gewesen, mich umzusehen oder mir darüber Gedanken zu machen, wie das hatte passieren können. Obwohl es am Ende ohnehin zu spät gewesen war …

»Glaubst du …«

»Ja«, unterbrach ich sie. »Jemand hat meinen Bruder ermordet.«

Und diese Gewissheit veränderte alles. Machte die Angst, die die letzten Tage über mir geschwebt hatte, mit einem Mal greifbar, bedrohlich, als könnte in jedem Schatten etwas lauern, das mir nach dem Leben trachtete.

»Jemand muss ihn von hinten angegriffen«, redete ich weiter, »und bewusstlos geschlagen haben. Danach hat der Mörder eine Scheibe zerstört, damit die Sporen hereinkommen und es wie ein Unfall wirkt.«

»Alastair war zu dem Zeitpunkt noch nicht im Schloss, oder?«, fragte Kae.

»Nein, da war er noch in Colastine. Aber auch so … Es hätte eine Untersuchung geben müssen. Hier im Gewächshaus. Dabei hätte jemand das kaputte Fenster bemerkt und realisiert, dass es kein Unfall war.«

»Aber die gab es nicht.«

»Nein. Ein Mord wurde nie in Betracht gezogen, deshalb wurden keine Nachforschungen angestellt. Und die Orangerie ist seither unter Verschluss … Zumindest solange man kein Glaser ist.«

»Du weißt, was das bedeutet«, flüsterte Kae.

»Rowan.«

Es gab eigentlich keine andere Option. Niemand sonst hatte die Möglichkeit, das nötige Wissen und ein Motiv. Er musste es gewesen sein, und das bedeutete, dass ich dem Mörder meines Bruders vertraut hatte. Dass ich mich in ihm getäuscht und ihn sogar verteidigt hatte.

Überfordert schlang ich die Arme um meinen Körper. Mit einem Mal war mir furchtbar kalt, obwohl im Gewächshaus tropische Temperaturen herrschten. Eine Kälte, die sich nun mit aller Gewalt durch die Mauer in meinem Kopf fraß, sie zersplittern ließ, als wäre sie nur hauchdünn. Und all die verdrängten Gefühle waren mit einem Mal präsenter denn je.

»Lass uns ein Stück gehen.« Wie durch einen Nebel drangen Kaes Worte zu mir durch und mein Kopf hob und senkte sich ohne mein Zutun. Mein Körper lief auf Autopilot. Ich folgte Kae tiefer in die Orangerie, während Tränen meine Sicht verschwimmen ließen, bis das Leuchten der Pflanzen zu einem undurchdringlichen Meer geworden war. Mir kam es vor, als würde ich den Boden unter den Füßen verlieren. Wie in einem dieser Träume, in denen man fiel, bis der Schreck einen aus dem Schlaf katapultierte. Nur dass ich nicht aufwachte. Ich fiel einfach weiter, verlor mich in der Finsternis meiner Gedanken, in der Gewissheit, dass mein Bruder nicht nur tot, sondern von dem Mann getötet worden war, dem ich mein Leben lang vertraut hatte. Der Mann, der mich getröstet hatte, als mein Vater gestorben war, der mich beriet, wenn ich nicht weiterwusste, der mir immer Mut zusprach, wenn niemand sonst es konnte.

Rowan … Wie hatte er das tun können? Bedeutete ihm die Krone so viel, dass er dafür einen Mord in Kauf nahm? Ich hätte sie ihm gegeben, freiwillig, hätte auf mein Erbe, meinen Rang, meinen Thron verzichtet, um dem Schmerz und der Verantwortung zu entfliehen. Ich hätte … Die Erkenntnis traf mich wie ein Pfeil mitten in die Brust. Bohrte sich immer tiefer, bis ich an nichts anderes denken konnte.

Er hat es gewusst.

Er hatte gewusst, dass ich niemals Kaiser werden wollte, und darauf spekuliert, dass ich früher oder später abdanken würde, statt Alexanders Nachfolge anzutreten. Und vermutlich hätte ich das auch auf der Stelle gemacht, wäre ich nicht in den Wispernden Wäldern abgestürzt. Sobald ich von meinem Flug zurück gewesen wäre, hätte ich mit sofortiger Wirkung auf die Krone verzichtet. Stattdessen hatten sich wichtigere Dinge in den Vordergrund gedrängt, meine Mutter hatte andere Pläne und Kae … Kae hatte mich tatsächlich glauben lassen, ich könnte es irgendwie schaffen.

Der Gedanke an sie riss mich endlich aus der Tiefe und brachte mich zurück in die Realität. Ich hörte das Rauschen von Wasser, sah buntes Licht hinter meinen Augenlidern tanzen und spürte Kaes Körper so nah an meinem, als hätte sie es sich zum Ziel gesetzt, allein mit ihrer Gegenwart zu verhindern, dass ich zusammenbrach. Seufzend lehnte ich mich ihr noch weiter entgegen und vergrub das Gesicht an ihrer Schulter, bis die Tränen endlich nachließen und meine Gedanken sich beruhigten. Am Ende war es nur mein Herz, das genauso schnell weiterschlug wie zuvor. Vielleicht sogar noch ein bisschen schneller, als ich mich ein Stück aus der Umarmung löste und Kae in die Augen sah.

Das Leuchten der Pflanzen fing sich darin und das sonst dunkle Braun wurde zu einem magischen Gold gefärbt. Feine Tropfen hatten sich auf ihrer Haut, in ihren Haaren und ihren Wimpern gesammelt. Wir standen auf der Brücke, die über den Teich mit den Lotusblumen führte. Neben uns stürzte ein Wasserfall in die Tiefe, dessen Rauschen die Stille vertrieb.

»Tut mir leid«, murmelte ich beschämt über meinen Gefühlsausbruch. Aber Kae schüttelte nur den Kopf, lächelte auf diese mysteriöse Art, wie nur sie es konnte. Diese Art, für die ich sie am liebsten küssen würde …

Und dieses Mal gab ich dem Gefühl nach. Ich lehnte mich ihr entgegen, um auch noch den letzten Abstand zwischen uns zu überwinden. Doch statt auf ihre Lippen trafen meine auf ihre Hand. Ganz sacht hatte Kae die Finger auf meinen Mund gelegt und hinderte mich daran, das zu tun, wonach ich mich seit Tagen sehnte.

Verwirrt blickte ich sie an. Empfand sie etwa nicht das Gleiche wie ich? Unsere Gespräche, all die verstohlenen Berührungen, das musste doch etwas bedeuten? Aber Kae schüttelte nur den Kopf. Betrachtete mich mit einer Mischung aus Mitleid und Warnung.

Erneut spürte ich, wie die Mauer in meinem Inneren bröckelte. Und dieses Mal zerbrach ich mit ihr.

XXXV

KAE

Ich hatte einen Fehler gemacht. Es war nur ein kurzer Moment gewesen, aber er hatte gereicht, um womöglich alles zwischen mir und Hunter kaputt zu machen. Und jetzt war Hunter bemüht, so viel Abstand wie möglich zwischen uns beide zu bringen, sodass eine zufällige Berührung unmöglich gewesen wäre. Kaum waren wir aus dem Gewächshaus heraus, verließ er den schützenden Schleier meines Qo'ai.

Er war jetzt konzentrierter als vorhin. Bemerkte die Wachen, die uns entgegenkamen, genauso schnell wie ich, schlug Haken und wich auf Dienstbotengänge aus. Und als wir endlich mein Zimmer betraten und ich das Licht einschaltete, lächelte er. Dieser verdammte Heuchler.

»Das war doch erfolgreich«, er klatschte in die Hände. »Jetzt müssen wir nur noch einen Weg finden, wie wir das alles nachweisen können.«

Verstört sah ich ihn an. Ich kannte diese Seite an ihm nur zu gut. Seine Gabe sich in den schlimmsten Situationen das größte Lächeln aufs Gesicht zu zaubern. Normalerweise bewunderte ich ihn dafür, war sogar dankbar für seinen Optimismus, doch gerade machte er mir Angst. Dennoch ließ ich mich auf dem Bett nieder und spielte mit. »Haben wir denn nicht genug Beweise?«

Hunter schritt durch den Raum. »Nein. Für uns mögen die Beweise eindeutig sein, doch einem Richter würden sie niemals ausreichen. Dazu müssten wir schon einen Knüppel mit Alexanders Blut dran unter Rowans Kopfkissen finden. Oder einen Brief, in dem er alles gesteht.«

»Also sind uns die Hände gebunden?«, entfuhr es mir. »Das ganze Risiko war umsonst?«

»Nein. Wir kennen jetzt die Wahrheit und sollten mit meiner Mutter reden – vielleicht hat sie einen Einfall, wie wir weiter vorgehen. Oder …«

»Oder?«, bohrte ich nach.

»Wir stellen ihn morgen früh selbst zur Rede. Er rechnet sicher nicht mit uns. Vielleicht können wir ihn überrumpeln und zu einem Geständnis bringen.«

»Ist das nicht gefährlich?«

»Hast du eine bessere Idee?«

Ich biss mir auf die Zunge. Nein, die hatte ich in der Tat nicht, denn ich hatte keine Ahnung, wie man bei den Aldan einen Verbrecher überführte. Und wenn ich ehrlich war, war ich es leid, immer weiter im Kreis zu rennen, ohne das Ziel zu erreichen. Wir mussten etwas gegen Rowan unternehmen, bevor es zu spät war. »Nein. Aber was, wenn er darauf vorbereitet ist? Willst du ihn überfallen und in Ketten legen, um ihn zu einem Geständnis zu zwingen? Sicher wird er seine Tat nicht zugeben, wenn wir nur danach fragen. Er war gewieft genug, das alles zu inszenieren und uns mit Colastine auf eine falsche Fährte zu locken, da wird er sicher noch einen Trick in der Hinterhand haben.«

»Ziemlich sicher sogar«, stimmte Hunter mir zu. »Aber er rechnet bestimmt nicht damit, dass wir ihn direkt konfrontieren. Schließlich wäre das ziemlich leichtsinnig.« Er zwinkerte verschwörerisch. »Oder wir durchsuchen noch einmal sein Schlafzimmer und finden vielleicht wirklich einen Knüppel. Darauf wetten würde ich allerdings nicht.«

»Hunter. Ich verstehe, dass du die Sache schnell erledigen willst, aber ich glaube nicht, dass das die beste Lösung ist.«

Er seufzte. »Womöglich hast du recht. Für mich ergibt das alles Sinn, aber ehrlich gesagt vertraue ich deinem Urteil mehr als meinem eigenen. Vor allem jetzt.«

Ich spürte einen Stich in meiner Brust. »Dann lass uns noch mal mit deiner Mutter reden und in Ruhe darüber nachdenken, bevor wir alles riskieren, indem wir etwas Unüberlegtes tun.«

»Okay«, erwiderte Hunter. »Und vorher sollten wir beide versuchen, etwas Schlaf nachzuholen.«

Verwundert realisierte ich, dass er nicht wie die letzten Nächte seine Seite des Bettes ansteuerte oder das angrenzende Badezimmer, sondern die Tür.

»Wo gehst du hin?«, fragte ich, ohne nachzudenken.

Hunter stoppte mitten in der Bewegung. »Ich denke, wir können es wagen, die Nacht getrennt zu verbringen. Rowan ahnt nichts und offiziell ist der Schuldige gefasst. Wenn mein Onkel jetzt etwas versucht, würde ihn das nur verraten.«

»Sicher, dass du das Risiko eingehen willst?«

Er schwieg und vermied es noch immer, mich anzusehen.

»Hunter?« Langsam richtete ich mich auf.

»Es ist besser so.«

Seine Hand griff nach der Türklinke. Er war bereits im Begriff, zu verschwinden, da sprudelten die Worte aus mir heraus. »Ist es wegen des Kusses?«

Wieder stoppte er. Die Tür fiel zurück ins Schloss.

Etwas mutiger geworden, ging ich zu ihm und verschränkte die Arme vor der Brust, um nicht in Versuchung zu geraten, ihn anzufassen. »Ist es das?«

Er seufzte, drehte sich um und presste den Rücken an die Tür. Erwartungsvoll lehnte ich mich an die Wand neben ihm und sah ihn weiterhin an.

»Vielleicht wäre es klüger, wenn wir einfach nicht darüber reden«, murmelte er. »Dann können wir das Thema beenden und einfach weitermachen wie bisher.«

Weitermachen?, wäre es beinahe aus mir herausgeplatzt. *Womit?* Damit, dass wir keine Gelegenheit ungenutzt ließen, einander zu berühren? Damit, dass nicht ein Tag verging, an dem wir keine Zeit miteinander verbrachten? Damit, dass ich inzwischen nicht einmal mehr im gleichen Raum wie Hunter sein konnte, ohne dass mein Herz die wildesten Dinge veranstaltete. Ohne dass ich mich nach ihm sehnte, selbst wenn er nur eine Armeslänge von mir entfernt stand …

»Ich glaube, du verstehst nicht …«, setzte ich an, doch Hunter unterbrach mich.

»Glaub mir, ich verstehe genug. Und es tut mir leid, dass ich die Situation falsch interpretiert habe.«

»Hast du nicht.« Ich stockte, als ich mir meiner Worte bewusst wurde. »Hast du wirklich nicht.«

Endlich sah er mich an. Überraschung und Verwirrung standen in seinen blauen Augen, die mich binnen eines Wimpernschlags vollkommen einnahmen und meinen Puls weiter in die Höhe trieben.

»Wie meinst du das?«

Mein Blick blieb an seinen Lippen hängen, und wie schon vorhin erwischte ich mich bei dem Gedanken, wie es wohl wäre, wenn er damit etwas anderes täte als reden.

»Ich wollte, dass du mich küsst«, gestand ich. »Aber ich … Ich konnte es nicht verantworten. Du warst so aufgewühlt, ich wollte das nicht ausnutzen, um zu bekommen, was ich wollte.«

Er stieß sich von der Tür ab und trat vor mich. Reflexartig wollte ich zurückweichen, doch die Wand in meinem Rücken versperrte mir den Weg.

»Du hättest mich nicht ausgenutzt«, raunte er.

Ich schüttelte den Kopf. »Es wäre ein Fehler. Ich will nicht, dass du etwas tust, das du am Ende bereust.«

»Kae …« Er lehnte sich mir entgegen, bis seine Stirn meine berührte, und stützte sich mit dem Unterarm gegen die Mauer. Sein Duft hüllte mich ein, sein sachter Atem auf meinem Gesicht brannte wie Feuer. Ich wusste, dass ich es wieder tun musste, wusste, dass ich mit aller Kraft verhindern musste, dass er mir so nah war.

Es war ein Fehler. Für mich. Für ihn. Für unsere beiden Völker. Ich wusste es, aber mein Widerstand brach, und meine Worte waren jetzt nicht mehr als ein Windhauch in der Nacht. »Du würdest es bereuen.«

»Kae«, wiederholte Hunter meinen Namen, als wäre er die Luft, die er zum Atmen brauchte. »Ich habe in meinem Leben schon so viele Fehler gemacht, so viele Dinge bereut. Aber mit dir … Mit dir habe ich zum ersten Mal das Gefühl etwas richtig zu machen. Es ist kein Fehler.«

»Das weißt du doch gar nicht.«

»Doch. Egal, was kommt, egal, was passiert, das hier ist die einzig richtige Entscheidung.«

Und dann küsste er mich, und der Teil meines Kopfes, der ihm hätte widersprechen sollen, gab einfach auf. Mit einem Mal war da kein Platz mehr für Wenns und Abers, kein Raum für Zweifel und Sorgen. Da waren nur Hunter und ich. Seine Lippen auf meinen. Und das Feuer, das er damit entfachte.

Früher hatte ich immer gedacht, ein Kuss wäre sanft, zärtlich, doch das war dieser hier nur für einen Moment. Nur für einen Augenblick, bevor wir beide nicht nur all unsere angestauten Gefühle, sondern auch uns selbst darin ertränkten. Meine Hände wanderten wie von allein in Hunters Haare, um ihn so nah an mich heranzuziehen, dass nicht einmal eine Spore zwischen uns Platz gefunden hätte.

Er schmeckte nach Holunder, nach Honig, nach all den unausgesprochenen Dingen, die er in diesen Kuss legte. Und ein bisschen auch nach zu Hause. Wie der Tau auf den Blättern im Dorf, wie der Wind in den Wipfeln der Bäume. Wie alles, was ich war und jemals sein würde.

Für einen Moment lösten wir uns voneinander, weit genug, dass ich ihm in die Augen sehen konnte, doch blieb er mir so nah, dass ich das Lächeln auf seinen Lippen beinahe schmeckte.

»Denkst du immer noch, das hier wäre falsch?«

Ja. Daran bestand kein Zweifel. Es war falsch, ihn zu küssen. Aber wenn ich ehrlich war, war es bereits ein Fehler gewesen, ihm so nahe zu kommen. Jede Berührung, jeder Blick, jedes liebevolle Wort war ein Fehler, denn wir wussten beide, wer wir waren. Welche Herausforderungen vor uns lagen. Und wir wussten auch, dass wir früher oder später daran zugrunde gehen würden. An uns selbst, an unseren Rollen und an dieser verdammten Welt.

Er war der zukünftige Kaiser der Aldan.

Ich die Seherin der Eijn.

Unsere Gefühle füreinander gefährdeten meine Mission. Machten mich schwach und würden dafür sorgen, dass mich die Fürsten noch weniger ernst nahmen als ohnehin schon. Und selbst wenn Hunter und ich eine Lösung für die Krise zwischen unseren Völkern fänden, änderte das nichts an unseren eigenen Verpflichtungen. Der Wald war mein Zuhause und meine Zukunft, so wie dieser Palast Hunters war.

Aber statt ihm das zu sagen, küsste ich ihn erneut. Heftiger dieses Mal. Verzweifelter. Bis die Hitze in meinem Körper die Ängste zu Asche zerfallen ließ. Bis ich vergaß, was ich eigentlich nicht vergessen dürfte.

Ich spürte Hunters Grinsen an meinem Mund, dann seine Hände, die sich unter den Saum meines Hemdes schoben und meinen Rücken hinauffuhren. Wo er mich berührte, jagte Gänsehaut über meinen Körper. Seine Lippen wanderten von meinem Mund über meine Wange bis zu meinem Ohr, hinterließen eine Spur aus Glut.

»Kae«, raunte er mir ins Ohr und allein mein Name klang wie eine Liebeserklärung. »Wir …«

»Bürgerinnen und Bürger Eleyburghs.« Ich erstarrte, als Rowans Stimme plötzlich durch den Palast hallte, und dort in meinem Inneren, wo eben noch ein Feuer gewütet hatte, bildeten sich feine Eiskristalle.

Augenblicklich ließ Hunter von mir ab und starrte auf das kleine Kästchen, das dort ganz unscheinbar über der Tür angebracht war. Ich wollte ihn fragen, was los war, woher auf einmal die Stimme kam, aber da sprach Rowan bereits weiter.

»Hier spricht Prinz Rowan Athgolan, Schwager Ihrer Kaiserlichen Majestät und in ihrer Abwesenheit Vikar des Eisernen Imperiums. Vor wenigen Tagen wurde unsere Kaiserin Opfer eines perfiden Giftanschlags – der mutmaßliche Täter ist niemand Geringeres als Alastair Bancroft, der bisher so geschätzte Fürst des Reiches Colastine. Er befindet sich seither in Untersuchungshaft und wird seine gerechte Strafe bekommen. Soeben hat uns allerdings eine schockierende Nachricht erreicht. Colastine, das bisher jegliche Kooperation mit uns in dieser Sache verweigert hat, zieht es wohl vor, unserer Vorsicht mit Gewalt zu antworten. Zwei Bomber wurden an der Grenze zu Ero erspäht und befinden sich auf direktem Kurs auf unsere Hauptstadt. Ich bitte Sie daher dringend, in Ihren Kellern Schutz zu suchen. Ich wiederhole: Suchen Sie sofort Schutz.«

Plötzlich zerschnitt ein lautes Heulen die Nacht.

»Dies ist keine Übung.«

Hunters Haare waren zerzaust und seine Wangen noch immer gerötet von unserem Kuss, doch in seinen Augen stand Sorge.

»Was ist das? Was passiert hier?«, rief ich über das Heulen hinweg, das mit jedem Mal lauter zu werden schien.

»Sirenen. Ein Luftangriff.« Er sah sich suchend im Raum um und holte tief Luft. »Wir müssen hier weg.«

»Qatou!« Das Dröhnen des Alarms hatte ihn bereits aufgeschreckt, jetzt kam er auf mich zugeflogen und versteckte sich in meiner Jackentasche.

Hunters Finger schlossen sich um mein Handgelenk – er verschwendete keine Zeit damit, mir etwas zu erklären, sondern steuerte geradewegs auf die Tür zu. Wir traten in den Korridor und die großen Kristalllüster erstarben. Stattdessen erleuchteten nun einzelne versteckte Lampen den Weg, deren Lichtkegel gerade breit genug waren, dass ich den Boden und die Wände ausmachen konnte.

»Kae?« Hunter wandte sich mir zu.

»Ja?«

»Egal, was passiert, bleib bei mir.«

Wir rannten los. Das Heulen verschluckte unsere Schritte, unseren keuchenden Atem und war bald alles, was ich hörte. Obwohl ich immer wieder Rufe ausmachen konnte, begegneten wir keiner Menschenseele. Hunter hatte mein Zimmer bewusst ausgesucht, damit ich eine schöne Aussicht hatte und weit entfernt vom Zentrum des Palastes war, doch gerade verfluchte ich diese Tatsache. Heute kamen mir die Korridore noch länger vor, die Fenster, Türen und Abzweigungen umso zahlreicher.

Hinzu kam, dass wir schon bald langsamer werden mussten. Hunter war noch immer geschwächt vom Attentat. Irgendwann gingen wir nur noch, wobei sein lautes Keuchen selbst die Sirenen übertönte.

»Sollen wir anhalten?«, fragte ich besorgt, doch er schüttelte vehement den Kopf.

»Nein. Keine. Zeit.«

So viel Zeit muss sein, schoss mir durch den Kopf, dabei war mir klar, wie naiv dieser Gedanke war. Ich hatte keine Ahnung, was da auf uns zukam, was ich mir unter einem *Bomber* vorstellen konnte, aber Hunters Alarmbereitschaft reichte, um mich in Panik zu versetzen.

Besorgt warf ich einen Blick nach draußen. Wie immer brachten die Sporen den Ehrenhof zum Glühen. Doch von der Stadt dahinter, deren Lichter sonst immer funkelten, war heute nichts zu erahnen. Die ganze Welt war in Dunkelheit gehüllt. Und plötzlich erstarb auch der Alarm.

»Ist es vorbei?«

Hunter schüttelte vehement den Kopf und beschleunigte trotz aller Anstrengung seine Schritte. »Eine Vorsichtsmaßnahme, genauso wie die ausgeschalteten Lichter. Damit die Bomber uns schwerer finden.«

Augenblicklich fühlte ich mich in die Nacht im Wald zurückversetzt, als wir Nek-Bukutb begegnet waren. Dieselbe Furcht hatte meinen Körper befallen und Qatou spürte es auch. Er zitterte unter meiner Hand, die ich in der Jackentasche vergraben hatte.

Zielsicher führte Hunter mich ins Haupthaus, wo uns die ersten Menschen begegneten. Die meisten von ihnen trugen Nachthemden, Morgenmäntel und Pyjamas, doch anders als er wirkten sie über die nächtliche Störung eher verärgert oder irritiert, als könnten sie nicht begreifen, was gerade passierte.

Es war nur eine Handvoll Personen, die von der kaiserlichen Garde durch eine unscheinbare Tür im Thronsaal dirigiert wurden, doch ein Brummen ließ sie innehalten. Das Geräusch erinnerte mich an Hunters Flugmaschine, nur ein Stück tiefer, und wurde mit jedem Moment lauter.

»Los. Los. Los«, brüllte einer der Gardisten. »Rein da.«

Hunter zog mich mit sich durch die Tür, während das Brummen weiter anschwoll, sodass ich ihm eine Richtung zuordnen konnte. Es kam von direkt über uns. Die Gardisten brüllten sich etwas zu, als plötzlich ein schrilles Geräusch die Nacht durchschnitt. Darunter mischte sich ein lautes Zischen.

Mit einem Mal wurde es Tag. So schien es zumindest. Gleißendes grellweißes Licht brach durch die hohen Fenster des Thronsaals, zeichnete harte Schatten in unsere Gesichter.

»Leuchtbomben«, rief der Gardist. »Sie haben es auf den Palast abgesehen. Macht, dass ihr da runterkommt.«

Von der Tür aus führte eine gewundene Treppe tief hinab ins Erdreich. Kalte, modrige Luft schlug uns entgegen, als wir die metallischen Stufen hinunterstiegen und den Prunk des Palastes hinter uns ließen.

Sobald wir den Fuß der schier endlosen Treppe erreichten, war von dem Flugzeug nichts mehr zu hören. Von hier ging es weiter durch eine schwere Metalltür, hinter der ein weitläufiger Raum mit niedriger grauer Decke lag. Er war kahl und voll mit Hochbetten und Menschen in ihren Schlafanzügen. Ich konnte nicht unterscheiden, wer angestellt oder adelig war. Hier unten waren sie auf einmal alle gleich.

»Was ist das hier?«, fragte ich.

»Ein Luftschutzbunker. Hier unten sind wir sicher.«

Wir waren kaum in den Raum hineingetreten, da fiel Nyota uns um den Hals. »Ihr seid hier!«, rief sie erleichtert, bevor sie realisierte, dass wir anders als der Rest keine Schlafkleidung trugen. »Wo wart ihr?«

Hunter deutete in den Raum hinein. »Gleich.«

Wir folgten ihm durch die Menge tiefer in das Herz des Luftschutzbunkers. Vorbei an zahlreichen Menschen, die sich verunsichert miteinander unterhielten. Ich schnappte nur vereinzelte Gesprächsfetzen auf, aber hier unten hielten sich Sorge und Irritation die Waage.

Hunter führte uns in einen kleinen Raum, in dem Gardisten sich leise unterhielten. Von irgendwo ertönte das Rauschen eines Funksenders.

»Hoheit!« Sie schossen sofort in die Höhe.

»Lasst uns kurz allein.«

»Sehr wohl.«

Wie Hunter die Angst so schnell hatte abstreifen können, war mir ein Rätsel. Er schien auf einmal wie eine andere Person. Ungewohnt gefasst, kühl und autoritär.

»Was geht hier vor sich?«, fragte Nyota, kaum war die Tür hinter den Wachen ins Schloss gefallen.

»Ein Luftangriff. Auf den Palast.«, antwortete er. »Ich habe gehofft, du hast mehr in Erfahrung bringen können.«

»Noch nicht. Ich bin nur ein paar Minuten vor euch angekommen.«

»Hast du meinen Onkel gesehen?«

»Nein.«

»Scheiße!«

Nyota runzelte die Stirn. »Wieso? Ist ihm etwas passiert?«

Hunter und ich tauschten vielsagende Blicke. »Wir vermuten«, sagte er, »nein, wir sind davon überzeugt, dass er hinter den Attentaten steckt.«

»Was?!«, stieß Nyota entsetzt aus. »Wie kommt ihr darauf?«

»Wir waren gerade in der Orangerie, um nachzuforschen. Nyota, Alexanders Tod war kein Unfall.«

Ihre Augen weiteten sich vor Schreck, während sie mit der Hand nach ihrem Bonnet tastete.

»Alastair ist unschuldig.«

»Aber das …«

Ein tiefes Grollen schnitt ihr das Wort ab. Mit einem Mal schien die Erde zu beben, als hätte Nek-Bukutb uns gefunden. Nein. Das hier war lauter. Bedrohlicher. Schlimmer. Es brachte die Lichter über uns zum Flackern, ließ Staub von der Decke rieseln und die vielen Menschen im Bunker wurden still.

Ich spürte, wie Qatou in meiner Tasche zitterte, als der nächste Donner die Welt erschütterte. Dann noch einer. Und noch einer, jeder ein Stück lauter als der vorangegangene. Ich schlang die Arme um den Oberkörper und biss die Zähne zusammen. Was geschah hier?

Eine weitere Erschütterung, dann wurde es still.

»Acht«, sagte Hunter.

»Acht«, bestätigte Nyota. »B-32, zwei Stück, würde ich tippen.«

»Wollen sie die ganze Stadt zerstören?«

»Nein.« Das Donnern setzte wieder ein, dieses Mal näher. Darunter mischte sich ein weiteres Geräusch, ein leises, schrilles Pfeifen. »Das sind Schallbomben. Sie wollen uns Angst einjagen.«

»Vermutlich eine Drohung«, mutmaßte Hunter. »Verdammt, wir müssen Rowan finden. Hätte er Alastair nicht verhaften lassen, würde …«

Schreie erfüllten den Bunker, als eine weitere Reihe Bomben niederging. Dieses Mal schienen sie unmittelbar über uns einzuschlagen. Mühsam widerstand ich dem Impuls, die Hände auf meine Ohren zu pressen. Die Schreie, das Donnern, gemischt mit dem Pfeifen – es war zu viel für mich. Es war schlimmer als alles, was ich je erlebt hatte. Schlimmer als Batul. Schlimmer als Nek-Bukutb. Schlimmer als jeder Albtraum.

Hunter zog mich in eine Umarmung. Seine Stimme war ganz nah an meinem Ohr. »Hier unten sind wir in Sicherheit«, murmelte er. »Sie wollen uns nur Angst einjagen.«

Ich nickte schwach, aber obwohl ich ihm glaubte, linderten seine Worte meine Furcht nicht. Falls das wirklich Colastines Plan war – er wirkte.

Ohne mich loszulassen, wandte Hunter sich an Nyota. »Kannst du dich ein wenig umsehen?«

»Natürlich. Wonach genau?«

»Wir müssen Rowan finden und diesem Spiel ein Ende bereiten.«

Der Lärm der Bomben wurde immer erbarmungsloser, die einzelnen Beben so heftig, dass ich das Gefühl hatte, der Bunker könnte jeden Moment einstürzen. Wie schon zuvor, bewunderte ich Hunter dafür, dass er in dieser Situation so ruhig bleiben konnte.

Sicher lag das an seiner militärischen Ausbildung, aber ich war dankbar für seine Anwesenheit, seine beruhigenden Worte und seine Ruhe, während der Luftangriff mir schier den Verstand raubte. Er dauerte eine Ewigkeit an, zumindest kam es mir so vor. Immer wieder fielen neue Bomben, immer wieder bebte die Erde, doch dann wurde es draußen still. Und so blieb es.

»Wenn Nyota und ich richtigliegen, müsste es das gewesen sein. Zumindest für heute Nacht.«

»Sicher?«

»Die B23 ist eine Flugzeuggattung«, erklärte er. »Sie kann nur eine bestimmte Anzahl an Bomben laden. Ich habe mitgezählt, also stehen die Chancen gut.«

Ich nickte und löste mich allmählich aus seiner Umarmung. Sowohl Hunters schwarze Uniform als auch meine Kleidung waren mit Staub bedeckt. Aber wir waren am Leben – hoffentlich ging es den Menschen in der Stadt genauso.

»Werden sie wiederkommen?«

»Ich weiß es nicht«, antwortete Hunter. »Wahrscheinlich war es nur eine Drohung, aber wenn wir die Dinge mit Colastine nicht schnell wieder ins Lot bringen, war das erst der Anfang.«

Mit einem metallischen Schaben öffnete sich die Tür und Nyota kam herein, die Lippen zusammengepresst.

»Und?«, fragte Hunter.

Sie schüttelte den Kopf. »Keine Spur von ihm. Niemand hat Rowan gesehen, aber Timon aus der Garde meinte, dass man ihn möglicherweise in die Bastion gebracht hat, als die Bomber gesichtet wurden. Von dort hätte er auch die Durchsage über das Notfallsystem senden können.«

Hunter fluchte laut, ballte die Hände zu Fäusten, bis seine Knöchel weiß hervortraten.

»Aber es gibt noch ein anderes Problem«, fügte Nyota leise hinzu.

»Welches?«

»Die Kaiserin ist nicht hier. Niemand hat sie gesehen.«

Ohne ein Wort zu sagen, marschierte Hunter zur Tür.

»Was hast du vor?«, fragte ich, aber er ignorierte mich.

Als er Nyota beiseiteschieben wollte, verschränkte diese die Arme vor der Brust und rührte sich nicht. »Wo willst du hin?«

»Aus dem Weg, Nyota.«

»Erst wenn du mir sagst, wo du hinwillst.«

»Sie suchen, was denn sonst?«

»Das ist lebensmüde und das weißt du«, erinnerte sie ihn.

»Ist mir egal. Lass mich durch.«

Etwas energischer versuchte er noch einmal, sich an ihr vorbeizudrücken. Dieses Mal ließ sie ihn. Seufzend sah Nyota mich an. »Wäre auch das erste Mal, dass er auf mich hört. Viel Glück.«

Mit einem Nicken heftete ich mich an Hunters Fersen. Als ich den großen Raum betrat, hatte ich das Gefühl, die Angst in der Luft schmecken zu können. Die wenigen Gespräche wurden im Flüsterton abgehalten und die meisten Menschen saßen auf den Betten oder dem Boden, während sie besorgt darauf warteten, was als Nächstes passierte.

Ich fand Hunter am Ausgang, wo er aufgebracht mit einigen Gardisten diskutierte. »Ich habe gesagt, lasst mich gehen.«

»Ich fürchte, das kann ich nicht zulassen, Hoheit. Noch haben wir keine Entwarnung von oben erhalten.«

»Korporal Imamu, das ist mir scheißegal. Lasst mich durch.«

Der Mann, dessen Uniform zwei Streifen auf der Schulter hatte, sah ihn ungerührt an.

»Das war ein Befehl«, setzte Hunter nach.

Erneut zögerte Imamu, doch dann nickte er seinen Leuten zu. »Lasst ihn durch.«

Während die anderen seiner Aufforderung nachkamen, reichte Korporal Imamu Hunter seine Waffe. »Nur für den Fall«, raunte er. »Seid vorsichtig da oben.«

Hunter nickte, als sein Blick plötzlich auf mich fiel. Sofort runzelte er die Stirn, seine Lippen wurden schmal, und ich konnte die Warnung aus seinen Augen herauslesen, noch bevor er überhaupt das Wort an mich richtete.

»Bleib hier. Ich bin gleich wieder zurück.«

Ich schüttelte den Kopf. »Nein. Ich lasse dich nicht gehen. Du hast selbst gesagt, du weißt nicht sicher, ob es vorbei ist.«

»Kae.« Er trat zu mir und legte die Hände auf meine Schultern, ignorierte dabei die teils neugierigen, teils missbilligenden Blicke der Anwesenden. »Bitte. Ich muss da raus.«

Ich blickte ihm in die Augen und wünschte mir, ich könnte ihn irgendwie überzeugen. Ihm verdeutlichen, dass das hier ein Fehler war. Dabei kam ich mir so heuchlerisch vor, weil ich es selbst nicht anders machen würde. Wenn ich wüsste, dass da draußen ein Mensch war, der mir viel bedeutete, gäbe es keine Tür, die mich aufhalten könnte. Keine Bombe, nicht einmal das mächtigste Kriegsgerät, das das Imperium zu bieten hatte, würde mich stoppen.

»Gut«, sagte ich. »Aber ich komme mit dir.«

XXXVI

HUNTER

Als wir das Erdgeschoss des Palastes betraten, hatte sich alles verändert.

Reflexartig presste ich meinen Ärmel gegen das Gesicht, aber Kae hatte bereits wieder den Zauber gewirkt, der uns vor Sporen schützte. Und die Sporen waren überall. In der Luft, auf den Möbeln, den Kronleuchtern, selbst den schwarzen Fußboden hatten sie weiß gefärbt, als wäre ein Schneesturm über uns hereingebrochen.

Außer Kaes Qo'ai brannte kein Licht, weshalb wir nur einen kleinen Teil der Verwüstung sehen konnten. Keine Spuren von Feuer, keine eingefallene Decke, aber jedes einzelne Fenster war in tausend Teile zerborsten, die wie funkelnde Diamanten den Boden bedeckten und unter meinen Füßen knirschten wie frisch gefallener Schnee.

Es war still. So furchtbar still. Und ich hatte Angst vor dem, was ich vorfinden würde.

»Warum ist alles voller Scherben?«, fragte Kae atemlos, als wir das Foyer betraten.

Kühler Wind strömte uns aus den leeren Fensteröffnungen entgegen und brachte mit jeder Sekunde mehr Sporen mit sich.

»Die Druckwelle der Bomben«, vermutete ich. »Sie muss die Fenster zerstört haben.« Ich schluckte, als ich nach oben blickte.

Selbst die Kristalle in den Kronleuchtern hatten den Angriff nicht unbeschadet überstanden.

Wir folgten der gewundenen Treppe in den ersten Stock, wo wir auf die erste Leiche stießen. Eine junge Frau, deren Namen ich nicht kannte. Ihre Haut war fahl, die Augen weit aufgerissen, Blut klebte an ihren Lippen. Die Scherben hatten ihr Gesicht zerkratzt, ihre Kleidung zerschnitten, doch am Ende waren es die Sporen gewesen, die sie getötet hatten. Der Druck der Explosion musste den ganzen Palast blitzschnell damit gefüllt haben. Keine Chance, sich rechtzeitig zu schützen.

»Schau nicht hin«, riet ich Kae, obwohl ich mich selbst nicht daran hielt.

»Sieht es so aus«, fragte sie leise, »wenn man die Sporen einatmet?«

Ich nickte. »Das Gift zersetzt die Lunge, bis sie sich buchstäblich auflöst. Daher auch das Blut.«

Qatou kam aus ihrer Jackentasche gekrochen und schnupperte wachsam.

»Wir sollten weiter.« Ich führte mir mein Training wieder vor Augen. All die Dinge, die ich über den Umgang mit Krisensituationen gelernt hatte, doch in Anbetracht des Grauens, das wir hier vorfanden, fiel es mir schwer, daran festzuhalten.

Je weiter wir uns vom Foyer entfernten, desto mehr Tote fanden wir. Vor allem ältere Menschen und die, deren Zimmer weit weg vom Haupthaus lagen, hatten den schützenden Bunker nicht rechtzeitig erreicht. Und je mehr wir entdeckten, desto präsenter wurde ein Gedanke: Meine Mutter war noch immer geschwächt von dem Attentat. Was, wenn sie es nicht geschafft hatte? Was, wenn …?

Ich schüttelte den Kopf, um die Befürchtung loszuwerden. Sie war die Kaiserin. Im Notfall stand ihr die halbe Garde zur Seite, um sie wie Rowan an einen sicheren Ort zu bringen. In die Bastion oder vielleicht mit dem Flugzeug zu einem unserer Landsitze.

Statt weiter darüber nachzudenken, konzentrierte ich mich wieder auf unsere Umgebung. Darauf, wie fremd und verlassen der Palast wirkte, als wären wir in eine andere Zeit gereist. Eine Zeit, in der die Natur unsere Welt bereits zurückeroberte, in der kein Platz für das Eiserne Imperium war. Jahrhundertealte Gemälde waren beschädigt, Teppiche ruiniert, Vorhänge zerrissen. Der Schaden am Gebäude selbst schien nicht so gravierend, aber im fahlen Licht von Kaes Qo'ai kam es mir vor, als würde ich durch eine Geisterstadt laufen.

Wir betraten den Bereich, der meiner Familie vorbehalten war, und auch hier erwartete uns das gleiche Bild: Sporen, so weit das Auge reichte. Aber immerhin keine weiteren Leichen. Unbewusst beschleunigte ich meine Schritte, eilte voraus bis direkt an den Rand der schützenden Blase, die Kae um sich herum projizierte. Erst als ich die Tür zum Schlafzimmer meiner Mutter erreichte, hielt ich an, aber zu atmen traute ich mich nicht.

Zitternd legte ich meine Hand auf die Klinke, schloss die Augen, verharrte, damit Angst und Unsicherheit verebben konnten und ich endlich den Mut fand, mich der Wahrheit zu stellen. Doch er kam nicht. Egal wie lang ich wartete, egal wie sehr ich hoffte. Am Ende war es die Furcht, dass ich wertvolle Zeit verschwendete, die meinen Arm bewegte.

Aber die Tür rührte sich keinen Millimeter.

Zur Sicherheit rüttelte ich an der Klinke. Stemmte mich dagegen, doch selbst mein ganzes Gewicht reichte nicht, um sie zu öffnen. In einem Anflug von Verzweiflung nahm ich Anlauf und warf mich mit voller Kraft gegen das Holz. Dieses Mal gab das Schloss mit einem lauten Knacken nach, ehe ich benommen in das Zimmer stolperte und alles bereute.

Es gab nichts auf der Welt, das mich auf das, was ich fand, hätte vorbereiten können. Niemanden, der mir hätte beibringen können, wie ich damit umgehen sollte, wenn meine Mutter eines Tages nicht mehr da war.

Ich blinzelte die Tränen weg und ging tiefer in den Raum hinein, stieg über Simons leblosen Körper, der vermutlich bis zur letzten Sekunde versucht hatte, diesem Gefängnis zu entfliehen. Wie im Rest des Palastes waren die Fenster zerbrochen. Die Glasscherben hatten sich auf dem Boden verteilt und reflektierten das weiße Licht von Kaes Kristall.

Meine Mutter lag im Bett, die Hände auf der Decke verschränkt und den Blick an den Himmel über sich gerichtet. Als hätte sie es gewusst. Als hätte sie ihr Ende erwartet.

Ich bemerkte nur am Rand, wie meine Beine unter mir nachgaben und wie sich die Glasscherben durch den Stoff meiner Hosen in meine Haut bohrten. Nur der Schmerz blieb aus, wie auch sämtliche anderen Empfindungen. Auf einmal spürte ich sie nicht mehr, die Kälte der Nacht, das Pochen hinter meinen Schläfen oder die Trauer, die mich von innen hätte zerreißen sollen. Da war nichts. Leere. Ein hohles Echo in meiner Brust, als hätte ihr Tod mir auch das Letzte geraubt.

Ich war nicht mehr ich, kein Soldat mehr und schon gar kein Kaiser. Ich war die Dunkelheit in den Augen meiner Mutter, eine Scherbe des Mannes, der ich einmal gewesen war.

Ich war verloren.

Nur am Rande bekam ich mit, wie Kae an mich herantrat, die Arme um mich schloss und meinen Kopf an ihre Brust drückte, damit ich meine tote Mutter nicht mehr sehen musste. Aber es war zu spät. Der Anblick hatte sich in meine Seele eingebrannt und würde mich wie die Erinnerung an meinen sterbenden Bruder heimsuchen. Erst er, dann sie. Und für die Dauer eines Wimpernschlags klang die Vorstellung, dass ich der Nächste sein könnte, geradezu verführerisch. Denn was blieb mir jetzt noch außer einem Reich und einem Titel, die ich beide weder wollte noch verdiente?

Plötzlich ließ Kae von mir ab und stand auf. Aus dem Augenwinkel beobachtete ich, wie sie nach etwas in den Händen meiner Mutter griff. Ein Stück Papier, das Kae nur mit Mühe aus den bereits steifen Fingern der Kaiserin befreien konnte.

»Was ist das?«, hörte ich mich sagen.

»Eine Nachricht.« Kae reichte sie mir, obwohl ich noch gar nicht wusste, ob ich sie überhaupt lesen wollte. Doch meine Angst war schneller als mein Verstand, die Handschrift so krakelig und schlecht lesbar, dass ich sie kaum als die meiner Mutter erkannte.

Er weiß Bescheid.
Abtrünnige Garde.
Lauf.

Fassungslos starrte ich auf die letzten Worte meiner Mutter, während mein Verstand sich die schlimmsten Horrorszenarien ausmalte, wie sie wohl zu diesen Erkenntnissen gelangt war. Ich stellte mir vor, wie mein Onkel hier hereinplatzte und vermutlich längst wusste, dass Colastines Bomber auf dem Weg nach Eleyburgh waren. Wie er meiner Mutter seinen Plan offenbarte und sie anschließend einschloss.

Oder schlimmer: Wie er seinen Verbündeten in der Garde befahl, sie zurückzulassen und ihre Tür zu verschließen. Wie sie und Simon darauf warteten, dass jemand sie sicher in den Bunker eskortierte. Wie sie, als Hilfe ausblieb, vergeblich versuchten sich allein auf den Weg zu machen. Wie meine Mutter sich alles zusammenreimte und mir in ihren letzten Atemzügen diese Nachricht hinterließ.

Plötzlich ertönte das vertraute Klicken einer Waffe, und ich musste nicht einmal hinsehen, um zu wissen, dass wir Gesellschaft bekommen hatten.

»Keine Bewegung!« Ich hielt inne, während ich meine Hand langsam, ganz unauffällig in Richtung meiner Jackentasche gleiten ließ, wo ich das Gewicht von Imamus Pistole spürte. »Ich hab gesagt, keine Bewegung.«

»Korporal Codie, sind Sie das?« Die Gasmaske verzerrte seine Stimme, aber ich war mir sicher, ihn zu erkennen. »Korporal Codie, überlegen Sie sich Ihre nächsten Schritte gründlich.«

»Das habe ich bereits, Hoheit. Und meine Befehle sind eindeutig. Hände hoch und umdrehen.«

Langsam kamen sowohl Kae als auch ich seiner Aufforderung nach. Im Türrahmen stand nicht nur Codie, sondern noch zwei weitere seiner Männer. Sie alle hatten ihre Waffen auf uns gerichtet. Zwei Pistolen, ein Gewehr. Nichts, gegen das ich mich auf engstem Raum auflehnen wollte. Vor allem nicht mit Kae an meiner Seite.

»Was ihr da tut, ist Hochverrat«, erinnerte ich die drei.

»Nein.« Codie trat ins Zimmer. »Das, was Eure Familie seit Jahren tut, ist Hochverrat. Die Krone hätte nie an Euren Vater und erst recht nicht in die Hände einer Bürgerlichen wandern dürfen.«

»Wieso? Weil ein Mann, der seine eigene Familie tötet, ein so viel besserer Kaiser ist?«

»Ein Mittel zum Zweck, um die Ordnung wiederherzustellen.«

Das konnte er unmöglich ernst meinen. Ich sah ihm ins Gesicht, doch die Gasmasken des Militärs verbargen nicht nur die Mundpartie, sondern auch die Augen hinter hellbraunem Leder und dickem Sicherheitsglas.

»Eure Waffe, Hoheit.«

»Warum so förmlich?«, zischte ich, kam dem Befehl aber unverzüglich nach. Ich hatte keinen Zweifel daran, dass die Männer bereit waren zu schießen. Vielleicht nicht auf mich, aber definitiv auf Kaeliah.

»Die des Mädchens auch. Wir wissen, wozu sie fähig ist.«

Sie deuteten auf Kaes Qo'ai, der uns noch immer in eine Kuppel aus Licht hüllte. Kurz kam mir der Gedanke, dass sie vielleicht kugelsicher war, doch das hier war wirklich die letzte Situation, in der ich das herausfinden wollte.

»Du hast den Mann gehört, Kae.«

Sie schüttelte den Kopf.

»Los jetzt«, befahl Codie. Augenblicklich richteten die beiden anderen ihre Waffen auf sie.

Kae zögerte und sah mich an. Ich erkannte die Verzweiflung in ihrem Blick, den Widerwillen, und ich wünschte, ich hätte irgendeinen Einfall, um die Situation zu entschärfen und es Kae zu ersparen, dass sie ihren Qo'ai aus den Händen geben musste. Doch er kam nicht.

»Waffe her, habe ich gesagt.« Mittlerweile bebte Codies Stimme. Im selben Moment schien sich die Luft im Raum aufzuheizen. Die Sporen wie auch Kaes Qo'ai begannen umso heller zu glühen und bewegten sich schneller, wie die Funken eines Feuers. Dann ging einer der Männer krachend zu Boden. Der zweite folgte keine Sekunde später und Korporal Codie hatte mit einem Mal eine Pistole an der Schläfe.

»Lass die Waffe fallen.« Als ich Nyotas Stimme hörte, wäre ich beinahe in Tränen ausgebrochen. Wie schon so oft, rettete sie mir den Hintern.

Codie warf seine Pistole auf den Boden und hob die Hände.

»Hunter«, sagte Nyota auffordernd.

Ich zögerte nicht lange, schnappte mir eine Waffe vom Boden und richtete sie ebenfalls auf den Korporal. »Was hat Rowan vor?«

»Das wisst Ihr doch schon.«

Drohend drückte ich den Lauf an seine Stirn und wiederholte meine Frage. »Was hat Rowan vor?«

»Wie ich bereits sagte: Er wird die alte Ordnung wiederherstellen. Auch wenn das bedeutet, gewisse Hindernisse beiseitezuräumen.«

Unwillkürlich glitt mein Blick zu meiner toten Mutter. Ich schluckte.

»Wo ist er jetzt?«

»Eher würde ich sterben, als Euch das zu verraten.«

Ich entsicherte die Waffe. »Das können wir einrichten.«

Codie rührte sich kein Stück, zuckte nicht mal mit der Wimper, als hätte er mit seinem Schicksal bereits abgeschlossen. Als wäre das Bestreben meines Onkels wirklich seinen Tod wert.

Ich biss die Zähne zusammen und für einen kurzen Moment war ich gefährlich nah dran, den Abzug zu betätigen. Am Ende gewann mein Verstand die Oberhand und ich rammte stattdessen den Griff gegen Codies Schläfe, woraufhin dieser bewusstlos zusammenbrach.

»Würdet ihr mir bitte erklären, was hier passiert? Wie könnt ihr …?«, platzte es aus Nyota raus, während sie vehement auf ihre eigene Gasmaske deutete, die zusammen mit dem Seidennachthemd und dem rosa Bonnet ein seltsames Bild abgab.

»Später«, entschied ich. »Erst müssen wir hier weg. Wer weiß, wie viele aus der Garde auf Rowans Seite stehen.«

»Wohin?«, fragte Kae.

»Ich weiß es nicht«, gestand ich. »Aber der Palast ist nicht sicher.«

Nyota nickte und sagte nur ein einziges Wort. »Flugplatz.«

Obwohl ich das Gefühl hatte, jeden Moment zusammenzubrechen, eilten wir durch den Palast, so schnell ich konnte. Vorbei am Ballsaal, den endlosen Türen, dem, was einmal mein Zuhause gewesen und jetzt der gefährlichste Ort war, den ich je betreten hatte. Die Schockwellen der Schallbomben hatten große Teile des gläsernen Tunnels zerstört, der zum Flugplatz führte, doch der Hangar selbst schien unversehrt.

Sobald wir ankamen, verschwendete ich keine Sekunde mit Checklisten, sondern setzte eine Maske auf und machte mich sofort daran, eines der kaiserlichen Transportflugzeuge zu tanken. Wir hatten insgesamt drei davon, doch eines fehlte.

»Das erklärt, wie dein Onkel verschwunden ist«, knurrte Nyota, die eine der hier gelagerten Fliegermonturen angezogen hatte, einen grauen Overall, der ihr zwei Nummern zu groß war.

»Was denkst du, wo er ist?«

»Keine Ahnung, aber ich glaube, es wäre gerade nicht sonderlich schlau, ihm einen Besuch abzustatten. Wir sollten lieber schnellstmöglich verschwinden.«

Ich schnaubte, während ich die Benzinpumpe anwarf. Nyota hatte recht, das war die sicherste Alternative, doch das bedeutete nicht, dass mir die Aussicht gefiel, einfach zu fliehen.

»Wie lange dauert das?«, rief Nyota mir über den Lärm hinweg zu.

»Nicht lange. Hoffentlich.«

Unter normalen Umständen würde ich mich vor dem Start hinsetzen, unser Gewicht bestimmen, ein Ziel festlegen und anschließend ausrechnen, wie viel Sprit wir benötigten. Aber dazu blieb keine Zeit. Auch nicht, um mir den Kopf darüber zu zerbrechen, dass es Jahre her war, seit ich eine größere Maschine als meine eigene geflogen hatte. Noch dazu allein. Oder darüber, was bei meinem letzten Flug passiert war.

Aber es sollte klappen. Musste einfach.

»Hunter, in Deckung!«

Nyotas Befehl kam gerade rechtzeitig. In letzter Sekunde duckte ich mich hinter eine Kiste, ehe die Kugel mit einem lauten Knall in den Beton über mir krachte.

»Nyota! Kae!«, rief ich, als es eine ganze Salve an Schüssen hagelte, deren Herkunft ich durch das Echo des Hangars unmöglich zuordnen konnte.

Dann wurde es still, bevor eine Stimme die Leere durchschnitt.

»Wir haben euch umzingelt. Kommt sofort raus, wenn ihr wollt, dass das Mädchen am Leben bleibt.«

Mein Herz krampfte sich schmerzhaft zusammen. Kae.

Langsam richtete ich mich auf. Wieder mit erhobenen Händen, wieder voller Angst. Vielleicht würden sie mich auf der Stelle erschießen, aber das Letzte, was ich wollte, war, Kae oder Nyota mit meiner Weigerung zu schaden. Ich konnte nicht noch einen geliebten Menschen verlieren.

Ein ganzer Trupp bestehend aus sieben Gardisten hatte sich im Halbkreis um das Flugzeug aufgestellt. Drei von ihnen hatten die Waffen auf mich gerichtet, drei weitere auf Nyota, die neben mir aus ihrem Versteck kam, und die letzte hatte ihren Arm um Kae geschlungen und hielt ihr eine Pistole an die Schläfe.

»So ist's gut«, rief sie über den Lärm der Pumpe hinweg. »Und jetzt herkommen.«

Ich kam ihrem Befehl zögernd nach, während ich fieberhaft überlegte, wie wir uns aus dieser Situation winden konnten. Nyota war bereits hier, sodass wir nicht auf Verstärkung hoffen durften, vor allem jetzt, wo ich nicht mehr wusste, wer Freund oder Feind war. Gut möglich, dass Rowan die komplette Kaisergarde auf seiner Seite hatte.

Je zwei Soldaten packten Nyota und mich. Sie legten uns Handschellen an, gruben ihre Waffen in unsere Rücken. Noch immer blieb die rettende Idee aus. Es gab nichts mehr, was ich tun konnte. Die letzte Karte war gespielt.

Das war's dann, dachte ich verbittert. Da setzte sich Kae zur Wehr. Energisch trat sie nach hinten aus und traf mit voller Wucht das Schienbein der Gardistin, sodass diese sie freigab. Sofort umschwärmten die übrigen Soldaten sie wie Ratten und richteten ihre Waffe auf sie. Aber Kae wehrte sich weiter. Biss, schlug, trat um sich, kämpfte, als hätte sie tatsächlich eine Chance zu gewinnen.

Dann plötzlich passierte etwas. Ein gleißend heller Lichtblitz durchzuckte den Hangar, der mich dazu zwang, die Augen zu schließen und mir die Hand schützend vors Gesicht zu halten. Ich spürte Hitze. Beißende Hitze, die sich durch meine Kleidung, meine Haut, meinen ganzen Körper fraß, als Kae einen lauten, verzweifelten Schrei ausstieß.

Eine Druckwelle packte mich und schleuderte mich und die beiden Gardisten nach hinten. Hart kam ich auf dem Boden auf und blinzelte benommen, bis die stählernen Stützbalken unter der Decke nicht mehr vor meinen Augen verschwammen.

Doch mir blieb kaum Zeit, zu verarbeiten, was eben passiert war. Jemand löste meine Handschellen. Eine Hand schloss sich um meine eigene und zerrte mich auf die Füße.

»Wir müssen weg«, stieß Kae atemlos aus. Schweißperlen glänzten auf ihrer Stirn.

Ich nickte, während ich die Szenerie um uns betrachtete. Die Soldaten lagen auf dem Boden, teils regungslos, teils stöhnend vor Schmerz. Ihre Kleidung war angesengt. Ihre Gasmasken geschmolzen. Der Gestank war so intensiv, dass ich ihn durch meine eigene roch. Nur Nyota lag zwischen ihnen und rieb sich die Augen. Was war passiert? Was hatte Kae getan?

»Bring Nyota ins Flugzeug«, wies ich sie an. »Ich komme gleich nach.«

Kurz schüttelte ich den Kopf, um all die drängenden Fragen darin loszuwerden. Jetzt war nicht die Zeit dafür.

Ich hastete zur Pumpe und überlegte nicht erst, wie viel oder wenig Benzin wir getankt hatten, sondern betätigte direkt den Schalter, ehe ich den Schlauch aus dem Flugzeug zog und achtlos auf den Boden warf. Danach rannte ich zur Luke und schlug auf den Knopf, der sie hinter mir schloss und die Kabine versiegelte.

»Was ist passiert?«, fragte Nyota benommen, doch ich ignorierte sie.

»Kae, bring sie nach hinten und schnall sie an. Komm danach sofort ins Cockpit.«

Sie nickte, während ich mich bereits auf den Sitz fallen ließ. Allein der Anblick der Armaturen bescherte mir Übelkeit, brachte die

Unsicherheit zurück. Wie lange war es jetzt her, seit ich zum letzten Mal …? – Ach, egal.

Ich legte den Sicherheitsgurt an, doch für die Vor-Abflug-Checkliste, die auf dem Platz neben mir lag, hatten wir keine Zeit.

Stattdessen schaltete ich die Triebwerke an und setzte die Kopfhörer auf. Kae ließ sich auf den freien Sitz neben mir fallen und Qatou landete auf dem Armaturenbrett.

»Weißt du, wie man dieses Ding bedient?«, fragte sie skeptisch.

»Ja.« *Nein.* »Schnall dich an und setz die Kopfhörer auf.« Die Maschine begann zu rollen. Blieb nur zu hoffen, dass wir nicht noch mehr Gesellschaft bekamen. »Siehst du den Schalter dort?« Ich deutete auf den roten Hebel in der Mitte der Armaturen. »Das ist das Fahrwerk. Sobald ich dir Bescheid gebe, drückst du ihn nach oben. Verstanden?«

»Ja.«

»Und den hier«, ich deutete auf einen weiteren Hebel in der Konsole zwischen uns, an dem Nummern angebracht waren. »Null, zehn, zwanzig, vierzig. In dieser Reihenfolge. Du musst ihn für mich bedienen, sobald ich dir das Signal für die Klappen gebe. Okay?«

Kae nickte, und ich wünschte mir, ich müsste sie nicht darum bitten, mir dabei zu helfen, diese Maschine hochzubekommen, ohne dass sie je geflogen war. Doch allein mit dem Start würde ich im Pilotensitz genug zu tun haben, so eingerostet wie ich mit diesem Flugzeugtyp war.

Mit zitternden Händen steuerte ich auf die Startbahn zu. Instinktiv wollte ich über Funk um Freigabe und Kursbestätigung bitten, aber genauso gut könnte ich auch eine große Zielscheibe auf unser Flugzeug malen.

Ich lenkte die Maschine auf den Asphalt und manövrierte uns das Rollfeld entlang, um so viel Raum wie möglich zum Beschleunigen zu haben. Wer wusste schon, was wir alles geladen hatten, wie schwer wir waren, bei welchen Werten V1 und V2 lagen? Ich musste improvisieren und darauf vertrauen, dass ich mit meiner Schätzung nicht komplett falschlag.

Am Ende der Strecke lenkte ich das Flugzeug in eine Drehung, bis wir richtig standen, dann bremste ich und atmete einmal tief durch. Die Startbahn vor mir kam mir unendlich lang und gleichzeitig viel zu kurz vor. Tausend Dinge rasten durch meinen Kopf. Die Tatsache, dass ich keinen richtigen Co-Piloten hatte. Die Angst, jemand könnte auf uns schießen. Die Erinnerung daran, was beim letzten Mal passiert war, als ich in ein Flugzeug gestiegen war.

Ich schob den Gedanken beiseite, kniff die Augen zusammen und wünschte mir zum ersten Mal in meinem Leben, ich hätte einen Gott, zu dem ich beten könnte. Aber auch der würde mir nicht helfen. Es lag an mir. Ich musste es tun. Musste uns sicher hier herausbringen.

»Vertraust du mir?«, fragte ich.

Kae lächelte. Ausgerechnet jetzt. Ausgerechnet hier lächelte sie und schaffte es damit, zumindest einen kleinen Lichtstrahl in die Dunkelheit in meinem Inneren zu bringen. »Ja.«

»Gut. Dann Klappen auf 10. Bereit zum Abflug.«

EPILOG

»Bürgerinnen und Bürger des Eisernen Imperiums,

soeben erreichte mich die tragische Nachricht, dass unsere Kaiserin Adelyn Athgolan I einem niederträchtigen Anschlag zum Opfer gefallen ist. Das Verbrechen ereignete sich in der letzten Nacht und der Schuldige ist niemand Geringeres als ihr eigener Sohn, Prinz Hunter Athgolan. Über die Hintergründe dieses Verbrechens können wir bislang nur spekulieren, aber ich verspreche Ihnen hier und jetzt, dass er gefasst wird und seine gerechte Strafe erhält.

Die Nachricht vom Ableben unserer geliebten Herrscherin trifft uns alle, aber niemanden so sehr wie mich. Ich habe nicht nur meine Kaiserin, sondern auch meine Familie verloren. Doch so schwer es mir auch fällt, verlangen die Umstände, dass ich weitermache, dass wir alle weitermachen.

Mit sofortiger Wirkung werde ich, Rowan Athgolan, die Regierungsgeschäfte übernehmen und damit den Platz Ihrer verstorbenen Kaiserlichen Majestät einnehmen. Dieser Schritt ist der Letzte, den ich gehen wollte, aber er ist notwendig in Anbetracht der harten Zeiten, die uns bevorstehen.

In der letzten Nacht gab es einen Angriff auf unsere Hauptstadt – zweifelsohne eine reine Drohgebärde von Colastine, die jedoch trotzdem ihren Tribut gefordert hat. Wir betrauern heute nicht nur die Kaiserin, sondern auch viele andere Männer, Frauen und Kinder, die der Alarm nicht rechtzeitig erreicht hat. Die ihre Häuser nicht verlassen konnten. Die es nicht an einen sicheren Ort geschafft haben.

Als mich die Nachricht erreichte, dass sich Colastines Bomber auf dem Weg in unsere Hauptstadt befänden, habe ich dem Fürstentum eine letzte Warnung zugeschickt, dass, falls sie den Angriff nicht abbrechen, der Kriegszustand zwischen unseren Ländern ausgerufen wird.

Ich muss Ihnen leider mitteilen, dass dieser Aufforderung keine Folge geleistet wurde und unser Reich deshalb ab sofort mit Colastine im Krieg steht.

Sie können sich vorstellen, wie sehr mich dieser Schritt schmerzt, nach allem, was von unserer Seite unternommen wurde, um eine konfliktfreie Lösung zu finden, von der alle Länder unseres Reichs profitieren. Gleichzeitig bin ich aber davon überzeugt, dass es nichts gab, was wir hätten anders machen können – Colastines Pläne scheinen in Stein gemeißelt zu sein, unabhängig davon, was passiert. Egal, was wir getan hätten, sie hätten uns angegriffen.

Colastine ist bereit, Gewalt einzusetzen, um seinen Willen durchzusetzen. Und dieser Gewalt können wir nur mit ebensolcher begegnen.

Unser Gewissen ist rein. Wir haben alles in unserer Macht Stehende getan, um den Frieden zu wahren. Aber die Situation lässt uns keine andere Wahl. Und jetzt, wo wir entschieden haben, uns gegen Colastine zur Wehr zu setzen, bin ich überzeugt, dass Sie alle mit Mut und Tapferkeit Ihren Teil dazu beitragen werden.«

Content Note (Achtung Spoiler!)

Iron Empire enthält Themen und Elemente, die triggern können.

Diese sind: Gewalt, Tod, Verlust eines Familienmitglieds, Trauer, Diskriminierung, Rassismus, Krieg, Bomben, Flugzeugabsturz

Foto: © privat

Autorin

Zwischen Narnia und Westeros lebt Emily Bähr im magischen Nordirland, wo sie als Autorin und Grafikdesignerin den Lebensunterhalt für sich und ihre Katzen verdient. Als bekennender Nerd liebt sie Science-Fiction, Kinobesuche und Pokémon und würde bei der ersten Gelegenheit auf den Mars auswandern. Da dies allerdings unwahrscheinlich ist, flüchtet sie sich in die fantastischen Welten in ihrem Kopf, während sie im Schutz der Nacht Wikipedia nach unnützem Wissen durchforstet.

Bücher der Autorin bei cbt:

Iron Empire – Erwählt vom Licht der Wälder (31568)
Iron Empire – Gekrönt vom Feuer der Nacht (31613)

Mehr zu unseren Büchern auch auf Instagram

Emily Bähr

Iron Empire –
Gekrönt vom Feuer der Nacht

Ca. 350 Seiten, ISBN 978-3-570-31613-9
Erscheint im Frühjahr 2024

Seit ihrer Flucht aus dem Palast ist das ganze Kaiserreich hinter Kae und Hunter her. Während Hunter entscheiden muss, ob er sich weiter zurückzieht oder für sein Geburtsrecht kämpft und den sinnlosen Krieg beendet, muss Kae feststellen, dass sie ihre Lichtmagie verloren hat. Doch als das Eiserne Imperium beschließt, die Wispernden Wälder dem Erdboden gleichzumachen, um die Sporen zu zerstören, reisen die beiden in Kaes Heimat, um die Eijn zu warnen. Allerdings hat sie als Lichtlose ihren Platz im Volk verwirkt und ihre Worte bleiben ungehört. Den bevorstehenden Kampf kann sie nur verhindern, wenn sie ihre Magie wiedererlangt und sich ihren Platz als Seherin zurückverdient.

30491

www.cbj-verlag.de